Karen Kingsbury

Zukunftsklänge

Momente der Liebe – Band 3

francke

Über die Autorin:
Karen Kingsbury war Journalistin bei der *Los Angeles Times*, bevor sie sich ganz dem Schreiben widmete. Inzwischen gilt sie nicht nur in ihrer Heimat, sondern auch darüber hinaus als die beliebteste christliche Romanautorin. Ihre bewegenden Bücher stehen regelmäßig auf der *New York Times*-Bestsellerliste und sind mit unzähligen Preisen ausgezeichnet worden. Zusammen mit ihrem Mann, drei eigenen und drei adoptierten Kindern lebt sie in Washington.

Bibliografische Information Der Deutschen Bibliothek
Die Deutsche Bibliothek verzeichnet diese Publikation in der Deutschen Nationalbibliografie; detaillierte bibliografische Daten sind im Internet über http://dnb.ddb.de abrufbar.

ISBN 978-3-86827-367-0

Sunrise # 3: Someday, German

Deutsch von Cornelia Rohleder
Umschlagbild: © iStockphoto.com / Massonstock
Umschlaggestaltung: Verlag der Francke-Buchhandlung GmbH /
Christian Heinritz
Satz: Verlag der Francke-Buchhandlung GmbH
Druck und Bindung: CPI Moravia Books, Korneuburg

www.francke-buch.de

Kapitel 1

John Baxter traf seine Entscheidung, als seine Familie das Krankenhaus verließ.

Elaine hatte mit ihm und seiner Familie Momente tiefster Trauer und innigster Liebe geteilt, eine Zeit, die sie fester miteinander verbunden hatte als jede andere gemeinsame Erfahrung. Er hielt ihre Hand, als sie schweigend zu den Autos gingen. In ein paar Stunden würden sich alle im Baxter-Haus zum Abendessen treffen. Sie mussten jetzt zusammen sein, darüber sprechen, wie das kurze Leben der kleinen Sarah, seiner Enkeltochter, sie berührt und verändert hatte.

Doch bis dahin konnte er das drängende Gefühl nicht abschütteln, diese Gewissheit, dass er mit Elaine sein Leben teilen wollte, nicht nur in solchen Momenten, sondern immer.

Elaines Auto parkte neben seinem, doch bevor sie einstieg, blieb sie stehen. „Du bist so still."

Er lächelte, als Frieden in seine Seele zog. Er war erschöpft und müde, doch nicht länger entmutigt, nicht nach den Szenen, die er an diesem Nachmittag im Krankenzimmer seiner Tochter erlebt hatte. „Ich denke nur nach."

Elaine wollte ebenfalls zum Abendessen kommen, wenn sie ein paar Stunden bei sich zu Hause verbracht hatte. Sie alle brauchten jetzt etwas Zeit zum Ausruhen. Doch der Blick ihrer Augen versicherte ihm, dass sie den ganzen Tag mit ihm auf dem Parkplatz stehen würde, wenn er sie brauchte. „Willst du darüber reden?" Sie legte fragend den Kopf zur Seite, ihr Blick war sanft.

John spürte die Wärme, die aus seinem Herzen herauskam und sich in seinem Blick niederließ. „Gott macht mir einige Einzelheiten klar. Zum Beispiel, wie sehr ich dich brauche."

Sie sah überrascht und berührt aus und vielleicht ein bisschen schüchtern. „Das ist eine gute Sache."

„Wir reden später darüber." Er umarmte sie zum Abschied.

Als John allein in seinem Auto saß, schlug seine Entscheidung in seinem Herzen Wurzeln, grub sich in seine Seele ein und veränderte die Vorstellung, die er von seiner Zukunft hatte. Die Fahrt nach Hause schien länger zu dauern als sonst und war bestimmt von einem neuen Gefühl von Aufregung und Einsamkeit. Er betrat das alte Haus, doch statt seine Schlüssel wie sonst auf die Ablage zu werfen, blieb er stehen und lehnte sich in den Türrahmen. Jeder Quadratzentimeter dieses Hauses enthielt auch jetzt noch Erinnerungen an Elizabeth, so wie es immer sein würde. Er ging hoch in ihr Schlafzimmer und zögerte, als er das Foto auf seiner Kommode sah. „Du warst heute bei uns, meine Liebste. Ich habe dich gespürt."

Er umklammerte die Kommode, als seine Gedanken einige Zeit zurückwanderten. Bevor er das Krankenhaus verließ, hatte Ashley ihm Coles Bild gezeigt. Das Kunstwerk seines achtjährigen Enkelsohns hatte ihm den Trost gebracht, den er so verzweifelt brauchte. Auch Ashley und Landon waren so getröstet worden. Nichts passte besser als die Vorstellung von Elizabeth, die die kleine Sarah im Himmel in den Armen hielt und sich um sie kümmerte, bis sie alle eines Tages wieder zusammen sein würden.

Er trat an den Schreibtisch, den er am Fußende seines Bettes aufgestellt hatte. Elizabeths handgeschriebene Briefe lagen darauf verteilt, etwas ordentlicher sortiert als zuvor, und an einem Ende war ein Stapel mit Kopien. Das Projekt hatte ungeahnte Ausmaße angenommen, deshalb wollte er später an diesem Abend die Briefe in das Esszimmer tragen. Wenn er mit dem Sortieren fertig war, würde er von jedem ihrer Briefe sechs Kopien haben – eine für jedes seiner Kinder. Jeder vergilbte Brief, den er vorsichtig geöffnet und noch einmal gelesen hatte, hatte sein Herz mit Elizabeths Gegenwart erfüllt und seine Sehnsucht nach ihr noch größer werden lassen. Doch jetzt lag der aufwühlende, schmerzhafte Prozess beinahe hinter ihm. Er war fast so weit, dass er die Briefe in Alben kleben und verteilen konnte. Er hatte das Gefühl, als läge etwas in Elizabeths Worten, das im Leben eines jeden ihrer erwachsenen Kinder eine dramatische Veränderung herbeiführen könnte.

Obwohl Sarahs Beerdigung für Ende dieser Woche geplant war, würde er seine ganze Energie auf diese Briefe richten. Es war an der Zeit und es war richtig, das jetzt zu tun. Wenn er damit fertig war, würde er Frieden haben, weil er noch einmal alles durchgesehen hätte, was ihm von der Frau noch geblieben war, die er so sehr liebte. Er brauchte diesen Abschluss wegen der Entscheidung, die er vor einer Stunde getroffen hatte. Die Entscheidung, dass er eines Tages, sehr bald, den Schritt gehen würde, den er nie mehr hatte gehen wollen.

Er würde noch einmal heiraten. Er würde Elaine Denning bitten, seine Frau zu werden.

* * *

Dayne Matthews umklammerte das Geländer seiner Terrasse und starrte auf das Wasser, das in einiger Entfernung zu sehen war. Sogar an einem Tag voller Trauer, so wie heute, sprühte die Sonne großzügig Lichtstrahlen über den Lake Monroe. Aus dem Inneren des Hauses konnte er die sanfte Stimme seiner Frau Katy hören, die wieder mit ihrem Agenten telefonierte und versuchte, das Gespräch so kurz wie möglich zu halten.

Heute war nicht der Tag für berufliche Gespräche.

Er blinzelte, als das leuchtende Wasser des Sees ihn blendete, und hob seinen Blick zu dem tiefblauen Himmel. Ganz egal, wie viele Hollywood-Rollen er gespielt hatte, ungeachtet der Gefühle, die er auf der Leinwand dargestellt oder von anderen gesehen hatte … niemals hatte er etwas gesehen, das der Stärke und dem Glauben seiner Schwester Ashley gleichkam.

Die Ereignisse, die sich vor ein paar Stunden abgespielt hatten, wurden wieder lebendig – der Anruf seines Vaters John Baxter, der sie bat, schnellstmöglich zu kommen, und seine Gefühle, als er Ashleys Krankenzimmer betreten hatte. Seine Familie – Brooke, Kari, Erin, Luke und ihre Ehepartner und Kinder, die Menschen, die er bis vor Kurzem so schmerzlich in seinem Leben vermisst hatte – sie waren alle da gewesen, vereint um Ashleys Bett.

Natürlich hatten Ashley und Landon seit Monaten gewusst, dass ihre ungeborene Tochter nicht länger als höchstens ein paar Tage überleben würde. Anenzephalie war so unbarmherzig. Das Wunder, für das alle gebetet hatten, war keine plötzliche Heilung gewesen, sondern vielmehr das, was heute in den wenigen kurzen Stunden von Sarahs Leben geschehen war.

Die Terrassentür hinter Dayne quietschte und er sah über die Schulter. Sogar an einem solchen Tag, der von tiefer Traurigkeit geprägt war,

war in seinem Herzen immer noch Raum für das vertraute Staunen. Katy Hart hatte ihn tatsächlich geheiratet, hatte zugestimmt, ihr ungestörtes Leben in Bloomington aufzugeben und ihn auf seinem Weg des Ruhms in der Öffentlichkeit zu begleiten.

Hoffentlich würden sie diesen Weg gemeinsam überstehen.

Er wandte sich um und streckte die Arme aus. „Komm her."

Ihre Schritte waren langsam, schwer, ihr Gesichtsausdruck verloren und abwesend, so als ob das kurze Leben ihrer Nichte Sarah sie völlig ausgelaugt hätte. Als sie ihn erreichte, legte sie ihre Hände um seine Taille und lehnte ihren Kopf an seine Schulter. Für eine lange Zeit war das einzige Geräusch, das die Stille durchbrach, der Schrei eines einsamen Habichts in einem weit entfernten Baum.

Endlich holte Katy zitternd Luft und trat zurück, sodass sie seine Augen sehen konnte. „Wir schaffen es … nicht wahr, Dayne?"

Er verlor sich in ihrer Berührung, in der süßen Besorgnis in ihrer Stimme. „Was schaffen wir?"

Sie seufzte. Auf ihrem Gesicht standen zugleich Angst und Entschlossenheit. „Die nächsten vier Wochen dazu zu benutzen, uns zu erinnern, was wirklich wichtig ist. Bevor alle Welt wieder versucht, uns auseinanderzubringen."

Vier Wochen. Das war die Zeit, die ihnen blieb, um so etwas wie ein normales Leben in Bloomington zu versuchen, ihr Haus am See zu genießen und sich daran zu erinnern, warum sie sich ineinander verliebt hatten. Nur vier Wochen. Sofort stieg Enttäuschung in Dayne auf und wischte die schönen Gefühle beiseite. Er knirschte mit den Zähnen und für einen Augenblick sah er an ihr vorbei auf die Hügel hinter ihrem Haus. Was hatte er sich nur dabei gedacht, als er sie ermutigt hatte, mit ihm zusammen einen Film zu drehen? Und als ob das nicht genug Stoff für die Klatschpresse wäre, würde in weniger als einem Monat die erste Folge der Reality-Show gesendet werden, die bei ihren gemeinsamen Dreharbeiten entstanden war. Sowohl die Reality-Show als auch der Kinostart ihres Filmes waren von dem ursprünglichen Termin im Januar auf den Herbst vorgezogen worden. Sein Agent hatte erklärt, dass das nur von Vorteil sei. „Im Moment ist nichts spannender als ihr beide. Das wissen die Studios." Jeder, der nur ein bisschen Geld verdienen wollte, lauerte auf die Konflikte zwischen Dayne und Katy und verschlang die Schlagzeilen in den Zeitschriften, die schreiend verkündeten, dass die gemeinsamen Dreharbeiten das endgültige Ende ihrer Beziehung bedeutet hatten.

Doch das war vor ihrer Rückkehr nach Bloomington, nach Hause, gewesen. Hier war ihre Liebe zueinander so selbstverständlich wie das Atmen. Inmitten der ausgedehnten Felder und der sanften Hügel und unter der endlosen Weite des Himmels war die Liebe wie eine Sommerbrise zurückgekehrt, hatte sie eingehüllt und ihnen versichert, dass alles in Ordnung kommen würde. Und wie sollte das nicht geschehen, hier in der Gesellschaft der Baxters, wo sie von mehr Liebe umgeben waren, als Dayne in seinem ganzen Leben erfahren hatte?

„Du hast mir nicht geantwortet." Katys Ausdruck wurde weicher, als Trauer auf ihr Gesicht trat.

Er schmiegte seine Wange an ihre. „Ich wünschte, es wären vier *Jahre*."

„Oder mehr." Wieder legte Katy ihren Kopf an seine Schulter. „Es gibt keinen Weg zurück, nicht wahr?"

Sie meinte ihre nächsten Filmprojekte und die Tatsache, dass sie in wenigen Monaten nach London und er nach Cabo San Lucas in Mexiko fliegen würde. Sie müssten für zehn Wochen getrennt leben, um ihre Verträge zu erfüllen, während sich die Zeitschriften das Maul zerreißen würden. Sein Herz wurde schwer.

„Ach, Katy." Er zog sie an sich. Der schwache Duft ihres Parfüms und ihrer Haut erfüllte seine Sinne und betonte die Sehnsucht in ihren leisen Worten. „Vielleicht eines Tages. Wenn das alles hinter uns liegt." Er vermied es ebenso wie sie, es direkt auszusprechen, doch was war, wenn sie diesen weit entfernten Tag niemals erreichten? Was, wenn er seiner Welt nicht entkommen konnte, ebenso wie sie ihrer Welt? Und was war, wenn sie auf einmal merkten, dass sie in entgegengesetzte Richtungen unterwegs waren? Wenn sie das Versprechen vergaßen, das sie sich am Strand der Riviera Maya gegeben hatten – vor einer gefühlten Ewigkeit?

Sie sprachen oft über „eines Tages", seitdem sie aus Los Angeles nach Hause gekommen waren. *Eines Tages* würden sie sich von Hollywood und der Schauspielerei und dem Leben in der Öffentlichkeit verabschieden. Sie würden sich in Bloomington niederlassen und vielleicht sogar das christliche Kindertheater wiederbeleben, das Katy so sehr vermisste. Dann würden sie Zeit haben für Spaziergänge am Lake Monroe, gemeinsame Mittagessen am Sonntag mit den Baxters und Zeit für eigene Kinder. Das Bild wurde klarer und größer und füllte Daynes Herz und Seele vollständig aus, denn es gab keine schönere Vorstellung.

Doch zwischen heute und *eines Tages* mussten sie noch einen Krieg gewinnen, den Krieg, den sie selbst angezettelt hatten, als sie der Reality-Show zugestimmt hatten. *For Real* war eigentlich als Versöhnungsangebot an die Paparazzi gedacht gewesen, eine Möglichkeit, der Presse Zutritt zu ihrem Leben zu gewähren, ohne dass alles außer Kontrolle geriet. Doch die Kamerateams waren nicht zu den Dreharbeiten ihres soeben abgeschlossenen Filmes gekommen, um romantische Szenen einer glücklichen Ehe zu filmen. Sie hatten von Anfang an Konflikte provoziert, hatten Schlagzeilen erfunden, die von Zweifel und Untreue sprachen.

Und das alles, bevor die Show überhaupt gesendet wurde.

Dayne küsste ihre Stirn. „Was hat dein Agent gesagt?“

„Er wollte sich vergewissern, dass ich einen Reisepass habe.“ Sie klang müde. „Ich sagte ihm, dass ich natürlich einen habe. Wegen unserer Hochzeit.“

Für einen Herzschlag lang verschwand alles um sie herum und Dayne konnte bis auf den Grund ihrer Seele schauen. Seit den Spannungen der letzten Monate war das nicht mehr geschehen. „Es war wunderschön, nicht wahr?“

Sie lächelte. „Manchmal erlebe ich es noch einmal in meinen Träumen so real, dass ich das Meer riechen kann.“

Er berührte ihr Gesicht. „Zu schade, dass du deinen Film nicht nach Cabo verlegen konntest.“

Die Sonne war im Begriff unterzugehen und warf lange Schatten über die Terrasse, als wollte sie die Unwägbarkeiten des Weges unterstreichen, der vor ihnen lag. „Es wäre ziemlich schwierig, den Big Ben in Cabo zu filmen.“

„Das stimmt.“ Er legte seine Hände um ihr Gesicht und berührte ihren Mund mit seinen Lippen. Ihr Kuss war langsam, zögernd. Die Spannungen der letzten Wochen hatten Spuren hinterlassen. Doch der Kuss weckte eine tiefe Leidenschaft. Nach einer Weile atmete sie schneller und sah ihn zärtlich an.

„Ich liebe dich, Dayne.“ Ihre geflüsterten Worte unterstrichen die Art, wie ihr Körper auf seinen reagierte.

Sogar in den schlimmsten Zeiten war die körperliche Beziehung in ihrer Ehe wunderschön gewesen – ein Geschenk des Gottes, an den sie beide glaubten. Zu Gott betete Dayne auch, dass er ihnen in den kommenden Monaten helfen würde, zusammenzubleiben, auch wenn es einfacher schien, wegzugehen.

„Ich liebe dich auch." Er hielt sie fest. „Hör niemals auf, das zu sagen, ja? Ich werde es auch nicht."

Katy zögerte. „Ich werde … ich werde niemals damit aufhören." Sie küsste ihn noch einmal und flüsterte leise in sein Ohr. „Lass uns reingehen."

Er umfasste ihre Hand. Als sie ins Haus traten und durch die Küche und den Flur zu ihrem Schlafzimmer gingen, war sich Dayne immer noch nicht sicher, was eines Tages auf sie zukommen würde. Doch jetzt hatten sie etwas anderes vor, etwas, das hier und heute wichtiger war.

Sie hatten vier Wochen Zeit.

Kapitel 2

Ashley Baxter Blake umklammerte Landons Hand, als sie in das Sonnenlicht hinaustraten und die Eingangstür des Krankenhauses sich automatisch hinter ihnen schloss. Es schien eine Woche her zu sein, dass Landon sie eilig hergebracht hatte, da sie heftige Wehen verspürte und die Geburt kurz bevorstand. Doch die wunderbaren, furchtbaren Augenblicke, die Leben und Tod ihrer Tochter ausgemacht hatten, hatten sie erst am gestrigen Tag erlebt.

Die Augustsonne brannte heiß auf ihr Gesicht, doch Ashley begann zu zittern. „Es tut so weh, Landon … so weh."

Landon verstärkte seinen Griff um ihre Taille, doch er fragte nicht, was sie damit meinte. Er fühlte ähnlich wie sie.

Ashley versuchte, ihre Fassung wiederzuerlangen, doch sie wäre viel lieber auf dem Gehweg weinend zusammengebrochen. Sie wollte Landon gerade fragen, wie in aller Welt sie das schaffen sollten, wie sie mit ihren leeren Armen zu ihrem Auto gehen sollten, als ein kleines viertüriges Auto vorfuhr.

Bevor Ashley einen Schritt gehen oder auch nur blinzeln oder Luft holen konnte, sprang der junge Mann, der hinter dem Steuer gesessen hatte, heraus und rannte in das Krankenhausfoyer. Ashley und Landon sahen ihm hinterher und erkannten, warum der junge Mann es so eilig hatte. Direkt hinter der Glastür wartete eine junge Frau in einem Rollstuhl, ihr ganzes Gesicht war ein einziges Strahlen. In ihrem Schoß lag ein kleines Bündel, das in pastellfarbene Decken gehüllt war.

Ein Neugeborenes, das die erste Autofahrt seines Lebens nach Hause antreten würde. So wie Ashleys und Landons Baby Sarah eigentlich ihren Heimweg hätte antreten sollen. Ashley schaffte es nicht, sich abzuwenden. Sie beobachtete, wie der junge Mann eine Kiste hochnahm, die mit rosafarbenen Blumen und „Es ist ein Mädchen!"-Luftballons und Geschenktüten beladen war. Sie sah zu, wie eine Krankenschwester den Rollstuhl durch die Glastür schob und sich mit dem jungen Pärchen unterhielt, wobei alle drei lächelten.

Der Mann nahm liebevoll das Baby in die Arme und trug es die wenigen Schritte bis zu dem wartenden Auto. Er bewegte sich sehr vorsichtig, legte das Baby in die Babyschale und schnallte es sorgfältig an. Die Krankenschwester half der Frau beim Aufstehen. Die neue Familie, die weder Ashley noch Landon noch irgendjemand anderen wahrnahm, verschwand im Auto.

Ashley fing an zu weinen, noch bevor die Familie davonfuhr. Ihre Augen waren vor Tränen blind, als Landon sie über den Parkplatz führte, an zwei Autoreihen entlang bis zu dem Dodge Pickup, den sie eine Woche vor der Geburt des Babys gekauft hatten. Landon hatte ihr gesagt, dass das Auto ein Zeichen sein sollte, dass sie ungeachtet der bevorstehenden dramatischen Geburt und des Todes ihrer Tochter weitermachen wollten und sich auf die Angelausflüge und Campingabenteuer freuten, die sie mit einem Haus voller Jungen erleben würden.

Doch Zukunftsträume warfen nicht einmal einen kleinen Lichtstrahl der Hoffnung auf das, was Ashley heute fühlte. Sie lehnte ihren Kopf zurück, schloss die Augen und spürte, wie ein Strom heißer Tränen über ihre Wangen floss. Bloomington war eine Kleinstadt. Wenn Sarah am Leben geblieben wäre, wäre sie vielleicht in die gleiche Schulklasse gekommen wie das Baby, das sie gerade gesehen hatten. Vielleicht hätten die beiden Mädchen Fußball zusammen gespielt oder wären in die gleiche Cheerleadergruppe gegangen. Vielleicht wären sie die besten Freundinnen geworden.

Ashleys Herz schmerzte und sie schlang ihre Arme um ihre Taille. Sie hatte bei Sarahs Schwangerschaft nicht viel zugenommen. Ihr schon wieder ziemlich flacher Bauch ließ sie sich nur noch trauriger fühlen. Sie rutschte über die Fahrerbank und lehnte sich an Landon. „Ich vermisse sie so sehr." Ihre Stimme brach. „Ich konnte sie nur ein paar Stunden im Arm halten." Sie streckte ihre Arme aus und erinnerte sich an das Gefühl, wie ihre kleine Tochter gerade gestern darin gelegen hatte.

„Gott ist gut." Landons Stimme klang erstickt. Er hatte nicht viel gesagt, weil er offensichtlich ebenso mit seinen Gefühlen zu kämpfen hatte. „Sie hatte nur ein paar Stunden zu leben, doch kein Baby hat jemals so viel Liebe in so kurzer Zeit empfangen."

Ein leises Lächeln hob Ashleys Mundwinkel, sogar als weitere Tränen in ihre Augen traten. „Es war ein Wunder, dass sie so gesund ausgesehen hat und dass alle da waren und uns unterstützt haben." Sie schluchzte. „Ich werde immer daran denken."

„Gott hält die kleine Sarah jetzt in seiner Hand. Daran müssen wir festhalten."

Ashley nickte. Sie glaubte fest daran. Ganz gleich, wie tief die Trauer um Sarah war, Ashley zweifelte nicht an Gott. Bei verschiedenen Gelegenheiten während ihrer Schwangerschaft hatte der Herr sie daran erinnert, dass er trotz allem da war. Und dann, kurz vor Sarahs Tod, war es ihr erstgeborener Sohn Cole gewesen, der ein Bild von Ashleys Mutter gemalt hatte, die im Himmel die kleine Sarah im Arm hielt.

Sogar an diesem Morgen, bevor Landon sie abholte, hatte Ashley gespürt, dass der Herr mit ihr sprach. Sie war trauriger, als sie es seit dem Tod ihrer Mutter jemals gewesen war. Sie hatte ihre Bibel vom Nachttisch genommen und sie durchgeblättert, bis sie zu Psalm 46 kam. Beim Lesen fiel ihr ein Vers auf, der ihr schon einige Male geholfen hatte. Sie kannte die Worte in einer älteren Bibelübersetzung auswendig, die sie lange nicht mehr verwendet hatte. „Seid stille und erkennet, dass ich Gott bin! Ich will der Höchste sein unter den Heiden, der Höchste auf Erden."

In Momenten wie diesen verlangte Gott nicht, dass Ashley voller Siegesfreude war oder lächelnd durch die Tür trat. Er ermutigte sie lediglich, still zu werden und zu akzeptieren, dass sie wusste, dass sie nicht alle Antworten kennen musste, weil der Herr sie bereits kannte.

„Seid stille und erkennet, dass ich Gott bin ..." Ja, sie glaubte immer noch.

„Ash ..." Landons Stimme war ruhig und ohne Drängen. „Wir sollten fahren. Cole und Devin sind bei uns zu Hause und dein Vater passt auf sie auf." Er küsste sie auf den Kopf. „Alles in Ordnung?"

Sie nickte und wischte sich mit dem Handrücken über ihr Gesicht. Sie setzte sich zurecht und nahm mit dem letzten Rest Energie, den sie noch hatte, den Gurt, um sich anzuschnallen. „Wenn Mama eine Pause braucht, wenn sie Sarah schaukelt ..." Ashley richtete ihre tränennassen Augen auf den Mann, den sie so sehr liebte. „... weißt du sicherlich, wer sie dann halten wird."

„Wer?" Er steckte den Schlüssel ins Zündschloss und wartete.

„Irvel." Ashley lächelte bei der Erinnerung an die alte, liebe Frau aus dem Pflegeheim Sunset Hills, ihre Freundin aus der Zeit, in der sie dort gearbeitet hatte.

Landons Grinsen erhellte seinen Gesichtsausdruck. „Glaubst du das?"

„Ja, das glaube ich." Sie schniefte etwas. „Irvel und Mama werden eine Tasse Pfefferminztee zusammen trinken und Sarah wird dabei sein."

Es war eine schöne Vorstellung. Ashley und Landon ließen das Bild zwischen sich stehen. Ihre Hände, die einander berührten, waren die einzige Kommunikation, die sie jetzt brauchten.

Ashleys Vater musste geahnt haben, wie schwierig die Heimfahrt sein würde, denn als sie durch die Haustür eintraten, war das Haus ruhig.

Cole spähte um die Ecke, die zur Küche führte, winkte ihnen vorsichtig zu und lächelte schief. „Hi." Er kam hervor. „Opa hat Devin für ein Mittagsschläfchen hingelegt. Er meinte, das wäre das Beste. Außerdem war Devin ziemlich müde."

„Wie geht es dir, Coley?" Ashley streckte ihre Arme aus. Sie holte kurz Luft und dankte innerlich Gott dafür, dass ihre Söhne nicht Anenzephalie gehabt hatten, dass sie hier waren, gesund und quicklebendig.

Cole kam zu ihr, ein wenig langsamer als sonst. Er sah Landon an. „Ist Mama okay? Ich meine so, dass ich sie umarmen kann?"

Landon lachte leise. „Es geht ihr gut. Du kannst sie umarmen, Kumpel." Als er das sagte, wechselte er einen wissenden Blick mit Ashley. Ihr ging es nicht gut, ebenso wenig wie ihm selbst. Eines Tages würde es ihnen vielleicht wieder gut gehen, doch jetzt würde es erst einmal lange Zeit dauern, bis sie diesen Ausdruck gebrauchen und ihn wirklich ernst meinen konnten. Dennoch war es wichtig für ihre Söhne, dass wieder Normalität einkehrte, besonders für Cole, der so sensibel und fürsorglich war, was seine Familie betraf.

Cole lächelte erleichtert. Er schlang seine Arme länger als gewöhnlich um Ashley. „Dein Bauch ist schon fast wieder normal."

„Ja. Beinahe." Ashley lächelte und strich über Coles Hinterkopf. Es war schon so viele Jahre her, dass er ein Baby gewesen war, doch als er sie umarmte, erinnerte sie sich daran, welches Gefühl es gewesen war, ihn als Baby im Arm zu halten. Dieses Gefühl milderte ein wenig den Schmerz, den sie den ganzen Morgen über verspürt hatte.

Landon trat näher heran und legte seinen Arm um Coles Schulter. „Bist du heute traurig gewesen?"

„Ein bisschen." Cole blinzelte zu Landon hinauf und dann zu Ashley. „Sarah hätte heute eigentlich eine Willkommensparty haben sollen und ich hätte auf sie aufgepasst, damit Devin nicht so wild mit ihr wäre. Ich hätte ihm beigebracht, ein guter großer Bruder zu sein." Er dachte ein paar Sekunden nach. „Babys sind eigentlich zu jung, um in den Himmel zu kommen – meint ihr nicht auch?"

Ashley spürte einen Kloß in ihrer Kehle und massierte mit ihrer freien Hand ihren Hals. „Ja, das denke ich auch. Viel zu jung."

„Doch ..." Landon lächelte trotz der Trauer in seinen Augen. „... ich wette, du hast heute Morgen ganz super auf Devin aufgepasst."

Sie hörten Schritte aus dem Wohnzimmer und Ashleys Vater kam leise um die Ecke. „Er hat es großartig gemacht."

Coles Augen leuchteten auf, als er seinen Großvater sah. „Erzähl ihnen doch, wie ich und Devin mit den Duplosteinen gespielt und die größte Brücke gebaut haben, die es jemals gab!"

„Es war bestimmt die allergrößte Brücke."

„Sie war so groß, dass Devin am liebsten draufgeklettert wäre, doch ich habe ihm erklärt, dass Duplobrücken das nicht aushalten." Cole trat einen Schritt von Ashley zurück und grinste seinen Großvater an. „Nicht wahr?"

„Genau. Das hast du ihm erklärt." Ashleys Vater wuschelte durch Coles blonde Haare und warf einen besorgten Blick auf Ashley und Landon.

„Hey!" Eine Idee schien gerade in Coles Kopf geboren zu werden. „Ich werde mal die Brücke kontrollieren, bevor Mama und Papa sie sich anschauen." Er sprang los und war schon halb durch das Esszimmer gerannt, als er stoppte und leise weiterschlich, vermutlich weil er sich daran erinnert hatte, dass Devin schlief. „Das war zu laut", flüsterte er. „Entschuldigung."

Als Cole außer Hörweite war, legte Ashleys Vater eine Hand auf ihre und eine Hand auf Landons Schulter. „Ich bleibe nicht länger. Ihr braucht Zeit für eure Familie." Er beugte sich vor und küsste sie auf die Wange. Dann wandte er sich an Landon. „Ihr schafft das. Euer Glaube wird euch durchtragen."

Landon nickte. „Und ich habe das Gefühl, dass uns die Familie dabei auch sehr unterstützen wird."

Als Ashleys Vater gegangen war, legte Landon seine Arme um sie und hielt sie lange Zeit fest. Sie hörten Cole in seinem Spielzimmer herumwirbeln, wo er vermutlich kontrollierte, dass jede Duplosteinverbindung stabil und an Ort und Stelle war.

Ashley legte ihren Kopf an Landons Brust. Sie war immer noch so müde. In zwei Tagen würden sie eine kleine Beerdigung im engsten Kreis haben, doch in diesem Moment schien allein der Gedanke an so viel Trauer zu viel zu sein. „Glaubst du, er wird sich an sie erinnern?" Sie sah zu ihm auf. „In einem Jahr? … In fünf Jahren?"

„Ich weiß es nicht." Landons Augen waren gedankenvoll. „Doch dieses kleine Mädchen wird für immer bei uns bleiben, ein Teil von uns, bis wir sie wiedersehen."

„Direkt bei meiner Mutter."

„Und Irvel."

Ashley lächelte. Dann folgten sie den Geräuschen, die Cole machte, und verbrachten die nächsten zehn Minuten damit, das Brückenkunstwerk zu bewundern, das größer war als Cole und Devin zusammen. Landon holte den Fotoapparat und machte ein halbes Dutzend Bilder. Kurz danach wachte Devin auf. Alle vier saßen mit überkreuzten Beinen auf dem Fußboden, nahmen die Brücke auseinander und bauten stattdessen mit den Duplosteinen einen Turm.

Ab und zu wurde es Ashley schmerzvoll bewusst, dass bei all den glücklichen Geräuschen, die ihre Familie von sich gab, eines fehlte.

Das leise, sanfte Weinen ihrer neugeborenen Tochter.

* * *

Der Trauergottesdienst war kurz und ergreifend – so wie das Leben der kleinen Sarah. Ashley saß mit Landon und ihren Söhnen in der ersten Reihe der Kirche, umgeben vom Rest der Baxter-Familie. Ashleys Vater zitierte aus Psalm 139 – die Verse, die davon sprachen, dass Gott ein Baby kannte, bevor es geboren wurde, und dass er allein es war, der ein Kind im Leib der Mutter formte. Er zitierte ebenfalls Jeremia 29,11, wo es darum geht, dass Gott den Menschen, die ihm vertrauen, Zukunft und Leben schenkt.

„Seine Pläne für Sarah gehen weit über dieses Leben hinaus." Ashleys Vater sah in die Gesichter in den ersten Sitzreihen. Seine Augen glänzten voller Tränen, doch er lächelte trotzdem. „Wir freuen uns auf den wunderbaren Tag, wenn wir alle wieder zusammen sein werden, in unserem himmlischen Zuhause, und mit eigenen Augen den Plan erkennen, den Gott für unser kostbares kleines Mädchen hat."

Ashley blickte zu dem schmalen weißen Sarg, der unter einer Flut von weißen Rosen und Schleierkraut verborgen war. Der sorgsam gefertigte Sarg war so klein, so schmerzlich winzig. Für einen kurzen, verzweifelten Moment lang sehnte sich Ashley danach, aufzustehen, die Entfernung zu überbrücken, den Deckel zu heben und ihre Tochter noch einmal in die Arme zu nehmen. Sie schloss ihre Augen. *Sarah ist nicht dort drinnen. Ich weiß, dass sie es nicht ist,* sagte sie sich. *Hilf mir, Gott. … Lass sie mich in Mamas Armen sehen, so wie Cole sie gesehen hat.*

Ashley schaute wieder zu ihrem Vater. Er beendete seine kurze Predigt, indem er davon sprach, dass Gottes Gnade jeden Morgen neu ist. Dann trat er vom Podium herunter und kehrte zu seinem Platz neben Elaine zurück.

Der Organist spielte „Bleibend ist deine Treu". Anschließend, als der Gottesdienst vorüber war, fuhren alle zum Friedhof. Die Beerdigung dauerte nur ein paar Minuten. Dann – nach Umarmungen und stillen Tränen – kehrten die anderen nach Hause zurück. Ashley hatte entschieden, dass sie nicht genug Kraft hatte für ein gemeinsames Essen in ihrem Haus. Die Beerdigung war alles, was sie schaffen konnte.

Schließlich standen nur noch Ashley, Landon und ihre Söhne neben Sarahs Sarg. Landon trug Devin auf dem Arm. Ohne ein Wort zu sagen, streckte er die Hand aus und berührte die Ecke des hölzernen Sarges. „Auf Wiedersehen, Sarah", flüsterte er. Dann zog er vorsichtig eine weiße Rose aus dem Bouquet und hielt sie an sein Gesicht. Für einen Moment schloss er die Augen und Schmerz verzerrte sein Gesicht.

Ashley nahm ebenfalls eine Rose und legte ihre Hand sanft auf den glatten Holzdeckel. „Eines Tages, Baby … eines Tages sehen wir dich wieder." Ashley spürte die Tränen auf ihren Wangen, doch ansonsten war ihr Herz wie betäubt. Sie wollte nur noch mit ihrer Familie nach Hause, fort von diesem schrecklich traurigen Ort.

Cole hatte sie beobachtet, wobei er mit der Schuhspitze Kreise in das Gras unter ihm zog, als sei er sich nicht sicher, was er sagen oder tun sollte. Doch jetzt ging er zu dem Grabstein, der an Sarahs Grab angrenzte. „Hier ist Oma beerdigt, nicht wahr? Dort steht Elizabeth Baxter."

„Ja, Coley." Ashley berührte seine Schulter. „Sie werden hier zusammen sein."

Cole nickte. Er starrte einige Sekunden lang auf den Grabstein, dann berührte er die Schrift mit seinen Fingern. „Zusammen, so wie im Himmel."

„Das stimmt."

Landon betete. Die vier blieben ein paar Minuten länger. Dann gingen sie langsam zu ihrem neuen Auto und fuhren nach Hause.

* * *

Ashley ging erst in das Kinderzimmer, als Landon und die Jungen schon schliefen. Vorhin hatte Landon sie gedrängt, sich ein wenig hinzulegen, und sie hatte es tatsächlich geschafft, ein paar Stunden zu schlafen. Doch jetzt konnte sie nicht schlafen. Wie anders hätte diese Nacht sein können, wenn sie die Stunden damit verbracht hätte, Sarah zu wiegen und über ihren Schlafmangel zu lachen.

Ashley schlich durch den Flur an Devins Zimmer vorbei. Vor Sarahs Diagnose hatten sie verschiedene Möglichkeiten diskutiert, wo sie ihr ein Kinderzimmer einrichten könnten. Devin könnte zu Cole ins Zimmer ziehen – davon wären die Jungs begeistert gewesen. Doch ihr Haus war schon älter, die Zimmer hatten kaum genug Platz für zwei Betten und einen Kleiderschrank. Sogar für ein Hochbett wäre es zu eng gewesen.

Stattdessen hatten sie entschieden, Ashleys Malzimmer in ein Kinderzimmer zu verwandeln. Sie malte normalerweise im Haus ihres Vaters und konnte problemlos auch den Rest ihrer Malutensilien dorthin bringen. Auf diese Weise würde jedes Kind einen eigenen Raum haben. Schon vor Ende des dritten Schwangerschaftsmonats hatte Ashley die Wiege aus der Garage geholt und saubergemacht, sie hatte die Bettlaken und die Babywäsche gesucht, die ihre Mutter ihr gegeben hatte, als Cole geboren wurde. Ihre Gemälde und Pinsel hatte sie eingepackt und davon geträumt, ob das Zimmer blau oder rosa gestrichen werden würde.

Doch nachdem sie von dem Geburtsfehler ihres Kindes erfahren hatte – sogar als sie sich Monat für Monat eingeredet hatte, dass es sich um eine Fehldiagnose handeln musste oder dass Gott ihr ein Wunder schenken würde –, hatte Ashley es nicht über sich gebracht, das Kinderzimmer weiter einzuräumen. Als ob ein kleiner Teil ihres Unterbewusstseins es doch besser gewusst hätte. Es hatte Zeiten gegeben, in denen sie in das Zimmer gegangen war und das niedliche Bettchen angestarrt hatte, während ihr Herz wider alles besseren Wissens darauf hoffte, dass ihre Tochter darin schlafen würde. Als die Wahrheit über Sarah schließlich schmerzhaft klar wurde, hatten weder sie noch Landon die Kraft gefunden, die Wiege wieder wegzutragen.

Das Haus war ruhig. Immer noch erschöpft von dem emotional anstrengenden Tag trat Ashley in den Raum und lehnte sich gegen die Wand. Sie hatten überlegt, den Schaukelstuhl aus Devins Zimmer in dieses Zimmer zu räumen, da er für seine Spielsachen mehr Platz brauchte. Doch das war niemals passiert und jetzt sah das Zimmer kahl und kalt und einsam aus – abgesehen von der Wiege.

Ashley trat an die Wiege und berührte die Falten des Betthimmels. Trauer überwältigte sie, als sie ihre Finger über die weichen Laken gleiten ließ, die die dünne Matratze bedeckten. Der Platz, an dem Sarah in genau diesem Moment eigentlich schlafen sollte.

Ich habe sie kaum gekannt, Gott. Ashley starrte in das leere kleine Bett. *Doch … doch ich vermisse sie so sehr …*

Ashley schloss ihre Augen und sah das Bild ihrer Tochter vor sich – ihre feinen Gesichtszüge, ihre großen blauen Augen, ihr süßer Babymund. Wie lange würde es dauern, bis das Bild von Sarah, diese Erinnerung von dem einen Tag mit ihr, zu einem undeutlichen Traum verschwamm? Sie hielt die Luft an und konnte für einen Moment ihre Tochter fast riechen, ihre samtweiche Haut spüren.

Ich vertraue dir, Gott; das tue ich. Aber warum sie? Warum Sarah?

Der Schmerz überwältigte sie, denn es gab keine Möglichkeit, die Distanz zwischen ihr und Sarah zu überwinden – nicht in diesem Leben.

Ashley umklammerte den Rand der Wiege mit beiden Händen. In diesem Moment hörte sie eine Stimme, klar und deutlich, als ob ein Lautsprecher in jeden Winkel ihres Herzens gerichtet wäre. *Sei still, meine Tochter, und erkenne, dass ich Gott bin …*

Erleichterung floss in Ashleys Seele und damit neue Tränen. *Ja, Vater, hilf mir, still zu sein. Hilf mir zu verstehen …*

Wieder war die Antwort deutlich. *Meine Tochter, ich will der Höchste sein unter den Heiden, der Höchste auf Erden.*

Ashley ließ diese Worte auf sich wirken. Sie durchdrangen ihre Gedanken und schenkten ihr ein neues Verständnis. Sie hatte sich nicht auf den letzten Teil dieses Bibelverses konzentriert, sondern nur auf den Anfang, denn was musste sie in Zeiten wie diesen eher hören als die Vergewisserung, dass Gott immer Gott sein würde und es ihre einzige Aufgabe war, still zu sein?

Doch jetzt wurde ihr der zweite Teil des Verses in seiner ganzen Bedeutung bewusst. Die Szenen aus dem Krankenhauszimmer hafteten noch klar und deutlich in ihrer Erinnerung. Ihre ganze Familie, die um ihr Bett versammelt war, und die Gewissheit, dass Sarahs kurzes Leben und ihr friedliches Sterben eine Menge Veränderungen in den Menschen bewirkt hatte, die sie liebte – Wunder, die ansonsten möglicherweise nicht geschehen wären.

In diesen Minuten schien die Entfremdung zwischen ihrem Bruder Luke und seiner Frau Reagan völlig verschwunden zu sein, die beiden hatten sich aneinander festgehalten und an ihren kostbaren Kindern Tommy und Malin. Die verletzten Gefühle und die Distanz, die Ashley von ihrer Schwester Brooke getrennt hatten, waren mit jedem Foto weiter verschwunden, das Brooke gemacht hatte, jeder Minute, in denen sie mit der Videokamera gefilmt hatte, jedem tränennassen Blick, den sie ausgetauscht hatten.

Und vor allem waren da ihr neu gefundener ältester Bruder Dayne und seine Frau Katy. Es war unwichtig, was die Klatschpresse und der Stress des Lebens im Licht der Öffentlichkeit in den ersten Monaten ihrer Ehe angerichtet hatten. Als sie dort in dem Raum gestanden hatten, der überquoll von Familienmitgliedern, und mit ihnen am Leben der kostbaren kleinen Sarah Anteil genommen hatten, hatte Ashley keinen Zweifel gehabt, dass sie es schaffen würden. Alle würden es schaffen und das würden sie mit Liebe und Lachen und in dem festen Glauben tun, dass jeder Moment des Lebens wertvoll war.

Das würde Sarahs Vermächtnis sein. Doch jetzt, als der Bibelvers Ashley in den Sinn kam, wusste sie, dass es nicht allein nur Sarahs Vermächtnis sein würde; es war ebenso das Vermächtnis Gottes. Bei allem Schmerz über den Verlust von Sarah wollte Gott, dass sie etwas verstanden: Er würde der Höchste sein. Wenn sich die Beziehungen der Menschen um sie herum zum Besseren änderten, dann würde ihr himmlischer Vater dadurch geehrt und erhöht werden. Und in Daynes und Katys Fall – wenn sie die Schlammschlacht der Medien überstehen würden, die sie in den kommenden Monaten noch erwartete – würde Gott geehrt werden, sodass die ganze Welt es erkennen könnte.

So wie es der Bibelvers versprach.

Schauer rannen über Ashleys Arme. Ihr tiefer Kummer verschwand ein wenig, als überströmende Freude und Entschlossenheit in ihr Herz flossen. Freude über das, was Gott gestern in dem überfüllten Krankenzimmer begonnen hatte. Und Entschlossenheit, weil sie plötzlich wusste, wie sie die Trauer über den Verlust ihrer neugeborenen Tochter überleben konnte. Mit Gottes Hilfe würde sie versuchen, Frieden in den Beziehungen zu stiften, die durch die wenigen Stunden von Sarahs Leben am meisten berührt worden waren. Sie würde stets ein offenes Ohr haben und versuchen, mit den anderen so oft wie möglich zu sprechen. Sie würde für Luke und Reagan beten, für Brooke und sich selbst und für Dayne und Katy und sie würde eines mit Sicherheit wissen.

Gott würde geehrt werden. Und Sarahs Tod wäre nicht umsonst.

Kapitel 3

Am Mittwochmorgen wachte John früh auf und rollte sich im Bett auf die Seite. Er streckte seine Hand aus zu dem leeren Platz, an dem Elizabeth eigentlich liegen sollte. An den meisten Tagen schaffte er es, den Morgen zu überstehen, ohne an sie zu denken und daran, wie sehr er sie immer noch vermisste. Doch heute war es anders.

Heute war ihr neununddreißigster Hochzeitstag.

Kannst du Elizabeth wissen lassen, wie sehr ich sie liebe? Er starrte aus dem Fenster. Der Himmel war tiefblau, so wie er es die ganze Woche über schon gewesen war. Als er überlegte, was ihn an diesem Tag erwartete, beschloss er, zum Friedhof zu fahren. Irgendwie erschien es ihm richtig, dass er ihr diesen Respekt erwies.

John setzte sich auf und streckte sich. Das Problem war, dass er nicht an Elizabeth dachte, wenn er auf dem Friedhof war. Er dachte an sie, wenn er hier in ihrem gemeinsamen Bett lag. Oder in der Küche, wo sie sich mit einer Tasse Tee in ihren Händen gegen den Tresen gelehnt hatte, mit einem Lächeln, das aus ihren Augen leuchtete. Er dachte daran, wie sie in ihrem Schaukelstuhl gesessen hatte, der neben seinem Sessel im Wohnzimmer vor dem Kamin stand, mit Blick auf den Kaminsims, wo die Fotografien ihrer Kinder aufgestellt waren, auch ein Bild von Dayne. Er sah sie vor sich, wie sie ihm gegenüber am Tisch im Esszimmer saß. Und er erinnerte sich jedes Mal an sie, wenn er den Weg hinter ihrem Haus entlangging.

Nein, er würde nicht deshalb zum Friedhof fahren, um den Tag besonders zu würdigen, an dem er und Elizabeth die beste Entscheidung ihres Lebens getroffen hatten. Er würde den Haferbrei kochen, den sie so gerne gegessen hatte, mit Eiweiß und frischen Blaubeeren. Dann wollte er hinausgehen und einen Spaziergang machen und über die Veränderungen nachdenken, die das Leben gebracht hatte, und über die Veränderungen, die noch kommen würden.

Vielleicht würde er anschließend noch an den Erinnerungsalben für die Kinder arbeiten. Er wollte sie ihnen gerne zu Weihnachten geben, denn eine Zusammenstellung von Briefen ihrer Mutter war das beste Geschenk, das er ihnen machen konnte. Natürlich würden er und Elaine bis dahin …

Eine Traurigkeit, die ihn zu ersticken drohte, überfiel ihn. Langsam holte er tief Luft und stand auf. Er konnte heute Morgen nicht über Elaine nachdenken. Sie hatten sich für morgen verabredet – sie wollten frühstücken gehen und einen Ausflug zum Bauernmarkt machen. Sie hatte Probleme mit ihrem Müllzerkleinerer, also hatte er geplant, sie anschließend nach Hause zu begleiten und sich des Problems anzunehmen. Sie würde ihre Lasagne nach ihrem Spezialrezept machen. Er freute sich auf die schönen, gemeinsamen Stunden.

Doch der heutige Tag gehörte ihm und Elizabeth. Elaine und er hatten nicht darüber gesprochen, doch sie wusste, dass heute sein Hochzeitstag war. So wie im letzten Jahr würde sie an diesem Tag nicht anrufen.

John schaute auf das Foto von Elizabeth und ihm selbst auf der Kommode, doch er blieb nicht davor stehen. Nicht vor dem Foto und auch nicht vor der oberen Schublade, die eine schmale Samtschachtel enthielt, die er an einem Abend der vergangenen Woche mit nach Hause gebracht hatte. Er wollte nicht an das denken, was in dieser Schachtel lag oder wie die Erinnerung an seinen Hochzeitstag in Zukunft aussehen würde, wenn er seine Absichten umgesetzt hätte.

Stattdessen kochte er den Haferbrei. Als er den Abwasch erledigt hatte, setzte er sich eine Baseballkappe auf und ging in den Garten. Ein paar Sekunden lang stand er einfach nur da und tat nichts anderes, als den süßen Duft des Morgens und der Erde zu genießen und den Geruch der voll erblühten Rosen aufzusaugen, die in dem Garten immer noch da standen, wo Elizabeth sie vor zwanzig Jahren hingepflanzt hatte.

Er begann seinen Spaziergang und hob das Gesicht zu dem Blau über den Bäumen, die die Grenze seines Grundstückes markierten. „Ich weiß, dass ich eigentlich nicht fragen sollte, Gott.“ Er schob die Hände in die Hosentaschen. „Doch ich verstehe immer noch nicht, warum. Warum brauchst du sie dort oben bei dir?“ Seine Stimme war ruhig, kaum laut genug, dass er sich selbst hören konnte. „Sie sollte lieber jetzt hier bei mir sein.“

Und das sollte sie wirklich. Sie hätten über Katy und Dayne gesprochen und ob der Druck durch die Reality-Show und die Filme, die sie drehten, nicht doch zu groß war. Sie würden ihre Sorgen über Luke und Reagan teilen und ihren Kummer wegen Ashley und Landon. Sie würden sich gemeinsam an Karis und Ryans wachsender Familie freuen und dankbar sein, dass die Ehe von Brooke und Peter wieder in Ordnung gekommen war. Und sie würden gemeinsam dafür beten, dass sich für Erin und Sam eine Möglichkeit ergab, in die Nähe von Bloomington ziehen zu können.

Elaine interessierte sich sehr für seine Kinder, doch es war nicht dasselbe, wenn er mit ihr sprach, denn Elaine kannte nicht ihre Vergangenheit. Immerhin hatte sie eigene erwachsene Kinder. Sie war nicht da gewesen, um gemeinsam mit ihm zu weinen, als sie Dayne zur Adoption fortgegeben hatten. Sie war nicht an seiner Seite gewesen, als er mit Brooke zum Krankenhaus gerast war, damit sie mit fünfzehn Stichen genäht werden konnte, weil sie vom Fahrrad gefallen war. Sie war nicht bei Kindergeburtstagen oder Einschulungstagen da gewesen, bei Studienabschlüssen oder wunderbaren Urlaubsreisen, bei gebrochenen Beinen und gebrochenen Herzen.

Er nahm den Fußweg, der über die Brücke führte, die er vor einem Jahr umgebaut hatte, sodass er und Cole einen Ort hatten, an dem sie Fische beobachten und Frösche mit dem alten Netz fangen konnten, das John in der Garage aufbewahrte. Auf der anderen Seite ging er langsamer und folgte dem Weg, der schließlich bei der Bank endete, auf der er und Elizabeth häufiger gesessen und geredet hatten, als er zählen konnte.

Er würde sich nicht nur von den Erinnerungen lösen müssen, die er und Elizabeth teilten, und von den Traditionen, die jeden Feiertag zu etwas Besonderem machten oder von den lustigen Geschichten, die seit Jahren in seiner Familie erzählt wurden. Denn wenn er Elaine heiratete, würden sie einen anderen Ort zum Wohnen finden müssen. Er holte tief Luft und umklammerte die Armlehnen der Bank. Dabei musterte er die hintere Veranda und die Fenster des altvertrauten Hauses. Elaine würde nicht in das Baxter-Haus ziehen wollen. Sie konnte nicht mit den Erinnerungen an Elizabeth mithalten. Das wollte John auch gar nicht. Doch er war auch nicht bereit, in ihr Haus zu ziehen.

Eine Welle der Angst überflutete ihn. Er hatte schon häufiger darüber nachgedacht, das Haus zu verkaufen, hatte aber diese Gedanken immer beiseitegeschoben. Doch jetzt, mit der kleinen Samtschachtel oben in der Schublade seiner Kommode, war es an der Zeit, über die Wirklichkeit nachzudenken. Sie würden woanders leben müssen.

Gott, das alles gibt mir das Gefühl, alt und müde zu sein. Er lehnte sich auf der Bank zurück und schloss seine Augen. Es würde einfacher sein, sich von Elaine zu verabschieden. Hier im Baxter-Haus wohnen zu bleiben, umgeben von seinen Kindern und Enkelkindern und Erinnerungen. Vor allem von den Erinnerungen. *Ich hatte alles mit Elizabeth, Herr … Wo willst du, dass ich von hieraus hingehe?*

John wartete, doch zuerst vernahm er keine Antwort, nur das Zwitschern eines Rotkehlchens in den Bäumen über seinem Kopf und das Plätschern des Wassers vom nahe gelegenen Bach.

Doch dann fühlte John, wie ein Vers wie eine sanfte Brise in seinem Herzen erwachte. *„Kommt alle her, die ihr euch abmüht und unter eurer Last leidet! Ich werde euch Ruhe geben. Lasst euch von mir in den Dienst nehmen und lernt von mir! Ich meine es gut mit euch und sehe auf niemanden herab. Bei mir findet ihr Ruhe für euer Leben. Mir zu dienen ist keine Bürde für euch, meine Last ist leicht.“*

Die Worte waren wie frisches Wasser für seine Seele und atmeten neues Leben in sein Herz hinein. Matthäus 11 war ein Kapitel der Bibel, das John häufig in den verschiedenen Zeiten seines Lebens gelesen hatte. Als Elizabeth zum ersten Mal die Krebsdiagnose bekam oder als Luke nach der Tragödie des 11. September gegen alles rebelliert hatte. *„Kommt alle her, die ihr euch abmüht und unter eurer Last leidet! Ich werde euch Ruhe geben …“*

Die Worte breiteten sich in ihm aus und füllten seine Gedanken. Es gab immer einen Grund, warum Gott einen bestimmten Vers in sein Herz gab, das war auch heute so. Er war müde und erschöpft. Die Last der Entscheidung, die vor ihm lag, war mehr, als er tragen konnte, besonders an seinem Hochzeitstag.

Er öffnete seine Augen und die Botschaft stand klarer als der Spätsommerhimmel vor ihm. Wenn der Gedanke, Elaine zu heiraten, für ihn zu viel war, dann war es jetzt nicht der richtige Zeitpunkt, diesen Schritt zu gehen. Stattdessen wollte er sich auf den Herrn konzentrieren, auf Gottes große und mächtige Kraft, die ihn führen und leiten und ihm Weisheit geben würde, wann immer er sie brauchte. Er wollte über Gottes Treue nachdenken. Und dadurch würde er Gott erlauben, seine nächsten Schritte zu bestimmen.

Für einige wundervolle Sekunden lang konnte John beinahe spüren, dass Elizabeth neben ihm saß. Die Erinnerung an sie überwältigte ihn. „Neununddreißig Jahre …" Er spürte, wie ihm die Tränen in die Augen stiegen, doch er blinzelte sie zurück. Ein Lächeln stieg aus seinem Herzen auf und hob seine Mundwinkel. Denn wenn er an Elizabeth dachte, dann konnte er nur an die Freude denken, die sie ihm und den Kindern gewesen war. *Danke für Elizabeth, Gott. Ich bin so dankbar.*

Er stand auf und sammelte die Kraft, die er brauchte, um diesen Tag zu überstehen. Dabei hörte er die Worte noch einmal. *„Kommt alle her, die ihr euch abmüht und unter eurer Last leidet …"* Er würde den Tag damit verbringen, alte Fotos anzuschauen und seine Kinder anzurufen und die Bibel zu lesen. Dabei würde er Elizabeths Lieblings-CD mit Lobpreisliedern im Hintergrund laufen lassen. Doch bevor zu viel Zeit verstrich, musste er noch das tun, was er tun musste, um fair zu sein – zu sich und zu Elaine. Er musste sie anrufen und ihre Verabredung für morgen absagen. Denn bevor der Herr nicht die Fragen, die sein Herz beschwerten, für ihn klärte, hatte er kein Recht darauf, die Dinge weiter voranzutreiben.

Auch wenn oben in der Samtschachtel ein Verlobungsring lag.

* * *

Katy war dankbar für die Abschiedsparty im Haus der Flanigans, denn das war eine willkommene Ablenkung. Rhonda Sanders – ihre langjährige Freundin und Assistentin beim christlichen Kindertheater – würde nach Cleveland ziehen, um bei Chad Jennings zu sein, der bei der Aufführung von *Godspell* mitgearbeitet hatte, nachdem Katy beim Kindertheater ausgestiegen war. Die beiden waren voller Mut, sehr verliebt und aufgeregt wegen ihrer Zukunft. Sie wollten morgen aufbrechen. Rhonda würde bei einer der Familien, die beim christlichen Kindertheater mitarbeiteten, in der Nähe des Theaters von Ohio leben. Die beiden würden gemeinsam zwei Aufführungen vorbereiten und dann irgendwann im nächsten Frühjahr heiraten.

Katy holte eine Packung mit gefrorenem Hackfleisch aus dem Gefrierschrank und beobachtete dabei Rhonda und ihren Verlobten. Rhondas Augen funkelten, wenn sie Chad anschaute, und er hing an jedem Wort, das sie sagte.

Ein wenig Eifersucht überkam Katy, sodass sie rasch wegsah. Rhonda und Chad würden all das haben, was sie und Dayne niemals haben würden. Anonymität und Privatsphäre und eine Welt, in der die Menschen, die sie beobachteten, ihnen zujubelten, sie ermutigten und unterstützten.

Dayne trat mit zwei riesigen Tüten mit Hamburger-Brötchen aus der Speisekammer. „Wo möchte Jenny sie haben?" Er hatte Katy schon fast erreicht, als er etwas in ihrem Gesichtsausdruck sah. Er legte die Brötchen auf die Arbeitsplatte aus Granit und trat zu ihr, wobei er sanft ihren Arm berührte. „Was ist los?"

Sie zwang sich zu einem Lächeln und legte ihre Arme um seine Taille. „Tut mir leid." Sie sah wieder zu Rhonda und Chad. Irgendjemand spielte im Wohnzimmer einen Song aus *Die Schöne und das Biest* auf dem Klavier. Es klang, als würde eine ganze Gruppe Kinder mitsingen. Sie ignorierte den Lärm um sich herum. „Ich träume nur."

Dayne folgte ihrem Blick und schien im gleichen Augenblick zu begreifen. „Dass wir sie sein könnten ...?"

„Nicht wirklich." Sie wandte Dayne den Rücken zu. „Vielleicht eines Tages."

Ein Dutzend Kinder raste kreischend und lachend an ihnen vorbei.

Dayne schien sie nicht zu bemerken. Er berührte Katys Wange, wobei eine große Sehnsucht in seine Augen trat. „Dieser Tag wird kommen."

„Ich weiß." Katy nickte, doch keiner von ihnen schien davon sehr überzeugt zu sein. Sie stellte das gefrorene Fleisch auf die Arbeitsplatte. Im gleichen Moment kam Jenny von draußen hereingerannt.

„Der Grill wollte nicht angehen. Könnt ihr euch das vorstellen? Wir haben den größten Grill der ganzen Welt da draußen, und während fünfzig Kinder auf ihre Burger warten, kriegen wir ihn nicht an." Jenny stürzte an Dayne und Katy vorbei und wusch sich die Hände in der Spüle. „Jim musste sich ein Streichholz organisieren und ihn auf die altmodische Art anzünden."

Katy rollte ihre Ärmel hoch und grinste Dayne an. Wieder war sie dankbar für das Chaos um sie herum. „Also gut, wenn du das mit den Flammen hingekriegt hast, dann gib uns Arbeit."

„Nimm die große Platte aus der unteren Schublade und leg die Burger darauf." Jenny sah etwas aufgelöst, aber sehr fröhlich aus, so wie sie immer bei ihren Partys aussah. Sie ratterte eine Liste von Aufgaben für

Dayne herunter, erklärte ihm, wo die Gewürze standen und wie viele Tomaten er schneiden sollte. „Wenn du dann rausgehst, bin ich sicher, dass Jim deine Hilfe gut gebrauchen kann. Er mag es, wenn ihn jemand bei so großen Essensmengen unterstützt."

Die Burger wurden an diesem Abend perfekt. Die Kinder nahmen ihre gefüllten Teller und suchten sich Sitzplätze an den Gartentischen. Katy und Dayne saßen auf dem Sofa, das auf der Veranda stand, und beobachteten, wie sich die älteren Teilnehmer vom christlichen Kindertheater mit den jüngeren Jungen und Mädchen mischten.

„Wenn ich sie so sehe, kann ich mir genau vorstellen, wie sie mit ihren Kostümen auf der Bühne aussehen und ihre Rollen spielen." Katy legte ihren Burger auf ihren Teller und blickte über den Pool hinweg zu dem Tisch auf der anderen Seite, an dem Tim Reed saß. Er hatte in diesem Jahr mit dem College begonnen. Wenn das Theaterprogramm hätte weitergeführt werden können, wäre es Tims letztes Jahr gewesen. Es gab eine Menge anderer Kinder. Bailey und Connor Flanigan, Bruder und Schwester, die für Katy wie ihre Familie geworden waren in den Jahren, in denen sie in der kleinen Wohnung über ihrer Garage gelebt hatte. Die Shaffers und die Picks, die Schneiders und die Larsons.

Katy ließ ihren Blick schweifen und entdeckte Bethany Allen, die Bezirkskoordinatorin des christlichen Kindertheaters. Ihr Leben würde sich ebenfalls ändern, jetzt, da das Kindertheater keine Räumlichkeiten mehr hatte.

„Ich weiß, was du gerade denkst." Dayne balancierte seinen Teller auf den Knien und legte seinen Arm um Katys Schulter.

„Hmmmm." Sie lehnte sich gegen ihn. Eine Brise wehte über die Felder hinter dem Haus der Flanigans und flüsterte in den Ahornbäumen, die ihr Grundstück umgaben. Sie liebte es, dass ihr Beisammensein hier eine entspannte Nähe mit sich brachte, die Art von ganz normaler Atmosphäre, die Dayne und sie niemals außerhalb von Bloomington hatten. Sie lächelte ihm zu. „Was denn?"

„Dass in ein paar Wochen das Vorsingen stattfinden sollte. Dass es das erste Mal seit vielen Jahren ist, dass in Bloomington keine Herbstaufführung des Kindertheaters stattfindet."

„Ja, aber ich denke auch an die Kinder." Sie verengte die Augen. „Das christliche Kindertheater war so gut für sie. Was werden sie jetzt machen? Wie können sie zusammenbleiben?"

Es gab keine Antwort darauf und Dayne versuchte auch gar nicht erst, eine zu finden. Stattdessen ließen sie das Gespräch abreißen und richteten ihre Aufmerksamkeit wieder auf die Kinder und ihr Lachen.

Als sie mit dem Essen fertig waren, sprangen einige Kinder auf. Jemand legte eine CD mit dem Soundtrack aus dem Film *High School Musical* ein. Die Kinder, die schon fertig waren, tanzten dazu die Choreographie aus dem bekannten Kinofilm und die anderen stellten sich dazu und sangen jedes Wort mit.

Wo würden diese Teenager jetzt eine Möglichkeit haben, zu singen und zu tanzen? Sie konnten schließlich nicht an der Schule plötzlich mit dem Singen anfangen, ohne befremdliche Blicke ihrer Klassenkameraden zu ernten. Das christliche Kindertheater war eine einmalige Umgebung gewesen, in der die Kinder singen und tanzen und ihre gottgegebenen Talente entfalten konnten. Katys Magen zog sich schmerzlich zusammen. Im Vergleich dazu war die Vorstellung, in England einen Film zu drehen, fast banal.

Als sich die Dämmerung über den Garten senkte, entfachten Jim und Dayne ein Lagerfeuer in der dafür vorgesehenen Feuerstelle, die knapp zwanzig Meter vom Pool und der Veranda entfernt war. Alle trugen Decken und Gartenstühle dorthin, und als sich der Kreis schloss, holte jemand eine Gitarre hervor.

Nachdem Jenny Marshmallows und Stöcke verteilt hatte, ließ sie sich etwas weiter vom Feuer entfernt neben Katy nieder. „Ihr müsst bald fahren, nicht wahr?“

„Am nächsten Dienstag.“ Katy starrte in das Feuer.

Jenny zog ihre Knie an. „Machst du dir Sorgen?“

„Natürlich.“ Katy lächelte traurig. „*For Real* und all das verdrehte Zeug, was sie zeigen werden, startet Anfang September. Und die ganze Welt kann zuschauen.“

Eine Rauchwolke wehte in ihre Richtung. Jenny hustete. „Glaubst du, dass es so schlimm wird?“

Katy schüttelte den Kopf. „Die Vorankündigung hat eines klar und deutlich gemacht.“ Sie änderte ihre Stimme und klang wie ein Fernsehsprecher. „Wird Amerikas Lieblingspärchen es überleben, gemeinsam einen Film zu drehen? Sehen Sie selbst – bei *For Real.*“

„Das habe ich gesehen.“ Jenny runzelte die Stirn. „Ich hatte gehofft, dass das nur ein Aufhänger wäre, um die Zuschauer neugierig zu machen. Damit die Menschen einschalten."

„Ja, doch dann müssen sie auch dafür sorgen, dass die Menschen nicht wieder *ausschalten.*" Katy starrte durch den Rauch zu den Bäumen, die das Ende des Grundstückes markierten. „Ich weiß wirklich nicht, warum wir jemals zugestimmt haben."

„Aber ich." Jenny legte verständnisvoll ihren Kopf auf die Seite, ihr Gesichtsausdruck war sanfter als zuvor. „Du wolltest ihnen ein Fenster bieten, durch das sie ein wenig in euer Leben schauen können, anstatt dass sie eine Tür aufreißen und einfach hineintrampeln."

„Naja … dieser Plan ist gründlich danebengegangen."

„Was denkt Dayne darüber?" Jennys Stimme war so leise, das niemand sonst sie hören konnte.

„Er ist nervös. Wir fliegen zurück nach L. A., dann wird dort die Premiere für unseren Film sein und kurz darauf sind wir wochenlang weit voneinander entfernt."

Jenny schwieg, während sie die Realität von Katys Situation auf sich wirken ließ. Nach einer Weile holte sie tief Luft. „Das ist nicht unbedingt das, was du dir vorgestellt hattest."

„Nein."

Wieder ließ sich Jenny Zeit mit ihrer Antwort. „Doch du hast es zugelassen." Ihr Tonfall war weder kritisierend noch verurteilend. „Ihr habt es beide getan."

Ihr Kommentar blieb bei Katy hängen, auch lange noch, nachdem die Party vorbei war, nachdem sie Rhonda und Chad umarmt und ihnen versprochen hatte, für sie zu beten, und nachdem sie sich von den Flanigans und einem Dutzend Kinder verabschiedet hatte, die immer noch durch das Haus liefen.

Auf dem Heimweg sagte Katy nur wenig. Natürlich hatte Jenny recht. Der Film und die Fernsehserie, die sich um ihr Leben drehte, waren nur deshalb zustande gekommen, weil sie dem allen zugestimmt hatten. Katy starrte aus dem Fenster auf den Nachthimmel über Bloomington. Daynes Vertrag für den neuen Film stand seit über einem Jahr fest, schon lange, bevor sie ihre Hochzeit geplant hatten. Was hätte sie also tun sollen? Zu Hause sitzen und die Tage zählen, bis er mit dem Filmemachen fertig war? Wenn ihr Regisseur nichts lieber wollte, als einen weiteren Film mit ihr zu drehen?

Katy schloss ihre Augen. Sie würden zur gleichen Zeit unterwegs sein, nicht wahr? Sich zu beschäftigen war die beste Art, sich von der Tatsache abzulenken, dass Daynes Partnerin in seinem nächsten Film Randi Wells sein würde, die – ungeachtet der Tatsache, dass Dayne ihr Interesse nicht erwiderte – ihre Gefühle für ihn bereits sehr deutlich gemacht hatte. Was würde es also ändern, wenn Katy zur gleichen Zeit in London war, um ihren eigenen Film zu drehen?

„Du sagst so wenig." Für einen kurzen Moment wandte Dayne seine Aufmerksamkeit von der Straße ab und sah sie an.

„Hmmm." Sie lächelte, doch sie spürte, dass es nicht echt war. „Ich denke daran, wie verrückt die nächsten Monate sein werden, die auf uns zukommen."

Einige Augenblicke lang antwortete Dayne nichts, doch dann nickte er langsam und sagte mit angespannter Stimme: „Verrückter, als wir es uns vorstellen können."

Als sie zu Hause waren, bekam Dayne einen Anruf von seinem Regisseur. Katy ging in ihr Schlafzimmer. Sie öffnete die Balkontür und spürte eine süße, erfrischende Brise vom See.

Dayne war immer noch am Telefon, als sie ins Bett kletterte und sich auf die Seite legte, um nach draußen zum See schauen zu können. Es war zu dunkel, um das Wasser oder auch nur die Schatten der Bäume erkennen zu können. Doch die frische Luft, die ihr Gesicht streichelte, erinnerte sie daran, dass sie wirklich hier in ihrem Haus am See waren und nicht in Hollywood, wo die Paparazzi draußen darauf lauerten, auf ihren Balkon zu gelangen.

Sie konnte das nicht abschütteln, was Jenny gesagt hatte, besonders jetzt nicht, da Dayne in ein Gespräch über seinen nächsten Film vertieft war. Jede noch so kleinste Station in der Reise, die vor ihnen lag, hatten sie nicht nur erlaubt, sondern ihr sogar ausdrücklich zugestimmt. War es wirklich das, was sie sich erträumt hatten, als sie an jenem Strand in Mexiko standen und sich ewige Treue versprachen?

Im Nebenzimmer wurde Daynes Stimme lauter. „Die Antwort ist nein. Sagen Sie ihr, dass wir uns früh genug sehen werden." Er klang genervt. „Ich brauche nicht *noch* eine Woche Zeit, um meinen Text mit Randi zu proben. Wir haben das oft genug getan. Das wird schon klappen."

Katy presste ihr Gesicht tiefer in ihr Kissen und schloss die Augen.

Sie machte sich keine Sorgen, dass Dayne Gefühle für Randi haben könnte. Sie hatten einige Male über die Situation gesprochen. Dayne hatte kein Interesse an ihr – ganz egal, was die Zeitschriften behaupteten. Doch bei Randi war es etwas anderes. Sie hatte Katy gestanden, dass sie an Dayne interessiert war. Oder vielleicht war sie auch nur interessiert an dem Frieden, den er in seinem Glauben gefunden hatte. Was auch immer es war, Randi würde sich keine Gelegenheit entgehen lassen, Dayne näherzukommen. Nicht, wenn sie beide allein in Mexiko waren.

Mexiko – der Ort, an dem Dayne und Katy keine sechs Monate zuvor eine Hochzeit gefeiert hatten, die perfekt gewesen war. Verborgen vor der Presse und nur umgeben von ihrer Familie und ihren Freunden hatten sie einige Tage nur für sich gehabt. Das war eine Zeit, die Katy niemals vergessen würde.

Sie holte tief Luft und war plötzlich wieder dort. Sie stand in ihrem Brautzimmer in der Ferienanlage am Strand, umgeben von ihren wunderschönen Brautjungfern – Ashley, ihre Ehrenbrautjungfer, Brooke, Kari, Erin, Reagan und Rhonda. Katy hörte wieder die Aufregung in ihren Stimmen, sah ihre umwerfenden bodenlangen Kleider, aus zartrosa Satin gefertigt, und ihre eleganten Frisuren, in die der Starfriseur all sein Können hineingelegt hatte.

Während der Hochzeitsvorbereitungen hatte Katy sich wie im Märchen gefühlt. Die Liebe, die sie umgab, die Schönheit ihrer neuen Familie, dass ihre Eltern zur Hochzeit hatten kommen können – das war wie das Sahnehäubchen auf ihrer grenzenlosen Freude gewesen.

Sie sah wieder vor sich, wie sich ihre Brautjungfern neben der Tür versammelten, durch den Türspalt spähten und auf das Zeichen warteten, dass es losging. Ihre Blumensträuße waren extra eingeflogen worden, jeder davon eine Kaskade aus rosafarbenen kleinen Röschen, außer Katys Strauß. Ihrer hatte aus weißen Rosen bestanden mit Schleierkraut und vielen kleinen weißen Röschen.

Die Männer hatten atemberaubend gut ausgesehen in ihren schwarzen Smokings, weißen Hemden und den zartrosa Westen mit den Krawatten. Dayne hatte einen schwarzen Frack getragen, seine Weste und Krawatte leuchteten cremeweiß. Doch selbst wenn sie hundert Jahre alt werden und sich an ihren Hochzeitstag erinnern würde – Daynes Augen würden für sie immer das Wichtigste sein. Der Blick, mit dem er sie ansah, als sie bei Sonnenaufgang den Gang hinunterschritt, hatte sich für immer in ihr Gedächtnis gebrannt.

Katy zog die Decke hoch zum Kinn und spürte, wie sie sich entspannte, wie der Schlaf über sie kam. So geschah es immer, wenn sie ihre sorgenvollen Gedanken beiseiteschob und sich auf die glücklichen Zeiten konzentrierte, anstatt auf die Unsicherheit, die sie erwartete.

Ihre Hochzeitsfotos waren atemberaubend. Sie erinnerten Katy an die Familie, in die sie eingeheiratet hatte, und dass sie selbst eine solche Familie gründen würden, wenn sie Hollywood irgendwie entkommen könnten. Auf Katys Lieblingsfoto, das die ganze Hochzeitsgesellschaft zeigte, standen sie und Dayne in der Mitte mit Ashley und Luke jeweils an ihrer Seite. Luke war Daynes Trauzeuge gewesen. Seitdem Luke die Aufgaben als Daynes Anwalt übernommen hatte, sprachen die beiden häufig miteinander. Die anderen – Peter, Landon, Ryan und Sam – waren ebenfalls stolz, Dayne begleiten zu dürfen.

Vor der Zeremonie hatte John Baxter Katy beiseitegenommen. „Wir sind sehr gesegnet worden. Unsere Familie hat im letzten Jahr nicht nur einen Sohn dazugewonnen. Wir haben außerdem noch eine Tochter bekommen."

Die Erinnerung an ihre Hochzeit war noch da, doch die Geräusche um sie herum – das Plätschern des Sees, Daynes Unterhaltung über den Film im Nebenzimmer – verschwanden. Sie lag nicht länger in ihrem Bett und wartete auf ihren Mann, wobei sie sich in Erinnerungen verlor. Sie trat gerade aus ihrem Brautzimmer heraus und dabei sagte Ashley: „Wie Katy sagen würde – jetzt geht's los!"

Sie ging in den Vorraum, ihr weißer Schleier wehte hinter ihr her und sie flüsterte ihrem Vater ins Ohr: „Erinnerst du dich, Papa, dass du mir immer wieder gesagt hast, dass ich alles erreichen könnte, was ich will, alles, wovon ich träume?"

„Ja, mein Kleines." Ihr Vater hatte Tränen in den Augen. „Ich habe jedes Wort ernst gemeint."

Alle Baxter-Cousins und -Cousinen quietschten fröhlich und sprangen aufgeregt neben der Tür auf und ab, die zum Ort der Hochzeit führte, die draußen stattfinden würde. Dann öffnete die Hochzeitsplanerin die Tür und der Klang von Geigen füllte Katys Sinne. Die Hochzeitsplanerin schickte zuerst die Brautjungfern los und dann die Kinder und sagte: „Geht nicht zu schnell."

Als sich die Musik änderte, sah Katy auf den zerbrechlichen Mann an ihrer Seite. „Papa …" Sie reckte sich auf die Zehenspitzen und wischte seine Tränen mit den Fingerspitzen weg. „Ich bin so froh, dass es dir so gut geht, dass ihr kommen konntet."

Die Musik formte sich zu einem Lied, das Katy erkannte, und plötzlich … öffnete sich eine Tür einen Spalt breit, sodass ein Lichtstrahl in die Dunkelheit fiel. Katy schnappte nach Luft und riss die Augen auf.

„Entschuldige." Dayne kam um das Bett herum auf ihre Seite und berührte ihre Schulter. „Ich wollte dich nicht aufwecken."

„Schon in Ordnung." Sie lehnte sich zurück in ihre Kissen. „Ich war noch wach. Irgendwie."

Er gab ihr einen zärtlichen Kuss und ließ seine Finger über ihre Wangen gleiten. „Ich konnte das Gespräch nicht schneller beenden."

Katy murmelte etwas davon, dass das schon okay war, und Dayne ging ins Bad, um sich zum Schlafen fertig zu machen. Erst da waren ihre Gedanken wieder so klar, dass sie begriff, was geschehen war. In ihrem Wunsch, einen Weg zurück zu dem Zauber ihrer Hochzeit zu finden, war sie eingeschlafen. Kein Wunder, dass jedes Detail so klar und deutlich gewesen war, so echt, als ob sie wieder dort gewesen wäre. Die Bilder waren nicht nur Erinnerungen gewesen, sondern ein Traum.

Plötzlich wollte sie nach Dayne rufen und ihn bitten, mit ihr gemeinsam zu beten wegen der langen Zeit, in der sie getrennt wären, den Versuchungen und den prüfenden Blicken, denen ihre Ehe in den kommenden Monaten ausgesetzt sein würde. Sie stützte sich auf die Ellenbogen und starrte hinter ihm her. „Dayne?"

Der Klang ihrer Stimme erstarb in dem dunklen Raum, lange bevor er Dayne erreichen konnte. Aus dem Bad hörte sie, wie ein Wasserhahn aufgedreht wurde. Er hatte sie nicht gehört, und selbst wenn er sie gehört hätte, sollte ein gemeinsames Gebet nicht ihr Vorschlag sein, oder? Dayne hatte in den ersten Monaten ihrer Ehe die Führung übernommen, warum also nicht auch jetzt?

Katy legte sich zurück auf ihr Kissen und spürte, wie sich Enttäuschung in ihre aufgewühlten Gefühle mischte, die sie bewegte. Der Traum war so real gewesen, so lebendig. Und als sie es sich wieder vorstellte, wie sie sich gefühlt hatte, als sie durch den Gang auf die große Liebe ihres Lebens zugeschritten war, traf sie ein schrecklicher Gedanke. Mit all dem, was sie in den kommenden Monaten durchstehen mussten, war das vielleicht alles, was ihr gemeinsames Leben jemals sein würde. Ein Traum.

Ein flüchtiger, zauberhafter Traum, aus dem sie eines Tages unweigerlich aufwachen würden.

Kapitel 4

Noch lange nachdem die Kinder vom Kindertheater sich verabschiedet hatten und Jim, Bailey und die Jungen im Bett waren, blieb Jenny Flanigan wach, um aufzuräumen. Es lagen Veränderungen in der Luft. Jenny wollte darüber nachdenken, ihnen nachspüren. Wenn der August zu Ende ging, hatte sie jedes Jahr dieses Gefühl. In früheren Jahren, als die Kinder noch kleiner waren, hatte sie in jedem Herbst einen Kalender gekauft, der die kommenden sechzehn Monate umfasste, denn ein neues Jahr begann für sie nicht im Januar, sondern dann, wenn der Sommer endete. Wie ihre Freudinnen, die Kinder hatten, war für Jenny der Beginn eines neuen Schuljahres gleichzeitig auch der Beginn eines neuen Jahres.

In diesem Herbst war das nicht anders. Sie und Jim hatten darüber gesprochen, die Kinder zu Hause zu unterrichten – etwas, das sie früher schon einmal getan hatten. Doch die Jungs wollten gerne mehr Zeit mit ihren Schulfreunden verbringen. Jim und Jenny waren sich darüber einig geworden, dass es für ihre Söhne wichtig war, diese Beziehungen weiterzuführen. In ein paar Jahren würden sie vielleicht zu Hause bleiben, um unterrichtet zu werden.

Das bedeutete natürlich, dass das Haus tagsüber sehr still war und die Zeitpläne nachmittags straff, wenn es galt, Hausaufgaben und Fußballtraining unterzubringen. Connor hatte sich gerade entschieden, im Footballteam der Clear Creek Highschool mitzuspielen, wo er zu Ryans und Jims Team gehören würde. Und Justin und Shawn wollten an ihrer Schule Flag Football spielen.

Ricky, ihr Jüngster, hatte es am besten ausgedrückt. „Mama", hatte er ihr heute gesagt, „wenn ich Zeit einfrieren könnte, würde es immer der letzte Tag des Sommers sein und ich wäre immer acht Jahre alt."

Jenny lächelte, als sie die Überreste von Grillkartoffeln aus zwei großen Plastikschüsseln in den Mülleimer kippte. Sie trug die Schüsseln zur Spüle, ließ heißes Wasser darüberlaufen und gab ein paar Tropfen Spülmittel dazu. Wenn sie nur die Zeit einfrieren könnte! Denn diese Tage, die angefüllt waren von Terminplänen und Hausaufgaben und eilig heruntergeschlungenen Mahlzeiten, waren die Zeiten, an die sie sich erinnern würden. Diese Momente wurden zu einem Muster ihres gemeinsamen Lebens zusammengewebt.

Ja, der Herbst würde sehr geschäftig werden. Doch das war nicht die einzige Veränderung, die in der Luft dieser Spätsommernacht schwebte. Jenny griff nach einem Geschirrtuch und warf einen Blick auf ein Foto, das Bailey und Connor und einige ihrer Freunde vom christlichen Kindertheater nach ihrer letzten Aufführung von *Godspell* zeigte. Sie beugte sich vor und schaute auf ihre beiden Kinder und dann auf die anderen, sah das Licht, das in ihren Augen leuchtete, und die Siegesgewissheit auf ihren Gesichtern. Sie waren fest davon überzeugt gewesen, dass es mit dem Kindertheater irgendwie weiterging, dass sie ein neues Theater fänden und es eine Herbstaufführung geben würde – so wie es in jedem Jahr eine Herbstaufführung gegeben hatte, seit Katy nach Bloomington gekommen war.

Jennys Herz wurde schwer, als sie nach einer der nassen Schüsseln auf dem Abtropfgitter griff. Das Ende des christlichen Kindertheaters war die größte Veränderung, der sie sich alle stellen mussten, wenn der September näherrückte. Die Kinder, die es so geliebt hatten zu singen, zu tanzen und eine Rolle in den Aufführungen zu übernehmen, würden eine große Leere in ihrem Leben verspüren. Einige Kinder würden ihren Kummer schnell überwinden und sich neuen Hobbys widmen. Deshalb hatte Connor entschieden, Football zu spielen, und Bailey hatte überlegt, nachmittags nach der Schule noch Tanzunterricht zu nehmen.

Doch was war mit den Kindern, denen es nicht so leichtfiel, auf andere zuzugehen? Das christliche Kindertheater war auch ein Ort für die Kinder gewesen, die zu groß oder zu klein waren, zu dick oder zu dünn, um in der Schule wirklich beliebt zu sein. Kinder, die ansonsten womöglich niemals eine Gruppe gefunden hätten, die sie akzeptierte. Nach einer der Aufführungen des Kindertheaters hatte ein Mädchen den anderen gestanden, dass sie dem Selbstmord nahe gewesen war, bevor sie sich dem Kindertheater angeschlossen hatte. Andere waren schüchtern oder schwierig gewesen, doch durch das Theaterspielen hatten sie ein Selbstbewusstsein gefunden, das sie von jetzt ab vermissen würden.

Jenny sah sich das Foto noch einmal genau an. Sie hatte daran gedacht, die Schulverwaltung der Clear Creek Highschool zu fragen, ob sie dem christlichen Kindertheater gestatten würden, ihre Räume zu nutzen, und sie hatte überlegt, einige der größeren Gemeinden anzusprechen. Doch die Bezirkskoordinatorin des Kindertheaters, Bethany Allen, hatte schon jede erdenkliche Möglichkeit zweimal probiert. Das alte Bloomingtoner Stadttheater würde durch Wohnblocks ersetzt werden. Andere Möglichkeiten hatten sie offenbar nicht.

Sie trocknete die beiden Schüsseln ab, doch sie war immer noch nicht müde. Sicherlich würden sie und Jim ihre wöchentliche Bibelgruppe mit den Kindern vom Kindertheater fortführen, doch ohne das Theater, das sie zusammenhielt, würden immer weniger dazukommen. Jenny hängte das Geschirrtuch über die Herdstange und wollte gerade ihre E-Mails nachsehen, als sie hörte, wie jemand die Treppe herunterkam.

„Mama …" Es war Baileys Stimme.

Jenny schaute über ihre Schulter und sah, wie ihre Tochter auf der letzten Stufe stehen blieb. Sie war barfuß und sah in ihrem zu großen Football-Shirt der Indianapolis Colts viel jünger aus als ihre siebzehn Jahre. Ihr Gesicht war bleich, die Wangen tränenüberströmt. Vielleicht dachte sie an die gleichen Dinge wie Jenny – wie sich ihr Leben verändern würde ohne das christliche Kindertheater.

Jenny ging zu ihr. „Was ist los?"

Bailey öffnete ihren Mund, um etwas zu sagen, doch stattdessen warf sie sich in Jennys Arme und vergrub ihr Gesicht. Jenny streichelte über Baileys Rücken und spürte, wie sie von leisen, unterdrückten Schluchzern geschüttelt wurde. Plötzlich kam Jenny der Gedanke, dass es vielleicht nicht um das Kindertheater gehen könnte. Sie war alarmiert. „Liebling, ist irgendetwas passiert?"

Bailey schniefte und wischte ihre Augen mit ihren Fingerspitzen trocken. Nachdem sie ein paar Sekunden um Fassung gerungen hatte, trat sie zurück und sah Jenny an. Scham und Schmerz und Schock standen auf ihrem Gesicht, als sie endlich die Kraft fand, etwas zu sagen. „Es ist Marissa Young. Ich habe es gerade erst erfahren."

Jennys Herz klopfte heftig gegen ihren Brustkorb, doch sie zwang sich, ruhig zu bleiben. „Was ist mit ihr passiert?"

„Ich dachte …" Bailey schloss ihre Augen und ließ ihren Kopf gegen Jennys Schulter sinken. Wieder kämpfte sie darum, die richtigen Worte zu finden. „Ich dachte, sie wollte ihr Baby behalten, und ich war fest davon überzeugt, dass sie mit ihrer Mutter darüber gesprochen hatte.

Erinnerst du dich?" Ihre Augen waren schmerzerfüllt, als sie aufsah. „Das hatte Marissa mir gesagt. Dass sie und ihre Mutter gemeinsam alles in Ordnung bringen würden oder sowas."

Eine grausame Vorahnung beschlich Jenny. „Ich erinnere mich." Sie wollte nicht fragen. „Hat sie doch nicht mit ihrer Mutter geredet?"

„Das ist es nicht." Bailey schniefte wieder. „Sie hatte eine Abtreibung. Sie rief mich an und erzählte es mir, weil sie mich nicht anlügen wollte. Und sie wollte nicht, dass ich es von jemand anderem höre."

„Oh, meine Süße …" Jennys Knie wurden weich. „Ich kann es nicht fassen."

Sie zog Bailey zu den Barhockern und beide setzten sich, während Jenny versuchte, die schmerzlichen Neuigkeiten zu verdauen. Marissa war eine von Baileys Freundinnen, ein Mädchen, das sie in der Gemeinde kennengelernt hatte, als sie noch in der Grundschule gewesen war. Vor einigen Monaten, nachdem Marissa herausgefunden hatte, dass sie schwanger war, hatten sich Bailey und Jenny mit ihr im Haus der Flanigans getroffen. Marissa war nur widerwillig gekommen und Jenny hatte ihr zugehört, wobei ihr Herz vor Traurigkeit übergeflossen war. An jenem Tag hatten Bailey und sie für Marissa gebetet und ihr von der Schwangerschaftsberatung erzählt, die es in Bloomington gab. Doch in den vergangenen Monaten hatte die Beratung schließen müssen und Jenny hatte nichts weiter unternommen.

Sie hatte nicht mit Marissas Mutter gesprochen. Jedes Mal, wenn sie versucht hatte, Dotty Young anzurufen, war die Frau zu beschäftigt gewesen, um zu telefonieren, oder nicht zu erreichen. Jennys Nachrichten waren niemals beantwortet worden. So war die Zeit vergangen.

Jetzt hatte Jenny das Gefühl, als würde sich die Last eines Lkws auf ihre Brust senken. Sie stützte die Ellenbogen auf den Küchentresen und stemmte die Stirn gegen die geballten Fäuste. „Es ist mein Fehler." Sie fühlte sich erschöpft und sah Bailey in die Augen. „Ich hätte häufiger versuchen sollen, ihre Mutter anzurufen."

„Nein." Bailey schüttelte schnell und energisch den Kopf. „Ihre Mutter ist dir aus dem Weg gegangen. Das hat Marissa jedenfalls gesagt." Sie zögerte. „Ihre Mutter hat sie selbst zu der Klinik *gefahren*."

Jenny hätte nicht überraschter sein können, wenn Bailey ihr erzählt hätte, dass Marissas Mutter sie hochkant hinausgeworfen hatte. „Dotty hat ihre Tochter zu einer *Abtreibungsklinik* gefahren?"

„Ja." Baileys Miene verdunkelte sich. „Mrs Young hat Marissa erklärt, dass eine Abtreibung das Ganze ungeschehen machen würde."

Jenny stöhnte. „Hat sie wirklich mit Absicht meine Anrufe ignoriert?"

„Ich habe Marissa gefragt. Sie sagte, dass ihre Mutter nicht mit dir reden wollte."

Natürlich nicht, dachte Jenny. Dotty Young wusste sehr genau, was Jenny von einer Abtreibung hielt. Doch bis gerade eben hatte Jenny angenommen, dass Dotty genau das Gleiche empfinden würde. Doch offensichtlich hatte sie Marissa dazu gedrängt, etwas zu tun, das ihren Grundsätzen widersprach – nur weil die Zukunft ihrer Tochter auf dem Spiel stand. Jenny legte ihre Hand auf Baileys. „Nichts wird es jemals ungeschehen machen. Das weißt du, nicht wahr?"

„Ja." Bailey schluckte einen weiteren Schluchzer hinunter. „Marissa sagt, dass sie … dass sie sich ritzt."

„Was?" Jenny zwang sich, ihre Stimme zu senken. Kinder ritzten sich, fügten sich absichtlich Schmerzen und Narben zu, das hatte sie von ihren Freundinnen gehört. Doch Jenny hatte angenommen, dass Kinder, die so etwas taten, Teenager mit ernsthaften Problemen waren – Kinder, die Alkohol tranken oder Drogen nahmen oder die Schule abbrachen. Nicht Kinder wie Marissa Young. Jenny versuchte, ihren galoppierenden Herzschlag unter Kontrolle zu bringen. „Hat sie dir gesagt, warum sie das tut?"

Bailey ließ ihren Atem langsam entweichen und sah aus, als wäre sie bei einem Kampf besiegt worden. „Sie sagte, sie verdient es, weil sie ihrem Baby so etwas angetan hat." Sie biss sich auf die Lippe.

Plötzlich waren so viele Probleme aufgetaucht, dass Jenny nicht wusste, welches sie als Erstes angehen sollte. „Marissa braucht umgehend eine Beratung oder Seelsorge. Sie sollte sich mit jemandem aus der Gemeinde treffen."

„Das habe ich ihr auch gesagt." Neue Tränen traten in Baileys Augen. „Aber sie sagte, dass sie mit niemandem darüber reden könnte. Über das Ritzen. Sie trägt langärmlige Blusen und Shirts, damit ihre Mutter nichts bemerkt."

„Sie muss es aber merken." Jenny versuchte, einen gemäßigten Tonfall beizubehalten. Sie drückte Baileys Hand leicht. „Ich muss Dotty anrufen. Auch wenn sie immer noch nicht mit mir reden will."

Bailey nickte verständnisvoll. „Marissa wird wütend sein, doch sie braucht Hilfe. Auch wenn sie nie mehr mit mir redet, wenn sie erfährt, dass ich mit dir gesprochen habe.“

Durch die Dunkelheit aus Angst und Schuld und tiefer Sinnlosigkeit brach in diesem Moment ein Strahl der Hoffnung. Bailey wurde erwachsen. Es reichte nicht länger, dass sie Jenny erzählte, was ihre Freunde taten, und sie dann zum Stillschweigen verpflichtete. Inzwischen verstand Bailey, dass die Sicherheit ihrer Freunde wichtiger war als das, was diese Freunde möglicherweise von Bailey halten würden, wenn sie ihrer Mutter ihre Geheimnisse anvertraute.

Jenny ließ ihren Blick noch einen Augenblick lang auf ihrer Tochter ruhen. Dann stand sie auf, ging zum Küchentelefon und nahm den Hörer ab. Als es klingelte, betete sie, dass Dotty den Anruf annehmen würde. Sekunden später seufzte sie erleichtert auf, als Marissas Mutter abnahm. „Es tut mir leid, dass ich so spät noch anrufe.“ Jenny lehnte sich gegen den Küchentresen und schloss ihre Augen. Wie wäre es, wenn sie einen solchen Anruf wegen Bailey erhalten würde? Sie konnte es sich nicht vorstellen.

„Es ist Wochenende.“ Dotty schien überrascht von dem Anruf. „Du kennst uns doch, wir sind immer spät auf.“

„Richtig, nun ja … ich rufe wegen Marissa an.“ Jenny holte tief Luft und erklärte, dass sie von dem Baby und der Abtreibung wusste. Zuerst schien es, als wollte Dotty die Tatsachen leugnen, doch als Jenny ihr sagte, dass sie es von Marissa wusste, schwieg Dotty.

„Außerdem hat Marissa Bailey noch etwas sehr Ernstes erzählt.“ Jenny versuchte nicht, die Besorgnis in ihrer Stimme zu verbergen.

„Hör zu, Jenny.“ Dottys Tonfall änderte sich. „Was mit meiner Tochter geschieht, ist meine Sache. Ich brauche deine Anrufe nicht und auch nicht das Gefühl, ich wüsste nicht, was mit meinem eigenen Kind geschieht.“

Das war genau die Antwort, die Jenny befürchtet hatte, der Grund, warum sie niemals Eltern angerufen hatte, wenn sie die Einzelheiten von Baileys Gesprächen mit ihren Freunden erfuhr. Meistens wollten die Menschen es gar nicht wissen. Wenn Kinder Drogen nahmen oder sich betranken, wenn sie länger weggingen, als es ihnen erlaubt war, oder mit ihrem Freund schliefen, hatten die Eltern meistens schon eine Ahnung, dass etwas nicht stimmte. Doch sie entschieden sich häufig dazu, wegzuschauen, damit sie sich nicht mit der Wirklichkeit auseinandersetzen mussten. Eine Freundin hatte ihr einmal sogar gesagt: „Was ich nicht weiß, macht mich nicht heiß“ und: alle Teenager würden doch mal über die Stränge schlagen.

Doch Jenny ließ sich von Dotty nicht aufhalten. Nicht, wenn Marissas Leben auf dem Spiel stand. Sie hob ihre Stimme ein wenig, um ihre Sorge deutlich zu machen. „Dotty, es tut mir leid, wenn du das nicht hören willst.“ Sie erklärte mit kurzen, aber deutlichen Worten, worüber Bailey mit ihr gesprochen hatte, über das Ritzen und die Verletzungen, die sich Marissa zufügte. „Sie braucht unbedingt Beratung. Bitte ... bring sie morgen zu jemandem aus der Gemeinde.“ Sie hielt inne und versuchte, so überzeugend wie möglich zu klingen. „Vielleicht könntest du sie begleiten.“

Dotty war für einige Herzschläge lang still, sodass Jenny sich fragte, ob sie so überrascht war oder ob sie weinte oder ob sie sogar aufgelegt hätte. Doch dann drangen tiefe Seufzer durch den Hörer. „Das hat sie Bailey wirklich gesagt?“ Die Wut war verraucht und ihre Stimme klang schockiert. „Marissa hat nicht von jemand anderem gesprochen?“

„Sie sprach von sich selbst.“ Jenny schaute zu Bailey hinüber, die sie von ihrem Platz an der Küchentheke aus beobachtete. „Es tut mir leid, Dotty. Ich dachte, du solltest es sofort wissen.“

Wieder trat eine Pause ein. Jenny hoffte irgendwie, dass Dotty weinen oder Jenny um Hilfe bitten würde, dass sie ihr Herz ausschüttete über den ganzen Kummer der letzten Monate.

Doch Dottys Antwort war knapp. „Ich muss jetzt aufhören.“ Der Schmerz in ihrer Stimme sagte das, was sie nicht aussprechen wollte. „Ich muss mit meiner Tochter reden. Wenn sie Hilfe braucht, werde ich dafür sorgen. Du musst dir keine Sorgen um sie machen.“

Mit einem kurzen Dank von Marissas Mutter endete das Gespräch. Jenny legte den Hörer auf und setzte sich neben Bailey. „Das ist nicht so toll gelaufen.“

„Sie glaubt dir vielleicht nicht.“ Bailey stützte die Ellenbogen auf die Theke. „Doch wenn sie sich Marissas Arme anschaut, wird sie die Wahrheit sehen.“

„Und vielleicht wird sie dann nach Hilfe für Marissa suchen.“ Jenny legte wieder ihre Hand auf Baileys. „Das ist alles, worauf wir jetzt hoffen können.“

Eine Weile lang sagte niemand etwas. Dann legte Bailey ihren Kopf auf die Seite, immer noch traurig, doch gedankenverloren. „Weißt du, was ich mir wünsche?"

„Was denn, Liebling?" Das Haus war still, abgesehen von dem leisen Surren des Kühlschranks und einer leichten Brise, die durch das offene Küchenfenster wehte.

„Ich wünschte, die Schwangerschaftsberatung hätte nicht schließen müssen. Marissa sagte mir, dass sie schon geschlossen war, als sie ihre Abtreibung hatte." Sie kniff nachdenklich die Augen zusammen. „Ich habe letztes Jahr eine Hausarbeit über die Beratung geschrieben, weißt du noch? Ich hatte keine Ahnung, dass sie schließen mussten."

„Ich auch nicht." Jenny fühlte sich ganz krank bei dem Gedanken, wie sich die Dinge entwickelt hatten.

„Die Beratungsstelle hatte ein Ultraschallgerät. Die Leute dort haben über Abtreibungen informiert und auch darüber, welche Auswirkungen das für die Mutter haben kann." Bailey stand auf und zuckte die Schultern. „Ich fürchte, es ist jetzt zu spät für Marissa."

„Nicht, wenn sie sich Hilfe sucht."

„Ich meine, für ihr Baby." In Baileys Augen schimmerte Besorgnis. „Es ist einfach nur traurig."

„Für das Baby und für Marissa." Jenny hätte am liebsten hinzugefügt, dass Marissa offenbar auch in ihrer Beziehung zu Gott Probleme hatte, zusätzlich zu ihren übrigen Problemen, doch es war schon spät. Sie erhob sich ebenfalls und legte ihre Hand auf Baileys Schulter. „Lass uns für Marissa beten und dann gehst du schlafen, okay?"

Bailey nickte und beugte ihren Kopf. Jenny hatte erwartet, dass sie das Gebet sprechen müsste, doch ihre Tochter begann als Erste, als ob ihr Herz überfloss mit Anliegen, die sie mit dem Herrn besprechen wollte. „Lieber Gott, sei heute Abend bei Marissa." Baileys Stimme brach und sie brauchte einen Moment, bis sie weitersprechen konnte. „Ich kann es nicht fassen, dass sie sich selbst verletzt, dass sie sich so schlecht fühlt, dass sie so etwas tut. Bitte hilf ihr, ehrlich zu ihrer Mutter zu sein, und leite sie beide, dass sie die richtige Hilfe für Marissa finden. Und bitte halte ihr kleines Baby besonders nahe bei dir. In Jesu Namen, Amen."

Jenny hätte es nicht besser ausdrücken können, wenn sie das Gebet gesprochen hätte. Sie umarmte Bailey lange und sah dann zu, wie sie nach oben ging und in ihrem Zimmer verschwand. Als sie gegangen war, setzte Jenny sich wieder hin und starrte aus dem Fenster in die dunkle, schemenhafte nächtliche Landschaft. Ihr Gebet kam so selbstverständlich wie der nächste Atemzug. *Danke, Vater, für eine Tochter, die mich liebt und mir alles sagt. Ich weiß, dass unsere Beziehung etwas sehr Besonderes ist. Und bitte gib mir Weisheit, damit diese Beziehung so vertrauensvoll bleibt.*

Sie wollte gerade ins Bett gehen, als ihr plötzlich eine Idee durch den Kopf schoss. Wenn es keine Schwangerschaftsberatung mehr in Bloomington gab, musste jemand sie wieder neu eröffnen. Wer wäre dafür besser geeignet als Ashleys Schwester? Brooke und ihr Mann waren beide Ärzte, also hatten sie bestimmt die nötigen Beziehungen und Mittel, um wieder etwas ins Leben zu rufen.

Jennys Herz raste, als sie die Möglichkeiten vor sich sah. Sie kannte Brooke nicht sehr gut, doch sie würde mit Ashley sprechen. Sie würde ihr von Marissa erzählen und davon, dass die einzige Beratungsstelle in der Stadt geschlossen war und dass es weitere Teenager gab, die sich möglicherweise für eine Abtreibung entschieden, wenn sie keine weiteren Informationen erhielten. So könnte Jenny vielleicht etwas in Gang bringen, das für die Menschen in Bloomington zum Segen werden würde.

Gleich morgen früh.

Kapitel 5

Dr. Brooke Baxter West legte den Telefonhörer auf, zog ein Papiertaschentuch aus der Box, die auf dem Schreibtisch ihrer Arztpraxis stand, und wischte sich über die Augen. *Nicht jetzt,* ermahnte sie sich. Tränen mussten bis später warten.

Sie sah auf ihre Uhr – 10 Uhr vormittags, Zeit für ihre Krankenhausrunde, die jedes Mal ihre volle Aufmerksamkeit und Konzentration erforderte. Als Kinderärztin war sie es gewohnt, dass die Kinder, die sie betreute und die sie ins Krankenhaus einweisen musste, normalerweise bald wieder genesen würden – sie hatten vereiterte Mandeln oder Lungenentzündung oder schwere Kruppanfälle. Doch heute war einer ihrer kleinen Patienten ernsthaft krank. Ethan Teeple brauchte ihre volle Aufmerksamkeit, ganz egal, welche anderen Dinge ihr gerade durch den Kopf gingen.

Der Anruf war von ihrer Schwester Ashley gekommen. Ein weiterer Beweis dafür, dass die Meinungsverschiedenheiten zwischen ihnen ausgeräumt waren und dass Gott dabei war, ihre Herzen zu heilen und sie zu einer tiefen Freundschaft zurückzuführen. Brooke sammelte ihre Unterlagen zusammen, schob sie in ihre Aktentasche und eilte zur Tür. Das Krankenhaus lag ganz in der Nähe, sodass Brooke meistens zu Fuß ging. An diesem Augustvormittag tat ihr die Zeit draußen besonders gut und bot ihr eine Möglichkeit, über ihr Gespräch mit Ashley nachzudenken.

Offenbar hatte Ashley mit Jenny Flanigan gesprochen, einer Mutter vom christlichen Kindertheater. Ashley berichtete Brooke von einem Teenager aus dem Freundeskreis von Jennys Tochter. Das Mädchen war schwanger geworden und hatte eine Abtreibung vornehmen lassen, weil sie keine andere Möglichkeit gesehen hatte.

„Die Schwangerschaftsberatung hatte schon geschlossen, bevor Marissa die Hilfe in Anspruch nehmen konnte. Vielleicht ist es an der Zeit, dass jemand die Beratung wiedereröffnet, Brooke." Ashleys Stimme bebte vor tiefen Gefühlen. „Vielleicht könnte das ein Teil des Vermächtnisses von meiner Sarah sein."

Brookes Tränen flossen schneller, als sie sich Ashleys und Landons kleines Baby vorstellte, das mit Anenzephalie geboren worden war. Sie dachte an ihr kurzes Leben, bevor sie diese Erde wieder verlassen hatte. Von dem Zeitpunkt an, als Ashley die schreckliche Diagnose erfahren hatte, war Brooke gegen die Entscheidung ihrer Schwester gewesen, die Schwangerschaft fortzusetzen. Ihre medizinische Ausbildung und frühere Erfahrungen hatten Brooke davon überzeugt, dass es nur eine einzige Möglichkeit gab, wenn bei einem Baby Anenzephalie diagnostiziert wurde. Abtreibung. Die Schwangerschaft in einem möglichst frühen Stadium beenden, um dadurch die Eltern vor traumatischen Erfahrungen zu schützen, wenn sie ein Kind zur Welt brachten, das zum Tode verurteilt war.

Doch Ashley und Landon hatten sich anders entschieden, hatten ihre Überzeugung weiterhin vertreten, dass Gott mit dem Leben ihrer Tochter ein Wunder bewirken konnte – auch wenn es noch so kurz war.

Die Geburt und der Tod von Sarah hatten Brooke so tief berührt wie nichts anderes zuvor. Es hatte sie verändert. Seitdem war sie überzeugt, dass sie ihren Patientinnen keine Abtreibung mehr nahelegen konnte. Selbst dann nicht, wenn auf dem Ultraschall Anenzephalie bei einem Baby zu erkennen war. Doch vor diesem Morgen hatten sie nie darüber nachgedacht, ob diese neue Überzeugung sie vielleicht dazu führen könnte, die Beratungsstelle wiederzueröffnen.

Brooke trat durch die doppelten Glastüren des Praxisgebäudes und hörte innerlich noch einmal Ashleys Stimme, wie sie vor einigen Augenblicken am Telefon geklungen hatte.

„Denk darüber nach", hatte Ashley zu ihr gesagt. „Sarah war der Beweis dafür, dass das Leben kostbar ist. Sie wurde in den wenigen Stunden ihres Lebens so sehr geliebt, wie andere nur in hundert Jahren geliebt werden. Sollten die Babys, die von den Teenagern in unserer Stadt geboren werden, nicht die gleiche Chance haben? Die Chance zu leben?"

Eine Gänsehaut war wie ein elektrischer Stromstoß über Brookes Arme und Beine gehuscht. Eine Schwangerschaftsberatung war unbedingt wichtig. Das würde minderjährigen Müttern oder Müttern in Krisensituationen z. B. die Möglichkeit geben, ihr ungeborenes Kind auf dem Ultraschallbild zu sehen – eine Chance, ihre Schwangerschaften als das zu erkennen, was sie wirklich waren: neu entstehendes Leben, das eine Chance verdient hatte.

Brooke seufzte und eilte durch die Eingangstüren des Krankenhauses. Sie konnte später über die Beratungsstelle nachdenken. Jetzt musste sie sich erst einmal auf die kranken Kinder konzentrieren, für die sie verantwortlich war. Besonders auf Ethan. Sie nahm den Aufzug zum vierten Stock, wo die Kinder lagen, die ernsthaft erkrankt waren. Sie lief den Gang entlang, bog um die Ecke und stand schließlich vor Ethans Zimmer.

Er lag im Bett, ein niedliches Kind mit großen blauen Augen, doch an diesem Morgen schien er müder zu sein als sonst. Seine Mutter stand neben ihm und hielt seine Hand. Sie sah auf, als Brooke den Raum betrat. Tiefe Sorge hatte ihre Stirn zerfurcht und dunkle Ringe unter ihre Augen gemalt.

Brooke berührte vorsichtig Ethans Zehen und wandte ihre Aufmerksamkeit dem kleinen Jungen zu. „Wie geht es meinem Lieblingspatienten?"

Ethans Augen leuchteten auf. Sogar an den Tagen, an dem es ihm wirklich schlecht ging, war er wie ein strahlendes Licht in einer Krankenabteilung voller Kummer und Dunkelheit. „Ich habe die Fotos bekommen." Er deutete auf ein Micky-Maus-Fotoalbum auf seinem Nachttisch. „Die aus Disney World!"

Ein Kloß formte sich in Brookes Kehle, doch sie schluckte ihn herunter. „Fotos von deinem Ausflug! Die musst du mir unbedingt zeigen."

„Er hatte viel Spaß." Ethans Mutter zeigte ein winziges Lächeln, als sie nach dem Fotoalbum griff. Sie öffnete es gerade, als Ethans Krankenschwester Lindsay hereinkam.

„Dr. West, schön, Sie zu sehen." Lindsays Blick begegnete Brookes Augen. Darin lag eine Erkenntnis, eine Botschaft, von der Brooke hoffte, dass Ethan und seine Mutter sie nicht verstanden. Dem Kind ging es gar nicht gut. Seine letzte Operation und die anschließende Chemotherapie hatten den Krebs nicht so aufhalten können, wie sie es gehofft hatten. Die Behandlung, die er jetzt erhielt, war seine letzte Chance.

„Hab ich dir das schon erzählt, Dr. West?" Ethans Stimme klang heiser, ein weiteres Anzeichen dafür, wie sehr er kämpfte.

Brooke trat näher an das Bett des Jungen. Sie grinste ihn an. „Was denn?"

„Von Schwester Lindsay." Ethan strahlte die junge brünette Frau an, die an die andere Seite seines Bettes getreten war. „Ich und sie, wir sind verlobt. Denn wenn ich groß bin, werde ich sie heiraten."

„Das ist richtig." In Lindsays Augen schimmerte liebevolle Sorge. „Ethan ist mein kleiner Prinz."

„Außer wenn ich ihr weglaufe … draußen im Flur."

Brooke kicherte, als sie Ethans Bemerkung hörte, und ging zu der Krankenakte, die an der Wand neben der Tür hing. Sie wurde ernst, als sie auf Ethans Werte schaute. Wenn seine Blutwerte ein zuverlässiger Indikator waren – und das waren sie normalerweise –, dann war der Krebs immer noch sehr aggressiv.

Ethan nahm seiner Mutter das Fotoalbum aus der Hand und begann, Lindsay die Bilder zu zeigen. „Du kannst sie sofort sehen, okay, Dr. West? Wenn du den Papierkram erledigt hast."

„Okay, Kumpel." Brooke nahm ihren Blick nicht von den Unterlagen. „Bin gleich wieder bei dir." Sie blätterte ein paar Seiten zurück und verglich Ethans Blutwerte, die sich stetig verschlechtert hatten. Die Zahlen verschwammen vor ihren Augen, als Brooke tief einatmete und die Luft anhielt. Wie seltsam das Leben doch war. Dieser geliebte kleine Junge kämpfte um jeden Tag seines Lebens, während jede Woche ungezählte Frauen in die Abtreibungsklinik gingen, die nur wenige hundert Meter die Straße hinunter lag, und ein kleines Leben aus ihrem Körper entfernen ließen, das genauso besonders und wertvoll war wie dieses hier.

Brooke überflog die Informationen in dem Bericht und fügte ein paar Notizen am Ende der Seite an, direkt unter den Anmerkungen des Kinderonkologen. Dem Jungen ging es schlechter, keine Frage. *Doch*, schrieb Brooke, *er ist genauso ein Sonnenschein wie immer, eine Plappertasche, der sich mit jedem unterhält, der in sein Zimmer kommt – sogar wenn er zu müde ist, um das Bett zu verlassen. Wenn irgendjemand diese Schlacht gewinnen kann, dann ist es Ethan.* Sie schloss die Akte und steckte sie zurück in die Halterung an der Wand.

Ethans Mutter beobachtete sie, so wie die Eltern kranker Kinder sie immer beobachteten, nach einem Hinweis suchten, einem Blick, einem Wissen, das sich auf dem Gesicht des Arztes zeigen könnte. Brooke vermied es, die Frau anzusehen, als sie zurück zu Ethans Bett ging und über seine Schulter auf das Album spähte.

„Siehst du, Dr. West." Ethan zitterte beinahe vor Begeisterung. „Das bin ich und Micky Maus! Die echte!" Er deutete auf ein großes Foto. „Ich durfte extra lange bei ihm sein, das hat mir die *Make a Wish!*-Stiftung geschenkt. Ist das nicht großartig?"

„Das ist es, Ethan." Brooke legte ihre Hand auf seine Schulter. „Es sieht aus, als hättest du eine tolle Zeit gehabt."

Ethan lehnte sich zurück in die Kissen, erschöpft von der Anstrengung des Erzählens. Sein Lächeln wurde etwas schwächer, als er zu seiner Mutter sah. „Mama hat gesagt, dass es ein einmaliges Erlebnis war."

Tatsächlich, dachte Brooke. Sie blickte Ethans Mutter an, die auf der anderen Seite des Bettes stand. „Können wir kurz reden? Vielleicht draußen auf dem Gang?"

Als Brooke wegging, trat Lindsay neben Ethan. „Zeig mir noch mal das Foto mit dem Elefanten Dumbo." Ihre Stimme war liebevoll. „Ich liebe es, wie du mit ihm fliegst."

„Ja, ich auch!" Ethans Worte kamen jetzt undeutlicher, seine Augenlider wurden schwer und er blinzelte. „Du und ich, wir können nächstes Mal zusammen mit ihm fliegen … wenn du mit uns mitkommst."

Brooke und Ethans Mutter gingen hinaus auf den Gang. Als sie außer Hörweite waren, musterte Brooke das Gesicht der Frau und sah die Sorge, die sich in den Linien um ihre Augen und ihren Mund zeigte.

„Es sieht nicht gut aus, nicht wahr?" Eine Verzweiflung, die aus der Tiefe ihrer Seele kam, stand in ihren Augen. „Seine Haut ist bleicher als vorher."

„Das habe ich bemerkt." Brooke starrte einige Augenblicke lang auf den Fußboden und ein Seufzer kam über ihre Lippen. „Nein, Mrs Teeple, seine Werte sind nicht gut. Wir werden seine Medikamentendosis erhöhen müssen. Doch ehrlich gesagt … wir haben bald keine weiteren Möglichkeiten mehr, ihm zu helfen." Sie griff vorsichtig nach der Hand der Mutter. „Das müssen Sie wissen."

Ethans Mutter presste ihre Augen zu und nickte einige Male rasch. Brooke fragte sich besorgt, ob die Frau ohnmächtig werden oder in die Knie sinken würde von der bloßen Anstrengung dieses Moments. Stattdessen öffnete sie die Augen und dankte Brooke mit tränenerstickter Stimme. „Ich weiß, dass Sie alles tun, was Ihnen möglich ist." Ihre Mundwinkel hoben sich leicht, ungeachtet ihres offensichtlichen Schmerzes. „Wir werden nicht aufgeben. Jeder, den wir kennen, betet für diesen kleinen Jungen." Sie blickte über ihre Schulter zu Ethans

Zimmer. „Gott ist immer noch da, wenn wir schon längst am Ende unserer Weisheit sind."

Brooke dachte an ihre eigene Tochter Hayley, die beinahe ertrunken wäre und die – allein durch die wunderbare Kraft Gottes – nach allen Vorhersagen eigentlich im Koma liegen müsste, anstatt mit ihren Klassenkameraden zur Schule zu gehen. „Ja." Brooke hoffte, dass Mrs Teeple spürte, wie ernst sie es meinte. „Das glaube ich auch. Mein Mann und ich beten ebenfalls für Ethan."

Sie gingen zurück in Ethans Zimmer. Nach ein paar Minuten verabschiedete sich Brooke und ging weiter zu ihrer nächsten Patientin, einem einjährigen Mädchen, das an einer schweren Lungenentzündung litt. Doch der Verlauf der Krankheit von Paige Tagliaferri war positiv und Brooke hoffte, dass sie nach dieser Visite fröhlicher sein würde als nach der Visite bei Ethan. Sie ging zum anderen Ende des Ganges und bog in einen weiteren Flur ein. Direkt neben dem Stationszimmer klopfte sie an eine Tür und betrat das Zimmer.

Bei dem Anblick, der sich ihr bot, musste sie schwer schlucken. Paiges Mutter Megan war in das große Krankenhauskinderbett geklettert und hatte sich neben der kleinen Paige zusammengerollt. Aus der Ecke des Zimmers erklang sanfte klassische Musik – Mozart oder so etwas. Brooke betrachtete das Bild vor ihren Augen: die junge Mutter, die sich solche Sorgen um ihre Tochter machte, dass sie das Einzige getan hatte, was ihr eingefallen war – den körperlichen Kontakt zu ihr zu suchen.

Brooke schlich leise zu der Wand, an der Paiges Akte in der Halterung steckte. Sie überflog die Unterlagen und spürte, wie ihr leichter ums Herz wurde. Paiges letzte Röntgenuntersuchung war viel besser gewesen. Ihr Leukozytenwert war normal, ihr kleiner Körper reagierte gut auf das Antibiotikum. Wenn die Untersuchung gut verlief, würde sie am nächsten Morgen entlassen werden können. Brooke schob die Akte zurück und schaute noch einmal auf Mutter und Tochter. Paige war Patientin, seitdem sie geboren war. Ihre Eltern hatten lange Jahre versucht, Kinder zu bekommen, und alles ausprobiert, bevor sie schließlich resigniert hatten. Und dann, ungefähr einen Monat später, hatte Megan herausgefunden, dass sie schwanger war.

Paige Tagliaferri war ein hübsches Kind mit dunkelblonden Haaren, großen blauen Augen und feinen Gesichtszügen. Jedes Mal, wenn Brooke sie sah, lächelte sie. Selbst wenn sie sie mit einer Impfung quälen musste, freute sich Brooke über die Arztbesuche von Paige, denn ihre Eltern strahlten immer vor Glück. Für sie war mit der Geburt von Paige ein Traum wahr geworden.

Brooke trat neben das Kinderbett, umfasste das Gitter und flüsterte: „Hallo, Megan. Ich bin's, Dr. West."

Die Augen der Frau flatterten, als sie sich öffneten, und für einen Moment schien es, als wüsste sie nicht, wo sie war. Dann setzte sie sich mit einem verlegenen Gesichtsausdruck auf. Sie beugte sich herab und küsste Paige auf die Wange, bevor sie aus dem Bett kletterte. „Entschuldigung ... ich bin mir nicht sicher, ob ich da drin sein darf." Sie griff zurück durch die Gitterstäbe und streichelte die Hand ihrer Tochter. „Sie brauchte mich."

„Das ist in Ordnung." Brooke lächelte und zog ihr Stethoskop aus der Tasche. Sie setzte es auf und ging näher an das Bett heran. „Ihre Werte sehen großartig aus. Wenn sich die Lunge gut anhört, darf sie morgen nach Hause."

„Das hatte ich gehofft." Erleichterung füllte Megans Stimme. „Wir wollen sie nächste Woche mit nach Kalifornien nehmen, wenn wir meine Eltern besuchen." Sie lachte leise. „Wie wir alle können sie gar nicht genug von ihr bekommen."

Brooke beendete die Untersuchung. Wie erwartet klangen die Lungen des Babys fast völlig frei. Sie hatte gerade die Anweisung aufgeschrieben, dass Paige entlassen werden konnte, und war auf dem Weg zu ihrem nächsten Patienten, als ihr die Realität erneut bewusst wurde. Ethan ... Paige ... das waren Kinder, die gewollt waren, für die gebetet wurde und die allein schon durch ihre bloße Existenz echte Wunder waren.

Was aber war mit den Babys von alleinstehenden Frauen, die Angst hatten und nicht wussten, was sie tun sollten? Die Abtreibungsklinik durfte nicht ihre Endstation sein. Mit einer Gewissheit, die sie seit Hayleys Unfall nicht mehr verspürt hatte, wusste Brooke plötzlich, was sie als Nächstes zu tun hatte. Ashley hatte recht – die Stadt brauchte die Beratungsstelle unbedingt wieder und sie und Peter hatten die Beziehungen und Möglichkeiten, eine Wiedereröffnung zu bewirken.

Ihr Herz klopfte im Rhythmus ihrer klappernden Absätze auf den Bodenfliesen. *Ich will das tun, Gott. Ich möchte, dass es eine Alternative für Mädchen gibt, die glauben, dass sie keine andere Wahl –*

Sie blieb abrupt stehen und stockte in ihrem Gebet. Zu ihrer Linken befand sich eine Fensterfront und eine Tür, die auf eine Terrasse führte, wo Besucher nach einem Krankenbesuch frische Luft schnappen und etwas Ruhe finden konnten. Momentan war sie leer. Brooke ging langsam durch die Tür bis zum anderen Ende der Terrasse. Sie umklammerte das Geländer und starrte hinauf in die Bäume, die auf dieser Seite des Krankenhauses wuchsen.

Wie oft war eine Abtreibung nach ihrer Empfehlung durchgeführt worden, wenn es eine schlechte Diagnose über den Gesundheitszustand eines Babys gegeben hatte oder wenn die Mutter sich sicher gewesen war, dass sie das Baby nicht wollte!? Vor allem damals, bevor sie und Peter den Weg zu dem Glauben gefunden hatten, den ihre Eltern immer gelebt hatten. Einige Gesichter zogen vor ihrem inneren Auge vorbei. *Vergib mir, Gott, was ich getan habe. Vergib mir … bitte!*

Das Gebet hallte wie ein quälendes Echo durch ihr Herz, ihre Gedanken und ihre Seele. Brooke würde keinen Erfolg in ihren Bemühungen haben, Mädchen vor der Wahl einer Abtreibung zu schützen, wenn sie sich nicht der Rolle bewusst wurde, die sie lange selber innegehabt hatte. Sie verstärkte ihren Griff um das Geländer. *Herr, ich habe das Leben nicht richtig verstanden, bevor ich Sarah kannte. Wenn ich nur die Zeit zurückdrehen könnte …*

Ein warmer Wind wehte über die Terrasse und strich weich gegen ihr Gesicht. Erst jetzt bemerkte sie, dass Tränen über ihre Wangen liefen. Sie wischte sie fort und ließ den Kopf hängen. Wie konnte sie sich für eine Beratungsstelle einsetzen, wenn die Menschen wussten, dass sie früher Abtreibungen empfohlen hatte? Sie hatte es als einen medizinischen Eingriff gesehen, als das Vorrecht einer Frau. Nicht mehr. Sie blickte durch die Bäume hindurch hinauf in den blauen Himmel. *Gott … bist du da?*

In ihrem Herzen rührte sich etwas, dann in der Tiefe ihres Seins. Es war keine hörbare Antwort, doch die Nähe Gottes war fast zu greifen. Ihr war vergeben, denn das war es, was Gottes Wort versprach. Christus war für ihre Sünden gestorben – sogar für die Sünde, dass sie Frauen an eine Abtreibungsklinik überwiesen hatte. Jetzt … jetzt war es an der Zeit, dass sie vorwärtsging.

Brooke holte tief Luft. Dann, mit einer neuen Entschlossenheit, die allein von Gott kommen konnte, wandte sie sich um und ging zurück in das Krankenhaus. Als sie zu ihrem nächsten Patienten eilte, blieb das Bewusstsein der Gegenwart Gottes in ihrem Leben bei ihr.

Als ihre Morgenvisite vorbei war und sie in ihr Büro zurückkehrte, fand sie eine Nachricht von Ashley auf dem Anrufbeantworter. „Ich musste dich noch einmal anrufen. Ich habe gerade in Sarahs Zimmer gesessen und in der Bibel gelesen." Ihre Stimme war schwer vor Kummer, aber klar und deutlich. „Ich bin über Jesaja 43 gestolpert." Sie hielt inne. „Brooke, ich kenne dich und ich ahne, was du denkst, wenn du meinen Vorschlag mit der Beratungsstelle bewegst. Du erwartest immer Perfektion und … naja, du kannst mit dir selber ganz schön hart sein. Bitte, lies die Verse 18 und 19. Ich glaube, das will Gott dir sagen." Wieder eine Pause. „Ich liebe dich. Ruf mich an."

Es hatte Jahre gegeben, in denen Brooke nicht im Traum daran gedacht hätte, eine Bibel in ihrem Büro zu haben. Doch nach der Tragödie mit Hayley hatte Peter ihr eine ledergebundene Ausgabe geschenkt, auf der vorne ihr Name eingraviert war. Sie zog das Buch aus dem Regal und fuhr mit ihren Fingern über die eingravierten silbernen Buchstaben auf dem Deckel. *Dr. Brooke West.* Das war Peters Art, ihr zu zeigen, dass er an sie glaubte, dass er nie wieder ihre Kompetenz als Ärztin anzweifeln würde.

Sie legte die Bibel auf ihren Schreibtisch und blätterte zum 43. Kapitel des Buches Jesaja. Sie fuhr mit dem Finger über die Seite und fand die Verse, die Ashley erwähnt hatte. Sie begann, Vers 18 zu lesen. „Doch hängt nicht wehmütig diesen Wundern nach! Bleibt nicht bei der Vergangenheit stehen! Schaut nach vorne, denn ich will etwas Neues tun! Es hat schon begonnen, habt ihr es noch nicht bemerkt? Durch die Wüste will ich eine Straße bauen, Flüsse sollen in der öden Gegend fließen."

Brooke blinzelte und las die Verse noch einmal, diesmal langsamer. Als sie das tat, traten Tränen in ihre Augen. Ihre Schuld war wirklich vergeben. Und noch mehr – sie wurde geliebt. Das hatte Ashley ihr gesagt. Wie groß war die Wahrscheinlichkeit, dass Ashley zufällig heute diesen Abschnitt lesen würde? Oder dass sie anrufen und es ihr erzählen würde? Brooke berührte die Seite und ließ die Worte noch einmal auf sich wirken. Dann zog sie einen Stift aus ihrer Schreibtischschublade und unterstrich die Verse. *„Schaut nach vorne, denn ich will etwas Neues tun!"*

An einem Tag, an dem sie ihre früheren Entscheidungen so tief bereute, schienen diese Verse genau für sie geschrieben zu sein. *Gott, ist das deine Antwort?* Sie schluckte und stellte sich die Schwangerschaftskonfliktberatung vor, die Bloomington so dringend brauchte. Die Botschaft aus Jesaja war unmissverständlich. Die Vergangenheit hinter sich lassen … Der Herr wollte etwas Neues in ihrem Leben bewirken.

Ströme des Lebens in einer Wüste des Bedauerns.

Ich höre dich, Herr. Ich spüre dich. Ich werde diese Gelegenheit nutzen, das verspreche ich.

Als sie die Bibel schloss, auf ihre Uhr sah und sich auf den nächsten Termin vorbereitete, festigten sich in ihr zwei Entschlüsse. Erstens würde sie gleich heute Abend mit Peter über die Notwendigkeit sprechen, die Beratungsstelle wieder zu eröffnen. Sie würde ihm erklären, wie Gott sie auf die Terrasse geführt und ihr vergeben hatte. Und sie würde ihm von den Versen aus Jesaja erzählen.

Und zweitens: Wenn die Beratungsstelle eröffnet wurde, wenn die ersten Mädchen kamen, um nach einer anderen Möglichkeit als einer Abtreibung zu fragen, würde es nur einen möglichen Namen dafür geben. Ein Name, der für immer an das winzige Baby erinnern würde, dessen Leben alles verändert hatte.

Der Name würde *Sarahs Tür* lauten.

Kapitel 6

Der Mond warf glitzernde Lichtstrahlen durch das Fliegengitter der Balkontür von Katys und Daynes Schlafzimmer. Dayne rollte sich auf die Seite. Sie hatten nur noch zwei Tage, bevor die Realität sie wieder brutal einholen würde, und Dayne konnte nicht schlafen, wollte nicht einen Moment dieser kostbaren Zeit vergeuden. Er sah auf die Anzeige des Weckers auf Katys Bettseite – 23.15 Uhr. Noch nicht wirklich sehr spät. Und die Brise vom See her war wärmer als gewöhnlich. Eine Sommernacht in Indiana.

Ein Gedanke formte sich in seinem Kopf, dann tief in seinem Herzen und Dayne konnte ihn nicht abschütteln. Er berührte Katys Schulter. „Hey …"

Als sie nicht reagierte, versuchte er es erneut. „Katy." Seine Stimme war sanft. „Liebling, wach auf."

Langsam öffnete sie die Augen und Besorgnis füllte ihren Blick. „Dayne …" Sie war außer Atem. „Ist alles in Ordnung?"

„Shhh." Er ließ seine Finger vorsichtig über ihre Wange gleiten. „Wollen wir einen Spaziergang machen?" Er fühlte selber, wie bittend sein Gesichtsausdruck war. Sie mussten jeden Moment genießen, während sie noch in Bloomington waren. Bevor das Leben sich wieder auf sie stürzte und ihnen nichts ließ außer einer wehmütigen Erinnerung an diese Tage.

Sie war jetzt wach und rieb sich die Augen. Ein Lächeln hob ihre Mundwinkel. Sie stützte sich auf einen Ellenbogen und zwinkerte ein paar Mal.

Dayne schob seine Finger in ihre Haare und massierte ihren Hinterkopf. Er küsste sie langsam und flüsterte. „Bitte … geh mit mir raus, okay?"

Sie lachte leise, setzte sich auch auf und wies auf die Balkontür. „Draußen ist es wunderschön."

„Ich weiß." Er schwang seine Füße über die Bettkante. „Ich konnte nicht schlafen und da kam mir diese Idee."

„Einen Spaziergang zu machen?" Sie grinste ihn an, flirtete mit ihm, als wollte sie herausfinden, welche Absichten er verfolgte. Sie warf einen Blick auf die Uhr. „Um 23.17 Uhr?"

„Ganz genau." Er stand auf und griff nach ihrer Hand. „Das ist der perfekte Zeitpunkt für einen Spaziergang."

Katy kletterte aus dem Bett und sie zogen sich Jeans und Pullover über. Dann schlichen sie auf Zehenspitzen nach unten. Als sie nach draußen traten, nahm Dayne ihre Hand und führte sie den Weg hinunter zum Wasser. Der leuchtende Vollmond hing über dem See wie eine Requisite aus einem Film. Dayne hatte eine Taschenlampe mitgenommen, doch die brauchten sie nicht.

Als sie das Ufer erreichten, zog er sie zu dem Kanu, das an dem Bootssteg festgebunden war. In der ersten Woche nachdem sie nach Bloomington zurückgekehrt waren, hatten sie das alte Boot durch eine Zeitungsannonce gefunden. Seitdem waren sie ein paar Mal hinausgefahren, unter anderem an einem Nachmittag, als sie versucht hatten, einem Felsen auszuweichen, und dabei beide im Wasser gelandet waren.

Doch sie waren noch nie nachts auf dem See gewesen.

Katy zögerte und ließ Daynes Hand los. „Das Kanu? Jetzt?" Zweifel klang in ihren Worten mit. „Ist das nicht zu gefährlich?"

„Der See ist leer." Er griff wieder nach ihrer Hand. „Uns wird nichts geschehen."

Im Mondlicht, das sich auf ihrem Gesicht spiegelte, sah er ihre Ängste schwinden. „Du bist verrückt."

„Ich weiß." Er führte sie auf den Bootssteg und beugte sich dann hinunter zu dem dicken Seil, mit dem das Kanu befestigt war. Dabei schaute er noch einmal hoch zu ihr. „Doch in ein paar Tagen werden wir nicht mehr in der Lage sein, etwas Verrücktes zu tun, ohne dass es die ganze Welt erfährt." Er grinste verschmitzt. „Also warum dann nicht jetzt?"

Sie kicherte. Das Geräusch mischte sich mit dem Wind, der in den Bäumen raschelte. „Der Punkt geht an dich."

Er half ihr beim Einsteigen. Dann gab er dem Boot einen kräftigen Schubs und setzte sich hinter sie. Er nahm ein Paddel und tauchte es in das glasklare dunkle Wasser. Wieder schwiegen sie, umgeben nur von dem leisen Glucksen des Wassers und den entfernten Schreien einiger Kojoten. Als sie etwa fünfzig Meter weit hinausgefahren waren, zog Dayne das Paddel in das Kanu.

Katy umklammerte die Sitzbank und lehnte sich zurück, um in den Himmel zu schauen. Einzelne Sterne blitzten am dunklen Firmament auf, doch nur die, die hell genug strahlten, um gegen den Vollmond zu bestehen. „Es ist wunderschön."

„Mmmm. Ja." Dayne klopfte auf den Platz neben sich. „Komm, setz dich zu mir."

Vorsichtig, um das Kanu nicht umzuwerfen, setzte sich Katy ein Stück zurück, sodass sie Seite an Seite auf der mittleren Bank saßen.

Er legte seinen Arm um ihre Schultern. „Spürst du es auch? Die Gegenwart Gottes hier draußen?"

Sie atmete tief und langsam ein. „Am Set ... da war es fast so, als hätte ich vergessen, dass er bei mir ist. Ich habe vergessen, mit ihm zu reden und ihn um Hilfe zu bitten." Sie hob ihren Blick zu ihm auf. „Verstehst du, was ich sagen will?"

Dayne nickte. „Wir dürfen das nicht wieder zulassen."

„Nein."

Er musste nicht mehr sagen. Sie hatten über ihren Glauben gesprochen und darüber, wie wichtig es war, dass sie sich in den nächsten Wochen an dem Herrn festhielten, wenn sie die Prüfungen überstehen wollten, die ihnen bevorstanden. Doch hier draußen, umgeben von der Stille des Sees, war die Gewissheit, wie sehr sie Gott und einander brauchten, niemals deutlicher gewesen.

„Diese letzten Wochen ...", Dayne berührte ihre Wange mit seinen Lippen, „... waren so, wie ich es mir erträumt hatte. Ich würde am liebsten niemals gehen."

„Ich auch nicht."

Sie hatten so viel Bedeutsames wie möglich in ihre letzten Tage in Bloomington gelegt. Sie hatten lange Spaziergänge um den Lake Monroe unternommen und waren an den gleichen Stellen stehen geblieben, wo sie sich vor einer gefühlten Ewigkeit ineinander verliebt hatten. Sie waren mit John und Elaine zum Bauernmarkt gefahren und ein paar Mal bei Coles Fußballtraining gewesen. Ashley und Landon gingen bewundernswert gut mit dem Verlust der kleinen Sarah um. Doch sie waren nach wie vor dankbar, die Familie um sich zu haben.

Dayne sah zum Nachthimmel auf. Natürlich freute sich niemand so sehr wie er selbst, im Kreis der Familie zu sein. Nach einem Leben in Einsamkeit hatte er endlich eine Familie, wie man sie sich nur erträumen konnte. Wenn sie nicht gehen müssten, würden Katy und er bei jedem Fußballspiel an der Seitenlinie stehen und bei jeder Tanzvorführung von einer seiner kleinen Nichten in der ersten Reihe sitzen. Sie würden bei den regelmäßigen Sonntagsessen ins Baxter-Haus kommen und zu jedem Picknick am See.

„Du tust es schon wieder." Katys Stimme war ein Hauch, kaum zu hören.

„Was tue ich?"

„Du machst dir Sorgen wegen der Zukunft." Sie drehte sich halb, sodass sie tief in seine Augen schauen konnte. „Niemand kann uns nehmen, was wir haben. Nicht, wenn wir Gott in unserer Beziehung in den Mittelpunkt stellen."

Dayne nickte langsamer als vorher. Seine Lippen öffneten sich, weil er sie fragen wollte, wie das funktionieren sollte. Wie konnten sie Gott in ihrer Beziehung ehren, wenn sie Tausende von Kilometern voneinander entfernt damit beschäftigt waren, ihre Filme zu drehen? Sie konnten Gott jeder für sich im eigenen Leben in den Mittelpunkt stellen, doch gemeinsam? In welchen Mittelpunkt? Sie würden nichts als eine große Entfernung zwischen sich haben.

Doch er schwieg. Sie hatte auch nicht mehr Antworten als er. Nur indem sie die nächsten Monate in Angriff nahmen, würden sie herausfinden, wie sie überleben konnten. Aber sie hatte recht ... was auch immer sie tun würden: Ihr Glaube würde dabei entscheidend sein.

Zweifel tanzten um ihn herum und vermischten sich mit den Schatten, die auf die Wasseroberfläche fielen. Doch bevor Dayne sie aussprechen konnte, legte Katy ihre Arme um seinen Nacken und brachte ihr Gesicht nahe an seines heran. „Ich liebe dich, Dayne. Mehr, als ich jemals glaubte, lieben zu können." Sie küsste ihn leidenschaftlich. „Was in den letzten Monaten geschehen ist, wird niemals wieder geschehen. Wir haben unsere Lektion gelernt."

Er lächelte sie an und ließ seine Finger über ihre Stirn gleiten. *Ach, Katy,* dachte er, *das wird härter, als du glaubst.* Wieder sprach er seine Ängste nicht aus, denn alles, was im Moment zählte, waren sie, der stille See und das Mondlicht auf ihrem Gesicht.

Er erwiderte ihren Kuss und nach ein paar Augenblicken hatte er seine Ängste völlig vergessen. Es gab nur noch Katy und sein klopfendes Herz und das Geschenk der Liebe, das Gott ihnen gegeben hatte. Sie hatte recht. Sie hatten das Blitzlichtgewitter der Medien bereits zuvor überstanden. Sie würden es auch wieder schaffen. Ihre Liebe war stärker geworden. Und solange sie zum Ufer des Lake Monroe zurückkehren konnten, solange sie sich daran erinnerten, wer sie waren und wem sie gehörten, würden sie überleben.

Auch wenn es sie alles kosten würde, was sie hatten.

Dayne paddelte zurück zum Ufer. Als sie den Weg bis zu ihrer Terrasse gegangen waren, wandte er sich um und zog Katy in seine Arme. „Ich danke dir."

„Wofür?" Sie legte ihre Arme um seine Taille und sie wiegten sich gemeinsam sanft hin und her. Die Leidenschaft stand immer noch in ihren Augen und klang in ihrer Stimme.

„Dass du mir vertraut hast, dass ein Kanuausflug die perfekte Idee wäre, wie man die Nacht verbringt."

Ein leiser Wind umfing sie, spielte mit Katys Haaren und brannte diesen Moment für immer in Daynes Gedächtnis ein. Katy legte eine Hand an sein Gesicht. „Wann immer du dir Sorgen machst … wenn du irgendwo am Strand von Cabo in Mexiko bist und ich in einem Bus im verregneten London sitze, dann erinnere dich daran." Sie zögerte, ihre Augen sahen bis in die tiefsten Winkel seiner Seele. „Behalte das hier in deinem Herzen. Damit du nicht vergisst, was hier zu Hause auf uns wartet."

Irgendwie schaffte es der Zauber dieser Nacht, dass ihre Worte alle seine Zweifel ausräumten, alle Ängste beiseiteschoben. Er küsste sie wieder und dann tat er etwas, das sie jeden Tag getan hatten, seitdem sie zurück in Bloomington waren. Er zog sie dicht an sich und betete mit ruhiger, klarer Stimme.

„Gott, führe uns durch die kommenden Monate. Hilf uns, dass wir es vermeiden können, in die Schlagzeilen zu kommen, und richte unsere Aufmerksamkeit auf das, was gut und richtig ist." Er zog Katy noch enger an sich. „Lass nicht zu, dass uns irgendetwas trennt, Herr. Und wenn wir an den verschiedenen Drehorten sind, dann hilf uns, immer wieder zueinander zurückzufinden, ganz egal, wie weit wir voneinander entfernt sind. In Jesu Namen, Amen."

Als Dayne das Gebet beendet hatte, sah er Katy lange an. Er beobachtete, wie sich das Mondlicht auf dem Wasser brach und in ihren Augen widerspiegelte. „Du bist wunderschön, Katy."

Ein sanftes Lächeln umspielte ihren Mund. „Du auch, Mr Matthews."

Dann, ohne ein weiteres Wort, führte er sie zurück in ihr Schlafzimmer. Eine Stunde später, nachdem sie ihre gemeinsame Liebe genossen hatten, die sie durch die nächsten Monate tragen würde, schliefen sie ein.

Daynes letzter Gedanke war ein sehr einfacher. Sie hatten so viel, auf das sie sich freuen konnten, wenn sie die nächsten Monate überstehen würden: zauberhafte Nächte wie diese, Liebe ohne das wachsame Auge einer Kamera, Familientreffen mit den Baxters und jeden Sonntag konnten sie gemeinsam in den Gottesdienst gehen. Alles das erwartete sie hier zu Hause.

Jetzt mussten sie nur noch die Tage bis dahin zählen.

* * *

Von dem Moment an, als der Privatjet den Boden von Los Angeles berührte, hatte Dayne ein schlechtes Gefühl. Es war kurz vor zwei Uhr nachmittags, ein Tag Anfang September, und den bevorstehenden Abend hatte Dayne seit Monaten gefürchtet. Heute war der Tag, an dem Katy und er Bloomington verlassen mussten – mindestens bis Weihnachten. Und als ob das nicht schon genug wäre, war es auch der Tag, an dem *For Real* startete, die Show, die ihr schon jetzt öffentliches Leben endgültig zu einem Spektakel im grellen Licht der Medien machte.

Eine Limousine erwartete sie am Rollfeld und brachte sie zu ihrem Haus in Malibu, in dem sie seit etlichen Monaten nicht mehr gewesen waren. Die kommende Woche würde sehr voll werden, nicht nur wegen der Reality-Show und der Aufmerksamkeit, die sie hervorrufen würde, sondern weil am Samstag die Premiere von *But Then Again No* war, dem Film, den er und Katy gemeinsam gedreht hatten. Der Film, bei dem die Kamerateams der Reality-Show unbarmherzig jeden Moment jenseits der Dreharbeiten eingefangen hatten.

Sie trugen ihr Gepäck ins Haus, ohne viel Aufmerksamkeit zu erregen. Die Paparazzi wussten noch nicht, dass sie zurück in L.A. waren, doch das würden sie bald herausfinden. Jeder Fotograf in der Stadt würde die Filmpremiere besuchen. Erst als sie ausgepackt hatten und hinaus auf ihre hintere Veranda traten, bemerkte Dayne, wie schweigsam er gewesen war.

Er trat dichter zu Katy, sodass sich ihre Arme berührten. „Ich tue es schon wieder, nicht wahr?“

„Dir Sorgen machen? Dich anders verhalten?“ In ihren Augen war nichts von der Anspannung zu lesen, die er verspürte. „Ja, das tust du. Aber ich verstehe dich.“ Einen Augenblick lang waren sie still und sahen auf die Wellen des Pazifiks hinaus. „Der Sturm liegt vor uns.“

Dayne beobachtete, wie die Wellen sich am Strand von Malibu brachen. Der ausgedehnte Strandabschnitt war nur von wenigen Touristen und den üblichen Surfern besucht. Er sah über die Wellen hinweg zum Horizont, als ihm plötzlich etwas klar wurde. „Es gab eine Zeit, in der ich glaubte, ich könnte ohne das hier nicht leben – ohne die Aussicht auf den Ozean, die Ruhe des Strandes.“ Seine Stimme war ruhig, es war ein entspannter Moment. „Ganz egal, wie mein Tag gelaufen war oder wie anstrengend die Paparazzi gewesen waren, das Meer war immer gleich.“ Er hob sein Kinn ein wenig und ließ sich vom Duft der salzigen Ozeanluft einhüllen. „So ist es immer noch.“

„Ja.“ Katy atmete tief ein. „Ich liebe es auch.“ Sie lächelte ihn an. „Bis die Kameras anfangen zu klicken.“

„Es ist wirklich überwältigend.“ Er wandte ihr seine Aufmerksamkeit zu. „Doch an dem Tag, an dem mein Vertrag erfüllt ist, werde ich ein ‚Zu-verkaufen‘-Schild aufstellen und niemals wieder zurückblicken. Der Strand von Malibu kann mit dem Lake Monroe nicht mithalten.“ Er legte seinen Arm um ihre Schulter und zog sie an sich. „Das wird nie wieder mein Zuhause sein nach den letzten Monaten in Bloomington.“

„Bis wir zurückkommen, wird schon Schnee liegen.“ Katy war in Gedanken versunken. „Und bis dahin sollten wir eigentlich die erste Aufführung des christlichen Kindertheaters für die neue Saison schon hinter uns haben.“

Ein Schmerz breitete sich in Daynes Brust aus. Er hasste den Gedanken, dass das Theater verkauft worden war und, noch schlimmer, dass es offenbar nichts gab, was die Auflösung der Theatergruppe verhindern konnte. Wenn doch nur der Zeitpunkt ein anderer gewesen wäre, hätte er sich einschalten und das Gebäude kaufen können, bevor es den Immobilienhaien in den Rachen geworfen worden war. Er ließ seine Finger über ihren Arm gleiten. „Du vermisst es.“

„So sehr.“ Sie schaute zu ihm auf. In ihren Augen schimmerten Tränen. „Die Kinder brauchen das Theater so dringend." Sie blinzelte und sah wieder auf das Wasser hinaus. „Doch Gott hat zugelassen, dass es so kommt: dass das Theater schließen muss und ich es nicht mehr leiten kann. Ich vermute, es sollte so kommen." Sie richtete sich ein wenig auf, als ob sie sich gegen den Schmerz des Verlustes stählen müsste. „Doch, ja, ich vermisse es."

Sie unterhielten sich noch ein wenig länger, dann wagte Katy sich in die Stadt, um einige Einkäufe zu erledigen, da sie immer noch diejenige war, die weniger schnell erkannt wurde. Sie trug nur wenig Make-up, eine alte Jeans und ein unauffälliges Sweatshirt und hatte die Haare zum Pferdeschwanz zusammengebunden. Sie kehrte mit einem Auto voller Lebensmittel und mit der guten Nachricht zum Haus zurück, dass niemand mit Kamera sie bemerkt hatte.

An diesem Abend grillte Dayne Hühnchen und Gemüse. Doch ihre Unterhaltung wurde immer angespannter, je näher der Zeiger der Uhr der Zwanzig-Uhr-Marke rückte. Er hatte am Nachmittag seinen Vater angerufen, der ihm erzählte, dass sich die gesamte Baxter-Familie eingefunden hatte, um sich die erste Episode von *For Real* anzusehen. Sie würden wegen der Zeitverschiebung die Show drei Stunden früher als Katy und Dayne an der Westküste sehen, doch sein Vater hatte gesagt, dass er sich erst am nächsten Tag wieder melden würde, wenn Katy und Dayne selbst die Show gesehen hatten.

„Wir beten für euch, mein Sohn." Liebe und tiefe Besorgnis klangen in jedem Wort mit. „Denk daran, dass auch das hier vorbeigehen wird."

„Danke, Papa. Ich werde daran denken."

Die Stunden vergingen nur langsam, doch endlich um kurz vor zwanzig Uhr gesellte sich Dayne zu Katy ins Wohnzimmer. Der Fernseher lief bereits. Sie hatte sich in einer Ecke des Sofas zusammengekauert und hielt ein Kissen gegen ihren Bauch gepresst.

„Ich bin am Zittern." Sie schaffte ein schiefes Lächeln. „Setz dich zu mir. Bitte."

Er tat, worum sie ihn bat, doch in seinem Inneren spürte er den Frust aufsteigen. Warum nur mussten sie sich damit auseinandersetzen? Sie sollten einfach den Fernseher ausstellen und den nächsten Flug zurück nach Bloomington nehmen. Sie sollten ihren Produzenten sagen, dass sie mit dem Filmgeschäft abschließen würden. Andere könnten ihre Rollen in den nächsten Filmen übernehmen.

Dayne setzte sich auf das Sofa und nahm Katys Hand. Dabei ermahnte er sich, an die Situation zu denken, in der sie sich befanden. Er hatte einen Vertrag. Wenn er diesen Vertrag nicht erfüllte, würde er verklagt werden, und schlimmer noch, er würde als jemand dastehen, der sein Wort nicht hielt. Und das hatte ihm immer eine Menge bedeutet, sogar in seinem früheren Leben, als er seine Zeit auf Hollywood-Partys und mit verschiedenen flüchtigen Affären verbracht hatte. Doch seitdem er Gott sein Leben übergeben hatte, bedeutete es ihm noch mehr, zu seinem Wort zu stehen.

Als sie über die Filme gesprochen hatten, für die Dayne noch vertraglich verpflichtet war, war auch sein Freund Bob Asher, der Missionar, der Meinung gewesen, dass er seine Verpflichtungen erfüllen sollte. „Die Lösung ist nicht, dass du deine Versprechungen brichst", hatte Bob ihm erst vor wenigen Tagen noch gesagt. „Du solltest sie auf eine Weise erfüllen, dass Gott dadurch geehrt wird. Wenn du dich so verhältst, werden alle davon profitieren."

Theoretisch stimmte Dayne ihm darin zu. Doch jetzt, wo gleich die erste Episode von *For Real* beginnen sollte, war er sich nicht mehr so sicher, ob wirklich alle davon profitieren würden. Dennoch – ungeachtet seiner Sehnsucht, der ganzen Filmindustrie einfach den Rücken zuzukehren, fühlte sich Dayne verpflichtet, seinen Vertrag und seine Versprechungen bestmöglich zu erfüllen.

Katy reichte ihm die Fernbedienung. „Falls du abschalten willst." Sie warf ihm ein nervöses Lächeln zu.

Die Autowerbung auf dem Bildschirm wurde schließlich abgelöst vom Trailer für die Reality-Show. Dayne verstärkte seinen Griff um Katys Hand. Bilder von Katy und Dayne flimmerten über den Fernseher, blendeten ineinander. Einige davon waren kurze Videos, in denen Katy vermutlich gerade in die Sonne blinzelte oder er sich müde über das Gesicht strich. Doch so, wie sie zusammengestellt waren, vermittelten die Filme den Eindruck, sie beide würden sich streiten.

„Vom Regen in die Traufe." Katy ließ ein trauriges Lachen hören. „Ich würde mir am liebsten die Augen zuhalten."

Natürlich hatte sie recht. Die Episode, die eine Stunde dauerte, begann mit Fotos von Katy und Dayne, auf denen sie sehr verliebt wirkten, doch das änderte sich rasch. Zwischen den verschiedenen Kurzfilmen erklärte der Sprecher, dass Katy und Dayne das Filmprojekt als

Frischvermählte begonnen hatten und das auch der ganzen Welt so zeigen wollten.

„Doch am Ende der ersten Woche sah die Realität …“, die Stimme des Mannes wirkte heiter, „… vollkommen anders aus.“

Schon nach wenigen Minuten lenkte die Sendung die Aufmerksamkeit auf die Klatschmagazine und die Gerüchte, dass es Spannungen in der Beziehung von Amerikas Traumpaar gebe. „Es kam schnell zu Streit und Auseinandersetzungen wegen der anderen Frauen in Daynes Leben“, sagte der Sprecher. „Doch das Schlimmste stand den beiden noch bevor.“

Nach etwa der Hälfte der Sendung war Dayne so wütend, dass er kurz davor war, die Ausstrahlung der Show verbieten zu lassen. Doch noch während seine Wut loderte wie ein helles Feuer, wurde ihm die schmerzliche Wahrheit bewusst: Es gab nichts, was er tun konnte, um das Programm zu verbieten. Katy und er hatten ihr Einverständnis zu der Show gegeben und den Produzenten vertraut, dass einigermaßen wahrheitsgetreu berichtet werden würde.

Stattdessen zogen die Anschuldigungen und die Schlagzeilen, die wild über den Bildschirm flatterten, ihre Beziehung in den Schmutz. Für den Zuschauer musste es so aussehen, als ob sich ihre Beziehung auseinanderentwickelte, bis das Kamerateam beinahe das hatte, was die Produzenten für ihre Einschaltquoten brauchten – eine weitere Hollywood-Ehe in Scherben.

Als nach einer Dreiviertelstunde die Sendung für eine Werbepause unterbrochen wurde, schaltete Dayne den Ton ab. Er versuchte tief Luft zu holen, doch der Druck in seiner Brust machte das unmöglich. „Wir hätten verlangen sollen, dass wir die Sendung vorab zu sehen bekommen.“ Er knirschte mit den Zähnen und sah Katy an. „Warum hat mein Agent nicht daran gedacht?“

„Das wissen wir nicht.“ Katy lehnte ihren Kopf an seine Schulter und kuschelte sich eng an ihn. Sie wies auf den Fernseher. „Das da konnten wir nicht vorhersehen.“

Dayne widerstand der Versuchung, ihr barsch zu widersprechen, denn sie hatte unrecht. Er hatte es kommen sehen. Er hatte viel mehr Erfahrung im Umgang mit den Paparazzi. Es war Katy gewesen, die die Show befürwortet hatte. Sie war überzeugt gewesen, dass die Reporter ihre Privatsphäre respektieren würden, wenn sie ihnen die

Möglichkeit gaben, sie am Filmset zu begleiten. Dennoch war es nicht ihr Fehler.

Er hätte es besser wissen sollen. Eine Klausel, die ihnen zusicherte, die Sendung vor den anderen Zuschauern sehen zu können, hätte ihnen die Möglichkeit gegeben, alles zu stoppen.

Doch jetzt war das nicht mehr möglich. Die Show zielte definitiv darauf ab, Katy und Dayne als Paar in der Krise darzustellen. Er stützte die Ellenbogen auf die Knie. „Ich hätte das wissen müssen."

„Dayne ..." Katy setzte sich auf. Ihre Stimme war sanft, verständnisvoll. „Es war meine Idee. Es ist kein Fehler von irgendjemandem."

„Doch." Er sah in ihre Augen und seine Wut war plötzlich verraucht. „Ich kenne das Filmgeschäft. Es war klar, dass sie es so darstellen würden." Er berührte tröstend ihre Schulter. Hinter ihrer Angst konnte er auch die Stärke erkennen, die sie in den nächsten Wochen durchtragen würde. „Glückliche Paare verkaufen sich nicht."

„Ich weiß ..." Katy berührte sein Gesicht mit sanften Fingern, doch das konnte die Furcht nicht besiegen, die in ihm aufstieg. Sie beugte sich ein wenig vor und berührte seinen Mund mit ihren Lippen. „Ich bin hier. Mit Gott schaffen wir das alles!" Sie küsste ihn wieder, dieses Mal mit so viel leidenschaftlicher Verzweiflung, dass ihre eigenen Ängste deutlich wurden. „Das sollte ausreichen, nicht wahr?"

Dayne erlaubte es sich, in ihren Augen zu versinken. Im letzten Monat war ihre Beziehung genau so gewesen, wie er es sich erträumt hatte, als er sie gebeten hatte, seine Frau zu werden. Sie waren als Paar gemeinsam stärker geworden, stärker in ihren Gefühlen und ihrer Beziehung zueinander und, was noch wichtiger war, stärker in ihrem Glauben.

Dennoch wusste Dayne, was jetzt auf sie zukam. Die Filmpremiere, bei der jede Kamera nach Rissen in ihrer Ehe Ausschau halten würde. Die Reporter würden nach Anzeichen suchen, dass die Entfremdung, die während der Dreharbeiten zu *But Then Again No* entstanden war, immer noch da war oder – noch besser – sich vertieft hatte. Nach der Premiere standen die Dreharbeiten zu ihren nächsten Filmen an, die in verschiedenen Ländern stattfinden würden. Schon jetzt streuten die Magazine erste Andeutungen, dass neuer Beziehungsstress vorprogrammiert war.

Er streichelte Katys Rücken. Mit Angst konnten sie diesen Kampf nicht überstehen oder die Tatsache, dass eine ganze Welt voller fremder

Menschen hoffte, dass ihre Beziehung zerbrechen würde. Er schob die Angst beiseite, die ihn zu umklammern drohte, und hielt sich an Katy fest, als ob er auf diese Art und Weise verhindern könnte, dass etwas oder jemand zwischen sie trat.

„Ja, Liebling." Er legte sein Gesicht gegen Katys Wange. „Wir haben Gott, wir haben einander und unsere Familie. Das ist genug." Dayne wiederholte die Worte wieder und wieder in Gedanken. Ja, Katy hatte recht. Natürlich hatte sie recht. Sie waren gut genug ausgerüstet, um den Kampf zu gewinnen.

Selbst wenn der Rest der Welt anderer Meinung war.

Kapitel 7

Das neue Schuljahr hatte vor zwei Tagen begonnen. Schon jetzt vermisste es Ashley, Cole den ganzen Tag zu Hause zu haben. Es konnte nicht früh genug drei Uhr nachmittags werden, vor allem heute nicht. Landon hatte Frühschicht gehabt und kam rechtzeitig nach Hause, um Cole vom Schulbus abzuholen.

Ashley nahm einen Stapel Briefe vom Esszimmertisch. Als sie ins Wohnzimmer ging, lächelte sie Devin an. „Papa und Cole kommen nach Hause, mein Süßer." Sie hob ihn hoch und setzte ihn auf ihre Hüfte. „Komm, wir schauen mal, ob wir sie schon sehen!"

Sie erreichten gerade die Haustür, als Landon und Cole die Einfahrt hinaufkamen. Ashley öffnete die Tür und lächelte über das Bild, das sie abgaben – Landon in seiner dunkelblauen Uniform und Cole mit seinen blonden Haaren und seinem großen roten Rucksack.

Cole entdeckte sie zuerst. „Mama! Wir machen in der Schule ein naturwissenschaftliches Experiment! Ich habe eine ganze Tüte voller Moskito-Eier." Er blieb stehen, ließ den Rucksack auf den Weg plumpsen und öffnete den Reißverschluss. Dann zog er eine dicke Plastiktüte heraus, die halb mit einer dunklen Substanz gefüllt war. „Sieh mal." Cole hob die Tüte hoch und grinste von einem Ohr zum anderen. „Wir wollen herausfinden, wo sich die Moskitos am besten entwickeln!"

Ashley trat einen Schritt zurück. „Oh." Sie schaute von Cole zu Landon. Seine Augen funkelten fröhlich und er hatte seine Hand auf den Mund gepresst, um nicht laut zu lachen. Ashley hob eine Augenbraue. „Die Antwort lautet: Draußen." Sie zeigte zu den Büschen, die in einer Reihe hinter dem Küchenfenster wuchsen. „Genau dort. Sie entwickeln sich dort am besten."

„Aber Mama, dann ist doch der ganze Spaß vorbei." Er sah hilfesuchend zu Landon auf. „Nicht wahr, Papa? Außerdem hat uns der Lehrer Boxen mitgegeben, aus denen die Moskitos nicht herauskönnen. Nicht ein einziger!"

„Genau." Landon zuckte mit unschuldigem Gesichtsausdruck die Achseln, als hätte er schon jede Möglichkeit geprüft, einschließlich der, die Moskitolarven draußen aufzubewahren. „Cole braucht fünf verschiedene Umgebungen."

„Der Kühlschrank." Coles Augenbrauen hoben sich. „Mein Lehrer hat gesagt, dass das ein guter Ort ist, weil es die Möglichkeit zum Vergleichen gibt."

Devin warf den Kopf zurück und lachte, als ob er verstehen würde, was es bedeutete, Moskitos in einem Kühlschrank zu züchten.

„Gut, aber nur im Kühlschrank, der draußen steht." Ashley bedeutete Cole und Landon, ihr ins Haus zu folgen. „Und nirgendwo in der Küche, egal an welchem Ort."

„Ausgenommen der Backofen." Landons Blick wurde schuldbewusst, als er neben sie trat. Er nahm ihr Devin ab und küsste sie, als sie die Stufen zum Haus hinaufgingen. „Ich sagte ihm, dass er einige in den Ofen legen könnte."

Ashley stöhnte. „Wie lange dauert das Experiment?"

Cole kam auf ihre andere Seite und legte seinen Arm um ihre Taille. „Nur eine Woche." Er klatschte Landon ab, als sie ins Haus gingen. „Sie brauchen ein paar Tage, um zu schlüpfen, doch einige von ihnen schlüpfen vielleicht gar nicht, wenn sie nicht in der richtigen Umgebung sind."

„Wir brauchen unbedingt die richtige Umgebung, damit das funktioniert." Landon sah Cole ernsthaft an, dann zwinkerte er Ashley zu.

Ashley spürte, wie ihr Herz leicht wurde. Das war es, was ihr Leben so reich machte – die Freude, ihre Söhne großzuziehen und ihnen zu helfen, im Glauben stark zu werden, sie zu unterstützen und bei ihren Schularbeiten zu helfen. Sogar wenn das bedeutete, dass für eine Woche Moskitolarven in ihrem Ofen wohnen würden. Mit Landon und ihren Söhnen an ihrer Seite war es nur eine Frage der Zeit, bis sie den Verlust von ihrem Baby Sarah überwinden würde.

Zum Abendessen gab es Spaghetti und danach einen Spaziergang zum Park am Ende ihrer Straße. Der Sommer verabschiedete sich langsam, doch der Himmel war blauer und die Abendluft wärmer als sonst zu dieser Jahreszeit. Devin hatte gestern einen Zahn bekommen, sodass er jetzt ruhiger war als in der vergangenen Woche. Er saß entspannt in seinem Kinderwagen und nuckelte an seinem Schnuller. Ein paar Schritte vor ihnen dribbelte Cole seinen Fußball über die Straße.

Es war ein wunderbarer Moment – Landon ging neben ihr und schob mit ihr gemeinsam Devins Wagen. Das Einzige, was diesen Abend perfekt gemacht hätte, wäre Sarahs Anwesenheit gewesen.

Ashley hakte sich bei Landon unter. „Fühlt sich gut an, nicht wahr?"

Er lächelte sie an. „Ja, das tut es! Manchmal muss ich mich morgens beim Aufwachen daran erinnern … dass das wirklich mein Leben ist." Er legte seinen Kopf zur Seite und schaute sie neugierig an. „Das ist das Leben, das sich Dayne für sich und Katy erträumt. Doch nach der Sendung …"

„Ich weiß." Traurigkeit überkam Ashley. „Ich habe gestern mit Katy gesprochen. Ganz Hollywood zerreißt sich das Maul über die Show."

„Ich mache mir wirklich Sorgen." Landon blinzelte in den hellen westlichen Abendhimmel. „Es ist die ganze Filmemacherei nicht wert", wieder sah er sie an, „… wenn sie stattdessen das hier haben könnten."

Sie erreichten den Park und Ashley hob Devin aus seinem Wagen. Sie hielt seine Hand, als sie zur Babyschaukel gingen, dann hob sie ihn hinein und schnallte ihn fest.

„Schaukeln!" Devin hob beide Hände in die Luft, seine Begeisterung war grenzenlos.

Ashley lachte und gab ihrem Sohn einen sanften Schubs.

Dreißig Meter entfernt rannte Cole quer über den Rasen. „Ich schieße ihn zu dir, Papa … Dann dribbelst du hier entlang und ich versuche, ihn dir abzunehmen."

Die Fußball-Saison war in vollem Gange, an diesem Samstag sollte das erste Spiel stattfinden. Eigentlich mochte Cole Basketball lieber, doch der Fußballvirus hatte schließlich auch ihn angesteckt. Ashley sah zu, wie er den Ball zu Landon schoss. „Auf geht's, Papa. Du musst verhindern, dass ich den Ball kriege."

Die nächste halbe Stunde verbrachten Cole und Landon damit, mit dem Ball zu trainieren. Schließlich unternahm Cole mit Devin einen kleinen Spaziergang über den Spielplatz, während sich Ashley und Landon auf eine nahe gelegene Bank setzten. Landons Augen leuchteten und seine Wangen waren hochrot nach dem Fußballspiel. Die Rolle als Vater passte perfekt zu ihm, besser noch als die Rolle als Feuerwehrmann und Held. Ashley war sich sicher, dass er niemals besser ausgesehen hatte.

„Was gibt es Neues in deiner Familie?" Er lehnte sich auf der Bank zurück. „Dein Vater schien ziemlich schweigsam zu sein, als er das letzte Mal bei uns war."

„Das ist er auch." Ashley rückte näher an ihren Mann heran und verflocht ihre Finger mit seinen. „Er arbeitet an diesen Alben für uns, die mit den Kopien von Mamas Briefen. Doch ich glaube, er kämpft mit sich."

„Wegen Elaine?"

„Wegen sich selbst." Ashley hielt ihren Blick auf Cole und Devin gerichtet, die gerade am anderen Ende des Spielplatzes angekommen waren. „Er denkt darüber nach, sie zu heiraten. Er hat es zwar nicht gesagt, doch ich weiß es. Es ist eine große Entscheidung für ihn."

„Das ist es. Jeder erwartet irgendwie, dass er das tun wird."

„Das glaube ich auch." Seine Bemerkung rief einen vertrauten Schmerz in Ashleys Seele wach. Nicht weil sie irgendetwas gegen Elaine gehabt hätte, sondern weil ihr Vater kein Witwer sein sollte. Ihre Mutter sollte eigentlich immer noch bei ihm sein. „Vielleicht ist das der Grund, warum er so schweigsam ist. Er hat eine Menge Dinge, über die er nachdenkt."

Landon zögerte. „Wie geht es dir damit? Wenn dein Vater wieder heiratet?"

„Gut." Ashleys Antwort kam rasch. Die Freundin ihres Vaters hatte ihr Herz in einer Art und Weise berührt, die sie niemals vergessen würde. „Elaine ist wunderbar. Doch es ist immer noch komisch, verstehst du? Mein Vater, der eine andere Frau heiratet?" Sie stand auf und zog Landon auf seine Füße. „Lass uns die Jungs suchen."

Sie gingen in einem gemächlichen Tempo los. „Ich frage mich, ob sie das Haus behalten."

Ashley blieb stehen. „Das Baxter-Haus?" Ihr Herz setzte einen Schlag lang aus und fiel dann in einen doppelt so schnellen Rhythmus.

„Ja." Landon zuckte mit der Schulter. „Elaine will vielleicht nicht ihr gemeinsames Leben in dem Haus beginnen, in dem dein Vater mit deiner Mutter gelebt hat."

Ashleys Knie wurden weich und sie starrte zu Boden. Nach ein paar Sekunden hob sie ihre Augen zu Landon. „Ich … darüber habe ich nie nachgedacht."

„Es muss ja nicht so kommen."

Doch er hatte recht, da war sich Ashley plötzlich sicher. Das Baxter-Haus stand für ihre Eltern, John und Elizabeth Baxter, und für jedes Jahr, in dem sie gemeinsam ihre Kinder erzogen und ein Zuhause geteilt hatten. Ashley umklammerte Landons Hand fester und ging weiter. „Er kann es nicht verkaufen."

„Vielleicht muss er es." Landons Stimme war liebevoll, doch offenbar hatte er schon einige Zeit darüber nachgedacht. „Katy und Dayne haben ihr Haus, Brooke und Peter wollen auch nicht ausziehen und Luke möchte dichter bei Indianapolis bleiben. Wir anderen können es uns nicht leisten."

Ein weiterer Schatten fiel auf Ashleys Seele. „Bei Luke läuft es nicht gut."

„Mit ihm und Reagan?"

Ashley runzelte die Stirn. Sie hatten die Jungs fast erreicht. Devins Lachen schallte durch die Luft. „Luke fährt ziemlich oft nach New York. Reagan sagt, dass die Stimmung angespannt ist, wenn er zurückkommt. Luke ist ständig gereizt."

Landon schien die verschiedenen Möglichkeiten abzuwägen. „Du glaubst doch nicht ..."

„Dass er eine Affäre hat?" Ashley schüttelte den Kopf. „Er hat doch gesehen, wie eine Affäre beinahe Kari zerstört hätte. Ich kann es nicht glauben, dass er das in Kauf nimmt. Ganz egal, wie angespannt die Lage bei ihm zu Hause ist."

Als Cole sie entdeckte, leuchtete sein Gesicht auf. „Devin läuft inzwischen so gut." Er beugte sich hinab und feuerte seinen kleinen Bruder an. „Los geht's, Dev. Zeig Mama und Papa, wie schnell du flitzen kannst!"

Devin lachte, in seinen Augen tanzten Funken. Er senkte den Kopf und machte zwei vorsichtige Schritte. Dann nahm er die Rasenfläche in Angriff und wankte los. Nach zehn Schritten stolperte er und fiel mit dem Gesicht nach unten ins Gras.

Doch es war trotzdem ein Sieg. „Du hast es geschafft, Kumpel. Das war super!"

Cole stieß den Fußball mit seiner Fußspitze an, sodass er in Devins Richtung rollte. „Du wirst Basketball spielen können, bevor du dich einmal umdrehst."

„Ball!" Devin richtete sich auf und wankte auf Coles Ball zu.

Sie spielten noch ein wenig länger, bevor sie Devin in seinen Wagen hoben und nach Hause gingen. Ashley ließ sich von Coles Begeisterung anstecken, doch sie konnte das Gespräch über Luke nicht vergessen. Er hatte zwei Kinder, so wie Ashley und Landon. Jetzt sollte eigentlich die Zeit sein, in der er und Reagan gemeinsam die Herausforderung in Angriff nahmen, ihre Kinder großzuziehen. Stattdessen war Luke ständig unterwegs, und wenn er dann endlich zu Hause war, kümmerte er sich nicht genug um Tommy und Malin – jedenfalls nach Reagans Ansicht.

Ashley hoffte, dass Sarahs Leben auch Luke und Reagan helfen würde, zu erkennen, wie kurz und kostbar das Leben war und dass es sich nicht lohnte, Zeit mit Streit und Spannungen zu vergeuden. Katys und Daynes Beziehung schien eindeutig stärker geworden zu sein nach Sarahs Geburt und Tod. Doch Luke war schon immer sehr starrköpfig gewesen. In den Monaten vor Tommys Geburt hatte er sich beinahe vollständig von der Baxter-Familie entfernt.

Ashley seufzte, als sie und Landon gemächlich nach Hause schlenderten. Sie würde Luke anrufen und ihn fragen, was los war. In ihrer Kindheit waren sie beide die besten Freunde gewesen. Er stand Ashley immer noch näher als seinen anderen Schwestern. Vielleicht würde sich die Situation zwischen ihm und Reagan verbessern, wenn sie es schaffte, sein Vertrauen zu gewinnen.

„Papa, ich habe überlegt, dass ein dunkler Schrank eine gute Umgebung für die Moskitolarven sein könnte. Unser Lehrer hat uns erklärt, dass Dunkelheit gut ist."

Ashley lächelte, doch in Gedanken war sie immer noch bei ihrem Bruder. War es möglich, was Landon angedeutet hatte? Dass Luke eine Affäre haben könnte? Ein Schauer rann über Ashleys Arme und sie machte sich eine innere Notiz, dass sie ihn gleich morgen Vormittag anrufen würde. Und bis dahin würde sie das tun, von dem sie wusste, dass es das Beste war.

Sie würde beten.

Kapitel 8

Die Premiere würde eine der meistbesuchten in Hollywood sein. Katy brauchte keine lebenslange Erfahrung mit der Gerüchteküche, um das zu erkennen.

Als sich ihre Limousine dem roten Teppich näherte, warf sie Dayne ein schwaches Lächeln zu. „Ich habe Angst."

„Brauchst du nicht." Er sah ruhig und selbstbewusst aus, doch etwas in seinen Augen widersprach seiner Zuversicht. Er machte sich ebenfalls Sorgen. Sie wollten so gerne glauben, dass sie der Öffentlichkeit gewachsen waren. Doch waren sie es wirklich, obwohl ihr Glaube sie eigentlich stärken sollte? Dayne saß Katy gegenüber. Er griff hinüber und nahm ihre Hand. „Sei einfach du selbst. Sie werden uns so sehen, wie wir wirklich sind." Sein Lachen klang nicht so überzeugt, wie er es vermutlich wollte. „Wir lieben uns. Die Bilder von heute Abend werden das allen beweisen."

Katy nickte. Er hatte recht. Jede Kamera würde auf sie gerichtet sein und jeder Reporter würde nach dem kleinsten Anzeichen Ausschau halten, dass es ein Problem geben könnte. Doch es gab keine Probleme, also würde man auch keine sehen können.

„Du siehst wunderschön aus." Seine Augen musterten sie bewundernd. „So ganz anders als das Kleinstadtmädchen auf dieser Charlie-Brown-Bühne."

Er meinte seine Worte als Kompliment, doch irgendwie verletzten sie Katy. Sie schienen Millionen Kilometer und mindestens genauso viele Jahre von diesem lange vergangenen Abend entfernt zu sein, an dem Dayne zufällig in das Bloomingtoner Stadttheater geraten war und sie dort zum ersten Mal gesehen hatte. Katy schob die Erinnerung zur Seite und lächelte. „Danke. Du aber auch."

Er trug einen Smoking, sein blondes Haar war kurz geschnitten und nicht besonders auffällig frisiert. Sein Gesicht war leicht gebräunt, nachdem sie in den letzten Tagen einige Zeit auf ihrer Veranda am Strand verbracht hatten. Niemand würde sein Aussehen heute Abend kritisieren, doch sie würden mit Sicherheit ihr Auftreten genau beobachten. Es war zwar ihre erste Premiere, doch Katy war sich der

Erwartungen, die an sie gerichtet wurden, sehr bewusst. Neben der Geschichte von Katy und Dayne würden die zweitwichtigsten Nachrichten des Abends die Kleider sein, die die Schauspielerinnen trugen. Katy hatte die Hauptrolle gespielt, also würde ihr Kleid mit Sicherheit das sein, über das am meisten geredet wurde.

Eine der Mitarbeiterinnen des Studios hatte sie zu Beginn der Woche beim Einkaufen begleitet. Irgendwie war es ihnen gelungen, den Paparazzi aus dem Weg zu gehen. Katy war sehr zufrieden mit dem Ergebnis dieses Einkaufsbummels. Sie trug ein silbernes bodenlanges Kleid aus Satin. Die Corsage hatte einen schönen, vorteilhaften Rundhalsausschnitt und dreiviertel lange Ärmel. Ihre blonden Haare waren in Locken gelegt und gerade so weit aufgesteckt, dass sie sich wie eine Kaskade über ihren Rücken und ihre Schultern ergossen.

Die Limousine hielt an. Katy spähte durch die getönten Scheiben und atmete durch ihre geschürzten Lippen aus. „Also dann." Sie sah zu Dayne. „Es geht los."

„Alles wird gut werden."

Der Fahrer öffnete die Tür. Dayne stieg zuerst aus und beugte sich vor, um ihr zu helfen. Katy hatte genug Fotos von Filmpremieren gesehen, um zu wissen, dass der Teppich tatsächlich ausgelegt war, damit die Prominenten darüberschreiten konnten, und dass er tatsächlich rot war. Doch trotzdem fühlte sich der Moment sehr unwirklich an. Das Klicken der Kameras und das Blitzlichtgewitter auf beiden Seiten des roten Teppichs begannen, bevor sie überhaupt aus dem Auto ausgestiegen war. Das Sperrfeuer von Blitzlichtern gab Katy das Gefühl, als seien sie plötzlich unter Beschuss geraten.

Doch Dayne hatte sie vorbereitet, also waren sie beide darauf gefasst. Katy setzte ihr schönstes Lächeln auf und, abgesehen von einem gelegentlichen huldvollen Winken in die Menge rechts und links von ihr, schritt sie würdevoll den roten Teppich entlang. Sie hielt ihre Aufmerksamkeit nur auf Dayne gerichtet, als ob sie beide ein Geheimnis teilten, das nur sie kannten, als ob sie sich in der Umarmung des anderen verlieren wollten, zu sehr verliebt, um die Aufregung zu bemerken, die sich wegen ihnen ausbreitete. Einige Male warf sie den Kopf in den Nacken und lachte perlend. Von dem Moment an, als sie aus der Limousine ausgestiegen waren, bis zu der Minute, in der sie nach innen traten, blieben sie zusammen und zeigten der Welt das Bild, das sie ihr zeigen wollten: Dass sie eins waren, dass nichts zwischen sie kommen konnte.

Als sie drinnen waren, bemerkte Katy, dass sie die ganze Zeit lang unbewusst die Luft angehalten hatte. Sie ließ endlich ihren Atem ausströmen und für einen Augenblick hatte sie das Gefühl, als würde sie keine Luft mehr bekommen. Dayne hatte sie vorgewarnt, dass – obwohl deutlich weniger als draußen – auch hier drinnen jede Menge Kameras auf sie gerichtet sein würden. Die meisten der großen Magazine würden vertreten sein, ebenso wie die wichtigsten Zeitungen. Sie würden nicht so unverschämt sein und Fragen nach Katys und Daynes Ehe in riesigen Schlagzeilen drucken, doch sie würden sich des neuesten Klatsches durchaus bewusst sein, angestachelt durch die Zweifel, die die erste Sendung von *For Real* gestreut hatte.

Katy lehnte sich dicht an Daynes Ohr. „Wie bin ich?"

„Perfekt." Er küsste ihre Wange und schaute ihr lang genug tief in die Augen, um ein perfektes Motiv für eine Handvoll Kameraleute abzugeben, die sofort herbeirannten und den Moment festhielten. „Ich habe es dir doch gesagt – alles wird gut werden."

Auf dieser Seite des roten Teppichs spürte Katy allmählich, wie sie sich entspannte. Sie würden es schaffen. Schließlich spielten sie kein Theater oder gaben vor, etwas zu sein, das nicht stimmte. Das hier war ihr wahres Ich, so wie sie sich in Bloomington verhielten, wenn sie auf ihrer Terrasse standen und über den Lake Monroe im Mondschein schauten.

Dayne führte sie zu den Tischen, die mit Platten von Essen überhäuft waren, wovon Katy das meiste nicht identifizieren konnte. In der Mitte jedes Tisches stand eine Eisskulptur, die zwei Pferde in vollem Galopp zeigte – ein Symbol für die Geschichte und Handlung des Filmes. Katy war sich sicher, dass man ihr Erstaunen in ihrem Gesicht lesen konnte, doch das störte sie nicht. Die Dekoration war atemberaubend.

Sie bewunderte immer noch das Ambiente und flüsterte Dayne einige Bemerkungen zu, als Randi Wells den Raum betrat. Die klickenden Kameras und die Gespräche verstummten, als hätte jemand die Tür hinter ihr geschlossen. Randi spielte in *But Then Again No* nicht mit, deshalb hatte Katy nicht erwartet, sie heute Abend hier zu sehen. Doch ihr Begleiter war der Regisseur des Filmes, Stephen Petrel, ein Mann, der seinen Beruf mit Leidenschaft ausübte und mit Überzeugung für seine hohen moralischen Werte eintrat. Er würde auch Katys nächsten Film in London drehen. Er und Randi waren befreundet. Stephen hatte oft erwähnt, dass Randi für ihn wie eine Tochter sei. Dennoch fragte sich Katy unwillkürlich, als sie das Paar beobachtete, ob Stephens Gefühle für Randi inzwischen über rein väterliche hinausgingen.

Dann wiederum erinnerte sie sich an das Abendessen mit dem Regisseur, mit dem sie während der Dreharbeiten zu *But Then Again No* ausgegangen war. Die veröffentlichten Fotos von Stephen, der sie am Ende jenes Abends auf den Mund geküsst hatte, hätten beinahe einen tiefen Graben zwischen ihr und Dayne verursacht, obwohl der Regisseur keinerlei Hintergedanken gehabt hatte. So verhielten sich die Menschen in Hollywood einfach – sie grüßten einander mit einem Kuss, egal ob sie kamen oder gingen.

„Sie sieht atemberaubend aus." Katy lehnte sich dicht zu Dayne und wandte Randi ihren Rücken zu, damit man sie nicht erwischte, wie sie sie anstarrte. „Ihre Figur war niemals besser."

Dayne blickte kaum in Randis Richtung. „Sie hat es vermutlich auf den Nebendarsteller abgesehen. Man sagt, dass er der nächste Brad Pitt ist." Er behielt sein Lächeln bei, doch in seinen Augen stand Abscheu. „So, wie sie mit ihren Kollegen umgeht … das ist nicht professionell." Er nahm einen kleinen Teller vom Tisch und legte einen Spieß mit schokoladeüberzogenen Früchten darauf. „Nach dem ganzen Theater, das sie bereits abseits der Kameras gespielt hat, wird das mit Sicherheit der letzte Film sein, den ich mit ihr drehe."

Ein Strahl der Hoffnung durchbrach Katys Zweifel. Sie wollte gerade vorschlagen, dass Daynes nächster Film möglicherweise etwas anderes als ein Liebesfilm sein könnte, als sie eine bekannte Stimme hörte, die sich ihnen näherte.

„Dayne!" Randi quietschte wie ein Schulmädchen, das freitagabends bei einem Footballspiel jubelte. Bevor er Zeit hatte zu reagieren, war sie schon bei ihm und schlang ihre Arme um seinen Hals. „Nur noch ein paar Wochen!" Sie lachte. „Ich habe mich noch nie so auf einen Film gefreut wie auf diesen."

Er befreite sich aus ihrer Umklammerung und zog Katy eng an sich. „Ich habe Katy gerade erzählt, dass …"

„Du siehst wahnsinnig gut aus! Ein Wunder auf zwei Beinen, Dayne … wirklich." Randi schien Katy immer noch nicht bemerkt zu haben.

Stattdessen umfasste sie Daynes Gesicht mit beiden Händen und versuchte, ihn direkt auf den Mund zu küssen.

Doch Dayne wandte geistesgegenwärtig seinen Kopf, sodass ihre Lippen auf seiner Wange landeten.

Unbeeindruckt drückte Randi einen weiteren Kuss auf seine andere Wange, bevor sie einen Schritt zurücktrat. Jetzt erst schien sie zu bemerken, dass Daynes Ehefrau ebenfalls anwesend war. Sie schnappte nach Luft und umarmte Katy flüchtig. „Und jetzt lass dich anschauen, du Ballkönigin!" Sie musterte Katys Kleid. „Tolles Kleid. Absolut umwerfend."

Mit dieser Bemerkung wandte sie ihre Aufmerksamkeit wieder Dayne zu und hielt seinen Blick ein paar Sekunden länger als nötig fest. Schließlich zwinkerte sie ihm zu, ihre Augen blitzten selbstsicher. „Ich kann es nicht erwarten, nach Mexiko zu fahren!" Sie warf Katy eine Kusshand zu, wandte sich endlich um und eilte zurück zum Regisseur.

Katy hatte das Gefühl, von einem Güterzug überrollt worden zu sein. Wenn sie Dayne nicht so gut kennen würde, wenn sie im letzten Monat in Bloomington nicht die Tiefe seiner Liebe erkannt hätte, würde sie es sicher nicht schaffen, diese Premiere zu überstehen, ganz zu schweigen von den nächsten Monaten, die Dayne in Mexiko sein würde. „Sie ist unglaublich."

„Es tut mir leid." Daynes Stimme klang frustriert. Er zog sie noch ein wenig dichter an sich heran und führte sie zu den Tischen mit Essen. „Ich werde mit ihr reden." Ein Kameramann kam näher und filmte sie. Augenblicklich kehrte Daynes Lächeln zurück. Er beugte sich herab und küsste Katy zärtlich. „Manchmal glaube ich, sie weiß gar nicht, wie sie sich aufführt."

Katy erinnerte sich daran, ihr Lächeln beizubehalten. Sie richtete sich etwas auf und sah aus dem Augenwinkel heraus, wie Randi zu einer Gruppe Menschen trat, die sich vor den Türen des Kinos versammelt hatten. Sie flirtete mit dem Mann, der in dem Film einen Cowboy gespielt hatte, der Katy Reitunterricht gab. Er hatte sein Glück bei so vielen Frauen am Filmset versucht, dass es fast schon lächerlich gewesen war. „Da hast du es", sagte Katy durch ihr schönstes Lächeln hindurch. „Er ist eher ihre Kragenweite."

Dayne warf einen Blick über seine Schulter, kicherte leise und schlang seine Arme um Katy, sodass es möglichst spontan aussah. Der Kameramann kam näher, nur wenige Schritte entfernt. Dayne lächelte in seine Richtung und zog Katy dann quer durch den Raum. „Wenn wir endlich drinnen sind, sind wir frei. Im Kino sind heute Abend keine Kameras erlaubt.“

Eine weitere lange halbe Stunde verstrich. Stephen Petrel kam zu ihnen und begrüßte Katy wieder mit einem Kuss. Doch diesmal hatte Katy von Dayne gelernt und wandte im letzten Moment ihren Kopf, sodass seine Lippen ihre Wangen berührten.

Der Regisseur schien ihr Manöver nicht bemerkt zu haben oder ließ es sich zumindest nicht anmerken. Er schlug Dayne anerkennend auf die Schulter. „Ihr beide seid wirklich ein starkes Paar.“ Sein Gesichtsausdruck wurde ernst, als er Katy zunickte. „Diese Stadt braucht eine Menge mehr von dem, was ihr beide habt.“ Leidenschaft füllte seine Stimme. „Lasst nicht zu, dass euch das jemand wegnimmt.“

Sie sprachen ein paar Minuten über *But Then Again No* und über die Drehtermine von Katy und Stephen in London. „Es gibt keinen Grund, dir Sorgen zu machen, Dayne. Sie ist ein gutes Mädchen. Es gibt nicht *einen* Mann, der ihr den Kopf verdrehen könnte, ganz egal, was du in den Zeitschriften lesen wirst.“

Als sie sich nacheinander mit Kollegen und Gästen unterhielten, blieb Dayne immer an Katys Seite, niemals weiter als ein paar Zentimeter von ihr entfernt. Er berührte sie immer wieder oder zog sie an sich, um sie zu umarmen oder zu küssen. Katy begriff sein Verhalten schnell. Er zog sie dann besonders nahe, wenn jemand kam, der möglicherweise eine Gefahr für sie sein könnte, jemand, den die Kameras interessant fanden – sowohl wegen Katy als auch wegen Dayne.

Das alles war ziemlich anstrengend. Als sich endlich die Türen des Kinos öffneten, hatte Katy das Gefühl, für ihre heutige Schauspielkunst einen Oscar verdient zu haben. Das war seltsam, denn zu lächeln und Dayne zu berühren war eigentlich keine Schauspielerei. Sie liebte Dayne und das war so natürlich für sie wie das Atmen. Sie sank in ihren Sitz in dem dunklen Kinosaal, als ihr ein Gedanke durch den Kopf schoss. Vielleicht war das der Grund, wieso sich Beziehungen bei Paaren, die in der Öffentlichkeit standen, so oft auseinanderentwickelten. Vielleicht war alles großartig, doch weil sie so hart dafür arbeiten mussten, dass alle Welt ihnen glaubte, wie gut ihre Beziehung war, verkümmerte die Liebe nach und nach zu einem Schauspiel.

Sie schloss ihre Augen und rückte näher zu Dayne. *Niemals, Herr. Lass das, was Dayne und mich verbindet, niemals zu leeren Worten und vorgespielten Gesten werden.*

Als Katy in Bloomington gewesen war, egal ob allein im alten Stadttheater oder in der kleinen Wohnung, die sie über der Garage der Flanigans bewohnt hatte, hatte sie häufig Gottes Antwort auf ein drängendes Gebet verspürt. Ein Gebet wie dieses jetzt.

Doch heute Abend überkam sie als Antwort nur ein Gefühl. Ein Gefühl der Dringlichkeit. Als ob Gott ihr und Dayne bewusst machen wollte, dass sie Hollywood vielleicht für ein Jahr überleben würden, doch nicht für immer.

Ihre Zukunft hing davon ab, dass sie es vorher schafften, auszusteigen.

* * *

Randi Wells betrat die Toilette und atmete erleichtert auf. Sie verbrachte so viel Zeit damit, anderen etwas vorzuspielen, dass sie gar nicht mehr wusste, wie es sich anfühlte, einfach nur sie selbst zu sein. Aber das eine war sicher – aller Augen waren heute Abend auf sie und Dayne gerichtet. Immerhin spielten sie zusammen in seinem nächsten Film, einer Liebesgeschichte vor dem traumhaften Hintergrund einer hermetisch abgeriegelten Strandkulisse in Mexiko. Nichts konnte verführerischer sein als das.

Es klopfte an der Tür. „Hallo?"

Randi wurde abrupt aus ihren Gedanken gerissen. „Äh … besetzt."

„Oh, Entschuldigung." Sie hörte Schritte, die sich durch den Flur entfernten.

Randi starrte sich selbst im Spiegel an. Die Magazine überschlugen sich vor Begeisterung, wie toll sie aussah und dass Daynes Frau gar nicht anders konnte, als sich Sorgen zu machen, wenn Randi und Dayne nach Mexiko aufbrachen. Randi korrigierte ihre Frisur und lächelte ihr Spiegelbild an. Es war gerade mal drei Monate her, dass die gleichen Magazine sie dafür kritisiert hatten, dass sie zehn Pfund zu viel auf den Rippen hatte. Sie wandte sich zur Seite und bewunderte ihre Figur. Jetzt hatten sie nichts mehr an ihr auszusetzen.

Sie wollte gerade gehen, als ihr Handy in ihrer Handtasche vibrierte.

Sie verdrehte genervt die Augen, doch der Name im Display ließ ihren Ärger sofort verschwinden.

Es war ihre Mutter.

Randi war in Vancouver in British Columbia geboren und aufgewachsen. Mit Anfang Zwanzig hatte sie ihren ersten Film gedreht, ihren Nachnamen geändert und sich schnellstmöglich in den USA einbürgern lassen. Doch ihre Eltern hatten weiterhin in Vancouver gewohnt und waren dem treu geblieben, was ihnen immer viel bedeutet hatte – ihr Zuhause, ihre Nachbarschaft und, am wichtigsten, ihr Glaube. Randi war sich im Klaren darüber, dass ihre Mutter von ihr sehr enttäuscht war. Sie erinnerte Randi während ihrer seltenen Gespräche stets daran, dass Randis Entscheidung, mit diesem oder jenem Schauspielkollegen zusammenzuleben, nicht Gottes Maßstäben entsprach.

„Ich habe von dir gehört. Du führst ein unmoralisches Leben." Ihre Mutter schnalzte dann normalerweise missbilligend mit ihrer Zunge. „Du bringst Schande über unsere Familie." Dann kam üblicherweise ein schwerer Seufzer. „Wir beten für dich, dass du wieder zur Vernunft kommst."

So waren die Gespräche zwischen ihr und ihrer Mutter verlaufen, seitdem Randi ihren ersten Film gedreht hatte. Liebe, die an Bedingungen geknüpft war, überzogene Erwartungen und eine Besorgnis, die sich eher darum drehte, wie Randis Verhalten auf ihre Mutter zurückfiel, als darum, ob Randi vielleicht Hilfe benötigte. Ihre Mutter meinte es bestimmt gut. Doch Randi hatte nie eine enge Beziehung zu ihr gehabt.

Die Beziehung zu ihrem Vater war völlig anders gewesen. Louie Geer hatte ein kleines Reisebüro besessen und seine Tage damit verbracht, Reisegruppen zu betreuen, sie durch Vancouver zu führen und ihnen die verschiedenen Sehenswürdigkeiten zu zeigen. Das hatte er mit solcher Hingabe und so viel Humor getan, dass die Menschen immer wieder gerne zu ihm gekommen waren. Er war Ende Fünfzig gewesen, als man bei ihm Krebs diagnostiziert hatte, doch auch bevor er krank geworden war, hatte er sich nicht viele Gedanken um Rücklagen für seine Rente gemacht. Er hatte die Hälfte seiner Einnahmen an gemeinnützige Organisationen in der Stadt gespendet und seinen Glauben überzeugend gelebt.

Randi spürte die vertrauten Tränen, die ihr in die Augen stiegen, wenn sie an ihren Vater dachte. Schon als sie ein kleines Mädchen gewesen war, hatte sich ihr Vater mit großem Stolz die Theaterstücke und Vorführungen angesehen, die Randi auf der Schulbühne oder einfach nur im heimischen Garten zum Besten gab. „Eines Tages", hatte er zu ihr gesagt, „wirst du auf einer riesigen Bühne spielen und alle werden wissen, dass du ein Star bist!"

Er hatte an sie geglaubt, als sie noch jung und naiv gewesen war, und nachdem sie weltweit Erfolg gehabt hatte, hatte er sie nie infrage gestellt. „Wir lieben dich", hatte er ihr versichert, wenn sie telefoniert hatten. „Denk daran, mein Liebling, dass ich hier bin, wenn du irgendetwas brauchst." Und wenn es um den Glauben ging, in dem sie erzogen worden war, machte er nur wenige Bemerkungen dazu. „Gott hat einen Plan für dich, Randi. Vergiss das nicht."

In den Zeiten, in denen die Presse besonders unbarmherzig mit ihr umgegangen war oder als ihr Mann sie und ihre zwei kleinen Töchter verlassen hatte, hatte sie dem Drang widerstanden, einfach nach Hause zu laufen und in die Arme ihres Vaters zu sinken. Besonders dann, als er immer kränker wurde. Auch jetzt, wo ihre Mutter verwitwet war, mied Randi ihr altes Zuhause. Sie wusste, es war nicht richtig, dass sie fast nie zu Besuch kam – ganz egal, welche Spannungen zwischen ihnen herrschten. Ihr Vater hätte nicht gewollt, dass sie und ihre Mutter den Kontakt zueinander verlieren.

Sie hatte ihrer Mutter versprochen, als sie vor einer Woche telefoniert hatten: „Wenn ich mit den Dreharbeiten in Mexiko fertig bin, komme ich dich besuchen, okay?"

„Das wäre wunderbar, Liebes." Ihr Tonfall war der übliche Klang aus Enttäuschung und Gekränktheit gewesen.

Wieder vibrierte das Handy, doch Randi widerstand dem Drang, den Anruf anzunehmen. Ihr Vater hatte sie so sehr geliebt, ganz egal, was sie getan oder wie weit sie sich von ihren Wurzeln entfernt hatte. Doch ihre Mutter würde ihre Begeisterung über diesen Abend nur dämpfen. Sie las die Klatschblätter. Mehr als einmal hatte sie Randi ermahnt, sich von Dayne Matthews fernzuhalten. „Er ist verheiratet, Randi", hatte sie gegen Ende ihres letzten Anrufes gesagt. „Bitte respektiere das."

Wie konnte Randi ihr erklären, dass in Hollywood niemand wirklich verheiratet war? Jedenfalls nicht so, wie man in der normalen Welt verheiratet war.

Randi schluckte den Kloß in ihrem Hals herunter und schob ihr Handy zurück in die Handtasche. Sie ließ den Verschluss zuschnappen und warf einen letzten Blick auf ihr Spiegelbild. *Tut mir leid, Mama … Ich rufe später zurück, ich verspreche es dir.* Dieser Gedanke beruhigte sie und sie erlaubte es sich, daran zu glauben. Sie hatte andere Dinge im Kopf als einen Ausflug nach British Columbia.

Sie hatte Dayne schon viel zu lange aus der Entfernung bewundert. Katy Hart war nur ein einfaches Mädchen vom Lande. Sie passte nicht zu Hollywoods Starschauspieler. Wenn Dayne das bisher nicht gemerkt haben sollte, würde er es bald tun. Katy war ein nettes Ding, doch Dayne hatte einen Fehler gemacht, als er sie geheiratet hatte. Randi war schon immer die Richtige für Dayne gewesen, die eine, die seine Seelenverwandte sein könnte – Ehe hin oder her. Es war bedeutungslos, dass sich Randi nach Daynes Unfall beinahe mit Katy angefreundet hatte. Eigentlich hätte sie es sein sollen, die Dayne bei seinen Reha-Maßnahmen beisteht. Sie kannte Dayne viel länger als Katy und verstand den Druck des Filmgeschäfts viel besser. Katy war aus dem Nichts heraus erschienen und in eine Welt getreten, in die sie wirklich nicht gehörte.

Randi fand ihr Lächeln wieder. Eines Tages würden sie und Dayne zusammen sein – davon war sie überzeugt. Katy würde zwar zunächst an einem gebrochenen Herzen leiden, doch dann würde sie zurück in ihre Kleinstadt in Indiana gehen und ihr Leben weiterleben. Sie würde irgendeinen Hans Müller heiraten, so wie sie es von Anfang an hätte tun sollen, und damit zufrieden sein.

Randi war diejenige, die ohne Dayne nicht leben konnte.

Und sie hatte zehn Wochen an einem Strand in Mexiko vor sich, um Dayne für sich zu gewinnen.

Kapitel 9

Reagan hörte den durchdringenden Schrei ihres Sohnes in dem Moment, als sie Malin in ihre Wiege legte. Der Klang sagte ihr sofort, dass etwas Schlimmes geschehen war, was auch immer es war. „Tommy?“ Ihr schriller Schrei weckte Malin wieder auf, doch sie ließ ihre Tochter liegen und raste durch den Flur in die Richtung, aus der die Schreie kamen.

Tommy befand sich am hinteren Ende, wo die Wand von einem Holzgeländer durchbrochen wurde, das zu einem offenen Treppenhaus führte. Das Problem war sofort klar. Tommy lag auf den Knien und umklammerte zwei der hölzernen Streben, zwischen denen sein Kopf feststeckte. „Hilf mir, Mama! Ich komme nicht raus! Hilf mir!“ Er versuchte, seinen Kopf freizubekommen, doch die Streben ließen das nicht zu, sodass er sich den Kopf schmerzhaft anstieß. Wieder schrie er, dieses Mal offensichtlich in Panik. „Hilf mir!“

Reagan sank auf den Fußboden und legte ihre Hand auf Tommys Rücken. „Mein Schatz, hör auf zu schreien. Alles wird gut werden. Du musst dich beruhigen.“ Doch noch während sie sprach, spürte sie, wie ihre eigene Panik in ihr aufstieg. Sie griff durch die Streben und versuchte vorsichtig, seinen Kopf in eine Richtung zu wenden, dann in die andere, so wie man versuchte, zwei Teile eines 3-D-Puzzles zu trennen. Wie auch immer er es geschafft hatte, seinen Kopf zwischen die beiden Holzstreben zu quetschen, eines war klar: Er saß fest.

Während der ganzen Zeit wurde Tommys Geschrei lauter und lauter. Vom anderen Ende des Flurs her hörte sie, dass auch Malin weinte. „Lieber Gott …“, flüsterte sie panisch, „… was soll ich nur machen?“

„Ruf den Notarzt!“, schrie Tommy. Sogar mit seiner dünnen Kleine-Jungen-Stimme klangen diese Worte vernünftig. „Sag ihnen, dass ich feststecke!“ Er stieß einen weiteren verzweifelten Schrei aus und holte dreimal hastig Luft. Er weinte so sehr, dass er zu hyperventilieren begann. Und aus dem Zimmer am anderen Ende des Flurs wurde auch Malins Wehklagen immer lauter.

„Tommy! Beruhige dich!“ Reagan stand auf und lief in Richtung des Schlafzimmers, das sie mit Luke teilte. „Ich rufe Hilfe, doch werde bitte nicht panisch!" Während ihr Herz schneller raste als ihre Füße, stolperte sie durch den Flur und in das Schlafzimmer. Das Telefon stand auf dem Nachttisch. Sie griff danach und hatte den Notruf gewählt, noch bevor sie wieder aus der Tür war, um zu Tommy zu laufen.

„Notrufzentrale", sagte eine Stimme. „Um was für einen Notfall handelt es sich?"

Reagan zitterte so heftig, dass sie kaum einen klaren Gedanken fassen konnte.

Tommy stieß einen weiteren Schrei aus.

„Mein Sohn", rief sie über den Lärm hinweg. „Sein Kopf steckt in der Treppe fest."

„Ihr Sohn hat Dreck ...? Meinen Sie, er hat Dreck gegessen?" Die Frau erhob ihre Stimme. „Atmet Ihr Sohn noch?"

Reagan hätte die Frau am liebsten angebrüllt. Natürlich atmete er noch. Er schrie doch wie am Spieß! Doch sie hielt sich das andere Ohr zu und sagte so laut wie möglich: „Ja, er atmet. Er hat keinen Dreck geschluckt, sondern er steckt fest. Sein Kopf steckt fest."

„Okay. Es ist jemand zu Ihnen unterwegs. Bleiben Sie bitte in der Nähe des Telefons, falls wir Sie noch einmal anrufen müssen."

Sie dankte der Frau und beendete das Gespräch, nachdem sie ihre Anschrift durchgegeben hatte.

In einem weit entfernten Winkel ihres Gehirns tauchte der Gedanke auf, dass so etwas natürlich heute passieren musste, wo Luke auf einer Geschäftsreise in New York City war. Wenn sie noch in Manhattan wohnen würden, hätte sie wenigstens ihre Mutter gehabt, die ihr mit den Kindern helfen könnte. Doch hier in Indiana war sie auf sich allein gestellt, wenn Luke unterwegs war. Sie wohnten dicht genug bei den anderen Baxters, um bei Familienfeiern und Geburtstagen dabei zu sein, doch zu weit entfernt, um in solchen Momenten Kari oder Ashley zu Hilfe zu rufen.

„Mama, beten!" Tommy keuchte und versuchte alle paar Sekunden, seinen Kopf zu befreien, wobei er ihn sich jedes Mal heftig anstieß. Im Zimmer am anderen Ende des Flurs hatten Malins Schreie jetzt die größtmögliche Lautstärke erreicht.

„Mein Schatz, hör auf damit, du tust dir nur weh." Reagan sank wieder auf den Fußboden. Sie rieb über Tommys Rücken und schützte seinen Kopf mit ihrer Hand, sodass er ihn sich nicht wieder an den

Streben anschlagen konnte. „Du musst dich endlich beruhigen!“ In diesem Moment sanken die Worte ihres Sohnes in ihr Herz. Was hatte er gesagt? Natürlich! Sie mussten beten. Sie beugte sich vor. „Jesus, ich bitte dich, dass du jetzt bei Tommy bist. Hilf ihm, dass er sich beruhigen kann, weil die Hilfe schon zu uns unterwegs ist.“

Wie als direkte Antwort auf ihr Gebet kam ihr eine Idee. „Ich weiß etwas.“ Sie brachte ihr Gesicht so nahe wie möglich an seines heran. „Lass uns so tun, als ob du ein Baby-Dinosaurier wärst!“

Tommy ließ einen weiteren Schrei los, doch er wurde immer leiser. „Wa-wa-warum?“

„Weil …“, die Gedanken in Reagans Kopf überschlugen sich, „… weil du ein Baby-Dinosaurier bist, der in einer Falle sitzt. Und … und unten ist ein Tyrannosaurus Rex, der nach dir Ausschau hält.“

Seine Schreie wurden zu atemlosen Schluchzern.

Hilf mir, Gott … bitte. Sie strengte ihre Fantasie an. „Und wenn er dich hört, dann wird er nach oben kommen und uns beide fressen, also musst du aufhören zu schreien.“ Sie senkte ihre Stimme. „Okay, Tommy?“

„Ich … ich bin nicht Tommy.“ Er versuchte, ihr einen beleidigten Blick zuzuwerfen, als ob es doch ganz offensichtlich sei, dass er nicht länger Tommy sein konnte. „Ich bin Ba-Ba-Baby-Ben, der Brontosaurus.“

„Richtig.“ Reagan bewegte sich in Richtung des anderen Flurendes, wo Malin kurz davor war, sich in Rage zu schreien. „Und weißt du was, Ben?“

„Was?“ Tommy versuchte immer noch, Luft zu holen, doch er war schon ganz in das Spiel vertieft und fest davon überzeugt, dass es gewichtige Gründe gab, ruhig zu bleiben.

„Malin ist auch zu laut für den Tyrannosaurus Rex.“ Sie schluckte. „Also muss ich sie jetzt beruhigen, damit wir alle gerettet werden.“

„Warte!“ Er hob seine Stimme, in die die Panik zurückgekehrt war. „Wie kommen Baby-Dinosaurier wieder frei?“

„Dafür brauchen wir besondere Dinosaurier-Ärzte.“ Sie schaute aus dem Fenster, doch bisher gab es noch kein Anzeichen eines Sanitäters. „Und sie sind unterwegs, okay, Tommy?“

„Ben!“

„Natürlich, entschuldige. Sie sind unterwegs, Ben.“

Er hob den Finger an die Lippen. „Sag Malin, dass sie ruhig sein soll."

„Das tue ich. Und denk dran – ruhig bleiben!" Reagan war aufgesprungen und den Flur schon halb entlanggerannt, bevor sie fertig gesprochen hatte. Sie erreichte Malins Wiege und fand ihre Tochter mit hochrotem Gesicht, ihre Nase lief und ihre Augen waren verquollen vom Weinen. „Mama ist hier, Baby. Es tut mir so leid." Sie hob Malin aus der Wiege und drückte sie fest an ihre Brust. „Alles wird gut."

Doch Malin beruhigte sich nicht so schnell. Sie weinte immer noch in Reagans Armen, als sie das erlösende Klopfen an der Haustür hörte. Reagan rannte nach unten und riss die Tür auf. Ein Team von Sanitätern flutete herein, bevor sie nach oben zeigen konnte, wo Tommy mit seinem Kopf zwischen den Streben steckte. „Er kann sich nicht mehr befreien."

„Ich bin ein Baby-Dinosaurier!", brüllte Tommy. „Passt wegen dem Tyrannosaurus Rex auf!"

Die Rettung dauerte nur wenige Minuten. Einer der Sanitäter sägte vorsichtig eine der Streben entzwei und zog sie aus der Halterung.

Währenddessen unterhielt Tommy alle mit seinen Geschichten über Baby-Dinosaurier. „Ich bin ein Baby-Brontosaurus. Wir müssen still sein wegen dem Tyrannosaurus Rex!"

Einer der Männer warf Reagan einen Blick zu und sie tauschten ein schnelles Lächeln, das erste, das Reagan sich seit Tommys Hilfeschreien erlaubte. Der Sanitäter war sportlich und jünger als die anderen, vielleicht Mitte Zwanzig. Reagan bemerkte, dass er keinen Ehering trug, und schalt sich sofort für diesen Gedanken.

„Ziemlich viel Fantasie." Die Augen des Mannes funkelten. „Vielleicht habe ich eines Tages auch so einen."

Reagan trug immer noch Malin auf ihrer Hüfte. „Viel Glück." Sie lächelte wieder und strich sich die Haarsträhnen aus dem Gesicht.

Im gleichen Moment lockerten die anderen beiden Sanitäter ihren schützenden Griff um Tommys Kopf. „Okay, Ben, steh vorsichtig auf."

Tommy gehorchte. Als er sich wieder aufgerichtet hatte, rieb er sich beide Seiten des Kopfes. Dann schaute er Reagan an. „'Tschuldigung, Mama. Ich werde das nie wieder tun."

Reagan lehnte sich völlig erschöpft gegen die Wand. „Warum *hast* du es denn getan?" Sie sah wieder zu dem jungen Sanitäter hinüber.

„Wir wohnen seit einem Jahr hier, doch so etwas hat er vorher noch nie probiert."

„Ich war ein Löwe!" Tommy kniete sich hin und legte beide Hände auf den Boden vor sich, die Finger gekrümmt wie gefährliche Krallen. „Ich war im Zoo und jemand wollte mich streicheln, also habe ich versucht, ihn zu mir in den Käfig zu ziehen."

Der Sanitäter stieß einen lauten Pfiff aus.

„Ja." Reagan schaffte ein schwaches Lachen. „Willkommen in meiner Welt."

Die beiden älteren Sanitäter befreiten das Geländer von den letzten Resten der zersägten Strebe und wickelten ein langes Seil um die übrigen Streben, um die entstandene Lücke zu schließen. „Damit wir nicht noch einmal herkommen müssen", sagte einer von ihnen.

Während sie arbeiteten, legte der andere Sanitäter seine Hand auf Tommys Schulter und beugte sich zu ihm hinab. „Geht es deinem Kopf gut?"

„Ja." Tommy rieb seine Stirn. „Dinosaurier halten eine Menge aus." Er sah zu dem Mann auf. „Hey, sieh dir mein Zimmer an. Ich habe eine Million, eine Milliarde Dinosaurier!" Er griff nach der Hand des Sanitäters und zog ihn mit sich fort.

Reagan folgte ihnen. In der Hälfte des Flures setzte sie Malin ab, sodass sie Hand in Hand hinterhergehen konnten. Ihre Tochter hatte sich inzwischen beruhigt, zu abgelenkt durch die Aufregung, um daran zu denken, wie wütend sie noch vor wenigen Minuten gewesen war.

Tommy zeigte sein Zimmer inklusive jedes Dinosauriers, der darin vorkam, wobei er ununterbrochen redete. Dann griff er nach Malins Hand. „Jetzt komm, Mali. Wir suchen dein Baby-Dinosaurier-Spiel."

Die Kinder rannten aus dem Zimmer. Malin stolperte unsicher, so schnell sie konnte, hinterher, um mit ihrem Bruder Schritt zu halten. Plötzlich war Reagan allein mit dem Sanitäter. Ein seltsames Gefühl stieg in ihr auf und vermischte sich mit ihren anderen Gefühlen, doch bevor sie noch darüber nachdenken konnte, streckte der Sanitäter seine Hand aus. „Ich bin Eric. Ich arbeite seit drei Jahren hier. Sie müssen mir glauben, dass ich so etwas noch nie zuvor erlebt habe."

Reagan nahm seine Hand und spürte, wie ihr das Blut in die Wangen stieg. Sie ließ die Hand fast zu schnell los und trat einen Schritt zurück. Eric hatte blonde Haare und grüne Augen. Er sah aus, als ob er in einen

Kalender mit Männern in Uniform gehörte. Sie schob den Gedanken beiseite und richtete ihren Blick auf den Fußboden. „So wie Tommy sich aufführt, sehen wir Sie vielleicht irgendwann hier wieder." Sie hob ihre Augen zu ihm auf.

Und plötzlich sah sie es. Die unverkennbare Bewunderung in Erics Augen, ein Blick, den jede Frau erkennen würde, selbst wenn es Monate her war, dass sie so etwas gesehen hatte. Es war ein Blick, mit dem Luke sie früher angeschaut hatte.

Eric sah auf Reagans Hände und versuchte, seine Gefühle zu verbergen. „Sie und ... Ihr Mann müssen ziemlich beschäftigt sein mit diesem Kerlchen." Er zögerte. Sein Gesichtsausdruck signalisierte ihr, dass er nicht zu indiskret sein wollte.

Wieder kam Reagans Antwort rasch. „Mein Mann ist auf Geschäftsreise, aber ja, wir haben alle Hände voll zu tun." Sie zwang sich zu einem Lachen. „Tommy hält uns ziemlich auf Trab."

„Also dann." Noch einmal schüttelte Eric ihre Hand. Sein Händedruck war nur kurz, doch sein Blick blieb auf sie gerichtet. „Vielleicht sieht man sich mal in der Stadt."

Reagans Puls raste, so wie es vorhin gewesen war, als Tommy festgesteckt hatte. Nur dass jetzt *sie* diejenige war, die ein Problem hatte. „Vielleicht irgendwann mal."

Bevor sie sich fragen konnte, ob das, was sie gesagt hatte, die falsche Antwort gewesen war, lächelte Eric sie an. „Ich bin froh, dass wir helfen konnten." Er nickte in ihre Richtung, wandte sich um und ging ins Treppenhaus.

Sie folgte ihm. Im gleichen Moment stürzten Tommy und Malin durch den Flur. Tommy hielt Malins Dinosaurier-Spiel hoch über seinen Kopf. Malin stolperte hinter ihm her, ihre Arme ausgestreckt, und quietschte laut. „Meins! Meins!"

Die Sanitäter beobachteten die Kinder. Eric lachte. „Wir überlassen Sie wieder Ihrem friedlichen Abend."

Reagan trat ihren entgegenkommenden Kindern in den Weg und schnappte sich das Spiel aus Tommys Händen. Sie blickte zu Eric hinüber. „Noch mal ... danke!"

Sie waren weg, bevor es wirklich beginnen konnte. Zumindest sagte sich Reagan das, als sie versuchte, ihre Fassung wiederzuerlangen. Sie gab das Spiel an Malin zurück und brachte die Kinder dann nach unten. „Zeit für einen Film“, verkündete sie. Beide Kinder waren viel zu aufgedreht und brauchten etwas Zeit, um sich zu beruhigen.

Schnell schob sie eine christliche Kinder-DVD in den DVD-Player und ging in das vordere Zimmer. Der Notarztwagen mit den Sanitätern fuhr gerade aus der Einfahrt. Eric saß am Fenster, das ihr am nächsten war. Vielleicht war es nur ihre Einbildung, doch sie war sich sicher, gesehen zu haben, wie er einen letzten Blick auf ihr Haus warf.

Langsam ließ sie sich auf das Sofa sinken, ihren Körper zum Fenster gewandt, sodass sie zuschauen konnte, wie der Wagen verschwand. Dann endlich griff sie nach einem Sofakissen und schloss ihre Augen. Was tat sie hier? Flirtete sie tatsächlich mit einem Fremden? Machte sie dem Sanitäter schöne Augen, der ihr Haus betreten hatte, um ihren Sohn zu retten? Während aller Aufs und Abs in ihrer Ehe hatte sie niemals zugelassen, dass ein anderer Mann ihr den Kopf verdrehte. Bis heute nicht.

Sie drückte das Sofakissen fester an sich. *Was passiert gerade mit mir?* Die Frage klang mit schrecklicher Klarheit durch ihre Seele, denn sie kannte bereits die Antwort. Luke war mehr als sonst unterwegs – eine Folge ihres Umzugs nach Indiana, den sie nicht bedacht hatten. Luke konnte sich von seinem Büro in Indiana aus um Daynes rechtliche Angelegenheiten kümmern, doch er musste sich mindestens einmal im Monat mit seinen Chefs in New York treffen.

Und das war nicht alles. Praktisch von dem Moment an, in dem sie umgezogen waren, hatte sich Luke mehr und mehr von ihr distanziert und auch von den Kindern zurückgezogen. Natürlich gab es Zeiten, in denen ihre Beziehung gut gewesen war. Nach dem Tod von Ashleys und Landons Baby hatte sie eine sanfte Seite an Luke gesehen, die Zärtlichkeit, nach der sie sich sehnte. Er schien auch dann liebevoller zu sein, wenn er sich an seine Mutter erinnerte oder Elizabeths zehn Ratschläge für eine glückliche Ehe las.

Reagan starrte auf den Fußboden. Sie konnte sich nicht erinnern, wann sie zum letzten Mal die Ratschläge seiner Mutter gelesen hatten. Doch kürzlich, als Reagan angeregt hatte, es wieder einmal zu tun, hatte Luke den Vorschlag abgebügelt. „Ich kenne die Geheimnisse einer glücklichen Ehe.“ Er hatte müde geklungen, als sei er erschöpft von dem Versuch, das Glück wiederzufinden, das sie einst gehabt hatten. „Sie zu kennen und danach zu leben sind allerdings zwei Paar Schuhe.“

Das Seltsame war, dass keiner von ihnen genau sagen konnte, was sie empfanden. Er schien gelangweilt und uninteressiert zu sein. Und sie war irgendwann während ihrer gemeinsamen Wegstrecke sehr einsam geworden. So einsam, dass das Erlebnis mit Eric heute das Highlight ihrer Woche gewesen war.

Sie ließ den Kopf hängen und legte die Hand über die Augen. *Es tut mir leid … Ich möchte solche Gefühle allein für Luke haben, Herr. Bewahre uns davor, dass sich unsere Beziehung noch mehr auseinanderentwickelt … bitte.*

Die Erkenntnis über ihre plötzlichen Gefühle für einen anderen Mann machten ihr Angst und ließen sie vom Sofa zum nächsten Telefon stolpern. Die Ehe war heilig und wie Elizabeth es in ihrem Brief geschrieben hatte: Sie war harte Arbeit. Reagan kehrte zum Sofa zurück, wobei ihre Finger bereits die Nummer wählten. Es war egal, ob er eine Dienstbesprechung hatte oder bei einem wichtigen Abendessen war.

Sie musste sofort mit ihrem Mann sprechen, bevor noch eine weitere Minute zwischen sie kam.

* * *

Luke überquerte den Broadway. Er war unterwegs zur 52. Straße und dem August-Wilson-Theater. Die Stadt war hektisch und berauschend. An Tagen wie diesen vermisste er das Leben hier mehr, als er denken konnte.

„Wie weit noch?" Sandy, die junge Frau an seiner Seite, warf ihm ein Lächeln zu.

„Nicht mehr weit." Er grinste zurück. „Außerdem tut uns ein Spaziergang gut."

„Wartet einen Moment." An Lukes anderer Seite lief ein verärgerter James van Kelp III, einer der führenden Anwälte der Kanzlei, etwa Ende Dreißig. „Das sagt Luke immer." Er versuchte, mit Luke und Sandy und der Flut der Fußgänger auf dem Broadway Schritt zu halten. „Ihr Fitness-Typen seid doch alle gleich! Ich habe gesagt, dass wir ein Taxi nehmen sollten."

„Ach, beruhige dich." Luke zwinkerte ihm zu und tauschte dann einen Blick mit Sandy. „Die Firma ermutigt uns, Sport zu machen. Ich habe die Memos gelesen."

„Okay, okay." James schnaufte ein paar Mal durch und wischte sich die Stirn. „Es ist noch fünf Blocks weit, nicht wahr?"

Heute Abend wollten sie sich das Musical *Jersey Boys* anschauen, das die Geschichte der 60er-Jahre-Band *Four Seasons* erzählte. Es war James' Idee gewesen, doch nur Luke und Sandy waren bereit gewesen, sich der Jagd nach Last-Minute-Karten anzuschließen. Jetzt hielten sie Karten für die dritte Reihe in der Hand und hatten nur noch zwanzig Minuten Zeit, bevor das Musical beginnen sollte.

Als sie nebeneinanderher gingen, bemerkte Luke, wie sein Arm für den Bruchteil einer Sekunde den Arm der Frau berührte, die neben ihm lief. Er verspürte den Anflug eines schlechten Gewissens Reagan gegenüber, doch die Stimmung war zu gut, um etwas zu bedauern. Außerdem tat er nichts Falsches. Sandy war die neue Anwaltsassistentin im Büro. Die beiden hatten während Lukes letzten Dienstreisen eine freundschaftliche Beziehung entwickelt. Sie meinte, dass er aussähe wie Dayne Matthews. In ihrer Gegenwart fühlte er sich größer als sonst. Es war harmlos, nichts, was er nicht auch zugelassen hätte, wenn er noch in New York leben würde. Sandy war Single, doch sie wusste, dass er verheiratet war. Solange sie sich sahen, wenn sie in einer Gruppe unterwegs waren wie heute Abend, konnte Luke keinen Grund finden, sich schuldig zu fühlen.

„Habt ihr einen Lieblingssong von Four Seasons?" James war normalerweise sehr gesprächig und auch heute Abend war keine Ausnahme.

Luke tauschte ein rasches Lächeln mit Sandy. „‚My Eyes Adored You'. Das ist mein Lieblingssong."

„Wie komisch." Sandy sah ihn lachend an. „Das ist auch mein Lieblingslied."

„Ach, ihr habt doch keine Ahnung!" James gestikulierte wild in der Abendluft. „‚Sherry' ist der beste Song. Aber ‚December 1963' ist auch nicht schlecht – da geht es um eine Nacht, die …"

Er plapperte immer noch über den Song, als Lukes Handy klingelte. Er zog es aus seiner Tasche und sah, dass Reagan anrief. Er könnte ihren Anruf ignorieren, doch das würde eine Erklärung am späteren Abend nicht einfacher machen. Er hielt sein Handy zur Erklärung hoch und ließ sich ein paar Schritte hinter die anderen zurückfallen. „Hallo?"

Es dauerte einen Moment, bis ihre Stimme durch die Leitung klang. „Luke?"

„Ja, hallo Liebling." Ein paar Meter entfernt drückte ein Taxifahrer gerade lautstark auf die Hupe, worauf ein anderer antwortete. Luke versuchte, das Handy abzuschirmen. „Wie läuft es?"

„Nicht so gut." Sie zögerte wieder. „Wo bist du?"

Er hatte nichts zu verbergen. Er hatte nichts falsch gemacht. „Am Broadway. Ein paar von uns gehen heute Abend zu einer Show."

„Eine Show?" Sie wartete ein paar Sekunden, bevor sie ein Lachen ausstieß, das etwas bitter klang. „Du siehst eine *Broadway*-Show?"

„*Jersey Boys* ... erinnerst du dich? Die Geschichte der Four Seasons?" Im Hintergrund konnte Luke hören, dass Tommy irgendetwas wegen eines Spiels brüllte und Malin ihm kreischend antwortete. Er versuchte, fröhlich zu klingen. „Was ist denn passiert?"

Einen Augenblick lang war sich Luke sicher, dass sie ihn zusammenstauchen würde. Stattdessen seufzte sie schwer. „Nicht viel ... jetzt, wo die Sanitäter weg sind. Tommy hatte seinen Kopf zwischen zwei Streben am Treppengeländer eingeklemmt."

Luke ging langsamer und hielt seine freie Hand vor die Augen. „Das ist nicht dein Ernst. Wie konnte das passieren?" Sobald er die Worte ausgesprochen hatte, realisierte er, wie sie klingen mussten. „Ich meine damit nicht, dass du es hättest verhindern können, aber ... warum in aller Welt hat er das getan?"

„Er glaubte, dass er ein Löwe in einem Käfig sei." Reagans Tonfall war kühler als noch vor ein paar Augenblicken. „Kein Problem. Ich erzähle es dir später. Jetzt genieße deine Show."

Gerade in diesem Moment wandte Sandy sich um und trat an seine Seite. „Ist es dieser Block oder der nächste?"

„Der nächste." Luke hielt den Finger an die Lippen und versuchte, mit seinem Gesichtsausdruck zu signalisieren, wie wichtig der Anruf war.

Sie formte „Entschuldigung" mit den Lippen und eilte wieder zu James.

„Wer war das?" In Reagans Stimme lag nicht die leiseste Spur von Verständnis.

„Sandy aus dem Büro. Sie ist heute Abend mit dabei." Er klang, als müsste er sich verteidigen, und versuchte, entspannter zu klingen. „James van Kelp hat den Vorschlag gemacht. Ein paar von uns haben noch Karten bekommen und ich bin mit dabei, da ich ja erst morgen wieder nach Hause fliege."

„Wunderbar, Luke." Reagan hob die Stimme, sodass er sie über Tommys Geschrei hinweg verstehen konnte. „Ich muss aufhören. Wir reden später."

Reagan legte auf, bevor er sich verabschieden konnte. Schnell schlugen seine Schuldgefühle in Ärger um. Was für ein Recht hatte sie, sauer auf ihn zu sein? Immerhin verdiente *er* das Geld, oder nicht? Seine harte Arbeit ermöglichte es ihr, als Mutter zu Hause bleiben zu können und in einem der teureren Häuser in ihrem Viertel zu wohnen. Und ja, das hieß, dass er ab und zu auf Dienstreise gehen musste, doch was erwartete sie? Dass er in der gleichen Minute zurück in sein Hotel ging, wenn er mit der Arbeit fertig war?

Er schloss sein Handy, schob es in die Tasche und verdrehte die Augen. Dann beeilte er sich, um James und Sandy einzuholen.

„Ist zu Hause alles in Ordnung?" Sandys Frage klang unschuldig, ohne Hintergedanken. Doch sie traf trotzdem genau den Nerv.

Luke presste den Kiefer zusammen und schaute nach vorne. „Es könnte nicht besser sein."

„Doch lange nicht so gut wie auf einem belebten Broadway-Platz!" James klatschte ein paar Mal, dann begann er aus voller Kehle zu singen. „‚Sherry, Sherry baby, She-e-e-e-e-rry ba-a-by …'"

An jedem anderen Ort hätte James zumindest einige entgeisterte Blicke geerntet. Doch nicht in New York City und ganz besonders nicht am Broadway. Keiner in dem Menschenstrom, der ihnen entgegenkam, schien ihn überhaupt zu bemerken.

James lachte. „Seht ihr! Am Broadway wäre ich ein Star geworden."

Die Show war rasanter, als Luke es sich vorgestellt hatte. Wie andere Menschen seiner Altersgruppe sah er die Four Seasons als eine Gruppe von netten Teenagern, deren unschuldige Songs und Bühnenauftritte ihre Generation repräsentierten. Doch die Show war durchsetzt von derben zweideutigen Bemerkungen und Anspielungen auf sexuelle Freiheiten und Seitensprünge.

Die Szene, die zu dem Song „Oh, What a Night" führte, war die Erinnerung eines Gruppenmitglieds an eine Affäre für eine Nacht. Luke war sich nicht sicher, ob es Zufall war oder nicht, doch als der Song gespielt wurde, legte Sandy ihren Ellenbogen auf die Lehne gegen seinen Arm. Es dauerte ein paar Sekunden, bis er seinen Arm wegzog, und noch länger, bis er sich wieder auf die Show konzentrieren konnte.

Später nahmen James und Sandy ein Taxi zurück in die Stadt, während Luke in sein Hotel zurückkehrte. Er wunderte sich über sich selbst und über den Abend, den er mit seinen Kollegen verbracht hatte. Früher hätte er es bedauert, an eine Show wie *Jersey Boys* sein Geld verschwendet zu haben. Er hätte jeden verheirateten Mann kritisiert, der eine solche Show mit einer alleinstehenden Frau zusammen ansah, egal ob sie in einer Gruppe unterwegs waren oder nicht. Das zeigte ihm, wie weit es mit ihm schon gekommen war. Er hatte sich verändert.

Nachdem er in der Rezeption um einen Weckanruf für den nächsten Morgen gebeten und sich ins Bett gelegt hatte, spürte er weder Schuld noch Bedauern oder auch nur das leiseste Gefühl des Unbehagens. Er und Reagan hatten Probleme, dieser Tatsache war er sich bewusst. Deshalb hatte er diesen Abend heute so genossen. Er liebte es, unterwegs zu sein. Das gab ihm eine Verschnaufpause von den Spannungen, die zu Hause herrschten.

Zu seiner Freude hatte Dayne vorhin mit einer wundervollen Neuigkeit angerufen. In einigen Wochen war ein Tag Pause bei den Dreharbeiten in Mexiko eingeplant – zu kurz für Dayne, um nach Hause fliegen zu können, doch genug Zeit, um Geschäftliches zu erledigen. Daynes Manager wollte ihn am Set treffen und auch Luke sollte dazukommen. Zu einem Arbeitstreffen am Strand von Mexiko.

Luke konnte es kaum erwarten. Wenigstens lief es beruflich bestens. Nur was sein Privatleben betraf, schien er ein Talent dafür zu haben, seine Mitmenschen zu enttäuschen. Oder vielleicht erwarteten die anderen auch zu viel von ihm.

„Warum kannst du nicht mehr so wie dein Vater sein?“, hatte Reagan ihn gefragt, bevor er nach New York aufgebrochen war. Diese Frage nagte an ihm und ließ ihn nicht einschlafen. War es das, was sie sich wünschte? Dass er wie sein Vater war? Niemand war so wundervoll wie der große John Baxter. Noch nicht einmal Dayne Matthews. Warum konnte sie nicht mit ihm zufrieden sein, wie er nun einmal war, ohne einen Berg von Erwartungen auf seine Schultern zu häufen?

Er würde nie wie sein Vater sein. Diese Gelegenheit hatte er bereits verspielt. Nicht nur an einem kühlen Septemberabend, am Tag, bevor das World Trade Center einstürzte, sondern vielmehr wegen seines Verhaltens in dem Jahr, das darauf folgte. Mit dieser Realität musste er bis zu seinem Tod leben.

Luke seufzte. Wie auch immer. Er und Reagan würden die Dinge schon irgendwie wieder in den Griff bekommen. Er würde ihr vom Blumengeschäft am Flughafen ein Dutzend Rosen mitbringen und gemeinsam würden sie sich daran erinnern, dass die Kleinkindphase in jeder Ehe eine schwierige Zeit war. Diese Phase würde jedoch auch irgendwann vorbei sein und dann könnten sie die Liebe und das Lachen wiederfinden, das sie im Lauf der Zeit verloren hatten.

In der Zwischenzeit würde es nicht schaden, wenn er sich zusammen mit einigen Freunden, die seine Gesellschaft genossen, eine Show ansah. Er gähnte und rollte sich auf die Seite. Er dachte an Sandy, wie unbekümmert sie war, wie echt ihr Lächeln wirkte. Es war nett, mit jemandem Zeit zu verbringen, der ihm nicht ständig etwas missgönnte, so wie es bei Reagan der Fall zu sein schien.

Bevor er einschlief, ermahnte er sich selbst, dass er Reagan nichts von dem heutigen Abend erzählen oder sich für sein Verhalten entschuldigen musste.

Warum sollte er auch? Er hatte doch nichts falsch gemacht.

Kapitel 10

An diesem Freitagabend fand das dritte Footballspiel der Saison statt, das erste Heimspiel. Wie ihre Freunde, die ebenfalls im letzten Schuljahr waren, trug Bailey Flanigan die blauen und weißen Schulfarben und ein T-Shirt, auf das vorne das Wort *Senior* aufgedruckt war. Das Spiel hatte noch nicht begonnen, doch die Stimmung war aufgeregt, die Atmosphäre wie mit Strom aufgeladen. Clear Creek war der Titelverteidiger. Das Spiel heute Abend war eines der schwierigsten der ganzen Saison.

Die Atmosphäre war so, wie man sie sich von einem Freitagabendspiel erträumte – das Scheppern der Pauken der Band, dicke Burger, die auf dem Grill brutzelten, und die Anfeuerungsgesänge der Cheerleader. Doch sogar inmitten der ganzen Aufregung um sie herum und ungeachtet dessen, was heute für das Footballteam ihres Vaters auf dem Spiel stand, konnte Bailey nur an eines denken.

Cody Coleman sollte eigentlich dabei sein.

Wenn schon nicht auf dem Spielfeld, dann sollte einer der besten Fänger, die je in diesem Schulteam gespielt hatten, neben ihr auf der Bank sitzen, die Mannschaft von Clear Creek anfeuern und gemeinsam mit ihr Pläne für einen abschließenden Videoabend im Haus der Flanigans schmieden. Oder er sollte unten auf dem Feld neben ihrem Vater sein, das Spiel von der Seitenlinie aus beobachten und alles tun, was er konnte, um zu helfen.

Doch er sollte definitiv nicht im Irak in einem Zelt schlafen müssen, erschöpft von einem weiteren Tag, an dem er durch die Straßen von Bagdad patrouilliert war.

„Alles okay bei dir?“ Connor saß neben ihr und suchte die Sitzreihen nach seinen Freunden ab. Seine Footballmannschaft hatte sich verabredet, bei den Spielen der Schulmannschaft zusammenzusitzen. „Du wirkst so zerstreut.“

„Das bin ich.“ Sie versuchte zu lächeln, doch es misslang. „Ich vermisse Cody.“

„Oh.“ Connor nickte langsam und schaute hinab aufs Spielfeld.

Die Mannschaft war dabei, sich aufzuwärmen. Alle Spieler standen in drei exakten Reihen nebeneinander, während ihr Vater und Ryan Taylor und die anderen Trainer mit ihren Baseballkappen und Sweatshirts zwischen den Reihen hindurchgingen und die Konzentration der Spieler forderten.

Bailey versuchte, das Thema zu wechseln. „Denkst du, dass du die ganzen vier Jahre in der Highschool Football spielen wirst?"

Connor kniff die Augen zusammen und sagte erst einmal nichts. Er war ein gutaussehender Junge mit den dunklen Haaren und breiten Schultern ihres Vaters und den blauen Augen ihrer Mutter. „Football ist schon in Ordnung." Er warf ihr ein schiefes Lächeln zu, doch in seinen Augen stand ein nachdenklicher Ausdruck, der vorher nicht dort gewesen war. „Es ist nur nicht wie das Kindertheater."

„Nein." Bailey starrte auf das Spielfeld. „Wir hätten morgen Probe, wenn ..."

„... wenn die Dinge anders gekommen wären."

„Ja." Sie dachte an das Stadttheater, das mit Plastikbändern abgeriegelt war. In einem Artikel in der Zeitung hatte vor Kurzem gestanden, dass der Immobilienmakler plante, das Gebäude abzureißen. „Ich kann es einfach immer noch nicht glauben, dass alles vorbei ist. Die Aufführungen und das Vorsingen ... die Proben. Katy. Sogar das Gebäude." Ein trauriges Lachen entschlüpfte ihr. „Es ist wie ein schlechter Traum."

„Nur dass jedes Mal, wenn wir aufwachen, es immer noch so ist." Connor holte tief Luft und legte seinen Arm um Baileys Schulter. „Vielleicht ist es unser Job, wieder mit dem Kindertheater anzufangen, wenn wir erwachsen sind."

„Vielleicht."

„Nur ... dann wird es zu spät sein für unsere Gruppe." Connors Schultern sackten nach unten. „Ein paar von den Jungs haben in der Umkleide über Leslie und Lisa geredet, die Zwillinge."

Bailey wusste, worauf dieses Gespräch hinauslaufen würde. Die Mädchen waren neu an der Schule und bisher sehr aktiv im christlichen Kindertheater gewesen. Doch ohne diese Gruppe, in die sie integriert gewesen waren, hatten sie sich verändert und gingen jetzt häufig auf Partys. „Sie kommen ganz schön rum, oder?" Sie hielt die Luft an, als sie auf seine Antwort wartete.

„Ja, ziemlich. Wenn man den Jungs glaubt, dann auf jeden Fall." Connor lockerte seine Umarmung und hielt erneut Ausschau nach seinen Kumpels. „In der Umkleide sind alle am Fluchen. Ich hasse das."

Bailey seufzte. „Weiß Papa das?"

„Ich habe mit ihm geredet. Fluchen ist in Schulteams eigentlich nicht erlaubt. Papa meinte, dass das auf den Trainer zurückfallen würde und dass er mit dem Trainer des Juniorenteams reden will."

„Hmmmm." Bailey sah ihren Bruder aufmerksam an. „Es ist definitiv nicht wie beim christlichen Kindertheater."

„Nein." Connor stand auf und deutete auf ein paar Jungs, eine Reihe unter ihnen und zwei Blocks weiter links. „Da sind sie." Er klopfte auf ihren Rücken. „Wir sehen uns später."

„Tschüss." Bailey fühlte sich ein wenig traurig, als ihr Bruder davonlief. Das Kindertheater hatte sie zusammengeschweißt, sie zu besten Freunden werden lassen. Bisher hatte sie nicht bemerkt, dass Connor und sie nun nicht mehr so viel gemeinsame Zeit hatten. Connor verbrachte den Großteil seiner Freizeit mit seinen Klassenkameraden. Und ihre Schulfreunde bewegten sich in anderen Kreisen. Wenn er dann nach seinem täglichen Footballtraining nach Hause kam, war sie für gewöhnlich in ihrem Zimmer und machte Hausaufgaben.

Früher, als es noch das Kindertheater gegeben hatte, hatten sie sich oft in seinem oder ihrem Zimmer zusammengesetzt, die Übungs-CD der jeweils aktuellen Aufführung angehört, gemeinsam über die lustigen Dinge gelacht, die bei der letzten Probe passiert waren, und gebangt, ob bis zur Premiere alles klappen würde. Solche Sachen teilten sie jetzt nicht mehr. Sie und Connor würden immer Freunde sein, doch nicht mehr so eng, wie es früher gewesen war, als sich ihr ganzes Sozialleben um die Proben und die Aufführungen gedreht hatte.

Plötzlich verspürte Bailey den Verlust des christlichen Kindertheaters wie nie zuvor.

Ein paar ihrer Freundinnen kletterten die Sitzreihen hinauf und nahmen dort Platz, wo Connor gesessen hatte. Die Gespräche waren oberflächlich und hysterisch: Wer wollte sich heute Abend betrinken und welche ihrer Freundinnen würde bei ihrem Freund übernachten. Bailey saß in der Mitte, doch sie warf nur hin und wieder eine kurze Bemerkung ein. Die meiste Zeit gab sie vor, sich auf das Spiel zu konzentrieren, das Clear Creek durch einen Touchdown eine Minute vor Spielende gewann.

Connor verbrachte den Abend bei einem seiner Mitspieler aus dem Juniorenteam, wo die ganze Mannschaft übernachten wollte. Als Bailey nach Hause kam, waren ihre jüngeren Brüder in einen Star-Wars-Film vertieft, während ihre Mutter an einem Zeitschriften-Artikel arbeitete.

Als Bailey hereinkam, schob ihre Mutter den Stuhl zurück und rieb sich die Augen. „Und?“ Sie lächelte. „Haben wir gewonnen?“

„Sieben Punkte.“ Bailey schob ihre Hände in die Gesäßtaschen ihrer Jeans. „Magst du ein bisschen reden?“

„Natürlich.“ Ihre Mutter stand auf und schob den Stuhl unter den Schreibtisch. „Das Schreiben kann warten.“

„Danke.“ Bailey ging in die Küche. „Ich mache uns einen Kaffee.“

„Perfekt.“ Laute Kampfszenen drangen vom Fernseher im Nebenzimmer herüber. Ihre Mutter ging in den Nachbarraum. „Macht es bitte etwas leiser.“

„Ja, Mama.“ Justin war häufig der Sprecher der „Brüder“, wie sie sich gerne selbst bezeichneten. „Aber dann verstehen wir nichts, wenn ihr in der Küche redet.“

„Wir gehen ins Esszimmer.“ Ihre Mutter lächelte, doch ihre Stimme nahm einen ernsten Tonfall an. „Macht es bitte leiser.“ Sie zog eine Grimasse. „Es hört sich an, als würde ein Raumschiff auf unserem Dach landen.“

Ihre vier Söhne lachten und Justin stellte den Fernseher leiser.

Mit ihren Kaffeetassen in der Hand gingen Bailey und ihre Mutter in das Esszimmer und suchten sich einen Platz, sodass sie sich gegenübersaßen.

Baileys Mutter legte den Kopf zur Seite, ihr Gesichtsausdruck war aufmerksam. „Ist während des Spiels etwas passiert?“

„Nicht wirklich.“ Bailey spürte, wie ihr Tränen in die Augen stiegen, obwohl sie gar nicht genau wusste, warum. „Es ist nur … alles fühlt sich so anders an.“

„Hmmmm.“ Ihre Mutter trank einen Schluck Kaffee. „Das scheint gerade ein großes Thema bei uns zu sein.“

„Ja.“ Bailey lehnte sich in ihrem Stuhl zurück. „Ich glaube, ich vermisse Cody. Er hat es in seinem letzten Brief zwar versucht zu verbergen, aber ich habe es trotzdem gemerkt. Er macht sich Sorgen, weil er dort drüben ist.“

„Wir machen uns alle Sorgen.“

Bailey nickte. Sie war froh, dass ihre Mutter ihre Sorgen nicht einfach abtat. Baileys Glaube schwankte nicht und sie würde sicherlich weiterhin jeden Tag für Cody beten. Doch das hieß nicht automatisch, dass er gesund wiederkehren würde. Ein Krieg war gefährlich, deshalb war es nur natürlich, dass sie sich um Cody Sorgen machte. „Und ich glaube, ich bin ein bisschen sauer auf Katy."

„Warum?" Die Stimme ihrer Mutter klang neugierig.

Bailey legte ihre Hände um die heiße Tasse, die vor ihr stand. Die warmen Tage gingen inzwischen in kühle Nächte über, sodass ihre Finger nach dem Spiel immer noch kalt waren. Sie sah ihre Mutter an. „Sie hätte den Vertrag für den nächsten Film nicht annehmen müssen. Sie hätte hierbleiben und einen Platz für das Kindertheater finden können – denkst du nicht auch? Die Aula der Clear Creek Highschool wäre vielleicht eine Möglichkeit gewesen, wenn Katy es nur versucht hätte."

„Bethany hat doch mehr als einmal mit der Verwaltung gesprochen. Der Terminplan war einfach schon ausgebucht." Ihre Mutter blieb geduldig und verständnisvoll. „Das Kindertheater ist *dein* Traum, mein Schatz. Katys Traum ist es, eine Filmkarriere zu starten."

„Es ist nicht nur *mein* Traum." Baileys Antwort kam rasch. „Es ist meiner und Connors und der Traum von hundert anderen Kindern in dieser Stadt, die eine christliche Theatergruppe brauchen."

„Das stimmt." Ihre Mutter stellte ihre Kaffeetasse auf den Tisch. „Heißt das also, dass Katy kein Recht hat, ihren eigenen Traum zu haben?"

„Du hast doch *For Real* gesehen." Bailey warf ungeduldig die Hände in die Luft. „Katy setzt ihre Ehe aufs Spiel. Sie riskiert alles und verlässt uns, und wofür das Ganze? Um ein bisschen berühmt zu sein?" Ihre Stimme war immer lauter geworden, doch sie bremste sich. „Es tut mir leid. Es fühlt sich einfach nicht richtig an."

Eine Weile saßen sie so da, sagten nichts und nippten nur ab und zu an ihrem Kaffee. Dann holte ihre Mutter tief Luft. „Ich habe manchmal ähnliche Gedanken. Und wenn ich für Katy und Dayne bete, dann habe ich dieses Gefühl – dieses sehr starke Gefühl."

„Was für ein Gefühl?"

„Dass Gott immer noch an Katy arbeitet." Ihr Lächeln war warm und zuversichtlich. „Dass die Geschichte von Katy und Dayne noch nicht vorbei ist."

Bailey ließ ihre Hände auf die Stuhllehnen sinken. „Ja. Ich glaube, so habe ich noch nie darüber nachgedacht."

„Ich verstehe dich. Du und Connor, ihr vermisst das Kindertheater." Sie streckte eine Hand über den Tisch. „Du vermisst es, dass ihr so viel miteinander gemacht habt."

„Genau." Bailey griff nach den Fingern ihrer Mutter. „Wie ich schon gesagt habe – nichts fühlt sich mehr so an, wie es war."

Sie sprachen noch ein paar Minuten länger, in denen Bailey ihrer Mutter von ihren Klassenkameraden erzählte, die an diesem Abend unterwegs waren, um sich zu betrinken oder falsche Entscheidungen zu treffen. „Doch eines noch." Bailey fühlte, wie ihre Augen aufleuchteten. „Die Footballmannschaft trinkt nicht! Papa hat mächtig Eindruck gemacht bei den Jungs."

„Das ändert sich von Jahr zu Jahr. Jede neue Gruppe von Kindern braucht immer wieder Hilfe dabei, sich gegen Alkohol zu entscheiden." Ihre Mutter stand auf und räumte die Kaffeetassen weg. Dabei umarmte sie Bailey. „Ich liebe dich, mein Schatz. Ich weiß, dass es heute Abend nicht danach aussieht, aber Gott hat einen Plan. Auch in all den Unsicherheiten."

Bailey legte ihren Kopf an die Schulter ihrer Mutter. „Ich mag diesen Gedanken."

„Es stimmt, Süße. Das ist es, was das Leben so spannend macht – zu sehen, welche unglaublichen Dinge Gott als Nächstes tun wird." Sie küsste Baileys Wange. „Für uns alle." Sie nickte in Richtung Fernsehzimmer. „Ich werde jetzt noch ein bisschen Star Wars gucken. Ricky hat mir einen Platz reserviert."

„Okay." Bailey begleitete ihre Mutter in die Küche. „Danke, dass wir reden konnten."

„Immer gerne!" Ihre Mutter lächelte und gesellte sich dann zu den Jungen. „Habe ich das Beste schon verpasst?"

Als Bailey in ihr Zimmer ging, blieb der Gedanke haften, den ihre Mutter geäußert hatte: dass Gott unglaubliche Dinge tun würde. Das war ein guter Gedanke, etwas, an dem man sich festhalten konnte, wenn das Leben so ungewiss schien.

In Baileys Herz war noch so viel mehr, das sie heute Abend gar nicht hatte aussprechen wollen. Sie musste es für ein Gespräch an einem anderen Tag reservieren. Was sollte sie z. B. tun, wenn sie die Schule abgeschlossen hätte – an der Universität von Indiana studieren oder doch weg nach New York City oder Los Angeles gehen, wovon sie und Connor manchmal träumten? Da sie sich irgendwann in den nächsten Monaten bei den Universitäten bewerben musste, hatten Bailey und ihre Eltern schon einige Male über die verschiedenen Möglichkeiten diskutiert. Doch Bailey war jedes Mal zum gleichen Entschluss gekommen. Sie würde ihre Entscheidung später treffen.

Doch jetzt, da ihr letztes Schuljahr begonnen hatte, war das „Später" plötzlich sehr nahegerückt.

Sie ließ sich auf ihr Bett fallen und griff nach der Kiste, in der sie die Briefe aufbewahrte, die Cody ihr seit seinem Abschied geschickt hatte. Seine Worte klangen niemals irgendwie romantisch. Er machte keine Versprechungen und erwartete auch keine von ihr. Doch er dachte an sie. Das wurde aus jedem Brief deutlich, den er schrieb.

Sein letzter Brief lag obenauf. Bailey zog ihn aus dem Stapel und aus dem Umschlag heraus. Am Anfang des Briefes schrieb er von seinen Erinnerungen an die Grundausbildung und wie froh er war, dass diese tägliche Schinderei vorüber war.

> *Wir sind vor ein paar Tagen in Bagdad eingetroffen und haben uns inzwischen eingerichtet. In meinem Schlafraum sind noch neun andere Jungs untergebracht, einer dicht neben dem anderen. Doch es ist nicht so schlimm. Da hat man wenigstens Gesellschaft, wenn die Nächte einsam sind.*

Bailey lächelte, als sie sich Cody vorstellte, wie er in einem Raum mit so vielen anderen lag. Es fühlte sich wahrscheinlich ziemlich ähnlich an wie in den Umkleideräumen der Clear Creek Highschool – der gleiche Geruch, die gleichen Geräusche, das gleiche Lachen. Bailey, die in einem Haus voller Brüder aufgewachsen war, konnte sich die Szene sehr gut vorstellen. Ihre Augen wanderten die Seite hinab.

> *Das, was mir am meisten zu schaffen macht, ist, dass man nie weiß, was der morgige Tag bringen wird. Das wussten wir zwar auch nicht, als wir noch zu Hause waren. Doch hier draußen ist der Tod noch viel mehr ein Teil des Lebens. Hier kann wirklich jeder Tag Dein letzter sein. Das hält mich dicht bei Gott – so viel ist sicher.*

Angst schlich sich in ihr Herz und beschleunigte ihren Herzschlag. Sie wandte ihren Blick zu dem Foto auf ihrem Nachttisch, das Bild von Cody, aufgenommen an dem Tag, bevor er gegangen war. Sie behielt es dicht bei sich, um daran erinnert zu werden, für ihn zu beten. Und vielleicht auch, weil es sie daran erinnerte, wie gut und richtig sich sein Arm um ihre Schulter angefühlt hatte.

Gott, beschütze ihn. Er braucht dich in jeder Minute da draußen.

Sie sah wieder auf den Brief.

> *Ich werde bald wieder zurück sein, also reserviert mir einen Platz in Eurem Haus. Vielleicht werde ich auch noch früher zu Hause sein als gedacht. Auf jeden Fall bitte ich Dich, dass Du für mich betest. Ich brauche das. Und, hey … ich vermisse Dich. Falls ich Dir das noch nicht gesagt habe.*
>
> *Ich freue mich auf Deinen nächsten Brief.*
>
> *Cody*

Bailey überlegte, welche tiefere Bedeutung wohl hinter seinen Worten liegen mochte. Er könnte früher zurück sein, weil der Krieg bald zu Ende wäre, wenn der Präsident anordnete, die Truppen abzuziehen. Das wollte er vermutlich damit sagen. Doch als sie seine Worte gelesen hatte, hatte sie ein seltsames Gefühl beschlichen, fast wie eine Vorahnung. Er würde auch dann früher zurückkehren, wenn er verletzt würde oder wenn er …

Sie faltete den Brief zusammen und hielt ihn noch einige Augenblicke in der Hand. Cody würde nichts geschehen, denn sie betete für ihn und Gott war bei ihm. Er würde nur dann früher nach Hause kommen, wenn auch alle anderen früher nach Hause kämen. Sie hatte den Atem angehalten und ließ ihn jetzt langsam ausströmen. Bis dahin würde sie entschieden haben, welches College sie besuchen wollte. Sie würde vielleicht sogar schon umgezogen sein, je nachdem, wie ihre Entscheidung ausfiel.

Was auch immer geschehen mochte – Cody würde zum richtigen Zeitpunkt nach Hause zurückkommen und sicher in Bloomington leben. Er würde ihrem Vater beim Footballtraining helfen und sich an der Universität von Indiana einschreiben. Eines Tages. Sie glitt von ihrer Matratze, legte den Brief wieder in den Kasten und stellte ihn zurück auf das Regal über ihrem Bett.

Sie gähnte. Sie ging durch ihr Zimmer in das angrenzende Bad und drehte das warme Wasser auf. Für ein paar Sekunden starrte sie ihr Spiegelbild an und fragte sich, wie die anderen Menschen sie wohl wahrnahmen. War sie nur die Tochter von Trainer Flanigan? War sie eine Schauspielerin, die es liebte zu singen und zu tanzen? Eine Christin? In ihrem Leben hatte es seit dem letzten Frühjahr keine Jungs gegeben, abgesehen von Cody. Und er war wirklich eher ein guter Kumpel, selbst wenn sie beide Gefühle füreinander entwickelt hatten, bevor er gegangen war.

Tim Reed hatte sie am vergangenen Abend angerufen, als sie gerade in ihrem Zimmer über ihren Mathehausaufgaben gesessen hatte. Er war inzwischen im ersten Semester an der Universität von Indiana, hatte viele Veranstaltungen und vermisste das christliche Kindertheater genauso wie sie. „Es hätte wirklich nicht so enden sollen", hatte er zu ihr gesagt. In seiner Stimme lag eine Tiefe, die sie lange nicht bei ihm gehört hatte, nicht seit der Zeit, als sie sich regelmäßig SMS geschickt hatten. „Eigentlich sollte ich jetzt Katy dabei helfen, die Schüler zu unterrichten und die Herbstaufführung vorzubereiten."

Sie sprachen über Katy und Dayne und wie schwer es war, eine Beziehung in einer solchen Öffentlichkeit zu leben, und auch über die Kinder und Jugendlichen, die ohne die Theatergruppe orientierungslos zu sein schienen. Die Zwillinge waren nicht die Einzigen, die in Schwierigkeiten geraten waren. Es waren Gerüchte über einige der Kinder im Umlauf, die bei den Theateraufführungen wichtige Rollen gespielt hatten, doch jetzt offenbar Drogen nahmen und auf Partys gingen.

„Lass es uns so ausdrücken: Wir brauchen das christliche Kindertheater." Bailey versuchte, die Traurigkeit aus ihrer Stimme zu verdrängen. Sie wollte nicht, dass sich jede Unterhaltung mit Tim um den Verlust des Kindertheaters drehte. „Vielleicht ist es deine Aufgabe, es wieder ins Leben zu rufen."

„Hmmm. Vielleicht eines Tages." Tim lachte, doch es klang nachdenklich, als ob diese Idee nicht völlig abwegig wäre. Bevor sie das Gespräch beendeten, zögerte er einen Moment, fast als ob er überlegen müsste, wie er die nächsten Sätze am besten formulieren sollte. „Ich vermisse dich, Bailey. Mehr als ich sagen kann."

Seine Bemerkung berührte ihr Herz und überraschte sie völlig. Das

Letzte, was sie über ihn gehört hatte, war, dass er das Lobpreis-Team in seiner Gemeinde leitete, ein paar Kilometer von der Gemeinde entfernt, die Bailey und ihre Familie besuchten. Angeblich ging er mit einem Mädchen aus, das sonntagmorgens Keyboard spielte. Doch er hatte nichts über das Mädchen gesagt und Bailey hatte auch nicht gefragt. „Wow … ich hatte geglaubt, dass du damit irgendwie abgeschlossen hättest."

„Ich kann mit jemandem wie dir nicht einfach abschließen." Er hielt seinen Tonfall unbekümmert. „Ich meine, jetzt überleg doch mal! Wir haben schließlich zusammen die Strumpfhosen in *Robin Hood* getragen. Wie viele Menschen haben das wohl gemeinsam?"

Er beendete das Gespräch und schlug vor, dass sie irgendwann mal etwas zusammen unternehmen sollten. Vielleicht essen gehen oder ins Kino. Bailey stimmte zu, doch als sie aufgelegt hatte, wurde ihr bewusst, dass sie keinen konkreten Plan gemacht oder ein bestimmtes Datum festgelegt hatten. Das war typisch für den Tim Reed, den sie kannte. Er zeigte gerade so viel Interesse, dass er geheimnisvoll wirkte, sodass sie sich fragte, ob er vielleicht der Mann war, den Gott für sie vorgesehen hatte.

Doch wie sah Tim sie wirklich? Sie nahm einen Waschlappen aus dem Regal und hielt ihn unter das warme Wasser. Wenn er wirklich an ihr interessiert wäre, würde er ein Datum vorschlagen, an dem sie sich treffen könnten. So einfach war das. Sie drückte den nassen Lappen an ihr Gesicht und ließ ihn dort. Tim war nicht der Richtige – auf jeden Fall nicht im Moment. Ihr Vater hatte ihr immer gesagt, dass sie es wissen würde, wenn ihr der Richtige begegnete, denn er würde sie als das wahrnehmen, was sie in Wirklichkeit war: die Eine unter Millionen.

Sie fuhr mit dem Waschlappen sanft über ihr Gesicht und wrang ihn aus. Der Eine unter Millionen – das war der Mann, auf den sie wartete. Wann auch immer er ihr über den Weg laufen würde, es würde das Warten wert sein. In der Zwischenzeit würde sich das Leben ohne das Kindertheater ziemlich leer anfühlen. Die Mädchen in der Schule waren schlimmer als je zuvor – sie lästerten und tratschten übereinander, spannten einander die Freunde aus und gingen zu Partys, ohne Bailey Bescheid zu sagen. Aber sogar Einsamkeit war besser als das.

Als sie ihre Zähne geputzt hatte, schlüpfte sie unter ihre Bettdecke. Es war schon nach Mitternacht, doch es fühlte sich noch später an.

Bevor sie das Licht ausmacht, schaltete sie ihre Stereoanlage an und ließ ihre momentane Lieblings-CD laufen, das Debut-Album von Mandisa. Irgendetwas an den seelenvollen Texten der Sängerin und ihrer gefühlvollen Stimme gab Bailey den Eindruck, näher bei Gott zu sein. Sie drehte die Lautstärke leiser und schaltete das Licht aus.

Schon vor langer Zeit hatte ihre Mutter ihr etwas geraten, das sie tun könnte, wenn sie sich einsam fühlte: Sie sollte für ihren Zukünftigen beten, egal wer er war, egal wo er war. Irgendwo da draußen, Bailey, gibt es ihn schon. Er ist gerade damit beschäftigt, zu dem jungen Mann zu werden, der er sein soll, wenn ihr beide euch begegnet.

Dieser Gedanke hatte Bailey schon öfter geholfen, als sie zählen konnte. Während sie ihre Augen schloss, spürte sie einen Strahl neuer Hoffnung, der die Befürchtungen ihrer Seele zerstreute. *Du weißt alle Dinge, Gott, und wenn ich eines Tages heiraten sollte, dann weißt du jetzt schon, wer mein Mann sein wird und wo er ist. Du weißt, was er gerade tut und du arbeitest an ihm, damit er für seine Zukunft bereit ist … so wie du an mir arbeitest, um mich auf meine Zukunft vorzubereiten.*

Vom anderen Ende des Hauses her hörte sie die Abspannmusik von Star Wars. Der Filmabend ihrer Brüder war später zu Ende als sonst.

Bailey rollte sich auf die Seite und zog ihre Decke bis ans Kinn. *Wer es auch ist, wo er auch ist, Herr, ich bete, dass du ihn beschützt. Hilf ihm, zu dem Mann Gottes zu werden, den du dir vorstellst. Danke, Herr … Danke, dass ich träumen darf. In Jesu Namen, Amen.*

* * *

Der Anruf kam gerade in dem Augenblick, als Cody Colemans Einheit sich für eine Erkundungsfahrt durch Bagdad bereitmachte: *Kommen Sie sofort zum Büro.* Der Major wollte mit ihm reden.

„Oh Mann! Jetzt komm schon, Coleman. Das ist ein schlechter Scherz." José, sein Bettnachbar, verdrehte die Augen, als er nach seiner Ausrüstung griff. „Du kommst um diesen Auftrag nicht herum!"

Cody runzelte die Stirn und sah auf seine Uhr – 8.15 Uhr morgens. Er rechnete im Kopf um, so wie er es immer tat, wenn er nach der Uhrzeit schaute. Kurz nach Mitternacht in Bloomington. Er warf seinem Kameraden einen gespielt hilflosen Blick zu. „Ist es mein Fehler, wenn ich genau zum richtigen Zeitpunkt …?"

„Coleman! Bewegen Sie sich!“ Der Befehl kam von außerhalb des Zeltes. Der Captain seiner Einheit. „Der Major braucht Sie in seinem Büro. Sofort!“

„Gewonnen.“ José deutete auf Cody, seine Augen lachten. „Du putzt das Bad in dieser Woche. Du musst es irgendwie wieder ausgleichen.“ Er salutierte vor Cody. „Die anderen Jungs sind schon draußen im Humvee. Bis später.“

„Bis später.“ Cody lachte und beeilte sich, nach draußen ins Tageslicht zu kommen und die fünfzig Meter bis zum Zelt seines Vorgesetzten zu joggen. Das war in der letzten Woche schon einmal vorgekommen. Einer der Jungs hatte den Befehl bekommen, zu einem Lieutenant zu kommen, und hatte deshalb eine Fahrt in die Stadt verpasst.

Doch jetzt, in diesem Moment, fühlte sich etwas an diesem Zeitpunkt seltsam an. Zehn Sekunden später wäre er bereits auf dem Weg nach Bagdad gewesen, hätte mit den anderen Soldaten aus seiner Einheit gelacht, Späße gemacht und versucht, sich nicht anmerken zu lassen, dass er wie sie alle Todesangst hatte.

Atemlos von seinem Lauf erschien er im Eingang des Armeezeltes. Seine Augen trafen den Blick von Major Ray Rogers. Cody salutierte. „Sir. Sie wollten mich sprechen.“

„Das stimmt.“ Der Major war jung, noch keine dreißig. Er wies mit seinem Blick zu einem Stuhl, der vor ihm stand. „Setzen Sie sich. Offenbar ist es Ihnen gestern gelungen, Zugang zu einem Gebäude am östlichen Ende der Stadt zu bekommen.“

„Ja, Sir.“ Cody schluckte. Er war sich immer noch nicht sicher, ob er etwas falsch gemacht hatte. „Ich konnte weiter eindringen als die anderen Männer.“

„Deshalb sind Sie hier. Wir haben heute Morgen die Nachricht erhalten, dass dieses Gebäude von Terroristen genutzt wird. Wir hätten diese Information allerdings besser bekommen sollen, bevor Sie das Gebäude erkundet haben …“ Major Rogers schürzte die Lippen. „Doch da Sie offenbar noch am Leben sind, um darüber zu reden, brauchen wir alles, Coleman. Jede Einzelheit, die Sie gesehen haben.“

Cody stieß erleichtert den Atem aus. Er steckte also nicht in Schwierigkeiten! Die Armee brauchte seine Informationen und er war froh, damit helfen zu können. Was auch immer er dazu beitragen konnte, um den Vereinigten Staaten dabei zu helfen, die Terrorzellen in der Stadt zu bekämpfen, würde er tun.

Zwanzig Minuten später klingelte das Telefon auf dem Schreibtisch. Cody war immer noch dabei, mit dem Major zu reden, und durchkämmte sein Gedächtnis nach jeder erdenklichen Kleinigkeit.

„Rogers hier."

Der Anruf gab Cody die Möglichkeit, noch einmal über das Gebäude nachzudenken, über das, was er gesehen hatte und was für die Armee hilfreich sein könnte. Doch als er seine Erinnerung durchforschte, bemerkte er, wie der Major die Hand vor sein Gesicht schlug und stöhnte.

„Sind Sie sicher? Es waren *unsere* Jungs?"

Codys Puls hämmerte in seinen Schläfen. War einigen ihrer Männer etwas passiert? Der Major hatte vermutlich einige hundert Soldaten unter sich und wahrscheinlich hatte Cody mit ungefähr allen davon schon einmal gemeinsam gegessen.

Major Rogers murmelte noch ein paar Worte, dann legte er auf. Er ließ seine Hand sinken, sodass Cody erkennen konnte, wie blass er geworden war. Seine Augen waren trocken, doch darin stand tiefster Schmerz. „Jemand muss für Sie gebetet haben, Coleman." Seine Worte waren langsam von Schock und kaum zu verstehen. „Sie sind alle tot."

Codys Mund war trocken, als er seinen Kopf schüttelte, unfähig, die schreckliche Wahrheit auszusprechen. „Sir?"

„Ihre Kameraden … sie sind kaum bis nach Bagdad gekommen." Er stand auf und wandte Cody seinen Rücken zu. „Eine Straßenmine hat das Fahrzeug in seine Einzelteile zerlegt." Er drehte sich wieder um, auf seinem Gesicht stand pures Entsetzen. „Sie sind tot. Alle." Er atmete scharf ein und starrte an die Decke. „Es tut mir leid, Coleman. Gehen Sie zurück in Ihren Schlafraum und warten Sie auf neue Befehle."

Cody konnte kaum einen klaren Gedanken fassen, geschweige denn, sich bewegen. José und die anderen waren tot? Von einer Straßenmine zerrissen? Ihre Gesichter standen vor seinem inneren Auge. Jungs, die vor einer halben Stunde noch quicklebendig gewesen waren. Die abgrundtiefe Brutalität ihres Todes war mehr, als er ertragen konnte.

Cody stolperte aus dem Büro und zurück in den Schlafraum. Er fiel auf sein Feldbett und vergrub den Kopf in seinem Kissen. Wenn nicht der Befehl des Majors gewesen wäre, der ihn hatte sprechen wollen, dann wäre auch er jetzt tot. Und das war nur einer von vielen „Zwischenfällen“ auf den Straßen Bagdads. Cody wurde übel, er war voller Panik und Wut und Unglauben.

Schluchzer stiegen in seiner Brust hoch und hier – allein in seinem Schlafraum – ließ er sie zu. In ein paar Stunden begannen Mütter ihren Tag in den Vereinigten Staaten und waren noch ahnungslos, dass ihre Söhne bereits gestorben waren. Familien, Freundinnen, Welten, die in einem Moment zerbrochen waren.

Gott ... wie konnte das passieren? Und warum ich? Warum bin ich verschont geblieben?

Zuerst war dort keine Antwort, nichts als die leere Sinnlosigkeit dieses schrecklichen Verlusts. Doch dann kamen ihm allmählich die Worte des Majors wieder ins Gedächtnis. Was er gesagt hatte, musste stimmen, denn ansonsten wäre Cody nicht mehr hier. Es gab nur einen möglichen Grund, weshalb er an diesem Morgen verschont geblieben war.

Irgendwo musste jemand für ihn gebetet haben.

Kapitel 11

Ashley schaffte es kaum, Cole an diesem Samstagmorgen am Frühstückstisch zu halten. Landon hatte schon mehrmals laut über die Begeisterung ihres Sohnes lachen müssen.

„Ein Baumhaus, Mama!" Cole ließ seine Gabel sinken und schob seinen Teller mit Rührei von sich. „Ich glaube, du verstehst gar nicht, was das für eine große Sache ist." Er fuhr mit seinem Finger über den Tisch vor sich. Die Sonne schien warm durch das Küchenfenster und warf einen hellen Schein über Coles Gesicht. „Ich und Papa haben schon alles geplant. Zwei Stockwerke! Und ein Versteck auf dem Dach für Schätze und solches Zeug!"

Ashley konnte ihr Lächeln nicht unterdrücken, doch sie hob gleichzeitig ermahnend ihre Augenbrauen. „Iss bitte deine Eier."

„Ich weiß ... mache ich." Er zog den Teller zurück und warf Landon einen verärgerten Blick zu. „Sie versteht es einfach nicht."

Als sie den Terminplan der Fußballmannschaft durchgesehen und festgestellt hatten, dass heute spielfrei war, hatte Landon vorgeschlagen, dass sie die Zeit nutzen sollten, um ein Baumhaus zu bauen. Cole hatte in der vergangenen Woche über nichts anderes reden können.

„Das ist nicht ihr Fehler." Landon zwinkerte Ashley zu. „Die meisten Mädchen interessieren sich nicht besonders für Baumhäuser."

„Aber das wird das beste Baumhaus werden, das es je gegeben hat!"

„Saft!" Devin saß zwischen Ashley und Landon in seinem Kinderstühlchen. Er hielt seinen Becher hoch, über und über mit Eierresten und Toastkrümeln bedeckt. „Saft!"

„Sag bitte." Ashley nahm eine Serviette von der Mitte des Tisches und wischte den Mund ihres Jüngsten sauber.

„Bidddääää." Er lächelte sie verschmitzt an. Dann schüttelte er seinen Becher. „Saft, bidddääää!"

Sie zögerte und machte innerlich ein Foto von Devin, wie er gerade aussah, mit Eierresten bis in seine blonden Haare hinein und über Stirn und Wangen verschmiert, mit Toastkrümeln und Butterflecken auf seinem Schlafanzug. Eines Tages wollte Ashley ihn genauso malen. Sie lachte. „Ich muss wirklich mal zu Leinwand und Pinsel greifen."

„Siehst du wieder Bilder?“ Landons Blick wurde zärtlich.

„Überall.“

„Dann fang an zu malen.“ Landon griff über den Kinderstuhl hinweg und berührte ihr Gesicht mit seinen Fingern. „Doch hör nicht auf, Bilder in solchen Alltagsmomenten zu sehen. Das liebe ich so an dir, Ash.“

Sie spürte, wie sein Kompliment tief in ihre Seele sank, dort, wo sie immer noch über den Verlust von Sarah trauerte. In den kommenden Wochen würde Gott ihre Begabung als Malerin nutzen, um sie zu heilen; davon war Ashley jetzt überzeugt. Doch bis zu diesem Moment war der Schmerz so überwältigend gewesen, dass Ashley sich nicht sicher gewesen war, ob sie sich je wieder daran erinnern würde, wie man malte. Die Tatsache, dass sie wieder anfing, überall in ihrem Alltag Bilder wahrzunehmen, die gemalt werden wollten, war ein gutes Zeichen.

„Weißt du, was ich am Baumarkt so liebe, Papa?“ Cole balancierte mit weit aufgerissenen Augen auf der Stuhlkante. Er sah von Ashley zu Landon, doch er wartete nicht auf eine Antwort. „Die superlangen Gänge und das Material, das bis zur Decke gestapelt ist, und jedes einzelne Teil ist dazu da, dass man etwas daraus machen kann. Außerdem riecht es wie ein Ort für echte Männer.“ Er hob seine Gabel, um seine Worte zu unterstreichen. „Nicht wahr, Papa?“

Landon lachte. „Ganz genau.“ Er nickte zu Coles Teller. „Beeil dich, damit wir sauber machen und loslegen können.“

Cole sah seinen Bruder skeptisch an. „Du könntest mit ihm anfangen. Er braucht ganz bestimmt mehr Zeit zum Saubermachen als ich.“

Ashley wischte Devins Tasse mit einer weiteren Serviette aus und füllte sie mit Saft. „Das wird Devins erstes großes Bauprojekt.“ Sie lehnte sich vor und küsste das Kind auf die Wange. „Vielleicht kann er euch mit dem Hammer helfen.“

„Vermutlich nicht.“ Cole klang besorgt. „Aber er könnte ein paar Holzstücke für uns aus Papas Auto schleppen.“ Er suchte Landons Zustimmung. „Ein Hammer ist zu gefährlich für ihn. Er könnte sich das Gesicht kaputt hauen, oder?“

„Nun …“ Ashley sah, wie Landon sich das Lachen zu verkneifen suchte. Er wischte sich den Mund ab und versuchte, seine Fassung wiederzufinden. „Ich könnte ihm helfen … damit er sich nicht das Gesicht kaputt haut. Doch er könnte vielleicht ein paar Nägel einschlagen.“

„Hmmmm." Cole verzog den Mund. Er tippte ein paar Mal mit dem Finger auf den Tisch. „Das werden wir sehen." Er beugte sich zu Landon vor und flüsterte: „Er ist noch so schrecklich klein."

Die Diskussion dauerte noch eine Weile. Als sie mit dem Essen fertig waren, rannte Cole nach oben, um die Zähne zu putzen und seine „Arbeitsklamotten" anzuziehen.

Landon wollte Devin aus dem Kinderstuhl nehmen, doch Ashley stand auf und schüttelte den Kopf. „Ich kümmere mich um ihn. Sieh zu, dass du fertig wirst." Sie legte ihre Hand um den Nacken ihres Mannes und zog seinen Kopf herunter, sodass sie ihn küssen konnte. „Cole kann nicht länger warten." Ihr Blick hielt seinen fest und wieder machte sie innerlich ein Foto. Alltagsmomente – warmer Toast und Orangensaft, hell strahlende Hoffnung und neues Leben an jedem Morgen. Alles das und die große Liebe ihres Lebens, mit der sie das teilen konnte.

„Du tust es schon wieder."

„Ich weiß." Sie lächelte frech. „Ich könnte heute zu meinem Vater gehen und nach den Malsachen schauen." Sie küsste ihn wieder. „Mit dir zusammen zu sein, das weckt in mir den Wunsch, jeden Augenblick festzuhalten."

Er legte seine Arme um ihre Taille und verschränkte die Hände auf ihrem Rücken. Sein Kuss dauerte diesmal länger. „Mit dir zusammen zu sein, weckt in mir den Wunsch, den Baumarkt zu vergessen."

Devin schlug mit beiden Händen gegen seinen Kinderstuhl.

„Unser Baby guckt uns zu." Ashley kicherte. „Geh schon und mach dich fertig."

Landon seufzte bedauernd. „Okay … zuerst das Baumhaus." Er trat einen Schritt zurück, doch seine Augen waren immer noch in ihren versunken. „Wir machen später da weiter, wo wir aufgehört haben."

Sie warf ihm einen auffordernden Blick zu. „Ich werde dich daran erinnern." Sie lachte wieder, als sie den Gurt des Kinderstuhls löste und ihren beschmierten Sohn heraushob. „Jetzt habe ich zwei Sachen, auf die ich mich freuen kann."

Erst als Landon durch den Flur in ihr Schlafzimmer gegangen war und Ashley allein in der Küche zurückblieb, wurde ihr bewusst, dass sie mit neuer Hoffnung erfüllt war. Sie trug Devin zur Spüle, nahm einen frischen Waschlappen und begann, ihn sauber zu wischen. Jetzt, nach der Sechs-Wochen-Schonfrist, hatte ihre Ärztin gesagt, dass sie wieder schwanger werden könnte. Seitdem sie Sarah verloren hatten, hatten sie und Landon die Möglichkeit erwogen, erneut schwanger zu werden und die Sehnsucht in ihren Herzen zu füllen.

Heute, mitten an einem fröhlichen, chaotischen Samstagmorgen, hatten sie und Landon Zeit gefunden, miteinander zu lachen und zu flirten und sich auf den Abend und ihre Zweisamkeit zu freuen – weil sie sich liebten.

Es war ein weiteres Zeichen dafür, dass Gott ihnen auch als Ehepaar durch diese schwierige Zeit hindurchhalf.

Eine Stunde später waren Landon und die Jungs auf dem Weg zum Baumarkt. Ashley fuhr zum Baxter-Haus, wo sie ihren Vater in der Küche fand, der gerade etwas unter der Spüle reparierte. Bei dem Geräusch der Tür, die sich öffnete, stand er auf und streckte sich. „Hallo, mein Schatz." Sein Gesicht wurde von einem Lächeln erhellt. „Ich dachte mir schon, dass du es bist."

„Wirklich?" Sie legte ihre Handtasche auf die Küchentheke. „Warum?"

„Weil heute der große Baumhaus-Tag ist." Er wischte sich mit dem Handrücken über die Stirn. „Ich wusste, dass du froh bist, wenn du etwas anderes zu tun hast." Sein Lächeln enthielt eine leise Spur von Besorgnis. „Ich habe deine Staffelei wieder hervorgeholt und in dein Zimmer getragen."

Ashleys Herz schmolz. Sie trat langsam an das Regal und nahm zwei der Lieblingstassen ihrer Mutter sowie ihre alte Porzellan-Teekanne herunter. „Du und Landon … ihr beide kennt mich besser als ich mich selbst."

„Es ist an der Zeit, Ashley. Seitdem du ein Teenager warst, hat nichts dein gebrochenes Herz so sehr geheilt wie das Malen."

„Hmmm. Das stimmt." Sie füllte den Wasserkessel und stellte ihn auf eine Kochplatte. „Was stimmt nicht mit dem Abfluss?"

„Ein tropfendes Rohr." Er schaute wieder hinunter. „Ich muss es nur ein bisschen neu ausrichten."

Bis der Tee aufgegossen und in die beiden Tassen gefüllt war, hatte er die Reparatur beendet. Der Tee roch köstlich. Er enthielt einen Hauch von Orange. Das süß-saure Aroma mischte sich mit dem Dampf und liebkoste Ashleys Gesicht. Es fühlte sich an wie Herbst und Weihnachten und Kaminfeuer, alles in einer einzigen Tasse Tee.

Ihr Vater wischte den Fußboden mit einem Papiertuch trocken, wusch sich die Hände und setzte sich zu ihr an den Küchentisch. „Gut, dass ich das erledigt habe." Er seufzte tief. „Landon hat mich gebeten, nachher noch vorbeizukommen. Er fragte, ob ich ein bisschen mit dem Baumhaus helfen kann."

„Oh." Ashley trat zum Kühlschrank und fand die Dose Kaffeesahne, die ihr Vater dort für sie aufbewahrte. Nachdem sie ein paar Tropfen in ihren Tee gegossen hatte, sah sie ihn neugierig an. „Habt ihr beide, du und Elaine, Pläne für heute?"

„Nein. Diese Woche nicht. Seit einer ganzen Weile schon haben wir uns nicht mehr gesehen." Er legte seine Hände um die Keramiktasse und sagte nichts mehr.

Ashley beobachtete ihn. Irgendetwas hatte sich verändert, doch sie war sich nicht sicher, was es war ... und warum er sich nicht mit Elaine traf. Sie trug die Kaffeesahne zum Kühlschrank zurück und setzte sich ihm gegenüber.

„Deine Mutter hat diese alten Kaffeetassen geliebt." Er lächelte in die Tasse hinein, sein Gesichtsausdruck war abwesend. „Sie hatte sie als Geburtstagsgeschenk gekauft ... in einem Töpferladen in der Nähe der Universität, als du noch in der Schule warst." Er schaute hoch und lächelte wieder. „Wir haben nie auch nur einen Tropfen Kaffee daraus getrunken."

Ashley besah sich die Tasse in ihren Händen, drehte sie vorsichtig von einer Seite auf die andere. „Sie liebte Tee mehr als jeder andere."

„Allerdings." John blinzelte und sein Lächeln verschwand. „Weißt du, ihr Kinder habt mich im letzten Monat alle angerufen an unserem Hochzeitstag. Alle außer Luke."

„Luke ..." Ashley streckte die Beine aus und legte die Füße übereinander. „Ich mache mir Sorgen um ihn." Sie sah durch das Fenster hinaus zu einer alten Eiche, deren Blätter im Wind tanzten. „Ich glaube, er und Reagan kämpfen mehr, als sie es sich anmerken lassen."

„Könnte sein." Ihr Vater starrte zur Seite, sein Blick wirkte verloren. „Neununddreißig Jahre. Es fühlt sich an, als hätte ich sie erst letzte Woche geheiratet." Ein trauriges Lachen kam aus seinem Mund.

Die Gedanken über Luke verschwanden, als Ashley die Augen ihres Vaters suchte. „Es tut mir so leid ... wir alle vermissen sie so sehr." Sie nippte an ihrem Tee. Irgendetwas stimmte mit ihrem Vater nicht, etwas, das über die normale Sehnsucht hinausging. „Also, wegen Elaine … du triffst dich nicht mit ihr, deswegen kannst du auch beim Baumhaus helfen?"

Sein Gesichtsausdruck änderte sich, sodass Ashley erschrak, als sie den Schmerz darin sah. Er hatte schon lange nicht mehr so verletzt ausgesehen. „Ich kann mich nicht mit ihr treffen." Er stützte die Ellenbogen auf den Tisch und schien seine letzten Kräfte zu mobilisieren. Was auch immer er sagen würde, er hatte offensichtlich lange darüber nachgedacht. „Ich wollte sie heiraten. Ich habe den Ring schon oben."

Ashley spürte, wie ihr Herz für ein paar Schläge aussetzte. Sie versuchte, diese Neuigkeiten aufzunehmen, ohne vorschnell zu reagieren. Dieses Bekenntnis war wirklich keine Überraschung. Sie und Kari und Brooke und Erin hatten im ganzen letzten Jahr über diese Möglichkeit gesprochen.

Ihr Vater presste die Lippen zusammen und schüttelte den Kopf. „Ich konnte es nicht tun." Er sah sich in der Küche um und starrte auf das gerahmte Foto ihrer Mutter auf der Küchentheke, auf den alten großen Herd und das Fenster über der Spüle. Schließlich blieb sein Blick auf der Kaffeetasse in seiner Hand ruhen. „Ich sehe sie immer noch überall." Er zuckte die Schultern, seine Stimme klang leer. „Ich kann Elaine nicht hierherbringen, um mit ihr hier zu leben. Das wäre keinem von uns gegenüber fair."

Ashley widerstand der Versuchung, eine rasche Antwort zu geben. Noch vor einem Jahr hätte sie sich über die Richtung gefreut, in die sich das Gespräch entwickelte. Damals war sie der festen Überzeugung gewesen, dass niemand ihre Mutter ersetzen konnte. Warum also sollte ihr Vater überhaupt eine neue Ehe in Erwägung ziehen? Doch eine Szene im Krankenzimmer kurz vor Sarahs Geburt war ihr in Erinnerung geblieben. Elaine war die Einzige gewesen, die daran gedacht hatte, Sarah ein Geschenk zu kaufen. Die weichen rosafarbenen Kleider hatten eine Brücke zwischen Ashley und Elaine geschlagen, denn ein solches Geschenk war etwas, das auch ihre Mutter ihr gemacht hätte.

Seitdem hatte sie oft über die Möglichkeit nachgedacht, dass ihr Vater Elaine heiraten könnte, und sie hatte ihren Frieden damit gemacht. Trotzdem musste sie ihm zustimmen. Wie könnte er Elaine in das Baxter-Haus bringen? Wie sollte hier Platz für eine neue Liebe sein, wenn das Haus voller jahrzehntelanger Erinnerungen war?

Ashley fühlte einen Knoten in ihrem Magen. „Ich weiß nicht, Papa. Ich meine, Elaine ist doch sehr wichtig für dich geworden."

„Das ist sie." Er verzog das Gesicht. „Deswegen ist es ja so kompliziert."

Ashley war sich immer noch nicht sicher, was sie sagen sollte. „Wie denkt Elaine darüber?"

„Ich sagte ihr, dass wir später miteinander reden würden." Er sah auf die Holzuhr, die an der Wand hing. „Aber ich habe eine Menge zu tun. Das Unkraut beim Teich geht mir schon bis zum Knie und ich muss die Blumenbeete düngen."

„Und das Baumhaus." Sie lächelte.

„Natürlich, das Baumhaus!" Er grinste und legte ein Bein über das andere. „Ich will das nicht verpassen. Cole meinte, er bräuchte die Hilfe eines Opas."

„Ich bin sicher, dass er das braucht." Ashley trank ihren Tee aus und behielt ihre widerstreitenden Gefühle für sich. Sie brauchte mehr Zeit, um über ihren Vater und Elaine nachzudenken. Das war nicht der richtige Moment, um mit dem herauszuplatzen, was sie gerade für die beste Entscheidung hielt. Im Moment fühlte es sich einfach nur gut an, zu glauben, dass sich nichts ändern würde. Der Platz ihres Vaters in dem Baxter-Haus, die vertrauten Erinnerungen an ihre Mutter, die sie hier umgaben, alle Feiertage und Geburtstage und Familientreffen, die vor ihnen lagen, ohne die Veränderung, die durch jemand eintreten würde, der neu dazukam.

Sie und ihr Vater standen gleichzeitig vom Tisch auf. „Was meine Entscheidung wegen Elaine betrifft ..." Er lächelte sie an, doch nicht genug, um die Traurigkeit in seinen Augen zu vertreiben. „Letztendlich denke ich, dass jeder so glücklicher ist."

Ashley dachte immer noch über seine Worte nach, als sie nach oben in ihr altes Zimmer ging, von dessen Fenster aus man in den Garten des Baxter-Hauses hineinblicken konnte. Es wäre ein guter Tag, um draußen zu malen, doch sie musste zuerst das Bild skizzieren. Sie setzte sich und zog das Bild von Cole aus der Hülle, die sie mitgebracht hatte.

Sie hörte die stille, feine Stimme Gottes jedes Mal, wenn sie das Bild betrachtete. Als sie vor Sarahs Geburt gebetet hatte, hatte sie sich mit einer Bibelstelle beschäftigt, in der es darum ging, dass Gott im leisen Säuseln zu finden sei. Am Tag von Sarahs Geburt und Tod war dann

Cole zu ihr gekommen und hatte ihr etwas zugeflüstert. Er hatte ihr erzählt, dass Jesus ihm ein Bild geschenkt hatte.

Ashley lächelte bei der Erinnerung daran. Das war ein Hinweis, dass ihr Sohn die kostbaren Momente des Lebens möglicherweise so sah wie sie selbst – dass sie es wert waren, festgehalten und eingerahmt zu werden.

Dann hatte er ihr dieses Bild geschenkt. Als Überschrift hatte er darüber geschrieben: *Ich liebe dich, Sarah. Sag Oma viele Grüße von mir.* Darunter hatte er ein Bild gemalt von einer älteren Frau, die über das ganze Gesicht strahlte. In ihren Armen lag ein winziges kleines Baby, das in eine rosa-weiß gestreifte Decke gehüllt war. Cole sagte dazu, Gott hätte ihm erklärt, dass Sarah bei ihrer Oma sein würde.

Es war dieses Bild, das Ashley vor allen anderen malen musste, während die Details von Sarahs kostbarem kleinem Gesicht noch so deutlich in ihrem Herzen waren.

Sie befestigte Coles Bild vorsichtig an einem Brett neben ihrer Staffelei. *Okay, Gott, bitte hilf mir, dass diese Bilder lebendig werden.* Sie schloss ihre Augen, lehnte den Kopf zurück und atmete tief durch. In einiger Entfernung verbrannte jemand einen Haufen Laub. Der Rauch hing in der Luft und vermischte sich mit dem vertrauten Geruch ihrer Farben. Sie öffnete die Augen und starrte aus dem Fenster. Am Himmel hatten sich Wolken gebildet, doch nicht zu viele, als dass sie die Sonne verdeckt oder Coles und Landons Bauprojekt gefährdet hätten.

Noch einmal studierte sie Coles Bild, wobei die einfachen, kindlichen Bilder zu den sehr realen Gesichtern ihrer Tochter und ihrer Mutter wurden. Mit einem feinen Kohlestift begann sie zu skizzieren. Zuerst das Gesicht ihrer Mutter, dann ihr dunkles Haar und ihre schmalen, geraden Schultern. Die Kante des Schaukelstuhls aus dunklem Walnussholz.

Sie zeichnete so viele Einzelheiten wie möglich, bevor sie sich dem Hintergrund zuwandte, vor dem der Schaukelstuhl ihrer Mutter stehen sollte, wenn das Bild vollendet war. Ein Feld wäre das Beste, denn so stellte sich Ashley den Himmel vor. Ein noch schönerer Hintergrund, als man ihn hier auf der Erde finden konnte, mit Feldern voll saftigem Grün und Blumen, die in jeder nur möglichen Farbe erstrahlten. Wenn ihr der Hintergrund so gelang, würde dies hier das schönste Bild werden, das Ashley je gemalt hatte. Ein Schaukelstuhl inmitten von wunderschönen Petunien und Mohnblumen und Stiefmütterchen, ihre Mutter und ihre Tochter umgeben von jeder nur erdenklichen Sorte von Blumen und dem lebendigen Grün der Pflanzen. Sie liebte die Vorstellung. Es würde dort auf jeden Fall Blumen geben, denn der Himmel war …

Der Himmel war …

Langsam, fast wie in Zeitlupe, ließ sie ihre Hand in den Schoß sinken und starrte auf die Leinwand. Seit dem Tod ihrer Mutter waren mehr als drei Jahre vergangen. Sie war jetzt im Himmel … nicht mehr hier.

Ashley stand auf und trat an das Fenster. Sie ließ sich auf der Kante der Fensterbank nieder und schaute hinaus. Ein anderes Bild begann vor ihren Augen Konturen anzunehmen. Die liebe Irvel, die ihre letzten Lebensjahre im Pflegeheim Sunset Hills verbracht hatte und mit jedem Atemzug fest davon überzeugt gewesen war, dass ihr geliebter Hank nicht seit mehr als einem Jahrzehnt tot war, sondern nur unterwegs, um mit den Jungs zu fischen.

Alzheimer war eine schreckliche, heimtückische Krankheit. Doch in mancher Hinsicht war es für Irvel ein Segen gewesen, denn die Krankheit hatte ihr erlaubt, in der Zeit zu leben, in der sie am glücklichsten gewesen war. In der Vergangenheit, in ihren Erinnerungen an Hank.

Ashley blinzelte, als das Bild verschwand.

Was war mit ihrem Vater? Sein Gedächtnis war schärfer als je zuvor, er konnte sich in allen Einzelheiten an ihre Mutter erinnern. Doch ebenso gewiss wusste er, dass sie niemals wieder durch die Haustür treten würde. Wenn er sich entschied, die Erinnerungen wichtiger zu nehmen als das Leben, das Gott ihm heute schenkte, würde ihr Vater sich selbst und Elaine um unzählige Jahre voller Freude und Lachen betrügen. Jahre, in denen sie das Hier und Jetzt feiern könnten.

Ganz egal, welche Veränderungen das mit sich bringen würde.

Sie ging zurück zu ihrer Staffelei, legte den Kohlestift auf den Tisch zu ihren Farben und eilte nach unten. Wenn ihr Vater Elaine heiratete, würde die Hochzeit schön und zugleich voller Wehmut sein. Vielleicht würde sie die ganze Zeit weinen müssen. Doch sie würde Elaine als neue Frau ihres Vaters willkommen heißen und Ashley wollte sichergehen, dass sie ihrem Vater das deutlich genug signalisierte. Am besten, bevor sich ihr Vater weiterhin einredete, dass er alle Gefühle für diese Frau verleugnen sollte.

Sie fand ihn draußen beim Gartenteich. Er trug seine alten Jeans und ein Baumwollshirt, einen Strohhut und Arbeitshandschuhe. Er hatte schon fast die Hälfte des Unkrauts beseitigt. Sie blieb stehen und sah ihm zu. Wollte er so den Rest seines Lebens verbringen? Am Haus und im Garten herumbasteln und langweilige Dinge tun, während er sehnsüchtig auf Einladungen von seinen Kindern und Enkelkindern wartete?

Diese Vorstellung fand Ashley furchtbar. Ihr Vater liebte es, sich mit anderen zu treffen oder auszugehen, er führte gerne interessante Gespräche und liebte das Leben. Natürlich sollte er die Chance haben, sein Leben mit einer Frau zu teilen, die die gleichen Interessen hatte wie er. Ashley ging zu ihm hinüber, wobei sie sorgfältig darauf achtete, auf dem Weg zu bleiben. Sie wollte keinen verstauchten Knöchel riskieren.

Er sah auf und legte eine Hand über die Augen, um sie von der Sonne abzuschirmen. „Alles in Ordnung?"

„Nein." Ashley ließ ihre Hände sinken. „Kannst du mal für eine Minute kommen?"

Ihr Vater legte seine Schaufel zur Seite, klopfte sich die Hände ab und zog die Handschuhe aus. „Bist du krank?"

Sie lächelte. Wärme und Zuneigung standen in ihren Augen. „Nein, das ist es nicht."

Sein Gesichtsausdruck entspannte sich. Er folgte ihr durch die Tür ins Haus, die in das große Esszimmer führte, wo er die Alben ausgebreitet hatte – sechs Exemplare, für jedes seiner erwachsenen Kinder eines.

„Hey, sieh mal an." Ashley besah sich die Ausmaße dieses Projektes. „Du bist wirklich dabei, die Alben zu machen."

„Das solltest du eigentlich gar nicht sehen." Er lachte. „Natürlich warst du die Erste, die mich darum gebeten hatte."

Die Alben würden ein ganzes Leben voller Weisheit enthalten, die Worte ihrer Mutter in einer Sammlung zusammengefasst. Es würde kein kostbareres Geschenk für sie geben, wenn ihr Vater die Alben zusammenkopiert hatte. Ashley besah sich den Stapel der kopierten Briefe und dann – um sich von nichts ablenken zu lassen – wandte sie diesem Projekt ihren Rücken zu. Sie konzentrierte sich auf das, was sie sagen wollte, und griff nach der Hand ihres Vaters. „Ich konnte nicht eine Minute mehr verstreichen lassen, ohne dir etwas zu sagen."

Sein Lächeln berührte ihr Herz zutiefst, ein Lächeln, das ihr sagte, dass er sie liebte und sie achtete, so wie er es immer getan hatte. „Das muss wichtig sein."

„Das ist es." Sie schob den Gedanken beiseite, was sein würde, wenn ihre Mutter noch lebte. „Okay ... es geht um Elaine. Ich glaube, du machst einen Fehler, wenn du sie gehen lässt."

Es dauerte ein paar Sekunden, bis ihr Vater begriff, was sie sagen wollte. „Du meinst, ich sollte sie weiterhin treffen?"

„Mehr als das." Ashleys Stimme war leise, doch entschlossen. „Ich glaube, du solltest sie heiraten." Sie griff auch noch nach seiner anderen Hand. „Mama ist nicht mehr da." Tränen stiegen in ihre Augen und erstickten ihre Stimme. „Wir wünschen uns alle, dass sie noch hier wäre, doch das ist sie nicht. Sie ... sie würde nicht wollen, dass du hier in dem Haus herumläufst, als wäre es ein Museum." Sie lächelte und ihr Kinn zitterte dabei. „Mama hätte gewollt, dass du lebst. Auch wenn das bedeutet, dass du noch einmal heiratest."

Johns Augen wurden immer größer und sein Erstaunen stand ihm ins Gesicht geschrieben.

Ashley bemerkte, dass sie so sehr zitterte, dass ihre Knie gegeneinanderstießen. Sie hatte einen großen Schritt gemacht und ihren Segen zu etwas gegeben, das sie sich früher nie hätte vorstellen können, geschweige denn, dass sie es unterstützt hätte. Sie stieß den Atem aus. „Das wollte ich sagen." Die Tränen liefen über ihre Wangen, als sie sich ihrem Vater in die Arme warf und ihn festhielt. „Ich vermisse sie so. So sehr. Ich kann es immer noch nicht glauben, dass sie wirklich gegangen ist."

Sie blieben lange so stehen. Ashley fühlte sich wie damals in ihrer Teenagerzeit, als ihr Vater der Einzige gewesen war, der sie wirklich verstanden hatte, der Einzige, der ihren Schmerz und ihre Verwirrung durch eine Umarmung vertreiben konnte. Sie klammerte sich an ihn und war überrascht, dass sie schluchzen musste. Sie hätte sich immer noch am liebsten umgedreht und ihre Mutter am Esszimmertisch gesehen, wie sie ihr lächelnd versicherte, dass sie doch gar nicht gegangen sei.

Aber das war sie.

Ashley lehnte ihren Kopf an die Schulter ihres Vaters. Nachdem ihre Mutter gestorben war, hatten andere ihr versichert, dass die Zeit den

Schmerz heilen würde. Doch das war nicht geschehen und Ashley war sich auch sicher, dass es nie geschehen würde. Sie würden mit dem Verlust von Elizabeth Baxter für den Rest ihres Lebens zurechtkommen müssen, so wie es vielleicht von ihnen erwartet wurde. Erst wenn sie eines Tages alle im Himmel sein würden, würde sie sich dort so vollständig fühlen, wie es nur in der Ewigkeit möglich war. Doch jetzt … jetzt mussten sie ihr Leben leben – besonders ihr Vater.

Sie schniefte und trat einen Schritt zurück. „Okay, Papa? Bitte werde nicht wegen uns zum Einsiedler."

Fragen und Unsicherheit und eine Spur Tränen glänzten in seinen Augen. Er griff wieder nach Ashleys Händen. „Ich bin mir nicht sicher … ich will sie nicht zurücklassen."

Ashley ließ eine seiner Hände los und suchte nach den richtigen Worten. „Das musst du auch nicht. Elaine hat sie doch auch geliebt. Erinnerst du dich?" Sie konnte kaum glauben, dass sie ihren Vater davon zu überzeugen versuchte, seine Beziehung zu Elaine zu vertiefen, wenn er gleichzeitig bereit war, diese Freundschaft aufzugeben. Doch es war richtig, davon war Ashley aus tiefstem Herzen überzeugt. Sie stellte sich auf die Zehenspitzen und küsste ihren Vater auf die Wange. „Lebe dein Leben. Das hätte Mama so gewollt. Jetzt …" Sie lächelte ihn noch einmal an und schaute dann zur Treppe. „… habe ich noch zu malen."

Erst eine Stunde später, als sie mit den Vorabskizzen für ihr Bild fertig war, ließ sie ihre Gedanken wieder zu den Alben wandern, die ihr Vater zusammenstellte. Natürlich würde jedes davon die gleichen Briefe enthalten. Wie beispielsweise den, den ihre Mutter für ihre Kinder mit den zehn Ratschlägen für eine glückliche Ehe geschrieben hatte. Doch vielleicht gab es auch Briefe, die sich nur an ihre Töchter richteten oder an speziell den einen oder anderen von ihnen. Zum Beispiel hatte ihre Mutter – bevor auch nur einer von ihnen etwas von Dayne geahnt hatte – einen sehr berührenden Brief geschrieben, der nur an ihr erstgeborenes Kind gerichtet war …

Ashley schnappte nach Luft. Warum hatte sie nicht mehr daran gedacht? Ihre Mutter hatte einen ganz besonderen Brief für Dayne geschrieben. Da er nicht bei ihr aufgewachsen war, war der Brief einer der wenigen Dinge, die Dayne von ihr haben würde. Ashley hatte den Brief in der Kiste im Kleiderschrank ihrer Eltern gefunden und geglaubt, er sei für Brooke bestimmt, die Tochter, von der sie damals alle geglaubt hatten, dass sie die Erstgeborene sei. Stattdessen hatte Ashley während des Lesens festgestellt, dass er an einen Sohn gerichtet war, einen Bruder, den sie niemals kennengelernt hatten.

Dieser Brief hatte alles verändert, doch bis jetzt war es Ashley nicht bewusst geworden, dass die kostbaren Worte ihrer Mutter immer noch in dem Umschlag steckten. Sie hatte den Brief ihrem Vater zurückgegeben und gesehen, dass er ihn auf das Regal über seinem Computertisch gelegt hatte. Sie hatte gewusst, dass ihr Vater diesen Brief eines Tages an ihren Bruder weitergeben würde, doch es hatte Monate gedauert, ihn zu finden. Währenddessen hatte sie den Brief völlig vergessen. Vielleicht hatte ihr Vater ihn ebenfalls vergessen.

Als sie ihre Aufmerksamkeit wieder ihrem Bild zuwandte, blieb ihr nur ein tröstlicher Gedanke. Dayne hätte diesen Brief schon vor Jahren bekommen sollen, doch vielleicht wusste Gott es besser. Vielleicht war es entscheidend, dass Dayne ihn erhielt, wenn er die Worte seiner Mutter mehr als je zuvor brauchte. Ashley dachte darüber nach. Vielleicht war das ein Teil des Wunders, das Ashley für Katy und Dayne erbat. Vielleicht würden die einfühlsamen Worte ihrer Mutter, die Liebe, die darin deutlich wurde, und die Unterstützung für Dayne ihm jetzt mehr bedeuten als früher.

Jetzt, in dieser Zeit, da fast die ganze Welt gegen ihn zu sein schien.

Kapitel 12

Katys und Daynes Abschied überrollte sie wie die letzte Szene eines Kinofilmes, von der sie hofften, dass sie nie zu Ende gehen würde. Katy war beeindruckt, wie Dayne mit der Flutwelle der Aufmerksamkeit umging, die seit der Premiere über ihnen zusammengeschwappt war. *But Then Again No* spielte mehr Einnahmen ein als jeder andere Film, den er bisher gemacht hatte. Deswegen und wegen der wöchentlichen Episoden von *For Real* waren die Namen von Katy und Dayne in aller Munde in einer Stadt, in der sie unter ständiger Beobachtung lebten.

Dayne hatte nur zugestimmt, die Interviews zu geben, die sein Agent unbedingt für notwendig hielt. Einige fanden in Los Angeles statt, doch für die meisten war eine kurze Reise nach New York City notwendig. Dayne sorgte stets dafür, dass Katy an seiner Seite war, dass sie sich der Welt als Einheit präsentierten, was auch – wie die beiden nicht müde wurden zu wiederholen – der Realität entsprach.

Dennoch war das alles eine große Belastung. Ihre Beziehung stand momentan so sehr im Fokus der Öffentlichkeit, dass jede Zeit, die sie für sich hatten, gezwungen und unnatürlich erschien. Manchmal, wenn sie auf der Veranda ihres Hauses in Malibu saßen und sich unterhielten, hatte Katy das Gefühl, als wäre die Kamera mit dabei und sie würden nichts als Plattitüden und leere Worte austauschen.

Dayne hatte sie daran erinnert, dass ganz oben auf der Liste ihrer Gegner der größte Feind von allen stand. Der Teufel hatte mit Sicherheit kein Interesse daran, dass ihre Beziehung gelang, zumal sie sich jetzt öffentlich als Christen bekannten, die versuchten, ihr Leben nach Gottes Werten auszurichten. Katy war sich dessen bewusst, doch dieses Wissen ließ sie die tägliche Aufmerksamkeit der Öffentlichkeit nicht gerade leichter ertragen.

Jetzt war die Zeit gekommen, dass sie getrennte Wege gehen mussten. Es war kurz nach Mitternacht am zweiten Freitag im Oktober. Katy musste früh am nächsten Morgen fliegen. Sie hatte nicht vor, zu schlafen. Im Flugzeug würde mehr als genug Zeit dafür sein.

„Ich denke, die Luft ist rein." Dayne war draußen auf der dunklen Terrasse gewesen und trat nun in die Küche. Auch hier drinnen waren die Lichter aus. Sie versuchten, den Paparazzi eine einfache Botschaft zu übermitteln: Katy und Dayne schlafen, also packt euer Zeug und geht nach Hause.

Katy saß am Küchentisch und trank Eistee, während sie in die Dunkelheit starrte und noch einmal überlegte, ob sie alles eingepackt hatte. Sie spürte, dass Dayne hinter sie trat, fühlte seine Hand auf ihrer Schulter. Sie legte ihre Hand über seine. „Ich kann nicht glauben, dass wir bis Weihnachten getrennt sein werden."

„Zehn Wochen." Dayne seufzte. „Bist du bereit?"

„Fertig mit Packen, meinst du? Ja." Sie stand auf und sah ihn an. Ihr Herz klopfte heftig. Im Schatten der Dunkelheit erkannte sie die Angst in seinen Augen.

„Ich meine eigentlich, bereit zum Reden." Er sah über seine Schulter. „Ich habe seit einer Stunde keinerlei Bewegung mehr da draußen gesehen."

Sie nickte und ließ ihren Kopf gegen seine Brust sinken. „Ich bin bereit."

Sie hatten schon vor einigen Tagen beschlossen, dass sie heute Abend spazieren gehen wollten. Der Strand war so einladend, so friedlich. Es war so traurig, den Sand direkt vor der Haustür zu haben und ihn niemals mit bloßen Füßen zu spüren. Dayne nahm ihre Hand und führte sie sanft ihre Treppe hinunter, hinaus zu dem Holzsteg. Die späte Uhrzeit, das Gefühl ihrer Hand in seiner und der sanfte Wind auf ihrem Gesicht erinnerten sie an ihre letzte Nacht auf dem See in Bloomington.

Doch das hier war kein romantischer Mondscheinspaziergang. Es war ihre Chance, sich an dem festzuhalten, was gut und richtig und authentisch war an ihrem Glauben und ihrer Beziehung. Es war ihre Möglichkeit, Gott darum zu bitten, dass das alles noch da sein würde, wenn die nächsten zehn Wochen vorüber waren. Es fühlte sich nicht nach Abenteuer an oder nach Überraschung oder nach Gänsehaut. Sie spürten nur Erschöpfung und die Gewissheit, dass ihnen harte Zeiten bevorstanden. Sie würden es nicht schaffen, unbeschadet in den sicheren Hafen ihrer Ehe und in die Arme des anderen zurückzukehren, wenn sie nicht täglich den Kontakt zu Gott und zueinander suchten.

Beinahe eine Minute lang verharrten sie und warteten. Dayne kannte die Stellen, an denen sich die Fotografen normalerweise versteckten. Er musterte jedes Versteck aufmerksam, bevor er den Kopf schüttelte. „Sie sind weg. Wir sind allein."

Der Strand war menschenleer, soweit sie es überblicken konnten, obwohl sich Katy sicher war, dass hinter der nächsten Biegung die üblichen Lagerfeuer und Surfer waren, die dort gerne campierten. Doch ihretwegen mussten sie sich keine Sorgen machen, denn sie kamen wegen der Wellen, nicht wegen der Hollywoodstars.

Dayne übernahm wieder die Führung und ging mit raschen Schritten, bis sie den festen, nassen Sand erreichten. „Nach Norden?"

„Ja. Norden ist gut." Katy blieb an seiner Seite. Sie trugen beide Shorts und langärmelige Shirts. Die Nachtluft war kühl und feucht, doch nach dem Abend, den sie im Haus verbracht hatten, fühlte es sich wunderbar an.

Sie gingen schweigend weiter und das Geräusch der Wellen, die an den Strand rollten, bildete den einzigen Hintergrund für ihre Gedanken. In nördlicher Richtung kamen sie an einigen anderen großen Häusern vorbei und entfernten sich von den öffentlich zugänglichen Strandabschnitten. Sobald sie ihren eigenen Strandabschnitt verlassen hatten, würde niemand sie von anderen Pärchen unterscheiden können.

Sie gingen eine Weile, bevor Katy sich bewusst wurde, wie wunderbar sich Daynes Finger anfühlten, die mit ihren eigenen Fingern verwoben waren. „Ich liebe dich."

„Ich liebe dich auch." Er lächelte sie an. Seine Gesichtszüge sahen energisch und stark aus im Licht, das die Wellen reflektierte. Sogar hier sah er so gut aus, dass es ihr den Atem nahm. Amerikas Goldjunge.

Katy wandte ihre Aufmerksamkeit wieder dem Strand zu, der sich vor ihnen erstreckte. Sie verstand, warum die Öffentlichkeit nach jeder kleinsten Information über ihn lechzte, doch wo würde das alles enden? Sie atmete ein und spürte, wie die salzige Luft ihre Lungen füllte. „Eines Tages, nicht wahr?"

„Hmmmm?" Sie waren inzwischen weit genug von ihrem Haus entfernt. Dayne blieb stehen und wandte sich zu ihr um. Er griff nach ihrer anderen Hand und suchte ihre Augen. „Eines Tages?"

„Dann wird dieser ganze Wahnsinn hier vorbei sein, nicht wahr?" Sie spürte die Tränen in ihren Augen. „Wenn wir uns aus dem Rampenlicht verabschieden und für immer nach Bloomington zurückkehren."

Bedauern trat auf sein Gesicht. Er legte seine Hände um ihre Taille und zog sie an sich. „Ich habe in tausend verschiedenen Varianten darüber nachgedacht. Wir sind diese Verpflichtungen eingegangen." Er legte seinen Kopf zärtlich an ihren. „Wir müssen sie erfüllen."

„Ich weiß." Katy hielt ihn fest, als wolle sie ihn nie wieder loslassen. „Ich glaube, ich bete einfach dafür, dass es irgendwann geschehen wird." Sie hob ihr Kinn und begegnete seinem Blick. „Und dass es nicht nur ein schöner Traum bleibt. Ein Jahr folgt dem nächsten und ein Film dem anderen, und immer warten wir darauf, dass wir eines Tages frei sein werden."

Dayne sah aus, als hätte sie ihn direkt ins Herz getroffen. „Katy ..." Er legte seine Hände auf ihre Schultern. „Das ist nicht für immer, dieses Filmleben, das wir haben. Es wird vorübergehen. Das verspreche ich dir."

„Vielleicht." Sie versuchte zu lächeln, doch die Traurigkeit lastete zu schwer auf ihr. „Du musst nach diesem Film noch zwei weitere machen und es wird immer das Gleiche sein. Öffentlichkeit und Paparazzi, Berichte und Menschen, die von allen Seiten an dir zerren." Sie zuckte die Schultern. „Warum sollte ich zu Hause in Indiana herumsitzen und auf dich warten? Ich kann genauso gut selber Filme machen." Sie wandte dem Meer den Rücken zu. An ihren bloßen Beinen spürte sie die feine Gischt der sich brechenden Wellen.

Ein niedergeschlagener Ausdruck trat in Daynes Augen, als er seinen Kopf ein paar Mal langsam schüttelte. „Denk nicht so darüber. Wir werden einen Ausweg finden. Niemand bleibt für immer in den Schlagzeilen."

„Außer dir vielleicht." Katy legte ihre Hände auf seinem Brustkorb. „Dayne Matthews, Amerikas Herzensbrecher!"

Dayne schien etwas erwidern zu wollen, doch stattdessen löste er sich von ihr und trat ein paar Schritte näher ans Wasser. „Das klingt wie ein Todesurteil, wenn du es so sagst."

„Nein." Sie trat neben ihn und blickte wie er auf den Ozean hinaus. „Ich wusste, worauf ich mich eingelassen habe, als ich dich heiratete. Ich hatte nur keine Ahnung, dass es so viele Menschen sein würden. Die letzte Sendung von *For Real* ..." Sie seufzte und pfiff leise. „Sie machen wirklich Ernst."

Er sagte nichts, doch sie spürte, dass sich sein Körper anspannte. Sofort bereute sie ihre Worte. Die Sendungen waren von Woche zu Woche schlimmer geworden. Es wurde angedeutet, dass Katy und Dayne unaufhörlich gegeneinander kämpfen würden und dass alle Harmonie nur Schauspielerei sei. „Liebe Zuschauer, Sie wissen, dass Sie in Hollywood sind", hatte der Sprecher in der letzten Woche erklärt, „sobald ein Schauspielerpärchen Sie auf der Leinwand davon überzeugen kann, dass es die große Liebe ist. Besonders ein Paar, das in solchen Schwierigkeiten steckt."

Die Zeitschriften waren nicht besser. Die Schlagzeilen prophezeiten einen Neuanfang zwischen Randi Wells und Dayne am Strand von Mexiko. Katy hatte inzwischen so viele „Ärger im Paradies"-Schlagzeilen gesehen, dass sie kaum mehr hinschaute. Vielleicht war das die beste Wahl überhaupt.

Dayne trat einen weiteren Schritt vor und verschränkte die Arme.

Katy hatte ihn nicht ärgern wollen. Sie legte ihre Arme um seine Taille und verschränkte die Hände auf seiner Hüfte. „Es tut mir leid." Sie küsste seine Wange. „Es ist nicht dein Fehler."

„Nein." Er entspannte in ihrer Umarmung, doch er blickte weiter auf das Wasser hinaus. „Du wirst weitere Filme machen … und ich auch. Und wir werden *eines Tages* nie erreichen?"

„Es scheint im Moment alles ziemlich weit weg zu sein." Sie ging einige Schritte um ihn herum. „Hey … sieh mich an."

Enttäuschung und Ärger standen in den feinen Linien um seine Augenwinkel herum geschrieben. Doch nach ein paar Augenblicken sah er ihr in die Augen. „Ich denke immer noch an Ashley und Landon, wie sie sich an jenem Tag im Krankenhaus aneinander festhielten. Sie hatten jeden Grund, auf Gott oder auf die Situation wütend zu sein oder auf die Familienmitglieder, die an ihrer Entscheidung gezweifelt haben."

Katy lehnte sich an ihn und konnte seinen Herzschlag spüren. „Doch das waren sie nicht."

„Ich habe mich heute Abend an etwas erinnert." Wieder sah er auf das Wasser hinaus. „‚Betrachtet es als Grund zur Freude …'"

Katy schloss die Augen und zittierte den Bibelvers aus dem Jakobusbrief aus dem Gedächtnis. „‚… wenn euer Glaube immer wieder hart auf die Probe gestellt wird …'"

„‚… denn durch solche Bewährungsproben wird euer Glaube fest und unerschütterlich.'" Daynes Stimme war ruhig, voll tiefer Gefühle.

„‚Bis zuletzt sollt ihr so unerschütterlich festbleiben, damit ihr in jeder Beziehung zu reifen Christen werdet und niemand euch etwas vorwerfen kann oder etwas an euch zu bemängeln hat.'"

„Ganz genau." Dayne holte tief Luft. „Das waren Ashley und Landon an jenem Tag – ein Bild des Glaubens, der die Bewährungsprobe erkennt. Ihr kleines Mädchen starb mit jedem Herzschlag etwas mehr, doch sie lächelten." Er kniff die Augen zusammen, tief bewegt von der Erinnerung. „Sie liebten die kleine Sarah und freuten sich an ihr. Sogar unter den schlimmsten Umständen."

Katy spürte, wie ein leises Schuldgefühl an die Tiefen ihrer Seele rührte. Sie trat zurück und ließ ihre Hände langsam sinken. „Also glaubst du, wenn sie mit diesem großen Schmerz umgehen können ..."

„Dann sollten wir in der Lage sein, hiermit umgehen zu können?" Er zog sie in die Arme und hielt sie fest. „Ja. Das denke ich."

Sehr lange sagte niemand von ihnen ein Wort.

Die Minuten verstrichen, während diese Erkenntnis langsam in Katys betrübte Seele einsickerte. Warum war sie so kurzsichtig gewesen, so gefangen in dem Gedanken, wie schlimm ihre eigene Situation war? Ihre Probleme waren so leicht im Gegensatz zu Ashleys. Katy ärgerte sich über sich selbst.

Dayne hatte recht und Katy wusste nicht, warum sie das vorher nicht gesehen hatte. Was auch immer ihnen bevorstand, würde längst nicht so schlimm sein wie der Schmerz, ein Kind zu verlieren. Die Tage würden lang erscheinen und die Trennung schmerzhaft, doch sie und Dayne verdienten Millionen damit, dass sie Filme drehten und dabei von vorne bis hinten bedient wurden. Sie wurden von Tausenden Fans angehimmelt, ungeachtet der Schlagzeilen in den Zeitschriften oder der Zielscheiben auf ihrem Rücken.

Scham überflutete sie. Plötzlich brauchte sie Abstand von Dayne, sie musste diese neue Erkenntnis mit Gott allein besprechen.

Katy wandte sich um, ging langsam zum Wasser und spürte den feinen weißen Sand unter ihren Füßen. Sie schaute über das Meer bis hin zum grauschattigen Horizont. *Gott, ich war so beschäftigt ... als ob ich die einzige Person in der Welt wäre, die Probleme hat. Wie konnte ich so selbstsüchtig sein?* Sie dachte an Ashley und Landon und den Moment, als ihr Baby in ihren Armen starb. Sie ließ ihren Kopf hängen. *Es tut mir so leid, Herr. Vergib mir.*

Sie hörte nicht, dass Dayne hinter sie trat, doch sie spürte ihn. Bevor er sie berührte, fühlte sie seinen warmen Atem in ihrem Nacken.

Seine Hände umfassten ihre Taille. Plötzlich sehnte sie sich grenzenlos nach seinem Kuss, seiner Umarmung. Sie trat dichter an ihn heran und hob ihren Mund, seinem entgegen. Schnell wurde ihre Zärtlichkeit zu einer Leidenschaft, die sie beide atemlos zurückließ. „Es tut mir leid." Ihre Augen suchten seine und sie sah darin das Verständnis, das sie sich erhofft hatte. „Ich hatte eine viel zu negative Einstellung, Dayne."

Daynes Lächeln wurde breiter. Schließlich strahlte er über das ganze Gesicht. „Dafür habe ich gebetet. Du und ich am Strand, wie wir unsere letzte gemeinsame Nacht feiern – und uns nicht streiten." Er warf seinen Kopf zurück und rief mit lauter Stimme, die sich mit dem Klatschen der Brandung vermischte: „Danke, Gott!"

Sie lachten gemeinsam, etwas, das sie in letzter Zeit nicht oft getan hatten. Dann gingen sie Hand in Hand zurück zu ihrem Haus, wie befreit von ihrer Sorgenlast, die sie beide niedergedrückt hatte, seitdem sie Bloomington verlassen hatten. Unterwegs blieben sie alle paar Meter stehen, um sich zu küssen und sich zu versprechen, dass sie einander anrufen und füreinander beten und sich immer an den Bibelvers über die Freude erinnern würden. Es dauerte eine halbe Stunde, bis sie ihr Haus erreichten. Katy hatte das Gefühl, dass sie eine zweite Chance bekommen hatten – nicht nur, um die kommenden Monate zu überleben, sondern um sie auch zu genießen.

Am Fuß ihrer Treppe, die zum Strand führte, zog Dayne sie erneut an sich. „Ich werde dich mit jedem Atemzug vermissen."

„Wenn du deine Augen schließt …" Sie berührte seinen Mund mit ihren Lippen. „… dann werde ich da sein. Immer."

Und damit betraten sie das dunkle Haus und gingen nach oben ins Schlafzimmer, das einen atemberaubenden Ausblick über den Pazifik bot. Sie nahmen sich viel Zeit, um gemeinsam zu beten und Gott zu bitten, dass er sie beschützen und bewahren würde und dass die Zeit schnell verging, bis sie wieder zusammen sein konnten. Dann fanden sie ihren Weg zurück in die Arme des anderen und während das Meer seine leise Melodie spielte, freuten sie sich an Gott und aneinander.

Kapitel 13

Die gemeinsamen Mahlzeiten zwischen Kari, Ashley und Brooke und ihren Familien fanden jetzt häufiger statt, und das nicht nur, wenn ihr Vater sie in das Baxter-Haus einlud. Trotz der vielen kleinen Kinder und der Veränderungen, die im Leben ihres Vaters stattfanden, war Brooke sehr dankbar, dass sie sich alle die Zeit füreinander nahmen.

Denn wenn sie sich trafen – wie an diesem Samstagabend im Oktober –, war die Liebe, die das Haus von Kari und Ryan erfüllte, etwas, das Brooke und ihre Schwestern und Ehemänner sehr wertschätzten. Es war die Art Liebe, für die die Baxter-Familie immer schon bekannt gewesen war. Eine Liebe, die an die nächste Generation weitergegeben wurde.

Das Abendessen war vorüber. Die drei Ehepaare saßen im Wohnzimmer, wo sie Kaffee tranken. Kari hielt die schlafende Annie im Arm, Ryan saß neben ihr.

„Sie ist ein Papa-Mädchen." Ryan berührte das niedliche Kinn seiner Tochter. „Doch sie wird viel zu schnell groß."

Brooke warf einen verstohlenen Blick auf Ashley, doch ihre Schwester lächelte nur über die Bemerkung. Ashley schien keine Eifersucht wegen der kleinen Anne Elizabeth zu empfinden. Die Gegenwart des Babys musste eine ständige Erinnerung an ihren eigenen Verlust sein, doch Ashley ließ es sich nie anmerken.

„Sie ist wirklich wunderschön." Ashleys Hand lag auf Landons Knie, doch jetzt stand sie auf und durchquerte den Raum. Für ein paar Sekunden bewunderte sie das schlafende Baby, dann lächelte sie Kari an. „Sie sieht aus wie Mama."

„Solange sie nicht aussieht wie ich." Ryan grinste erst Ashley und dann die anderen an. „Wir brauchen kein kleines Mädchen, das wie ein Football-Spieler aussieht."

„Obwohl ..." Peter hob den Finger. „Ich habe in *USA Today* gelesen, dass immer mehr Mädchen ein Stipendium bekommen, wenn sie Fußball spielen."

„Irgendwie ..." Ryan beugte sich über seine Tochter und starrte sie an, ganz offensichtlich hingerissen, „... kann ich sie mir nicht beim Kicken vorstellen."

„Du wärst überrascht." Kari sah ihren Mann an und hob eine Augenbraue. „Auch hübsche Mädchen spielen Fußball."

„Jawohl!" Maddie stürmte in den Raum. Sie stemmte die Hände in die Hüften und reckte das Kinn. „Ich bin hübsch und ich spiele Fußball."

„Der Punkt geht an dich." Peter lehnte sich zurück in das Sofa.

„Alles in Ordnung, mein Schatz?" Brooke rutschte auf die Sofakante vor und balancierte ihre Kaffeetasse auf den Knien, als sie ihre älteste Tochter musterte.

„Ehrlich gesagt, nein." Sie warf Ashley einen empörten Blick zu. „Cole hortet alle Buntstifte, obwohl ich ihm erklärt habe, dass nette Jungs mit anderen Kindern teilen."

Ashley wandte sich von Baby Annie ab und machte ein besorgtes Gesicht. „Das ist ein Problem."

„Genau das hab ich ihm auch gesagt." Maddie zuckte kurz mit den Schultern und warf ihren Kopf zurück. „Ich habe ihm gesagt, dass er großen, groooßen Ärger bekommt."

„Sie ist eine alte Petze!", hörte man Coles Stimme aus dem Nebenzimmer.

Brooke versuchte, so wie Kari, Ryan und Peter, ihr Lachen zu unterdrücken.

Ashley wechselte einen Blick mit Landon. Ohne ein weiteres Wort nickte er und stand auf. „Komm mal bitte her, mein Sohn."

Normalerweise gab es immer ein paar Auseinandersetzungen, wenn sie alle beisammen waren. Heute Abend war der Ärger quasi vorprogrammiert gewesen, als sich alle Kinder an ein paar Tischen ausgebreitet hatten, weil sie Herbstbilder malen wollten, um damit das Haus von Opa Baxter zu schmücken. Dennoch liebte Brooke diese Tradition. Seit einigen Jahren schon trafen sich die Enkelkinder in einem der Familienhäuser und malten Bilder von Kürbissen und Erntegarben, von Bäumen mit bunten, roten und orangefarbenen Blättern und großen Truthähnen. Die Bilder wurden dann im Esszimmer des Baxter-Hauses aufgehängt, sodass das Haus für Thanksgiving festlich geschmückt war.

Jetzt allerdings presste Maddie ihre Lippen aufeinander und wartete darauf, dass ihr Cousin in den Raum kam.

Cole trat ein, die Augenbrauen zusammengezogen und die Hände unschuldig ausgebreitet, als könnte er nicht überraschter sein. „Ich male gerade ein Maisfeld. Ich brauche eine Menge Farben dafür, wo liegt also das Problem?"

„Das Problem ist, dass ich versuche, meinen Kürbis auszumalen, aber …"

„Shhhh." Brooke hielt den Finger an den Mund und schüttelte den Kopf, als sie Maddie ansah. „Lass Onkel Landon das regeln."

Maddie schien bereit, eine Diskussion anzufangen, doch dann nickte sie übertrieben artig mit einem Gesichtsausdruck wie ein armes Opfer. „Ja, Mama."

„Wie viele Kinder sind da drüben?" Landon legte seine Hand auf Coles Schulter.

Cole überlegte einen Augenblick und begann, an seinen Fingern abzuzählen. „Ich und Devin, Hayley und Maddie." Ihren Namen sprach er mit besonderer Betonung aus und warf ihr rasch einen abschätzigen Blick zu. „Außerdem Jessie und RJ. Natürlich ist Devin in seinem Laufstall, also zählt er nicht richtig. Das macht fünf Kinder, die gerade malen."

„Wenn du also alle Buntstifte an deinem Platz sammelst, ist das fair gegenüber deinen Cousinen und deinem Cousin?"

Cole lächelte Maddie höhnisch an. „Sie braucht diese ganzen Farben nicht. Sie braucht nur Orange. Kürbisse sind orange."

„Ich habe aber auch einen Himmel und einen Sonnenuntergang auf meinem Bild." Maddie trat ein paar Schritte dichter an Cole heran. „Sonnenuntergänge haben eine Million Farben!"

Die Erwachsenen im Raum nickten, als ob sie dieser Logik nicht widersprechen konnten.

Landon beugte sich herab, sodass sein Gesicht nahe an Coles war. „Wir haben schon früher darüber gesprochen, mein Sohn. Die Menschen in dem Zimmer da drüben sind deine allerbesten Freunde. Die besten Freunde, die du je haben wirst."

Cole sah skeptisch aus. „Besser als Avery aus meiner Klasse?"

„Ja." Landon richtete sich wieder zu seiner vollen Größe auf und wechselte einen Blick mit Ashley. „Sogar besser als Avery."

Brooke verbarg ihr Gesicht an Peters Schulter und lachte in sich hinein. Diese Sprüche, die ihre Kinder von sich gaben …!

Landon war noch nicht fertig. „Wenn du achtzig Jahre alt bist, werden deine Geschwister und deine Cousins und Cousinen immer noch deine besten Freunde sein. Und jetzt gehst du mit Maddie allein in die Küche und ihr beide bleibt dort, bis ihr euch wieder vertragen habt."

Coles Miene verfinsterte sich, doch er wusste, dass es keinen Sinn hatte, zu protestieren. Er nickte Maddie zu. „Komm mit. Wir müssen das klären."

Mit einem letzten hilflosen Blick auf Brooke folgte Maddie Cole. Ihre Stimmen wurden leiser, als sie den Flur entlang in Richtung Küche gingen.

„Sehr gut." Brooke strahlte Landon an. „Ich liebe es, wie dieser Junge dir zuhört."

„Er ist ein guter Junge." Peter lachte. „Maddie hat nur einfach das Talent, seine schlechten Seiten zum Vorschein zu bringen."

„Im Moment." Ashley nahm wieder neben Landon Platz. „Aber eines Tages werden sie wirklich die besten Freunde sein. Alle Kumpel von Cole werden dann überzeugt sein, dass Maddie das süßeste Mädchen der ganzen Schule ist."

„Es ist so lustig ..." Kari sprach leise, weil Annie immer noch schlief. „... sie gemeinsam aufwachsen und zur Schule gehen zu sehen."

Wieder prüfte Brooke Ashleys Gesichtsausdruck, doch das Lächeln ihrer Schwester verschwand nicht.

„Ich wünschte nur, dass auch Erin und Sam und ihre Mädchen hier wären. Papa wäre so glücklich, wenn wir alle an einem Ort wohnen würden."

„Apropos Papa ..." Kari schaute von Ashley zu Brooke. „Hat er mit dir geredet ... wegen Elaine?"

„Er hat mich gestern angerufen." Brooke nahm Peters Hand und sah ihn vielsagend an. „Wir waren nicht wirklich überrascht von dem, was er uns zu sagen hatte."

„Wir haben es auch schon erwartet." Ryan legte seinen Arm um Karis Schultern und lächelte die anderen traurig an. „Ich freue mich für ihn."

Nur Ashley sah verwirrt aus. Sie sah zu Landon. „Hat er uns auch angerufen?"

„Hatte ich dir das nicht erzählt? Tut mir leid, Ash ... ich dachte, ich hätte es dir gesagt." Landon räusperte sich. „Er hat angerufen, um zu sagen, dass er sich wieder mit Elaine trifft und ... dass er darüber nachdenkt, ihr einen Heiratsantrag zu machen."

Ashleys Gesicht zeigte ihre Überraschung. Sie warf in gespielter Entrüstung die Hände in die Luft. „Na großartig! Ich bin die Letzte, die das erfährt."

„Normalerweise bist du die Erste." Kari grinste sie an. „Denk nur daran, dass du von Dayne lange vor uns anderen wusstest."

„Das stimmt." Ashley kicherte. „Ehrlich gesagt wusste ich auch von Papas Plänen schon." Sie zögerte und wurde wieder ernst. „Ich hatte vor ein paar Wochen ein ernsthaftes Gespräch mit ihm."

„Jetzt erzähl mir nicht, dass du ihn dazu überredet hast?" Kari klang genauso glücklich wie überrascht. „Er ist seit seinem und Mamas Hochzeitstag herumgeschlichen wie ein begossener Pudel. Ich habe mich schon gefragt, warum er plötzlich seine Meinung geändert hat."

Ashleys Gesichtsausdruck wurde weich. „Ich konnte den Gedanken nicht ertragen, dass er für die nächsten zwanzig Jahre allein lebt. Das würde Mama nicht wieder zurückbringen."

„Und sie hätte das für ihn auch nicht gewollt." Brookes Stimme klang freundlich und mitfühlend. Noch vor einem Jahr wäre ein solches Gespräch hitzig und voller Emotionen gewesen. Doch inzwischen war genug Zeit vergangen. Die Beziehung zwischen ihrem Vater und Elaine war etwas, mit dem sich inzwischen alle angefreundet hatten.

„Also an diesem Wochenende?" Ashley verschränkte ihre Arme. „Offenbar habt ihr alle vor, die Sache etwas zu beschleunigen?"

„Nein." Ryan lachte. Neben ihm rührte sich Annie in Karis Armen. „Ich glaube nicht, dass er es so eilig hat. Er sagte uns, dass er noch über eine Menge Dinge nachdenken muss."

„Ich denke, er wollte uns nur sagen, dass sie wieder miteinander ausgehen." Peter nickte. „Wir haben ihm versichert, dass wir damit voll und ganz einverstanden sind."

Aus der Küche hörten sie Maddies Gekicher. „Hör auf, Coley." Die beiden Kinder erschienen Hand in Hand im Türrahmen. „Okay, Mama." Maddie setzte ihr süßestes Lächeln auf. „Ich und Coley sind wieder die besten Freunde. Er hört nur nicht auf, mich zu kitzeln."

Cole grinste Landon an. „Mädchen zum Lachen zu bringen, ist die beste Methode, um sich wieder zu vertragen."

Die Männer im Raum stimmten ihm zu.

Brooke zeigte zum Nachbarzimmer. „Okay, ihr könnt wieder zu den anderen gehen."

„Und diesmal darf sie jede Farbe für ihren Sonnenuntergang haben, die sie braucht." Cole wischte mit der Hand über seine Stirn. „Mädchen sind echt anstrengend."

„Da hast du recht." Peters Antwort kam etwas zu schnell. Genauso schnell warf er Brooke einen entschuldigenden Blick zu.

Alle Anwesenden lachten, auch Brooke. Sie konnte ihm nicht böse sein. Stattdessen schaute sie ihn nur an und staunte darüber, wie weit sie seit den Tagen nach Hayleys Unfall gekommen waren, bei dem ihre Tochter beinahe ertrunken wäre. Damals war sie überzeugt gewesen, dass sie und Peter nie wieder einen so unbeschwerten Abend wie heute voller Liebe und Lachen verbringen würden. Aber Gott hatte nicht nur ihre Tochter mit dem Wunder neuen Lebens gesegnet.

Er hatte ihre ganze Familie gesegnet.

* * *

Sie waren immer noch am Lachen, als das Telefon klingelte. Kari saß dem Telefon am nächsten, also reichte sie Annie an Ryan weiter und griff nach dem Hörer. Während sie ein Ohr mit der Hand abschirmte, hielt sie das Telefon an das andere. „Hallo?"

Zuerst hörte sie niemand am anderen Ende. „Klingt so, als hättet ihr alle ziemlich viel Spaß ohne mich." Erins Stimme klang glücklich, als sie lachte. „Hast du die ganze Bande bei dir?"

„Fast alle." Kari wandte sich an die anderen. „Es ist Erin!"

Ein lauter Chor von Begrüßungsrufen schallte durch den Raum.

„Wir haben zusammen gegessen. Jetzt spielen wir Schiedsrichter für die Streitigkeiten der Kinder."

„Ah … das war sonst mein Job!"

„Genau." Kari lachte wieder. Der Lärm bewirkte, dass Annie sich bewegte. Dieses Mal öffnete sie auch die Augen. „Ups. Ich habe das Baby geweckt."

„Da bin ich aber froh, dass ich nicht die einzige Schuldige bin." Erin klang beschwingt und voller Freude. „Also … ich habe eine Frage."

„Okay." Die anderen beruhigten sich. „Willst du, dass ich das Telefon laut stelle?"

„Sicher." Erin klang, als könnte sie kaum noch an sich halten.

Kari drückte den Lautsprecher-Knopf und stellte das Telefon dann auf den Tisch. „Du bist laut gestellt."

„In Ordnung, ich habe eine Frage." Erin zögerte. „Wenn ihr nächstes Jahr diese großen Essenspartys habt, könntet ihr dann noch einen weiteren Kindertisch aufstellen?"

Kari schaute erst Ashley an, dann Brooke. „Was heißt das? Wir sind alle gespannt wie ein Flitzebogen."

„Das heißt ..." Erins Stimme überschlug sich fast. „Sam wird in das Büro nach Indianapolis versetzt – zum 1. Juni nächsten Jahres!"

Sie hatte kaum ausgesprochen, als alle schon in lauten Jubel und Begeisterungsrufe ausbrachen. Ashley und Brooke sprangen auf und rannten zum Tisch, damit sie näher am Telefon waren.

„Ist das dein Ernst?" Ashley beugte sich über den Tisch. „Darüber solltest du besser keine Witze machen."

„Natürlich ist das mein Ernst. Seitdem wir weggezogen sind, habe ich dafür gebetet!"

Ashley stieß einen Jubelschrei aus und umarmte erst Brooke, dann Kari. In dem plötzlichen Durcheinander begann Annie zu weinen, was sich schnell zu einem lauten Gebrüll steigerte.

„Ich glaube, ich mache mal Schluss. Wir können morgen in Ruhe reden." Erins Lachen klang laut aus dem kleinen Lautsprecher. „Ich konnte es nicht abwarten, euch diese tollen Neuigkeiten zu sagen!"

Trotz Annies empörtem Geschrei riefen alle erneut laute Glückwünsche in Richtung Telefon.

Kari nahm Annie wieder auf den Arm. „Hier ist jemand ziemlich hungrig. Bin bald zurück." Sie drückte Annie an sich und eilte durch den Flur zum Schlafzimmer. Sie liebte es, ihre Kinder zu stillen, und Annie trank besonders gut. Sie setzte sich in den Schaukelstuhl neben dem Fenster und legte Annie an ihre Brust.

Kari berührte die Wange ihrer kleinen Tochter. „Gott kümmert sich um alle Einzelheiten, mein Kleines. Sogar um die, die wir nicht mitbekommen."

Sie dachte an Ashley. Ihre Schwester kam mit dem Verlust von Sarah besser zurecht, als alle befürchtet hatten. Sie verhätschelte Annie und freute sich offensichtlich sehr für Kari und Ryan. Eines Tages, so hoffte Kari, würde Ashley ebenfalls eine kleine Tochter haben. Kari betete jeden Tag dafür. Sie betete auch für ihre Brüder, die beide mit großen Schwierigkeiten zu kämpfen hatten. Doch heute Abend war ein Gebet in Erfüllung gegangen. Erin und Sam würden im nächsten Sommer zurückkommen!

Kari war so glücklich, dass Tränen in ihre Augen stiegen. Sie hoffte nur, dass irgendwo im Himmel ihre Mutter genauso über das jubeln konnte, was bei ihnen geschah. Es gab noch vieles, was nicht geklärt war, Babys, die hoffentlich irgendwann geboren werden würden, und Ehebeziehungen, an denen hart gearbeitet werden musste. Vielleicht sogar eine Hochzeit irgendwann in der Zukunft. Doch heute Abend freute sich Kari uneingeschränkt. Denn selbst wenn das Happy End, für das sie betete, noch nicht eingetreten war, war eines heute Abend sehr deutlich geworden.

Es war schon in Sicht.

Kapitel 14

Landon saß in der Wache und spielte mit drei anderen Feuerwehrmännern Karten, während er gleichzeitig versuchte, ein Telefonat zu beenden.

„Los jetzt, Blake." Seth, der Kollege ihm gegenüber, hob die Hand in die Luft und ließ sie entnervt auf den Tisch fallen. „Du bist ja häufiger am Telefon als ein Teenager."

Landon legte die Hand über den Hörer und flüsterte: „Warte eine Minute." Dann warf er den anderen beiden ebenfalls einen entschuldigenden Blick zu. „Ich bin gleich so weit."

„Natürlich ... natürlich." Der Kollege rechts neben ihm legte seine Karten verdeckt auf den Tisch, stand auf und streckte sich. „Ich hole mir einen Kaffee. Um fünf Uhr werde ich einfach immer müde."

Am anderen Ende der Leitung waren Ryan und Peter, Landons Schwager. Die drei versuchten, einen Angelausflug zu planen. John wollte sich ihnen anschließen, doch er hatte schon seine Meinung geäußert. Ihm würde jeder Samstag im nächsten Monat passen.

„Ich würde vorschlagen, dass wir gleich diese Woche gehen." Peter lachte. „Ansonsten wird es zu kalt für Ryan."

„Machst du Witze?" Ryans Antwort kam prompt. „Ich habe mein halbes Leben auf dem Footballfeld verbracht. Du weißt nicht, was Kälte heißt, wenn du noch nie im Winter draußen trainiert hast."

„Okay, aber wir wollen ja auch nicht zum Eisfischen." Peter zögerte. Man hörte das Geräusch von Seiten, die umgeblättert wurden. „Lasst uns nicht bis November warten."

Landon wollte gerade einwerfen, dass er sich Peters Meinung anschloss. Das kommende Wochenende würde am besten passen, und wenn sie nicht zu früh aufbrachen, könnte Cole mitkommen. Sein Fußballspiel sollte um zehn Uhr beginnen, so konnten sie immer noch gegen Mittag am Lake Monroe sein und hatten den ganzen Nachmittag vor sich.

Doch bevor er etwas sagen konnte, ging der Feueralarm los. Das Heulen der Sirene und der Rhythmus der Warntöne sagten ihnen sofort, worum es ging.

„Gebäudebrand, meine Herren." Einer der Männer am Tisch warf seine Karten hin und zog sein Funkgerät aus der Tasche. Der Kollege aus der Telefonzentrale sagte am anderen Ende bereits die Adresse durch.

„Ich muss los." Landon klappte das Handy zu und rannte mit den anderen aus der Tür und in die Garage, wo ihre Ausrüstung an Haken in der Nähe der Wagen hing, denen sie zugeteilt waren. Der Alarm galt beiden Einheiten, sodass gleichzeitig mit ihnen vier weitere Feuerwehrmänner aus dem gegenüberliegenden Gebäudeteil in die Garage stürmten.

Landon war heute für die medizinische Versorgung zuständig. Auch wenn im Notruf bisher nicht von Verletzten die Rede war, musste er einer der Ersten am Brandort sein. Seine Finger bewegten sich sicher und schnell, als er die Uniform überzog und den Gurt seines Helms festzurrte. Er kletterte auf den Fahrersitz, während sich das schwere Garagentor öffnete. „Wohin fahren wir?"

Seth setzte sich neben ihn. Er war der zuständige Einsatzleiter, der für den Kontakt zur Leitstelle zuständig war und dafür zu sorgen hatte, dass sie die genaue Adresse wussten. „Nach Süden in Richtung Autobahn." Sie hatten zwar ein GPS-Gerät, doch die Feuerwehrmänner der Bloomingtoner Wache wussten sofort, welcher Weg der kürzeste war, ohne die Adresse eingeben zu müssen.

Die Sirenen waren schon eingeschaltet, als Landon den Löschwagen in Richtung Westen in die 4. Straße steuerte. Seth bellte weitere Fragen in sein Funkgerät. Dann wandte er sich an Landon. „Es ist eines der alten Farmhäuser in der Dillman Road. Kurz vor der Autobahn musst du abbiegen."

Dillman Road? Landons Herz setzte einen Schlag aus, dann raste es doppelt so schnell wie sonst. Das Baxter-Haus stand in der Dillman Road. Doch das konnte nicht sein ... In dieser alten Straße standen Dutzende solcher Häuser. Es gab keinen Grund zur Annahme, dass dieser Notruf –

Seth nannte die Hausnummer und stockte. „Blake, das ist das Baxter-Haus. Da bin ich mir sicher."

Die Adresse hallte in Landons Kopf wider. „Ja. Das stimmt." Das Baxter-Haus, das Haus, in dem Ashley und ihre Geschwister aufgewachsen waren, stand in Flammen. Um diese Uhrzeit war John Baxter möglicherweise zu Hause. Auch Ashley könnte dort sein, um an ihren Bildern zu arbeiten. Wenn sie dort war, waren es die Kinder auch. Zweifellos unten, um Fernsehen zu schauen. *Lieber Gott, hilf uns.* Er umklammerte das Lenkrad fester und tat das Einzige, was er schon tun konnte, bevor er den Brandort erreichte.

Er betete.

* * *

Johns Schicht im Krankenhaus war einfacher gewesen als sonst. Montags hatte er Visite im Krankenhaus und normalerweise nur wenige Patienten in seiner Praxis. Eine Grippewelle ging um und bei einigen Neugeborenen mussten Routineuntersuchungen gemacht werden. Im Krankenhaus machte er einen kurzen Abstecher zu Brookes Patient Ethan Teeple. Der Zustand des Jungen war immer noch ernst, doch sein Lächeln wärmte Johns Herz. Wenn irgendjemand gegen Leukämie eine Chance hatte, dann war es Ethan. John betete oft für den Jungen.

Er trat hinaus auf den Krankenhausparkplatz und fuhr in Richtung Osten in die 2. Straße. Er war gerade an der Universität vorbeigefahren, als zwei Feuerwehrautos über die Kreuzung rasten und in Richtung Süden abbogen. John fuhr zur Seite und wartete, bis die Einsatzwagen an ihm vorbeigefahren waren. *Sei bei ihnen, Gott. Bitte sei bei ihnen.*

Er hatte schon immer für die Feuerwehrmänner der Stadt gebetet, denn sie konnten jede Hilfe gebrauchen, die sie bekommen konnten. Doch er betete besonders intensiv, seitdem er einen Schwiegersohn hatte, der auf der Wache arbeitete. Er überlegte, ob Landon heute wohl Dienst hatte.

Der Verkehr fädelte sich wieder auf der Straße ein. John bog an der Universität nach rechts ab. Er fuhr in gemächlichem Tempo und setzte sich bequem hin. Das Wochenende war sehr schön gewesen – schöner, als er es sich erhofft hatte. Er und Elaine waren sowohl am Freitag als auch am Samstag gemeinsam essen gegangen. Er lächelte in Erinnerung daran. Sie hatte ihm vergeben. Er konnte es immer noch nicht glauben.

Nach dem Gespräch mit Ashley hatte er Elaine angerufen und erklärt, dass ihm sein Verhalten leidtue. „Ich bin so durcheinander. Ich kann es nicht anders erklären“, hatte er ihr gesagt.

John hielt das Lenkrad mit einer Hand fest und passte sich der Geschwindigkeit der anderen Verkehrsteilnehmer an. Die Einsatzwagen und Sirenen waren zu weit weg, als dass er sie noch wahrgenommen hätte. Wieder lächelte er vor sich hin. Er konnte immer noch nicht fassen, wie Elaine an jenem Abend auf seine Entschuldigung reagiert hatte. Schon einmal hatte er versucht, sich aus ihrer Beziehung herauszuziehen, und sie hatte damals auf die gleiche Weise reagiert. Auch damals war es Ashley gewesen, die einen Weg gefunden hatte, um sie während der Renovierung von Katys und Daynes Haus wieder zusammenzubringen.

Seitdem war alles wunderbar gewesen, bis zum Hochzeitstag von ihm und Elizabeth. „Ich glaube, ich habe angefangen, mich zu hinterfragen", hatte er Elaine gesagt.

Anstatt böse zu sein, klang nichts als Verständnis in ihrer Stimme mit. „Das verstehe ich. Ich hätte mich auch gewundert, wenn du dich nicht hinterfragen würdest. Du hast schon einmal in deinem Leben eine große Liebe erlebt. Vielleicht ist einmal genug." Ihre einfühlsame Art füllte sein Herz und verstärkte die Gefühle, die er für sie empfand.

John hielt seinen Blick auf die Straße gerichtet und genoss die Fahrt durch die vertraute Umgebung. Es war noch nicht dunkel geworden und die Blätter der Bäume leuchteten in strahlendem Orange und Rot. Vor dem Hintergrund des blauen Himmels war der Anblick überwältigend. Erst jetzt bemerkte John in der Entfernung eine Wolke aus dunklem Rauch.

Er fuhr weiter und überquerte die Winslow Road. Als er sich der Rhorer Street näherte, konnte er den Rauch, der aus seiner Wohngegend kam, noch besser erkennen. Er spürte erste Besorgnis. War es eines der Nachbarhäuser? Die Rauchwolke war so dicht, dass es sich mit Sicherheit um einen Gebäudebrand handelte. Im Laufe der Jahre hatte John genügend Feuer miterlebt, um die Menge und die Höhe, in die der Rauch stieg, analysieren zu können.

Er fuhr durch die Church Lane und während sich sein Wohngebiet zur rechten Seite erstreckte, hielt er seinen Blick weiter auf den wabernden Rauch gerichtet. *Lieber Gott, beschütze die Menschen in diesem Haus. Bitte …*

Doch er verspürte dieses Mal keine beruhigende Antwort auf sein Gebet, sondern nur das drängende Gefühl, schneller zu fahren, nach

Hause zu kommen und herauszufinden, wie nahe das Feuer seinem eigenen Haus war. Er überquerte die Empire Road und bog nach links in die Dillman Road ab. Was er dort sah, ließ seinen Atem stocken. Noch bevor er die Feuerwehrautos klar erkennen konnte, wusste er, welches Haus brannte.

Es war seines.

Er drückte das Gaspedal durch und schoss genau in dem Moment in seine Einfahrt, als rote Flammen durch das Dach auf der Rückseite des Hauses schlugen. Zwei Löschzüge standen am Ende der Einfahrt. Als John hinauffuhr und sein Auto parkte, sah er, dass ein halbes Dutzend Männer das Haus mit Wasser tränkten.

Sein Herz schlug heftig in seiner Brust, nicht weit von einer Panikattacke entfernt. Als Arzt hatte John mehr Notfallsituationen erlebt, als er zählen konnte. Doch hier … bei dem Anblick seines eigenen Hauses, das vor seinen Augen mitsamt allem, was er wertschätzte, in Flammen aufzugehen drohte, konnte er kaum noch atmen, als er die Einfahrt entlangrannte.

Er hatte das Haus schon fast erreicht, als Landon auf ihn zulief. Er riss den Helm vom Kopf, sein Gesicht voller Panik. „Ich kann Ashley nicht auf dem Handy erreichen. Ich habe das ganze Haus durchsucht, doch ich kann sie nicht finden."

„Sie ist nicht hier." John war sich sicher. Er hatte vor einer halben Stunde mit ihr telefoniert. „Sie ist im Einkaufszentrum, um ein paar Sachen für Devin zu kaufen."

Landons Körper entspannte sich ein wenig, doch sein Gesichtsausdruck blieb verbissen. „Du solltest jetzt hier bei deinem Auto bleiben, okay?" Er hob seinen Helm hoch und trat ein paar Schritte zurück. „Wir tun unser Bestes. Es sieht so aus, als sei das Feuer im Dachboden ausgebrochen." Er rannte zu seinen Kollegen.

Bitte, Gott. Johns Gebet war eher ein verzweifelter Schrei. *Hilf ihnen, das Haus zu retten.* Er starrte auf das Gebäude, auf den dichten, schwarzen Qualm, der in einer Ecke durch das Dach drang. Es war die Ecke über der Garage, also konnte vielleicht … vielleicht das Gebäude gerettet werden.

Sein Blick wich nicht von dem Gebäude, doch er sah in diesem Moment nicht sein Haus, das an einem wunderbaren Herbstabend in Flammen stand. Er sah es, so wie es für ihn immer aussehen würde – lebendig und warm, voller Licht und Lachen und Gesprächen. Elizabeth und er, die durch den Garten über die Brücke spazierten, und Cole, der neben dem Gartenteich kniete, um Kaulquappen zu fangen. Er sah einen Weihnachtsbaum, der vor dem vorderen Fenster stand, und hörte Weihnachtslieder, die im Wohnzimmer gesungen wurden.

John hatte keine Ahnung, wie viel Zeit vergangen war, doch mit jeder Minute sanken die Flammen weiter in sich zusammen, bis sie schließlich völlig verschwunden waren. Immer noch spritzten die Feuerwehrmänner Wasser auf das Dach, wobei zwei von ihnen auf hohen Leitern standen, die aus den Löschzügen ausgefahren worden waren.

Von Anfang an, seit Elizabeth und er das Haus gekauft hatten, waren sie dankbar für den Hydranten davor gewesen. Es gab in der Dillman Road nicht sehr viele, doch der, an den die Feuerwehrleute ihre Schläuche jetzt angeschlossen hatten, stand direkt am Ende seiner Auffahrt. Ohne diesen Hydranten hätten die Feuerwehrleute zwei oder drei Häuser weiter nach einem Anschluss suchen müssen und dann sicherlich das gesamte Baxter-Haus an die Flammen verloren.

Seine Kinder trafen eines nach dem anderen ein. Ashley musste Kari und Brooke alarmiert haben. Im Handumdrehen wusste die ganze Familie Bescheid, so wie immer, wenn einem von ihnen etwas geschehen war. Ihre fassungslosen Mienen brachen ihm das Herz. Sie standen eng beieinander – Ashley und ihre Söhne, Kari und Ryan und ihre Kinder und Brooke. Peter war mit den Mädchen zu Hause geblieben und Luke war wieder einmal auf einer Dienstreise. Doch Reagan rief an und John versprach, ihr Bescheid zu geben, wie sich die Dinge entwickeln würden. Ashley kümmerte sich darum, Dayne und Katy sowie Erin und Sam anzurufen, und hinterließ ihnen eine Nachricht auf der Mailbox.

„Ist jemand im Haus gewesen?" Über Ashleys Wangen liefen Tränen. „Sag mir bitte, dass wir es retten können."

Der Rauch hing immer noch dick in der Luft. Bevor John antworten konnte, kam Landon herüber. Er hatte Aschestreifen auf beiden Wangen und seine Augen waren blutunterlaufen. „Gott war bei uns. Ich konnte ihn heute spüren."

John wagte nicht zu fragen, doch Brooke trat näher und suchte Landons Blick. „Kann etwas gerettet werden?"

„Ja, Papa." Cole hatte seinen Arm um Ashleys Taille gelegt. Seine Augen waren weit aufgerissen. In ihnen stand eine Mischung aus Angst und Bewunderung für seinen Vater. „Du hast das Haus gerettet, nicht wahr?"

Ungeachtet der Erschöpfung, die in seinem Gesicht stand, hellte sich Landons Miene augenblicklich auf und er lächelte. „Das haben wir getan, Kumpel." Er wandte sich an John. „Wir haben alles retten können. Als das Haus gebaut wurde, hat man offenbar Brandschutzmaterial benutzt, um den Dachboden von der Garage zu trennen." Er wischte mit der Hand über seine Stirn und hustete ein paar Mal. „Es war ein Flammenmeer im Dachboden und die Garage steht unter Wasser. Doch der Rest des Hauses hat nur minimale Schäden durch den Rauch erlitten."

Die Worte füllten John mit Erleichterung. Minimale Schäden durch den Rauch? Das ganze Gebäude hatte wie ein Inferno ausgesehen, als er in die Einfahrt gebogen war. John hätte am liebsten den Abstand zwischen sich und seinem Schwiegersohn überbrückt und ihn lange umarmt. Doch Cole und Ashley und Devin standen um ihn herum und Landon wollte gleich wieder zu seinen Kollegen zurückkehren. Stattdessen steckte John seine Hände in die Hosentaschen und grinste Landon an. „Du weißt, was das bedeutet?"

„Ja … ich darf mir am Samstag als Erster einen Köder nehmen."

John lachte. „Ganz genau."

Nachdem die Feuerwehrautos weggefahren und die anderen Familienmitglieder nach Hause gegangen waren, gingen John und Landon durch alle Zimmer, um die Fenster zu öffnen. Wunderbarerweise entsprach Landons Vermutung der Wahrheit. Es roch im ganzen Haus nach Qualm, doch es war nichts verkohlt und es gab keine größeren Schäden.

„Du kannst eine Putzkolonne bestellen, und dann wird das ganze Haus wie neu aussehen."

„Das und ein neues Dach mit Dachboden." John schüttelte den Kopf, erstaunt über das Wunder, das die Feuerwehrmänner vollbracht hatten. „Wer hat denn die Feuerwehr alarmiert?"

„Deine Nachbarin auf der rechten Seite. Mrs McCarry. Sie war gerade dabei, Heidelbeeren einzukochen, als sie aus dem Fenster sah und den Rauch bemerkte."

John machte sich eine innere Notiz, dass er Edna McCarry besuchen und sich bei ihr bedanken musste.

Landon erzählte weiter. „Wenn sie nur ein paar Minuten später angerufen hätte, hätten wir das ganze Haus verloren. Es war sehr knapp."

„Was war die Ursache?" John hatte keine Ahnung, was auf seinem Dachboden ein Feuer auslösen könnte. Er war seit mindestens einem Jahr nicht mehr dort oben gewesen.

„Sieht aus wie ein Kabelbrand. Vielleicht waren ein paar Eichhörnchen auf dem Dachboden. Wenn sie einmal anfangen, an den Kabeln zu nagen, kann das schnell sehr gefährlich werden." Landon führte John nach draußen und um das Haus herum zu der Seite, an der am meisten Schaden entstanden war. „Du wirst das Haus hier neu verputzen lassen müssen, aber hauptsächlich wegen des Rauchs und des Wassers, die die Außenwand beschädigt haben. Und natürlich musst du die Garage auch von innen renovieren lassen."

„Die Versicherung wird das sicherlich abdecken."

„Weißt du was … am besten packst du ein paar Sachen ein und bleibst heute Nacht bei uns. Es wird ein paar Tage dauern, bis der Gestank vom Rauch aus dem Haus verschwunden ist."

Tiefe Gefühle der Dankbarkeit stiegen in Johns Herz auf, als er überwältigt zu Landon schaute. Dieses Mal umarmte er ihn lange, so wie sich zwei Männer umarmen, die gerade eine gemeinsame Schlacht überstanden hatten. John hatte Landon schon immer gemocht, lange bevor Ashley ihren Widerstand aufgegeben und sich gestattet hatte, ihn zu lieben. Als er Landon im Arm hielt, sah John plötzlich wieder den jungen Mann vor sich, so wie er vor Jahren ausgesehen hatte, als er nach einem gefährlichen Einsatz im Krankenhaus gelegen hatte. Er war in ein brennendes Gebäude gerannt und hatte einem kleinen Jungen das Leben gerettet. Landon wäre beinahe gestorben, doch Gott hatte andere Pläne für ihn gehabt, nämlich, dass er Ashley heiratete, ein Vater für Cole wurde und eine gemeinsame Familie mit ihr gründete.

Und sogar den Plan, dass er das Baxter-Haus rettete.

John trat einen Schritt zurück und räusperte sich bewegt. „Du fährst vor zu deiner Familie. Ich bin in einer halben Stunde da."

Als Landon weggefahren war, blieb John noch ein paar Minuten draußen stehen und besah sich den Teil des Daches, der von den Flammen zerstört worden war. In einem Monat, wenn das Dach neu gedeckt und das Haus neu verputzt sein würde und neue Trockenbauwände in der Garage gezogen wären, würde niemand mehr sehen, dass es gebrannt hatte. Zum ersten Mal an diesem Abend stiegen Tränen in seine Augen und er schlug die Hände vors Gesicht. *Danke, Gott. Du hast mein Zuhause verschont, meine Erinnerungen.*

Eine Stimme flüsterte in seinem tiefsten Inneren, klar und deutlich. *Mein lieber Sohn, alle guten Gaben kommen von Gott … Deine Erinnerungen sind nicht in einem Gebäude gefangen. Sie sind ein Geschenk, das du in dir trägst.*

Langsam drang eine tiefe Gewissheit in Johns Seele. Er blieb stehen, die Hände immer noch vor dem Gesicht, während die Antwort allmählich deutlicher wurde. Er hatte sich wegen des Hauses unaufhörlich Sorgen gemacht und sich gefragt, wie er die Beziehung zu Elaine weiterführen sollte, wenn das bedeutete, das alte Baxter-Haus aufzugeben.

Doch jetzt, an dem Abend, an dem das Gebäude beinahe bis auf die Grundmauern abgebrannt wäre, schenkte Gott ihm die Weisheit, was die Wände und Decken und Fußböden wirklich bedeuteten. Er ließ die Hände sinken und ging um das Haus herum. Dann legte er die Finger gegen die Außenwände und ließ seinen Daumen über die schmutzige Fassade gleiten. Holz und Zement und Glas und ein Dach. Daraus bestand dieses Haus.

Er umklammerte den Eckstein und schloss seine Augen. Gott wollte, dass er heute Abend etwas begriff. Seine Erinnerungen brauchten kein Haus, damit sie lebendig blieben. Sie würden so lange in ihm leben, wie sein Herz noch schlug. Wenn das Baxter-Haus tatsächlich abgebrannt wäre, hätten sich seine Erinnerungen doch auch nicht in Rauch aufgelöst. Er hätte seine Fotos verloren, doch die Bilder, die Elizabeth ihm beigebracht hatte zu sehen – die inneren Fotos –, würden so lange leben, wie er in der Lage war, sich daran zu erinnern.

Er brauchte keinen Küchentisch, um sich an den Ausdruck auf Elizabeths Gesicht zu erinnern, nachdem sie eines ihrer Kinder zum ersten Mal in die Schule gebracht hatte. Und John brauchte auch nicht die Haustür, um sie vor sich zu sehen, wie sie ins Haus stürmte, die Arme voller Einkäufe, während ihre Augen voller Licht und Leben tanzten. Das Haus war warm und gemütlich und er liebte es, wie man einen guten alten Freund mochte. Doch plötzlich wusste er mit jeder Faser seines Körpers, dass er das Holz und die Balken nicht brauchte, um glücklich zu sein.

Er brauchte seine Kinder und Enkelkinder. Und er brauchte die

Frau, die seine beste Freundin geworden war. Er schlug ein paar Mal gegen die Wand und trat dann zurück. Er würde Elaine bitten, seine Frau zu werden. Und dann, wenn sie zustimmen würde, würde er das tun, wovor ihm schon seit Monaten graute.

Er würde das Baxter-Haus zum Verkauf anbieten.

Kapitel 15

Dayne war schon seit fast zwei Wochen in Mexiko, als sie endlich einen Tag Pause bei den Dreharbeiten machten. Gerade hatte er Luke vom Flughafen abgeholt. Sein Bruder sprudelte über vor guter Laune und Dayne freute sich auf die gemeinsame Zeit, die vor ihnen lag.

„Das ist das wahre Leben!“ Lukes Fenster war geöffnet und er holte tief Luft. „Man kann den Ozean sogar bis hierher riechen.“

„Es ist viel wärmer als in L.A.“ Dayne spürte, wie ein träges Lächeln seine Mundwinkel hob. „Ich wünschte, ich könnte Katy hierherholen, wenn der Film abgedreht ist.“

Luke lehnte sich auf seinem Sitz zurück. „Apropos, wie läuft es denn mit Katy? Ich meine – wirklich?“

„Nicht so schlimm, wie die Zeitungen es dir weismachen wollen.“ Das Lachen verschwand aus Daynes Stimme. So war es jedes Mal, wenn er ein Gespräch mit jemandem führte, den er gut kannte. Besonders mit einem Familienmitglied. Jeder wollte wissen, welche Wahrheit – wenn überhaupt – hinter den Storys steckte, die die Schlagzeilen dominierten. Seine unaufhörlichen Versuche, die anderen davon zu überzeugen, dass es ihnen gut ging, ermüdeten ihn, so wie alles an seinem Leben als Prominenter.

„Ich hatte mich schon gefragt.“ Luke verzog das Gesicht. „Ich meine, es kann ja nicht einfach sein, Randi Wells zu sagen, dass du nicht an ihr interessiert bist.“

Dayne zog erstaunt die Augenbrauen zusammen. Lukes Bemerkung klang seltsam. Immerhin war er ein Baxter. Er war zu einem Mann des Glaubens erzogen worden, einem treuen Ehemann. „Es ist ziemlich leicht, wenn du weißt, wo deine Prioritäten liegen.“ Dayne warf ihm einen Blick zu. „Versetze dich doch in meine Lage.“

Luke schüttelte den Kopf und tat so, als sei er beleidigt. „Aber das meine ich doch! Ich möchte nicht mit dir tauschen. Ein bisschen zu viel Versuchung.“

Dayne hielt seinen Blick auf die Straße gerichtet, doch sein Gefühl sagte ihm, dass Luke und Reagan in größeren Problemen steckten, als er geahnt hatte. Doch bevor er das ansprechen konnte, fragte Luke weiter und hielt seine Aufmerksamkeit auf Dayne gerichtet. „Wie oft telefoniert ihr, du und Katy?"

„Wir versuchen es ein paar Mal pro Woche." Dayne war irritiert von Lukes Fragen. „Es ist schwierig, weil der Zeitunterschied zu London sieben Stunden beträgt. Wenn ich Drehschluss habe, ist es dort meistens noch ziemlich früh am nächsten Morgen. Wenn sie aufgestanden ist und Zeit hätte, dann bin ich meistens schon im Bett."

„Doch sie ... du weißt schon, sie kommt klar mit den ganzen Gerüchten über dich und Randi?"

Dayne war inzwischen mehr als irritiert. „Jetzt lass mich eine Sache klarstellen." Er starrte auf die Straße vor sich, den blauen Himmel und die luftigen weißen Wolken, die sich wiegenden Palmen und den unendlichen Ozean. „Das sieht hier vielleicht aus wie eine Insel im Paradies, doch für mich ist es mein Arbeitsplatz. Zwischen Randi und mir läuft absolut nichts." Er stieß ein sarkastisches Lachen aus. „Der Direktor macht sich schon Sorgen, dass wir für den Film das Liebespaar nicht überzeugend genug spielen können."

„Aber ... du und Randi ... ihr wart doch mal zusammen, oder?"

„Das ist eine Ewigkeit her." Er hielt den Atem an und stieß ihn dann laut aus. „Die Zeitschriften wollen alle glauben machen, dass dieser Filmdreh das Ende meiner Ehe sein wird. Doch das wird nicht passieren. Unsere Beziehung ist stärker als jemals zuvor."

„Die Klatschmagazine bringen jede Woche neue Fotos von dir und Randi."

„Natürlich." Dayne lachte, um zu verhindern, dass er Luke schon anbrüllte, bevor dessen Besuch überhaupt richtig begonnen hatte. „Wir drehen einen Film zusammen. Jedes Mal, wenn wir nebeneinanderstehen, macht irgendjemand ein Foto." Er hob eine Augenbraue. „Das heißt aber nicht, dass zwischen uns etwas läuft."

Nach dieser Antwort feuerte Luke keine weiteren Fragen auf ihn ab. Inzwischen lag der Ozean direkt vor ihnen und die warme, feuchte Luft des Golfstroms hüllte sie ein. „Ich könnte hier ohne Probleme zehn Wochen verbringen."

Wieder warf Dayne Luke einen fragenden Blick zu. „Wenn ich meine Augen schließen würde, könnte ich nicht glauben, dass du es bist, der neben mir sitzt."

„Dann mach die Augen nicht zu." Luke nickte zur Straße, die vor ihnen lag. Sie war einspurig und geschottert. „Das wäre für keinen von uns eine gute Idee."

„Ich meine das ernst." Dayne vernahm den ersten Anflug von Ärger in seiner eigenen Stimme. „Vielleicht ist die wichtigere Frage, wie es zwischen dir und Reagan läuft?"

Das Geräusch der Autoräder, die sich durch den Schotter der Straße gruben, war alles, was man für eine Minute hörte. Dann seufzte Luke tief auf und sah Dayne an. „Es läuft nicht gut."

„Ja ... so ein Gefühl hatte ich auch." Dayne klopfte seinem Bruder mitfühlend auf das Knie. Sein Ärger verschwand. Wenn es zwischen seinem Bruder und seiner Frau nicht gut lief, dann war es kein Wunder, dass Luke sich so seltsam verhielt. „Erzähl mir mehr."

Die Schotterstraße endete in einem ungepflasterten Parkplatz. Dayne lenkte das Auto in eine der ersten freien Parkbuchten und schaltete den Motor aus. Er setzte sich so, dass er Luke direkt ansehen konnte.

Sein Bruder trug eine Sonnenbrille, sodass Dayne seine Augen nicht erkennen konnte. Doch seine Stimme klang authentischer als während ihres Gesprächs zuvor. „Ich wünschte mir, dass es wieder so wird, wie es früher war ... aber mit den Kindern und dem ganzen Alltagschaos sieht es nicht so aus, als gäbe es einen Weg dorthin zurück."

„Hattest du nicht erzählt, dass du jetzt häufiger auf Dienstreisen bist?" Diesen Aspekt fand Dayne seltsam, da Luke ausschließlich seine Angelegenheiten betreute. Der Job sollte eigentlich nicht viele Reisen beinhalten, abgesehen davon, wenn Dayne ihn während Dreharbeiten brauchte, so wie jetzt.

„Es liegt an den Chefs in New York. Sie widmen mir mehr Aufmerksamkeit, seitdem ich für dich arbeite. Ich kriege Einladungen für Seminare und große Meetings und solche Dinge."

Dayne stützte sich mit dem Ellenbogen auf dem Lenkrad ab. „Solche Reisen sind nicht verpflichtend. Das weißt du."

„Das schon, aber wenn ich ..." Lukes Stimme verstummte. Er schob die Sonnenbrille nach oben und starrte Dayne ausdruckslos an. Wenn die Augen die Fenster der Seele waren, dann waren Lukes Fenster fest verschlossen. Er wandte den Blick von Dayne ab und sah durch die Windschutzscheibe. „Du hast recht. Ich müsste nicht daran teilnehmen."

„Sagst du das auch Reagan?" Dayne hasste die Richtung, in die sich das Gespräch entwickelte. „Denn das ist nicht fair, Kumpel. Sie denkt vielleicht, dass ich es bin, der so viel von dir fordert."

Luke antwortete nichts darauf, was Dayne wiederum bewies, dass er recht hatte.

„Es tut mir leid, dass es zwischen euch nicht gut läuft." Dayne legte seine Hand auf Lukes Schulter. „Wir können heute Abend weiterreden, okay?"

Es war schon fast Zeit zum Abendessen. Dayne musste noch einmal ans Set zurück. Er war für heute mit den Dreharbeiten fertig und hatte morgen frei, doch abends mussten häufig noch die neuesten Aufnahmen durchgesehen werden. Der Regisseur hatte heute Nachmittag mit Randi gearbeitet, doch sie hatte schon gefragt, ob sie Luke treffen könnte. Offenbar hatte ihr Ex-Mann bei der Scheidung ihren früheren gemeinsamen Anwalt behalten, sodass sie nun einen neuen brauchte.

Dayne hatte vorgehabt, die beiden beim Abendessen einander vorzustellen. Heute Abend wollte das Küchenteam Hähnchen am Strand grillen. Doch als sie das Hotel betraten, sprach Randi gerade mit dem Regisseur, wandte sich um und entdeckte sie. Sie trug ein pfirsichfarbenes Bikini-Oberteil mit einer dünnen weißen Bluse darüber, die sie nicht zugeknöpft hatte. Ihre schwarzen Shorts waren hauteng und gerade so lang, dass man sie nicht für einen Teil ihres Bikinis halten konnte.

Während sie hineingingen, erhaschte Dayne einen Blick auf Luke, der Randi in einer Weise musterte, wie man es noch nicht einmal als unverheirateter Mann tun sollte. „Pass auf, dass dir die Augen nicht aus dem Kopf fallen", sagte er leise. „Ich werde dich vorstellen, dann zeige ich dir dein Zimmer."

„Das klingt gut." Luke warf seine Reisetasche über die Schulter und blieb an Daynes Seite, während sie auf die Schauspielerin und den Regisseur zugingen.

„Dayne! Du warst viel zu lange weg. Ich habe hundert Fragen an dich." Randi rannte auf ihn zu und umarmte ihn kurz, wobei sie ihn auf die Wange küsste. Sie warf einen Blick über ihre Schulter zurück zum Regisseur. „Du hast auch noch Fragen, nicht wahr?"

Der junge Mann stammte aus Spanien und hatte ein unglaubliches Talent, beeindruckende Filme zu machen. Er schaute auf sein Clipboard und blätterte ein paar Seiten um. „Nicht wirklich." Er zwinkerte ihr zu. „Du hast schon alle beantwortet." Er verabschiedete sich und ging zu einer Gruppe von Assistenten hinüber.

Dayne wusste, dass Randi Luke in dem Moment bemerkt hatte, als sie aus dem Auto gestiegen waren. Doch sie hatte bis jetzt gewartet, bevor sie ihm ihre Aufmerksamkeit widmete. Ein überraschter Blick zog über ihr Gesicht. „Dayne, du hast mir nicht erzählt, dass du einen Zwillingsbruder hast. Bitte stell mich ihm vor!"

„Richtig." Dayne fühlte sich plötzlich gar nicht wohl in seiner Haut. „Randi, das ist mein Bruder Luke Baxter."

„Meine Güte!" Ihr Lächeln war zurückhaltend und vorsichtig, doch ihr Interesse an Luke war offensichtlich. „Sie sind wirklich eine Augenweide."

Dayne beobachtete seinen Bruder und hoffte, dass er sich angemessen verhalten würde. Glücklicherweise reagierte Luke nicht auf ihre offensichtlichen Annährungsversuche. Stattdessen nickte er höflich. „Und Sie sind Randi Wells." Er sah sie vielleicht einen Moment zu lange an, als er lächelte. „Schön, Sie kennenzulernen."

„Ja." Randi schüttelte seine Hand und hielt sie einen Augenblick fest. „Sagen Sie, sind Sie ein neuer Kollege?" Dann hob sie ihre Augenbrauen. „Natürlich! Sie sind der Anwalt, über den Dayne gesprochen hat!"

Luke lächelte, als wäre solch eine überschwängliche Aufmerksamkeit von einem Hollywoodstar nichts Neues für ihn. „Das bin ich." Er blieb ruhig. Er war weder verlegen noch der aufgeregte Fan so wie vorhin im Auto. Jetzt war er gelassen und konzentriert. „Ich kümmere mich um Daynes Angelegenheiten."

„Sie Glücklicher." Sie warf Dayne einen neckenden Blick zu. „Ich habe auch ein paar Mal versucht, mich um Daynes Angelegenheiten zu kümmern." Ihre Stimme klang gespielt beleidigt. „Doch er hat es mir nicht erlaubt."

Dayne wandte verärgert über diese Bemerkung seine Augen ab und richtete den Blick auf seinen Bruder. „Luke ist ein guter Anwalt. Er kümmert sich perfekt um alles."

Randi sah von Luke zu Dayne und wieder zurück. „Ihr zwei könntet wirklich Zwillinge sein." Sie berührte Lukes Arm. „Wenn Sie lange genug hier sind, werden sie Sie noch als Double für Dayne buchen." Sie legte ihren Kopf zur Seite und musterte ihn genau. „Sie sind womöglich sogar der besser aussehende Bruder, Luke Baxter."

Eine kurze unangenehme Stille folgte. Dayne konnte das Interesse in Lukes Augen erkennen, auch wenn er nichts sagte.

„Nun denn ..." Randi verschränkte ihre Arme, wobei ihr Blick Lukes Augen nicht losließ. „Lasst uns beim Abendessen zusammensitzen. Versuchen Sie, mich zu beeindrucken, Baxter! Vielleicht könnten Sie sich auch um meine Angelegenheiten kümmern." Sie berührte noch einmal Lukes Arm und sah ihn vielsagend an. Dann trat sie zurück und winkte ihm zu. „Wir sehen uns in einer Stunde ... draußen am Strand, okay?"

Luke zuckte unsicher mit den Schultern, doch ein Lächeln erhellte sein Gesicht. „Natürlich. Bis dann."

Nachdem Randi außer Hörweite war, ließ Luke seine Reisetasche auf den Boden fallen und seine Schultern sackten ein wenig nach vorne. Er stieß den Atem aus, als hätte er ihn die ganze Zeit angehalten.

Dayne hätte Luke am liebsten angebrüllt und ihm gesagt, dass er viel zu freundlich, viel zu interessiert erschienen sei. Doch er schluckte seinen Ärger hinunter. „Jetzt komm! Ich will dich zu deinem Zimmer bringen."

Luke hatte keine unsichtbare Grenze überschritten – nicht wirklich. Dennoch würde Dayne ihn nicht aus den Augen lassen, um zu verhindern, dass zwischen ihm und Randi etwas passierte. Das war neuer Ärger, den Dayne nicht erwartet hatte. Eine weitere Herausforderung. Keine Frage, bevor er zu Bett ging, musste er unbedingt noch etwas tun, das er seit einer Woche nicht mehr getan hatte.

Den Bibelvers über die Freude noch einmal lesen.

* * *

Wenn er ehrlich zu sich selbst war, dann hatte Luke nur flüchtig an Reagan und die Kinder gedacht, seitdem er in Mexiko eingetroffen war. Er fand die Begegnung mit Randi Wells sehr aufregend – zum einen natürlich, weil sie eine wunderschöne berühmte Frau war, und zum anderen, weil er – Luke Baxter – jetzt Zugang zu dieser Welt hatte. Doch er hatte nicht damit gerechnet, dass Randi an ihm interessiert sein könnte. Nicht in seinen wildesten Träumen.

Es war schon nach neun Uhr abends, der Himmel war dunkel und er saß zwischen Randi und Dayne. Das Abendessen hatte sich zu einem Strandlagerfeuer entwickelt. Er war barfuß und trug khakifarbene Shorts, ein weißes T-Shirt und Daynes mexikanische Baseball-Kappe, die er sich zuvor geliehen hatte, als die Sonne unterzugehen begann. Dayne hatte ihm gesagt, dass er die Kappe behalten sollte. Die Schauspieler und Mitarbeiter hatten alle eine solche Kappe bekommen, als sie zu Beginn der Dreharbeiten ihre Zimmer im Hotel bezogen hatten.

Luke grub seine Zehen in den Sand. Es war kaum zu glauben, dass das hier wirklich sein Leben war, dass er als Anwalt seine Arbeit an einem Drehort irgendwo an einem mexikanischen Strand erledigte. Wenn er von zu Hause weg war, entwickelten sich die Dinge besser, als er es sich erträumt hatte. Er beobachtete die anderen, die sich in Zweier- und Dreiergruppen um das Feuer versammelt hatten. Einige der Schauspieler rösteten Marshmallows über den Flammen, wobei sie in ruhige Unterhaltungen vertieft waren. Dayne sprach gerade über die Fernsehsendung *For Real* und dass es eigentlich verboten sein sollte, etwas so Unwahres zu produzieren und unter dem Titel „Reality" zu vermarkten, als der Filmregisseur und einer der Produzenten zu ihnen traten. Luke hatte die beiden schon vorher begrüßt.

„Matthews, wir haben uns die Aufnahmen von dieser Woche angesehen. Unglaubliche Arbeit, Mann." Der Direktor legte seine Hand anerkennend auf Daynes Schulter.

„Hättest du mal eine Minute?" Der Produzent nickte in Richtung des Strandbungalows, in dem der Schneideraum eingerichtet worden war. Luke hatte das bei einer Besichtigungsrunde vor dem Abendessen erfahren. Der Produzent sah Dayne mit besorgtem Blick an. „Wir möchten, dass du dir etwas ansiehst. So wie das Licht auf dich fällt, könnte es sein, dass wir ein paar Aufnahmen von vorgestern wiederholen müssten."

„Aber vielleicht gefällt es dir auch." Der Regisseur ging den Strand entlang. „Komm, sieh es dir mal an. Es dauert nur eine Minute."

„Du hast es gehört." Dayne sah zu Luke. Er beugte sich vor, sodass niemand anderes außer Luke ihn hören konnte. „Mach nichts, was ich nicht auch tun würde."

Luke lachte und schaffte es, dabei entspannt zu klingen. Er umklammerte beide Armlehnen der Strandliege, auf der er sich ausgestreckt hatte. „Also bitte." Er hielt seine Stimme gesenkt. „Das meinst du doch nicht ernst." Randi saß auf der anderen Seite von Luke und unterhielt sich gerade mit jemandem.

Dayne stand auf und sah Luke warnend an. „Ich meine das ernst", flüsterte er. Er deutete mit dem Daumen in Randis Richtung und sagte leise: „Sie macht Ärger."

Ein weiteres unbekümmertes Lachen stieg aus Lukes Kehle. „Jetzt geh schon und mach deine Arbeit!"

Die Männer waren bereits ein paar Meter in Richtung Bungalow gegangen. Dayne hielt Lukes Blick noch ein paar Sekunden länger. „Bin gleich zurück."

„Okay." Luke wandte sich wieder dem Feuer zu und versuchte zu begreifen, dass das hier wirklich geschah, dass er wirklich Seite an Seite mit Hollywood-Stars saß. Und noch mehr als das, er war nicht nur ein Besucher oder Fan. Er war Teil der Mannschaft – der Anwalt von Dayne Matthews.

Das war alles sehr aufregend, doch nicht so aufregend wie das, was während des Abendessens passiert war. Dayne hatte mit einigen der Mitarbeiter gesprochen und Luke holte sich gerade etwas von dem gebratenen Hähnchen, als Randi aufgetaucht war. Sie war dicht vor ihm stehen geblieben und hatte ihm zugehaucht: „Setzen Sie sich beim Lagerfeuer neben mich, okay?" Sie hatte ihm einen Blick zugeworfen, der ihr unmissverständliches Interesse zeigte. „Sie faszinieren mich, Luke Baxter. Ich möchte Sie besser kennenlernen."

Das war alles, was geschehen war, bis jemand das Feuer entzündet hatte und ein paar Männer die Strandliegen darum gruppiert hatten. Luke ging gerade hinüber zum Feuer, Dayne an seiner Seite, als Randi erschien und ihren Arm unter seinen schob. „Vergessen Sie es nicht, Luke. Ich habe den Platz neben Ihnen reserviert."

Doch seitdem sie sich um das Feuer versammelt hatten, schien Randi von anderen Gesprächen abgelenkt worden zu sein – so lange, bis Dayne ging. Noch bevor er beim Bungalow angekommen war, wandte Randi sich zu Luke. Sie lehnte den Kopf zurück und lächelte ihn zuerst nur an, wobei ihr Gesicht von den Flammen in geheimnisvolles Licht getaucht wurde. Sie nippte bereits an ihrem dritten Glas Wein und sah sehr entspannt aus. „Wir hätten uns schon lange mal treffen sollen." Ihre Stimme klang nicht undeutlich, doch sie war sanfter als zuvor, nur für ihn bestimmt.

„Das hätten wir." Luke war sich nicht sicher, was er sagen oder wie er sich ihr gegenüber verhalten sollte. War sie an ihm interessiert oder war das ihr normales Verhalten, so wie sie jeden anderen auch behandelte? Oder vielleicht wollte sie ihn durch ihr Interesse nur willkommen heißen. Er konzentrierte sich auf den Grund, aus dem er hier war. „Für einen Anwalt ist das ein großartiger Platz, um zu arbeiten." Er beobachtete ihr Gesicht. „Dayne sagt, dass Sie einen neuen Anwalt suchen."

„Das tue ich." Etwas von ihrer übertriebenen Unbekümmertheit verschwand, sodass sie plötzlich eher wie ein verlorenes kleines Mädchen als wie ein berühmter Filmstar aussah. Sie verschränkte ihre Arme und starrte in das Feuer. „Das ist aber nicht das, was ich meinte."

Ein seltsames Schwindelgefühl breitete sich in Lukes Magen aus. Schmetterlinge flatterten in seinem Bauch herum und ließen ihn unruhig auf seinem Platz hin und her rutschen.

Seine Überlegungen, wie er sich aus der Situation herauswinden sollte, wurden unterbrochen, als Randi sich wieder zu ihm umdrehte. „Geh mit mir spazieren." Sie hielt ihm ihre Hand hin und ihr Gesichtsausdruck war vollkommen unschuldig. „Ich habe das so gemeint, wie ich es gesagt habe. Ich würde dich gerne besser kennenlernen." Sie stand auf und zog ihn ebenfalls in die Höhe. Dabei warf sie einen Blick über ihre Schulter zu dem Bungalow, in dem Dayne sich ein paar Minuten seiner Arbeit widmete. „Kümmere dich nicht um das, was dein Bruder gesagt hat." Ihr Lächeln war süß und ein wenig schüchtern. „Ich mache dir keinen Ärger. Ich will nur ein wenig mehr über dich erfahren."

In Lukes Kopf wirbelte alles durcheinander, doch er konnte ja nicht mit ihr streiten. Immerhin machte sie keine versteckten oder offensichtlichen Andeutungen. Sie fragte ihn lediglich, ob er mit ihr spazieren gehen wollte. Das Gefühl ihrer Hand in seiner ließ ihn erschauern und er dachte an Reagan. „Ähm ..." Er ließ Randis Finger los und wischte die Handfläche unauffällig an seinen Shorts ab. Er konnte mit ihr spazieren gehen, doch er konnte nicht ihre Hand halten. Dayne würde jeden Moment aus dem Bungalow kommen. Wenn er sah, wie Luke Randis Hand hielt, würde er ihnen nachjagen und Luke zurück zu seinem Stuhl schleifen.

Sie gingen hinab zum Wasser und wandten sich nach rechts, wo sich der Strand dunkel und weit vor ihnen erstreckte.

Als sie außer Sichtweite der anderen waren, die rund um das Feuer saßen, schlang Randi ihre Arme um sich und ging langsamer. „Wir könnten kilometerweit in diese Richtung gehen und dabei niemandem begegnen.“ Sie hob ihr Gesicht zum Himmel und zu den unzähligen Sternen, die jetzt sichtbar waren, da sie den Schein des Feuers verlassen hatten. „Die Jungs, die den Drehort ausgesucht haben, haben einen tollen Job gemacht. Die Voraussetzung war, dass wir im Nirgendwo drehen.“ Sie lächelte ihn an und sah wieder fast schüchtern aus. „Und das sind wir.“

Luke schluckte. „Es fühlt sich tatsächlich so an.“ Ein Teil von ihm warnte ihn eindringlich, dass er sich umdrehen und sie zurückführen sollte, wo sie wieder näher an den anderen waren. Doch ein sehr viel überzeugenderer Teil von ihm wollte dieses Spiel weiterspielen, wollte wissen, worüber Randi reden wollte und warum sie das Bedürfnis hatte, an diesem abgeschiedenen Teil des Strandes mit ihm spazieren zu gehen.

Sie waren ungefähr fünfzig Meter weiter am Strand entlanggegangen und Randi sprach gerade darüber, wie sehr sie Mexiko liebte und die Herzlichkeit der Menschen hier, als das Handy in ihrer engen Shorts klingelte. Sie blieb stehen, wobei ein besorgter Ausdruck über ihr Gesicht flog. „Meine Mutter versucht schon länger, mich zu erreichen. Ich gehe besser dran.“ Sie zog das Handy aus der Tasche, klappte es auf und drehte sich zum Wasser. „Hallo?“

Für ein paar Sekunden blieb Randi so stehen, als wäre sie eingefroren, und hörte zu. Dann schlug sie die Finger vor den Mund und schüttelte ein paar Mal rasch den Kopf. „Nein, Mama, das kann nicht sein.“ Ihr Atem stockte in ihrer Kehle und sie stieß einen leisen Schrei aus. „Nein … ich kann diese Woche hier nicht weg. Das weißt du doch …“ Sie brachte ein paar weitere kurze Sätze heraus, bevor sie das Gespräch beendete und das Handy wieder in die Tasche steckte.

Luke verschränkte seine Arme und zögerte. Er wusste nicht, was er sagen sollte. „Willst du allein sein?“

„Nein.“ Sie ließ ihren Kopf hängen, immer noch zum Wasser gewandt. „Meine Mama … sie hat Krebs. Mein Vater ist vor etwas mehr als einem Jahr an Krebs gestorben und jetzt sie … ich kann es nicht fassen.“ Sie hob fassungslos eine Schulter. Tränen erstickten ihre Stimme, als sie versuchte, weiterzusprechen. „Meine Mutter sagt, dass es sich sehr schnell ausbreitet. Sie hat nur noch ein paar Wochen zu leben. Ich muss so schnell wie möglich nach Hause.“

Das Bild seiner eigenen Mutter, wie sie wenige Tage vor ihrem Tod in ihrem Bett lag, trat in Lukes Erinnerung. „Meine Mutter ist an Krebs gestorben." Er behielt die Distanz bei, doch er wollte, dass sie sein Mitgefühl spürte. „Es ist furchtbar. Sie war etwas über Fünfzig. Viel zu jung zum Sterben."

„Bei meinem Vater war es auch so. Er war erst siebenundfünfzig."

Luke seufzte. „Das tut mir leid. Es gibt nichts, was diesen Weg leichter machen würde."

„Doch, du bist hier." Randi wandte sich ihm zu und musterte sein Gesicht, als könnte sie dort eine Antwort auf den Schmerz in ihrem Herzen finden. „Du weißt, wie es ist."

„Das weiß ich." Er konnte nicht anders, als dichter an sie heranzutreten. Sie war verletzt, getroffen von einem Schmerz, den Luke nur zu gut kannte. Mit seinem Daumen strich er ihre blonden Haare aus ihrem Gesicht zurück. „Stehst du deiner Mutter nahe?"

„Nicht besonders. Ich hatte zu meinem Vater ein besseres Verhältnis. Er war der beste Mann auf der ganzen Welt." Sie lächelte ihn an, doch in ihren Augen glänzten Tränen. „Ein überzeugter Christ, ein Familienmensch." Ohne dass sie sich zu bewegen schien, war sie ihm plötzlich noch näher, nur Zentimeter von ihm entfernt. „Bevor er krank wurde, schaffte er es immer, mich zum Lachen zu bringen. Sogar mitten in dem Chaos, als meine Ehe zerbrach." Sie zwinkerte und einige Tränen rollten über ihre Wangen. „Ich hatte mir immer vorgestellt, dass meine Beziehung zu meiner Mutter besser würde, wenn wir beide älter werden. Doch jetzt ..."

Ohne darüber nachzudenken, ohne dass er ihr etwas anderes bieten wollte als Trost, zog Luke sie an sich und umarmte sie. „Es tut mir leid, Randi." Er hielt sie in den Armen, bis sie schließlich zu weinen begann. Der Wein hatte möglicherweise ihre Gefühle aufgewühlt, sodass sie sich nicht mehr unter Kontrolle hatte. Doch in diesem Moment ging es nicht um Alkohol oder um eine Affäre oder um einen oberflächlichen Flirt. Es war nichts dergleichen, redete Luke sich ein. Er wollte lediglich für sie da sein, zur richtigen Zeit am richtigen Ort. Er bot Randi etwas an, das er ebenfalls gebraucht hatte, als seine Mutter im Sterben lag.

Jemand, der ihn verstand.

* * *

Dayne war keine zehn Minuten verschwunden gewesen, doch als er an seinen Platz am Feuer zurückkehrte, sackte ihm das Herz bis in die Kniekehlen. Luke war fort, Randi ebenso. Er wollte keine Aufmerksamkeit auf dieses Pärchen lenken, wollte unbedingt vermeiden, dass jemand seinen Argwohn spürte und die Paparazzi alarmierte. Die Mitarbeiter bei den Dreharbeiten hatten kein schlechtes Gewissen, wenn sie heiße Tipps an die Presse weitergaben. Die Zeitungen bezahlten sehr gut für Insiderinformationen. Fotografen von allen großen Klatschmagazinen wohnten in einem Hotel, das nur wenige Kilometer entfernt war.

Nein, Dayne wollte keinesfalls Interesse für die beiden wecken. Stattdessen schlenderte er langsam zum Wasser. Wie auch immer – was lief nur falsch bei seinem Bruder? Das, was er an der Baxter-Familie so besonders liebte, war die Tatsache, dass sie so ganz anders waren als die meisten Menschen in Hollywood. Sie liebten Gott und ihre Familien und sie schätzten jeden neuen Tag als etwas ganz Kostbares, etwas, das es wert war, darum zu kämpfen – egal, wie viel es kostete.

Doch nun war Luke Baxter unterwegs mit Randi Wells, während seine Frau und seine kleinen Kinder irgendwo in Indiana auf ihn warteten. Dayne ging weiter, bis er aus dem Licht des Lagerfeuers verschwunden war. Dann starrte er angestrengt in beide Richtungen über den Strand. Aber er konnte nicht die geringste Spur ihrer Anwesenheit erkennen.

Gott, bitte bewahre ihn davor, etwas zu tun, das er später bereuen wird. Dayne flüsterte das Gebet, doch als er zurück über den Strand zum Feuer ging, fühlte er sich erschöpfter als während der ganzen vergangenen Woche. Er vermisste Katy. Heute Abend würde er so lange aufbleiben, wie es nötig war, um sie anrufen zu können und mit ihr zu reden. Dayne dachte daran, dass es durchaus ein langer Abend werden könnte. Nicht nur wegen der wenigen kostbaren Minuten am Telefon mit Katy, sondern auch, weil er den Babysitter für seinen Bruder spielen musste.

Er runzelte die Stirn, als er sich auf seine Strandliege fallen ließ. Natürlich setzte das voraus, dass Luke und Randi erst einmal ihren Weg zurück zum Lagerfeuer finden würden.

Kapitel 16

John war in seinem Leben erst wenige Male nervös gewesen. Er und Elaine waren auf dem Weg zum *Red Lobster* – kein besonders außergewöhnliches Restaurant, doch John hatte ihren Lieblingstisch reserviert, den in der Ecke im hinteren Raum. So würden sie mehr Privatsphäre haben. Allerdings wollte er ihr die Frage aller Fragen nicht an diesem Ort stellen. Nach dem Essen plante er einen Spaziergang auf dem Gelände der Universität. Irgendwo auf dem Weg, so betete er, würde Gott ihm die innere Kraft schenken, ihr seinen Antrag zu machen.

Während er fuhr, dachte er daran, wie ganz anders es vor vielen Jahrzehnten gewesen war, als er Elizabeth gebeten hatte, ihn zu heiraten. Sie hatten schon so viel gemeinsam erlebt, dass sie das Gefühl hatten, sie seien schon seit fünf Jahren verheiratet. Elizabeth war schwanger geworden und hatte ein Baby bekommen. Sie war weggeschickt und gezwungen worden, ihr Baby wegzugeben, ohne dass einer von ihnen etwas dagegen einwenden durfte.

Als sie endlich wieder nach Hause gekommen war und sie die Erlaubnis hatten, wieder Zeit zusammen zu verbringen, war die Hochzeitsurkunde nur noch eine Formalität. Nichts konnte sie enger verbinden, als es die Konsequenzen ihres Verhaltens bereits getan hatten.

Heute war alles völlig anders.

John war über Sechzig. Eine leise Stimme in seinem Inneren erinnerte ihn unaufhörlich daran, dass es lächerlich war, in seinem Alter noch ans Heiraten zu denken. Doch jedes Mal, wenn dieser Gedanke ihn überfiel, dachte er an das, was Ashley gesagt hatte: *„Mama hätte gewollt, dass du lebst …“* Und dann wanderten seine Gedanken stets weiter zu einem der Briefe, die Elizabeth ihm geschrieben hatte.

Er hatte diesen Brief so oft gelesen, dass er die wichtigsten Stellen auswendig wusste. Sie klangen erneut in seinem Herzen, als er sich auf die Straße konzentrierte. *Wir sind nicht mehr so jung, wie wir es einmal waren,* hatte sie geschrieben, *und ich möchte, dass Du weißt: Was auch immer in den kommenden Jahren passieren wird – wähle das Leben. Wir beide müssen das tun. An jedem Tag, wenn wir aufwachen, liegen vierundzwanzig neue Stunden vor uns.*

„So gedankenverloren?“ Elaine hatte ihre Hände sorgfältig auf ihrer Handtasche gefaltet, die auf ihrem Schoß lag. Sie trug eine dunkle Hose und einen schönen Wollpullover, der in Herbstfarben gestrickt war. Ihr Haar sah hübsch aus, wie immer, doch er hatte den Eindruck, dass sie heute etwas Besonderes damit gemacht hatte.

„Ziemlich.“ John griff hinüber und nahm ihre Hand. Seine Stimme war sanft und sein Herz schlug aufgeregt in Erwartung dessen, was dieser Abend bereithielt. „Du siehst schön aus. Ich glaube, das habe ich dir noch nicht gesagt.“

Sie lächelte und schien sich ein wenig zu entspannen, da er ihre Hand hielt. „Ich war heute beim Friseur.“

„Das habe ich mir gedacht.“ Er sah kurz hinüber. „Du siehst keinen Tag älter aus als fünfunddreißig.“

„Das muss an der Dunkelheit liegen.“ Sie lachte und sah aus dem Fenster. Als ihr Lachen verklungen war, wandte sie sich ihm wieder zu. „Wie läuft es mit den Renovierungsarbeiten?“

„Seit dem Feuer sind elf Tage vergangen.“ John war dankbar für diese Ablenkung von der Samtschachtel, die er in der Tasche trug. Er konzentrierte sich auf seine Antwort. „Eine Baufirma hat bereits die Garage abgerissen. Sie haben sie bis zu den Fundamenten zerlegt. Vor einigen Tagen war ein Elektriker da. Er wird neue Leitungen im Dachboden und in der Garage legen, doch er wird auch das gesamte Haus überprüfen.“

„Es waren Eichhörnchen, nicht wahr? Das hatten sie doch herausgefunden?“

„Ja. An der Rückseite des Hauses, nahe den alten Ahornbäumen, ist eine Lüftung in der Wand. Offenbar wohnt eine Eichhörnchenfamilie in dem Baum, die vermutlich im letzten Winter durch die Lüftungsöffnung auf den Dachboden gekommen sind.“

John berichtete, wie der Elektriker ihn auf den Dachboden mitgenommen und ihm die Hinterlassenschaften der Tiere sowie die Fellbüschel und die angenagten Kabel gezeigt hatte. „Das hätte jedem passieren können. Der Elektriker sagte mir, dass man ein paar Mal im Jahr den Dachboden kontrollieren sollte, ob Tiere darin sind.“

„Das sollte ich bei mir auch mal tun.“

„Jedenfalls ...“ Sie hatten das Restaurant fast erreicht. John wechselte die Fahrbahn. „Sie haben mir gesagt, dass bis Mitte November alles fertig sein wird.“

„Wirklich?“ Elaine klang überrascht. „Das ist ziemlich schnell.“

„Der Bauunternehmer ist ein Freund von mir. Ich habe seine Tochter behandelt, als sie vor einigen Jahren Lungenentzündung hatte.“ Er bog nach links in den Parkplatz ein. „Er sagte, dass sei seine Gelegenheit, sich zu revanchieren.“

„Auf diese Weise kannst du deine Familie an Thanksgiving in das Baxter-Haus einladen.“

„Ja.“ John schwieg. Elaine hatte die Bemerkung ohne Hintergedanken ausgesprochen, doch sie erinnerte ihn daran, dass es das letzte Mal sein könnte, dass sie sich im Baxter-Haus zum Thanksgiving-Essen trafen. Er schob diese Gedanken beiseite, doch sie hinterließen einen kleinen Stachel der Traurigkeit. Als er und Elaine an ihrem Platz saßen, erinnerte er sich an die Lektion, die Gott ihn an dem Tag des Feuers gelehrt hatte. Erinnerungen brauchten kein Haus, um lebendig zu bleiben. Sie konnten Thanksgiving genauso gut in einem neuen Haus feiern, das John für sich und Elaine kaufen würde. Wenn er es nachher nur schaffte, die Schachtel mit dem Ring aus der Tasche zu holen!

„Du bist eingeladen, das weißt du hoffentlich. Für Thanksgiving …“

Elaines Lächeln war schüchtern und vorsichtig erwartungsvoll. Als ob sie möglicherweise ahnte, was heute Abend nach dem Essen kommen sollte.

John wollte sich nicht zu viele Gedanken darüber machen, was sie vielleicht denken könnte. Er schaffte es nur mit Mühe, sich auf die Speisekarte zu konzentrieren und sein Essen zu bestellen.

Als sie gegessen hatten und wieder im Auto saßen, holte John tief Luft und rieb seine Hände aneinander. „Es ist kalt.“

„Kälter als in den letzten Tagen. Aber noch nicht zu sehr.“

John wusste, dass er vermutlich wie ein nervöser Teenager klang, doch er konnte nicht anders. Er zitterte eher vor Aufregung als wegen der Temperaturen. „Erinnerst du dich an den Fußweg über das Unigelände, von dem ich dir erzählt habe?“

„Der auch nachts teilweise beleuchtet ist?“

„Genau. Die Bäume, die ihn säumen, sind gerade wunderschön rot und gelb.“ John blies in seine Hände. „Wenn du magst, können wir noch dort spazieren gehen.“

Elaine lächelte. „Okay. Ich habe meinen Mantel mitgebracht.“

„Ich auch. Und ich habe auch ein paar Schals auf dem Rücksitz. Falls es zu windig ist, wenn wir auf dem Unigelände sind.“

Ihre Augen funkelten. „Du bist der rücksichtsvollste Mann, den ich kenne, John Baxter."

Sie fuhren zur Universität und parkten auf der Südseite, nahe dem Eingang an der 3. Straße. John stieg aus und ging um das Auto herum. „Hier." Er öffnete die hintere Tür und holte ihren langen Mantel heraus. „Zieh das an."

„Zumindest ist es nicht windig."

„Nein, aber wir können trotzdem die Schals anziehen." Er würde alles tun, nur damit dieses Zittern endlich aufhörte. Er nahm zwei rote Schals von der Rückbank und gab ihr einen. „Ich habe sie vor ein paar Jahren irgendwo in der Stadt gekauft."

„Mmmm. So weich."

Ihre Hände berührten sich, als er ihr half, den Kragen ihres Mantels zu richten. John bemerkte, dass seine Hände feucht waren. *Gott, könntest du mir hier helfen … bitte? Ich fühle mich wie ein Teenie bei der ersten Verabredung.*

Mein Sohn … ich kenne die Pläne, die ich für dich habe …

Diese Gewissheit in seinem Herzen half ihm, ruhig durchzuatmen. Wie gut Gott doch war, dass er in einem solchen Augenblick sein nervöses Gebet beantwortete. Der Bibelvers war genau der, den er und Elizabeth im Lauf der Jahre so oft ihren Kindern gesagt hatten. Gott hatte Pläne für ihr Leben, gute Pläne.

Jetzt erinnerte ihn der Herr daran, dass diese Worte nicht nur seinen Kindern galten, sondern ebenso ihm selbst. Sie galten dem neuen Leben mit Elaine, das an genau diesem Abend beginnen würde.

Bei diesem Gedanken löste sich Johns Anspannung. Als sie zu dem Fußweg gingen, bot er Elaine seinen Arm und sie hakte sich bei ihm ein. Sie gingen den Weg entlang über einen kleinen Hügel und dann zu dem sich allmählich absenkenden hinteren Teil des Campus-Geländes. „Und … ist es nicht schön hier?"

„Ja." Elaine richtete sich etwas auf und holte tief Luft. „Ich liebe den Geruch des Herbstes. Die klare Luft, die Farben. Alles." Ihr Lächeln blieb unverändert. „Meine Kinder und ich haben oft darüber gesprochen, welches die schönste Jahreszeit in Bloomington ist. Der warme Sommer mit Fröschen und Kricketspielen und langen Abenden am See … oder die ruhige Schönheit von frisch gefallenem Schnee im Winter."

„Ich glaube, das ist meine Lieblingsjahreszeit. Wenigstens bis Weihnachten." Er zwinkerte. „Im Januar und Februar wird mir der Winter dann etwas zu lang."

„Ja." Ihr warmes, helles Lachen verzauberte ihn.

„Ashley liebt den Frühling, wenn die Blumen zu blühen beginnen und sie überall, wohin sie schaut, Inspirationen für ihre Gemälde bekommt."

„Der Frühling ist wunderschön." Elaine sah zu den verschiedenen Bäumen, die den Weg säumten. „Doch für mich steht es außer Frage. Es gibt nichts, was mit dem Herbst in Bloomington vergleichbar ist."

„Da bin ich deiner Meinung. Aber auch der Winter ist unvergleichlich schön." Er dachte an Sommer und Frühling und lachte. „Oder vielleicht liebe ich es einfach, zu *jeder* Jahreszeit hier zu leben."

Sie hatten fast das Ende des Fußweges erreicht. Plötzlich erinnerte sich John daran, warum er hier war, warum er diesen Spaziergang hatte machen wollen. Er schluckte und öffnete seinen Mund, doch er wusste nicht, was er sagen sollte.

„Ich habe es dir vielleicht nicht gesagt." Elaine ging langsamer. Sogar im schwachen Licht der Straßenlaternen konnte er sehen, wie ernst ihr Gesichtsausdruck geworden war. „Ich bin froh, dass du mich wiedersehen möchtest. Doch ich bin auch sehr dankbar, dass du ehrlich zu mir warst, als du dachtest, deine Gefühle mir gegenüber hätten sich möglicherweise geändert."

„Wegen unserer gemeinsamen Treffen?" Seine Worte klangen heiser, so als ob er Mühe hätte, sie hervorzubringen.

„Wegen *uns*." Sie blieb stehen und sah ihn an. „Ich möchte auf keinen Fall, dass du dich unwohl fühlst." Sie ließ sich Zeit. Ihren Worten war nichts von der Nervosität anzumerken, die in seinem Herzen lauerte. „Wenn du dich dazu entscheiden würdest, den Rest deines Lebens allein zu verbringen und mich nie wieder anzurufen, könnte ich das verstehen." Ihr Blick war tief und gefühlvoll. „Ich habe das auch erlebt. Es ist nur schon länger her, das ist der Unterschied."

John schwieg für einen Augenblick. Elaines Mann war vor zehn Jahren gestorben, doch das hieß nicht, dass sie nicht auch die gleichen Zweifel und Verletzungen durchlitten hatte, die ihm noch zu schaffen machten. „Manchmal glaube ich, dass es das war, was mich anfangs zu dir zog." Er nahm ihre beiden Hände in seine. „Du hattest einen Weg gefunden, den Verlust deines Ehepartners zu überleben. Mit dir zusammen zu sein, erinnerte mich daran, dass es möglich war. Wenn du in der Lage warst, morgens aufzustehen, dann könnte ich es vielleicht auch schaffen."

Elaine war für einige Herzschläge lang ruhig. „Deinen Kindern geht es besser. Das konnte ich in ihren Gesichtern sehen, als wir das letzte Mal zusammen waren. Besonders Ashley."

„Du hast sie an jenem Tag im Krankenhaus tief berührt." John würde immer für diese einfache Geste der Anteilnahme dankbar sein, für Elaines Vorschlag, ein hübsches Kleid für die kleine Sarah zu kaufen. „Ashley hat mir wiederholt gesagt, dass diese Geste ihr viel bedeutet hat – ihre Mutter hätte dasselbe getan."

„Elizabeth und ich waren sehr gute Freundinnen. Wir waren verschieden, ja. Doch wir hatten die gleiche Einstellung zum Leben." In Elaines Augen stand der bekannte Schmerz, der niemals ganz vergehen würde. „Ich weiß nicht, ob jede Mutter ein solches Geschenk gemacht hätte, aber Elizabeth hätte es getan."

Johns Herz floss über. Diese Frau, die vor ihm stand, war genau der Mensch, den er für den nächsten Lebensabschnitt an seiner Seite haben wollte. Sie war der wichtigste Teil des guten Planes, den Gott immer noch für sein Leben hatte. Sogar jetzt jenseits der Sechzig. Er ließ ihre Hände los und räusperte sich. Wenn er jetzt nicht seine Frage stellen würde, würde er vor Angst umfallen.

Elaine sah ihn an und leichte Belustigung mischte sich mit der Zärtlichkeit in ihrem Lächeln. „Ist mit dir alles in Ordnung?"

„Ja." Er lachte nervös. „Es geht mir großartig." Er griff in seine Manteltasche und zog die kleine Samtschachtel heraus. Als er sie hervorholte, schien Elaine zu begreifen, was gerade geschah.

Ihr Blick fiel auf die kleine Schachtel und sie schnappte nach Luft. „John … was … was tust du …?"

Mit jedem Herzschlag zog neue Gewissheit in sein Herz und verdrängte die Angst, die er seit Monaten vor diesem Moment gehabt hatte. Elaine war seine Freundin und Begleiterin, die Frau, mit der er sein Leben verbringen wollte. Er öffnete den Deckel und nahm einen einfachen, doch wunderschönen goldenen Ring mit Diamanten heraus. In der Mitte saß ein einzelner Brillant, der eingerahmt wurde von einigen kleineren Diamanten.

Er hob seinen Blick von dem Ring zu ihrem Gesicht. Wenn sie jünger gewesen wären, hätte sie vielleicht vor Aufregung gekichert oder auf den Zehenspitzen gewippt. Doch hier, allein auf dem ruhigen Fußweg mitten auf dem Universitätsgelände, sah Elaine ihn nur an, sah bis in die innersten Winkel seines Herzens, die zuvor einer anderen Frau gehört hatten. Tränen schimmerten in ihren Augen, als sie versuchte, zu sprechen. „Ich werde … werde sie nie ersetzen." Sie schaute auf den Ring, dann wieder auf zu John. „Ich würde es auch niemals versuchen wollen."

„Ich weiß." John streifte den Ring über Elaines Finger. „Das liebe ich am meisten an dir. Du lässt mich die Erinnerungen an Elizabeth behalten." Er legte seine freie Hand über sein Herz. „Du lässt zu, dass ich sie hier drinnen behalte, und du weißt, dass ich trotzdem genug Platz für dich darin habe."

Elaine gab ein Geräusch von sich, das eher Weinen als Lachen war. „Es tut mir so leid." Sie schlang einen Arm um seinen Hals und presste ihr Gesicht an seine Brust. „Es tut mir so leid, dass wir beide den Weg gehen mussten, der uns zu diesem Moment geführt hat." Sie trat zurück und lächelte ihn durch ihre Tränen hindurch an. „Doch jetzt sind wir hier."

„Ja." Er hielt ihre Hand und ließ seinen Daumen wieder und wieder über ihren neuen Diamantring wandern. „Ich möchte den Rest meines Lebens mit dir verbringen." Er fühlte seine eigenen Tränen auf seinen Wangen, denn dieser Moment war zugleich glücklich und traurig. „Heirate mich. Lass uns gemeinsam ein neues Zuhause für uns schaffen. Bitte, Elaine."

Sie wischte über ihre tränenfeuchten Wangen und jetzt lag in ihrem Lächeln das Versprechen auf das, was die Zukunft für sie bereithielt. „Ja, John … Ich werde dich heiraten. Und gemeinsam werden wir die Verluste der Vergangenheit bewältigen können und damit leben lernen."

„Das werden wir." John küsste sie, ein inniger Kuss voller Hoffnung und neuer Liebe. Doch ebenso voller Bewunderung. Denn Elaine verstand ihn wie niemand sonst seit Elizabeths Tod. Sie verstand ihn und würde nun für den Rest seines Lebens an seiner Seite sein. Ihre Liebe würde nicht das ersetzen, was sie beide in ihrem Leben schon erlebt hatten. Stattdessen würde ihre Liebe das vervollständigen. Auf diese Weise würden sie eine neue Zukunft haben, pulsierend und voller Lebendigkeit, so wie Elizabeth ihn gebeten hatte, zu leben.

Kapitel 17

Der Regen begann kurz vor Sonnenaufgang. Ashley wäre am liebsten zu Hause geblieben und hätte den Tag damit verbracht, mit Devin Spielzeugautos über den Fußboden zu schieben, doch während des Frühstücks bemerkte sie, dass sie fast keine Milch mehr hatten.

„Sieht so aus, als müssten wir einen kleinen Ausflug zum Supermarkt machen." Ashley saß am Küchentisch, Devins Hochstuhl gegenüber, und kitzelte ihn am Kinn.

Er kicherte und patschte mit der Hand auf die Cornflakes, die auf seinem Tischchen verteilt waren. Sein Haar war genauso blond wie Coles, doch es war lockig und stand morgens in alle Richtungen von seinem Kopf ab. Devin grapschte sich mit seinem Händchen ein paar Cornflakes und stopfte sie sich in den Mund. Als er das erfolgreich erledigt hatte, grinste er. „Doßer Laster!"

„Ja, ein großer, großer Laster! Wir spielen damit, wenn wir wieder zu Hause sind." Ashley stand auf und räumte die Müslischüsseln weg. „Zuerst haben wir ein Abenteuer zu bestehen. Im Regen zum Supermarkt!" Sie lachte leise. Ihre Mutter hatte ihr beigebracht, über regnerische Montage zu lachen. „Das Leben ist nur so lustig, wie du es machst", hätte sie gesagt. Dieses Gefühl war etwas, das Ashley auch ihren Kindern weitergeben wollte.

Nach dem Frühstück zog Ashley Devin seinen kuscheligsten Pullover und eine Jeans an. Dann zog sie ihren Lieblingsmantel über und machte sich mit Devin auf den Weg zum Supermarkt.

Zweimal begegnete sie Bekannten, als sie sich ihren Weg von der Obsttheke bis zum Kühlregal am Ende des Ladens bahnte, wo die Milch stand. Eine Mutter mit einem Sohn, der mit Cole in die Schule ging, und eine Mitarbeiterin aus ihrem Friseurgeschäft. Beide Frauen schienen nervös, als sie Ashley sahen, und vermieden es, ihr in die Augen zu sehen. Stattdessen eilten sie weiter, um ihre Einkäufe zu erledigen.

Die erste Frau ließ nur eine kurze Bemerkung fallen. „Es muss schwer für Ihre Familie sein, dass Dayne Matthews ständig in den Zeitungen ist."

Ashley lächelte und zuckte die Schultern. „Das gehört zu seinem Job." Sie dachte an jene Zeiten zurück, als sie und ihre Geschwister täglich in den Schlagzeilen standen, nachdem die Paparazzi herausgefunden hatten, dass Dayne plötzlich und unerwartet zu einer Familie gekommen war. „Ich denke, wir gewöhnen uns allmählich daran."

Ashley füllte ihren Wagen mit einigen Milchtüten, zwei Brotlaiben ihrer Lieblingssorte, einem Pfund Truthahnaufschnitt und einigen Bananen – Coles Lieblingsobst. Dann ging sie nach vorne zur Kasse.

Sie sah die Titelbilder der Zeitschriften, bevor sie überhaupt die Kasse erreicht hatte. Für alle Welt deutlich zu sehen, war darauf Randi Wells abgebildet, wie sie leidenschaftlich einen Mann küsste, der von der Seite betrachtet wie Dayne Matthews aussah. Die Schlagzeile verkündete: „Dayne Matthews auf frischer Tat ertappt!"

In Ashleys Kopf wirbelte alles durcheinander und ein Adrenalinstoß raste durch ihre Venen. Ihr Herz schlug mit einem Mal doppelt so schnell. Sie umklammerte den Einkaufswagen, damit sie nicht plötzlich in die Knie sank. Was um alles in der Welt tat Dayne dort? Sie löste eine zitternde Hand von dem Wagengriff und nahm sich eine Zeitschrift.

Erst jetzt bemerkte sie, dass es nicht die einzige Zeitschrift war, die dieses Foto zeigte. Jedes der bekannten Klatschmagazine zeigte dieses oder ein ähnliches Foto und alle titelten in gleicher Weise hämisch: „Dayne Matthews zieht weiter!" oder „Randi Wells erreicht ihr Ziel!" oder „Kein Nein für Randi!" Ashley griff sich ein Exemplar von jedem Magazin und legte sie oben auf ihre Lebensmitteleinkäufe.

Der Kassierer war ein älterer Mann, den Ashley schon oft hier gesehen hatte. Er schnitt lustige Grimassen für Devin. „Das ist der süßeste kleine Kerl von allen, die hier zum Einkaufen kommen." Der Mann steckte die Zeitschriften in eine Tüte und stellte die Tüte in den Einkaufswagen zurück. Er schien zwischen den Titelstorys und Ashley keine Verbindung herzustellen.

Ashley war dankbar dafür, denn sie konnte im Moment nicht über das Titelbild reden. Nicht, wenn sie vor Aufregung kaum Luft bekam. Ihr Herz raste und sie kämpfte auf dem ganzen Heimweg gegen eine Panikattacke an. Sie schaffte es, Devin auszuziehen, ihn in sein Ställchen zu setzen und die Einkäufe in die Küche zu tragen, bevor sie die Tüte mit den Zeitschriften nahm und auf das Sofa sank. Sie zog das Magazin mit dem größten und buntesten Foto heraus.

„Dayne … was hast du getan?", flüsterte sie. Der Schock und ihre Weigerung, das zu glauben, was sie sah, ließen keinen Raum für Traurigkeit. Noch nicht.

Sie starrte auf das Profil ihres Bruders und auf die Baseball-Kappe, die über sein Gesicht gezogen war. Das Foto war nachts aufgenommen worden, sodass es schien, als wollte Dayne mit der Kappe seine Identität verbergen. Diese Tatsache und die schlechte Beleuchtung auf dem Foto stellten eindeutig klar, dass das Foto nicht während der Dreharbeiten zu ihrem Film aufgenommen worden war. Ashley musterte das Bild ihres Bruders prüfend. Wegen des Kusses war Daynes Gesicht nicht vollständig zu sehen. Wenn Randis Gesicht nicht so deutlich erkennbar gewesen wäre, hätte man fragen können, ob der Mann auf dem Bild wirklich Dayne war. Doch jeder, der die Klatschzeitungen las, wusste, dass Dayne und Randi für einige Wochen einen Film am Strand von Mexiko drehten. Es war nicht nötig, Daynes Gesicht deutlich zu zeigen, um die Schlussfolgerung zu ziehen, die die Titelseiten der Zeitschriften herausschrien. Es gab nur eine mögliche Erklärung dafür.

Dayne hatte eine Affäre mit seiner Schauspielkollegin.

Ashleys Schock ließ allmählich nach. Jetzt gewann die Wut die Oberhand über ihr Elend. Wenn Devin nicht gerade im gleichen Raum mit ihr gewesen wäre, hätte sie die Magazine an die Wand gefeuert. Wie konnte Dayne so etwas tun? Warum hatte er so viele Jahre auf Katy gewartet und um ihre Liebe geworben, wenn er dann einfach so weitermachte wie früher?

Ihr Herz brach, als sie an Katy dachte. Sie war zwar in London, doch sie würde die Fotos mit Sicherheit auch sehen. Jemand würde ihr davon erzählen oder sie im Internet finden und für Katy ausdrucken. Ihre ganze Welt würde um sie herum zusammenbrechen. Nicht nur das, sondern sie würde auch keine Privatsphäre haben, um zu trauern.

Ashley knirschte mit den Zähnen und blätterte hastig durch die Seiten, um den Artikel über Dayne und Randi zu finden. „Die Chemie zwischen Dayne und Randi stimmt", stand höhnisch in großen Buchstaben über ungefähr sechs Fotos geschrieben. Darauf war Dayne zu sehen, wie er mit Randi lachte, während er mit ihr an einem Picknicktisch saß und offenbar gegrilltes Hähnchen aß. Man sah die beiden, wie sie nebeneinander standen und ihre Arme sich berührten, während ein Mann, den die Zeitschrift als den Filmregisseur identifizierte, mit ihnen sprach.

Auf jedem Bild wirkten Dayne und seine Kollegin sehr entspannt und vertraut. Zusammen mit dem Foto auf der Titelseite des Magazins sah es so aus, als hätten sie sich ineinander verliebt.

Ashley bemerkte noch etwas anderes. Auf dem Titelbild trug Dayne eine dunkelblaue Baseball-Kappe und ein weißes T-Shirt. Das Gleiche trug er auf den Fotos, die im Innenteil abgedruckt waren, wo sein Gesicht ganz deutlich zu erkennen war.

Ihr Verstand raste. Sie sollte versuchen, Katy anzurufen, bevor sie diese schrecklichen Fotos sah. Ashley ließ die Zeitschriften neben die Tüte fallen, rannte zum Küchentisch und zerrte ihr Handy aus der Handtasche. Sie hatte einen ungefähren Terminplan für Katys Dreharbeiten bekommen und es war ihr schon zweimal gelungen, mit ihr am Telefon zu sprechen.

Ashley tippte Katys Nummer ein und wartete. Ihr letztes Telefonat kam ihr in den Sinn.

„Mein Kollege ist Single", hatte Katy ihr erzählt. „Manchmal glaube ich, er versucht, mit mir zu flirten, doch er weiß, dass ich nicht an ihm interessiert bin. Er bezeichnet mich mittlerweile als große Schwester, was sehr viel besser ist." Ihre Stimme war nachdenklich geworden. „Irgendwie wird meine Ehe hier in London nicht so genau unter die Lupe genommen. Sie sind mehr mit ihren eigenen Angelegenheiten in ihrem Königreich beschäftigt. Es ist alles etwas gemächlicher hier und es herrscht nicht so viel Druck." Katy hatte für einen Augenblick geschwiegen. „Ich habe etwas gelernt. Filme zu drehen ist ein Job, und den werde ich auch, so gut ich kann, erledigen. Doch ich zähle die Tage, Ash. Ich kann es nicht erwarten, wieder zu Hause bei Dayne zu sein."

Ashley klammerte sich an diese Erinnerung. *Wie konntest du nur, Dayne? Warum?* Das Telefon klingelte dreimal, viermal … fünfmal. Dann sprang Katys Mailbox an. Nach dem Piepton öffnete Ashley den Mund, um etwas zu sagen, ihren Ärger und ihren Schmerz zu äußern und Katy wissen zu lassen, dass sie jedes Recht hatte, wütend auf Dayne zu sein. Doch alles, was sie sagte, war: „Hey, Katy … hier ist Ashley. Ruf mich zurück."

Sie beendete das Telefonat und stand ratlos dort. Was hatte Katy noch bei ihrem letzten Gespräch mit Ashley gesagt? Hatte es einen Hinweis gegeben? Eine Warnung, dass ihre Ehe kurz vor dem Aus stand? Ashley versuchte, sich an jede Einzelheit zu erinnern. Sie hatte nach Dayne gefragt, wie es ihm ging, wie oft sie miteinander sprachen.

Daynes Dreharbeiten fanden an einer ziemlich abgeschiedenen Stelle statt, hatte Katy gesagt, und es war schwierig, ihn zu erreichen. „Wir telefonieren nicht so oft, wie wir es gerne würden, doch Dayne ist sich bewusst, in welcher Situation er ist … du weißt, weil er mit Randi Wells dreht." Sie hatte erschöpft geklungen. „Er ist vorsichtig mit allem, was er sagt, wie dicht er neben ihr steht und ob seine Körpersprache womöglich missverstanden werden könnte. Doch er hat immer noch Sorge, dass etwas daraus konstruiert wird."

Nein, es hatte kein Signal gegeben – jedenfalls nicht, was Katy betraf. Ashley ging zum Sofa zurück und schaute wieder auf eine der Zeitschriften, auf die Art, wie Dayne Randi umarmte, wie sie sich aneinanderklammerten und in ihrem Kuss versanken. Ashleys Wut wich einer tiefen Traurigkeit. In der kurzen Zeit, seitdem sie wusste, dass Dayne ihr Bruder war, hatte sie wirklich geglaubt, sein Herz zu kennen. Eine einsame Träne fiel auf das Foto. Wie traurig, dass die grausame Wahrheit auf einem Zeitschriftencover zu sehen war. Er war wie die anderen, die im Rampenlicht in Hollywood standen – sie wurden bei der kleinsten Versuchung schwach. Es war eine zerstörende Enthüllung. Dayne Matthews war nicht der Mann, für den sie ihn gehalten hatte.

Er war nichts anderes als ein weiterer selbstverliebter, überheblicher Star.

* * *

Dayne bremste ab, als seine Füße die Brandung berührten, nachdem er über den sonnenbeschienenen Sand gelaufen war. Zweimal schaute er über die Schulter zurück zu Randi und lachte. „Siehst du?", rief er atemlos, erschöpft von dem Wettlauf. „Du kannst mich nicht fangen! Ich hab's dir doch gesagt!"

„Pass nur auf!" Sie trug einen Bikini und ein durchsichtiges dünnes Shirt, das sie in der Hüfte zusammengebunden hatte – eine perfekte Ergänzung zu ihrem Badeoutfit. „Ich werde dich kriegen – und wenn ich dich für den Rest meines Lebens jagen muss!"

Dayne rannte weiter über den nassen Sand, bis er die sich überschlagenden Wellen erreicht hatte. Er trug Shorts und ein weißes T-Shirt. Als das Wasser ihn durchnässte, klebte das Shirt an seinem Oberkörper. Er wirbelte herum und sah sie wieder an. „Du bist verrückt – weißt du das?"

„Weil ich dich liebe!" Randi rannte lachend zu ihm, wobei das Wasser aufspritzte. Kurz vor ihm blieb sie stehen.

Als sie ihre Gefühle ausgesprochen hatte, veränderte sich plötzlich die Situation. Sein Lachen verstummte und auch Randi wurde ernst. Sie sahen sich tief in die Augen, ihr Atem ging schnell vom Wettlauf.

„Ich liebe dich." Der Wind wirbelte Randis Haare durcheinander. Tränen stiegen in ihre Augen. „Ich habe dich immer geliebt." Sie trat einen Schritt näher. „Warum lässt du es nicht zu?"

„Warum?" Dayne starrte auf die Brandung und schüttelte leicht den Kopf. „Du weißt, warum." Als er den Kopf wieder hob, spürte er, dass Wut und Frustration in seinem Gesicht stand. Er ballte die Fäuste und schaute zum Himmel hinauf, bevor er sie wieder ansah. Hinter ihm brach sich eine große Welle und besprühte ihre Körper mit weißer Gischt. „Muss es denn immer so schwierig sein?"

„Nein!", schrie sie und in ihrer Stimme lagen alle unterdrückten Gefühle und die Liebe, die sie seit Jahren für ihn empfunden hatte. Wie ein Magnet vom Eisen angezogen wird, so kam sie langsam auf ihn zu, wie in Trance. „Es muss nicht so schwer sein." Tränen liefen über ihre Wangen, doch sie bemerkte es nicht. „Verlass mich nicht ... Bitte ..."

Er ging einige Schritte durch das knietiefe Wasser auf sie zu, wütend und verwirrt. Er zögerte, bis er sich ihren Armen überließ und zitterte, als er ihr Gesicht mit den Händen umfasste. Er grub seine Finger in ihr nasses Haar und küsste sie voller Leidenschaft und Wut, Angst und Begehren.

Nach fünfzehn Sekunden kam das Kommando vom Strand. „Cut!" Der Regisseur streckte die Faust triumphierend in die Luft. „Perfekt! Perfektes Licht, perfekter Hintergrund, perfekte Gefühle."

„Perfekter Kuss." Randis Augen funkelten. „Das ist eigentlich wirklich schade bei dir", flüsterte sie Dayne leise zu. „Wir sind zusammen so gut, dass wir die Szenen leider nicht noch einmal drehen müssen."

Dayne legte seine Hände sanft auf ihre Schultern und befreite sich aus ihrer Umarmung. Er lächelte, doch diese einfache Geste kostete ihn so viel Kraft wie die ganze Szene, die sie eben gedreht hatten. „Das ist Schauspielkunst."

Der Assistent des Regisseurs rief seinen Namen. Dayne war dankbar für die Gelegenheit, sich entfernen zu können. Er widerstand dem Wunsch, Randis Kuss von seinen Lippen zu wischen. „Ich komme." Er joggte über den Strandweg. Der Film enthielt nur zwei Kussszenen. Diese war die erste. Dayne hatte sie ursprünglich nicht im Film haben wollen, doch das war ein guter Kompromiss nach allem, was das Drehbuch anfangs enthalten hatte. Er hatte sich durchgesetzt, dass keine Bettszenen vorkamen und auch keine, in denen sie weniger Kleidung trugen als in der Szene eben.

Trotzdem fühlte er sich billig und schmutzig und schuldig. Er hatte seinen Beruf als Schauspieler noch nie so sehr gehasst wie in diesem Moment. Er dachte an seine Frau, die Tausende von Kilometern weit weg war, und vermisste sie so sehr, dass er kaum atmen konnte. *Gott, bitte hilf mir, sie zu erreichen. Ich muss mit ihr reden.*

In diesem Moment kündigte der Regisseur eine Pause von dreißig Minuten an. Es wurden Listen ausgeteilt, wer nach der Pause wo zu sein hatte. Dayne war begeistert. Er überschlug die Zeitverschiebung und wusste, dass es jetzt in London Abend war. Eine gute Zeit, um Katy anzurufen. Er sprach kurz mit dem Assistenten über die Kleidung, die er in den nächsten Szenen tragen sollte. Randi war am anderen Ende des Sets beschäftigt, doch Dayne bemerkte, dass sie mehr als einmal in seine Richtung schaute. Ihre unaufhörlichen Versuche, ihn zu verführen, machten ihn wütend. Sie ließ sich auch nicht davon abhalten, dass er alles in seiner Macht Stehende getan hatte, um ihr deutlich zu zeigen, dass er nicht interessiert war.

Er liebte seine Frau. Ende.

Als er das Gespräch mit dem Assistenten beendet hatte, eilte er zu seiner Tasche, vertauschte das nasse T-Shirt mit einem trockenen und lief dann den Strand entlang zur Essensausgabe. Gerade, als er sich dort anstellen wollte, hörte er aus den Tiefen seiner Tasche den Filmsong aus *Robin Hood.* „(Everything I Do) I Do It for You" – hatte er für Katy bei ihrer Hochzeit gesungen und es danach zu seinem Klingelton gemacht.

Sein Herz raste, als er seine Tasche öffnete und nach dem Handy griff. Eilig hielt er es an sein Ohr. Er konnte fast schon ihre Stimme hören. „Hallo?"

„Hey, mein Freund … hier ist Bob."

Dayne spürte, wie die Enttäuschung über ihm zusammenschlug. *Ich muss mit Katy reden … vor allem nach einer solchen Szene wie eben.* „Warte eine Minute." Er zog eine Baseball-Kappe aus seiner Tasche, schob sie sich über die Augen und schnappte sich den nächstbesten Stuhl. Als er in sicherer Entfernung vom Essensbereich und seinen Kollegen war, stellte er den Stuhl ab, ließ sich darauffallen und seufzte tief. „Hey, Bob. Du hast mich in einem günstigen Moment erwischt. Wir haben gerade Pause."

Für ein paar Sekunden war nichts von Bob zu hören. Dayne fragte sich, ob die Verbindung unterbrochen war. „Bob … bist du noch dran?"

„Ja. Ich wollte nur … ich wollte so schnell wie möglich anrufen."

Dayne hatte es erst nicht bemerkt, doch Bob schien viel ernster zu sein als sonst, so ernst, wie sein alter Schulfreund normalerweise niemals klang. Dann erinnerte sich Dayne. Er hatte versprochen, Bob in der letzten Woche anzurufen, und er hatte es vergessen. Bob und seine Frau arbeiteten als Missionare in Mexiko City und hatten Dayne eingeladen, zum Essen zu kommen. Darum musste es gehen. „Hey, wegen meines Besuches bei euch … Ich habe eventuell nächste Woche einen freien Tag, vermutlich Dienstag oder Mittwoch."

„Das … das ist nicht der Grund, warum ich anrufe." Bobs Stimme klang angestrengt, fast gezwungen.

Der Sand war warm unter Daynes Füßen und er sah auf das Meer hinaus. „Okay." Er zog die Kappe noch tiefer ins Gesicht und blinzelte in die Sonne. Die Luft streichelte warm und sanft seine Haut. „Warum dann?"

„Du musst es inzwischen gesehen haben, nicht wahr?"

Ein erstes Alarmzeichen leuchtete in Daynes Kopf auf. „Was gesehen?"

Bob stöhnte. „Die Titelbilder der Zeitschriften. Die, die heute Morgen veröffentlicht wurden. Ich habe sie im Internet gesehen." Eine unangenehme Pause folgte. „Was machst du bloß? Wie konntest du ihr erlauben …?"

„Bob!" Der Strand unter Daynes Füßen fühlte sich plötzlich wie Treibsand an, der ihn unweigerlich in ein tiefes Loch zog. Er legte seine freie Hand über das andere Ohr, um Bob besser zu hören. „Ich habe keine Ahnung, wovon du redest."

„Paparazzi sind euch zum Set gefolgt. Das müsstest du doch wissen."
„Natürlich weiß ich das. Sie kommen und gehen, aber es gibt nicht viel zu fotografieren."
„Dayne … was auch immer zwischen dir und Randi passiert ist, du kannst mir die Wahrheit sagen. Du musst darüber reden." Bob zögerte. „Bevor du alles verlierst." Seine Stimme klang, als wäre er fast sicher, dass Dayne bereits alles verloren hatte.
Dayne massierte seine Schläfen mit Daumen und Zeigefinger. „Kumpel, du kannst mich für verrückt halten, doch ich bin absolut ehrlich mit dir." Er wollte eigentlich nicht fragen, doch er musste es wissen. „Sag mir, was du gesehen hast."
Bob holte tief Luft. „Du und Randi, in einer innigen Umarmung, völlig hingegeben in einen Kuss von zwei Liebenden. Ich habe einen Freund in den Staaten angerufen, der es für mich überprüft hat. Dieses Foto ist auf fast allen Titelbildern der Klatschmagazine."
Dayne musste aufstehen, um seine Lungen mit frischer Luft zu füllen. Er riss die Baseball-Kappe ab und musste sich zwingen, nicht laut zu schreien. „Das ist unmöglich. Wir haben erst heute Morgen unsere erste Kussszene gedreht." Er schaute über die Schulter; ein paar Menschen, die sich neben der Essenstheke versammelt hatten, schienen sehr interessiert zuzuhören. Er stülpte die Kappe wieder über den Kopf und stürmte zu einer abgeschiedenen Ecke des Strandes.
„Das Foto ist ziemlich eindeutig." In Bobs Tonfall schwang eine leise Anklage mit. „Kein Mensch ist außer euch zu sehen und es ist schon Abend. Das ist ganz klar nicht während der Dreharbeiten aufgenommen."
„Das war ich nicht!" Dayne knirschte mit den Zähnen und ballte die Faust. „Du glaubst mir doch, oder? Ich sage die Wahrheit!" Sein Verstand raste, während sich sein Magen verkrampfte. Wie konnte das passieren? Er hatte alles getan, was er konnte, um sich von Randi fernzuhalten. Er bedeckte sein Gesicht mit seiner freien Hand. „Ich kann das nicht fassen."
Bob wartete offenbar auf irgendeine Erklärung. „Ich sehe mir das Foto in diesem Moment an. Die Schlagzeile behauptet, du wärst auf frischer Tat ertappt worden."
„Nein … das kann alles nicht wahr sein." Dayne hätte am liebsten geschrien oder die Person niedergeschlagen, die für dieses Chaos ver-

antwortlich war. Sein Kopf raste und ihm wurde so schwindelig, dass er sich kaum noch auf den Beinen halten konnte. „Erklär mir das eine … woher weißt du, dass ich es bin?“ Diese Frage war die einzige, die Dayne vernünftig erschien. Ganz egal, was Bob sich da gerade anschaute: Das Foto zeigte nicht Randi und ihn. Es konnte einfach nicht sein.

Bob zögerte. „Naja, du trägst ein weißes T-Shirt und eine blaue Baseball-Kappe. Steht irgendwas von Baja darauf.“

Dayne riss die Kappe von seinem Kopf und starrte sie an. Genau die gleiche Kopfbedeckung, die er im Moment trug. Er schleuderte sie ins Wasser und entfernte sich immer weiter vom Set. Er presste die Zähne so fest aufeinander, dass er die Worte kaum herausbrachte. „Alle Schauspieler und Mitarbeiter haben eine solche Kappe.“

„Das Titelbild ist nicht das einzige Foto. Es gibt andere – wie du neben Randi stehst, wie ihr zusammen lacht und nebeneinander sitzt.“ Bob klang verwirrt, doch wenigstens klang seine Stimme nicht mehr so zweifelnd.

„Ja.“ Dayne lachte gezwungen. „Spielen wir auf einem Foto Frisbee?“

„Ähm …“ Bob zögerte. „Ja, das tust du. Eindeutig.“

„Natürlich tun wir das.“ Er rannte in die andere Richtung zurück zur Essensausgabe. „Das sind Szenen aus dem Film.“

„Warte, ich glaube … ja, hier steht als Bildunterschrift: ‚Dayne und Randi bringen das Feuer der Leidenschaft vom Film ins wirkliche Leben‘. Das steht da, mein Freund. Das Problem ist, dass du auf allen Fotos das gleiche T-Shirt und die gleiche Baseball-Kappe trägst.“

„Die Szenen, die wir dort gedreht haben, sollen alle am gleichen Nachmittag am Strand spielen. Natürlich habe ich immer das Gleiche an.“ Dayne bemühte sich, seine Stimme zu kontrollieren. Diese Neuigkeiten waren grauenhaft, die schlimmsten, seit er mit Katy zusammen war. Doch das war nicht Bobs Schuld.

„Nein, Dayne, nicht die gleichen Kleider in den verschiedenen Szenen aus dem Film. Du trägst die gleichen dort und auf dem Titelfoto, der Aufnahme, wo du sie küsst …“

„Das war ich nicht!“ Dieses Mal schrie er. „Es tut mir leid, aber bitte – du musst mir glauben! Ich habe sie nicht geküsst, nicht vor heute Morgen!“ Er wäre am liebsten zum Meer gerannt und hineingesprungen, um an einen Ort zu schwimmen, wo alles normal und ruhig verlief, einen Ort, an dem die Wahrheit gesagt wurde und es keine

Klatschmagazine gab. Er hörte auf herumzurennen und starrte auf das Wasser. „Ich schwöre es: Ich sage die Wahrheit."

Bob zögerte. „Ich verstehe es nicht … aber ich glaube dir." Er ließ ein langsames Zischen hören, als würde er den Atem durch zusammengepresste Zähne drücken. „Mensch, du musst unbedingt mit Katy reden."

Dayne stellte sich vor, wie seine Frau irgendwo in London bei den Dreharbeiten war und dort diese Neuigkeiten hörte. Oder, noch schlimmer, selbst die Zeitschriften irgendwo sah. Er ging ein paar Schritte zu einer Palme und lehnte sich gegen den rauen Stamm. Wenn es so schwer war, Bob von seiner Unschuld zu überzeugen, was würde Katy dann sagen? „Ich hasse das alles."

Für einige Zeit erwiderte sein Freund nichts. Wieder dachte Dayne fast, dass die Verbindung unterbrochen wäre. Doch dann antwortete Bob: „Denk nach, Kumpel. Wer könnte es sonst sein? Einer bei den Dreharbeiten, der dir sehr ähnlich sieht? Ein Double?"

Ja, das musste es sein. Dayne spürte eine leise Hoffnung aufkeimen. „Genau … richtig. Wie ich schon sagte, haben wir alle diese Kappen bekommen." Er ging wieder zum Wasser. „Und alle tragen T-Shirts. Immerhin sind wir am Strand."

„Dann denk mal genau nach." Ein Geräusch verriet, dass die Seiten des Magazins umgeblättert wurden. „Ehrlich gesagt, kann man auf dem Titelbild dein Gesicht nicht vollständig erkennen. Das Profil sieht aus wie deins, auch der Körperbau und die Haarfarbe."

„Aber es muss jemand anderes sein." Dayne fühlte sich völlig erschöpft und niedergeschmettert. Er hatte noch einen halben Tag Dreharbeiten vor sich, doch er hätte dem Regisseur am liebsten gesagt, dass er das nicht konnte. Am besten wäre es, den Film und ganz Hollywood zu vergessen. Er sollte eigentlich den nächsten Flieger nach England nehmen. Die Ausweglosigkeit seiner Situation stand vor ihm wie ein unüberwindbarer Berg. „Bob, ich muss Schluss machen. Danke, dass du angerufen hast."

„Ich bin sehr froh, dass du das nicht bist. Ich dachte wirklich …"

„Wow." Dayne bemühte sich, seine Stimme nicht bitter klingen zu lassen, doch er konnte seinen Schmerz nicht verbergen. „Du hast wirklich geglaubt, dass ich hierherkomme und eine Affäre mit Randi Wells anfange?"

„Du bist auch nur ein Mensch, Dayne." Bob klang weicher als zuvor, verständnisvoller. „Jeder von uns kann der Versuchung unterliegen. Das ist einer der Gründe, warum wir Jesus brauchen. Ich wollte … ich wollte nur, dass du weißt, dass ich jederzeit für dich da bin … auch wenn du das auf dem Titelbild tatsächlich gewesen wärst."

Die Tiefe von Bobs Freundschaft besänftigte Daynes Wut. Bob Asher war ein großartiger Freund! Er hatte nicht angerufen, um Dayne zu verurteilen, sondern um ihm seine Unterstützung anzubieten, sogar wenn er gerade den größten Fehler seines Lebens begangen hätte. Und Bob hatte recht. Es war menschlich, der Versuchung nachzugeben. „Naja, dieses Mal habe ich widerstanden. Aber danke, dass du für mich da bist."

Nachdem er das Gespräch beendet hatte, blieb Dayne noch einige Augenblicke allein. Sein Herz pochte heftig in seiner Brust. Sollte er Katy anrufen und versuchen, sie zu erreichen, bevor sie das Foto sah? Oder hatte sie es schon gesehen?

Er war gerade dabei, ihre Nummer zu wählen, als er die Stimme des Regisseurs hörte. „Alle Mann herhören … die Pause ist vorbei!"

Dayne schluckte und versteckte seine Gefühle tief in seiner Seele. Seine Wut über den Betrug der Medien, seine Verletzung und seine Angst mussten warten, bis die Dreharbeiten für diesen Tag vorüber waren. Sie hatten einen Zeitplan einzuhalten. Der Regisseur würde nicht den geringsten Verzug dulden.

Er ging zu seiner Tasche zurück und ließ das Handy hineinfallen. Als er über den Strand zu der Stelle ging, wo seine nächste Szene gedreht werden sollte – ein Streit zwischen ihm und der Schauspielerin, die Randis Mutter darstellte –, musterte er seine Kollegen und die Mitarbeiter. Wer hatte ihm das angetan? Wer hatte sich mit Randi zu einem Schäferstündchen davongestohlen und hängte ihm nun die Sache an? Den ganzen Nachmittag über dachte er während der kurzen Drehpausen zwischen den einzelnen Szenen darüber nach. Als er so allein saß, wurde ihm mit einem Mal klar, dass der Kerl – wer auch immer es war – nicht das eigentliche Problem darstellte. Randi war diejenige, die sich mit jemandem einließ, der haargenau so aussah wie –

Dayne durchfuhr plötzlich eine Erkenntnis und er schnappte nach Luft. Er fuhr sich mit den Fingern durch die Haare und versuchte sich daran zu erinnern, dass er ausatmen musste. Den ganzen Nachmittag über war er die Liste der Namen der Männer am Set durchgegangen, doch keiner von ihnen sah aus wie er oder hatte seinen Körperbau.

Keiner von ihnen außer der einen Person, an die er bis jetzt überhaupt nicht gedacht hatte. Ein Mann, der genauso aussah wie er. Dayne hatte gehofft, dass der Schmerz in dem Moment, in dem ihm klar wurde, wer der Mann auf dem Foto tatsächlich war, vorübergehen würde. Doch jetzt, als sich das fehlende Puzzleteil in das Bild fügte und die Wahrheit ihn überwältigte, verschwand Daynes Schmerz nicht.

Er wurde nur noch stärker.

Kapitel 18

Am Tag vor Halloween konnte Katy nur daran denken, dass zu Hause – wenn es das christliche Kindertheater noch geben würde – das große Herbstfest stattgefunden hätte. Die Kinder hatten sich an jedem 30. Oktober getroffen und im Theater eine Kostümparty gefeiert. Die Mitarbeiter des Kindertheaters hatten dabei Kostüme aus vergangenen Aufführungen getragen und für die Kinder Wettspiele veranstaltet, bei denen es Süßigkeiten zu gewinnen gab.

Bei dieser Veranstaltung war zwar nie viel Geld zusammengekommen, doch es war für die Kinder eine weitere Gelegenheit gewesen, sich zu treffen und Gemeinschaft zu erleben. Katy sah auf die Uhr, die an einer der Kulissen befestigt war. In fünfzehn Minuten sollten die Dreharbeiten für diesen Nachmittag beginnen. In Bloomington war es erst sieben Uhr morgens, doch Jenny Flanigan würde schon wach sein.

Katy nahm ihr Handy aus dem Rucksack und fand Jennys Nummer im Kurzwahlspeicher. Sie drückte die Taste und wartete.

Jenny nahm beim dritten Klingeln ab. Ihre Stimme klang aufgeregt. „Katy, ich kann es nicht glauben, dass du es bist!"

„Hallo." In Katys Augenwinkeln hingen Tränen. Sie hatte das Gefühl, als würde sie hier in London in einer ganz anderen Welt leben. Das Leben zu Hause schien für immer vorbei zu sein. „Ich musste einfach anrufen. Heute ist der 30."

„Ich weiß." In Jennys Stimme lag Wehmut. „Bailey und Connor haben gestern Abend darüber gesprochen. Das erste Jahr seit Langem ohne ein Herbstfest des Kindertheaters."

Katy fühlte einen Kloß in ihrem Hals. „Wie geht es ihnen … Bailey und Connor?"

„Sie vermissen das Theater. Das ist nicht zu übersehen." Jenny war voller Mitgefühl. „Doch sie verstehen, dass du jetzt andere Prioritäten hast. Und selbst wenn du hier wärst, hätten wir ja deswegen immer noch kein Theater." Sie seufzte. „Es ist keine einfache Zeit für sie. Sie bitten Gott immer noch um ein Wunder."

Katy fühlte sich bei dem Gedanken daran noch elender. Ihre beiden Lieblingsteenager baten Gott um ein Wunder, das nie geschehen würde. „Wie geht es den anderen – den Shaffers und Picks und Larsons? … Reden die Leute noch über das Kindertheater?"

„Auf jeden Fall. Einige von ihnen haben sich vor ein paar Tagen bei uns getroffen, weil Bailey und Connor sie eingeladen hatten. Der Grund – wie jedes Mal, wenn sich die Kinder treffen – war, über eine Möglichkeit nachzudenken, wie der Abriss des Theaters verhindert werden kann." Jenny klang nicht sehr hoffnungsvoll. „Am Ende haben sie gesungen und Gott darum gebeten, dass er ihnen das christliche Kindertheater wiedergeben möge, wie auch immer er das bewerkstelligen kann."

Katy fühlte, wie ihre Trauer ins Unermessliche stieg. „Ich vermisse es so sehr! Wenn ich jetzt nach Hause kommen könnte, würde ich mich vor die Abrissbirne stellen und die Investoren anflehen, es sich noch einmal anders zu überlegen."

„Bauland ist teuer in der Stadt." Jenny seufzte frustriert. „Das alte Theater ist inzwischen vielleicht schon zweimal so viel wert wie das Geld, was sie dafür bezahlt haben."

Eine Träne fiel auf Katys Jeans. Sie wischte sich über die Augen. „Was gibt's noch? Was Neues in den Zeitschriften?"

„Ich bin beeindruckt." Jennys Stimme wurde fröhlicher. „Du hältst dich wirklich von ihnen fern. Das ist gut."

„Ich vermute, dass du sie auch nicht liest, oder?"

„Auf keinen Fall. Wenn ich die Wahrheit wissen will, rufe ich dich an. Außerdem ist es nicht gut für die Kinder, wenn sie sich zu sehr mit dieser ganzen verrückten Promi-Welt in den Klatschmagazinen beschäftigen."

„Ja, da hast du vermutlich recht." Katy spähte über die Straße zu der Stelle, wo Stephen Petrel gerade neue schriftliche Anweisungen austeilte, um die nächste Szene vorzubereiten. „Hör zu, ich hab nicht mehr viel Zeit. Ich wollte einfach nur mal deine Stimme hören. Vor einem Jahr …" Ihre Gefühle überwältigten sie so, dass sie den Satz nicht beenden konnte.

„Ich weiß. … Du hast dir nicht vorgestellt, dass sich alles so entwickeln würde." Jenny hatte schon immer die richtigen Worte gefunden. Ihre Freundschaft war noch etwas, das Katy an ihrem Leben in Bloomington schmerzlich vermisste.

Sie versuchte, ihre Stimme wiederzufinden. „Ich wollte nie, dass die Kinder das Kindertheater verlieren."

„Bete für sie." In Jennys Stimme lag ein Lächeln. „Sie haben mich gebeten, dir das zu sagen. Bailey hat ein gutes Gefühl in dieser ganzen Sache. Sie denkt, dass sich vielleicht doch eine Lösung findet, wenn alle dafür beten."

„Ich werde beten." Katy biss sich auf die Unterlippe, um nicht zu weinen. „Sag ihnen, dass ich sie liebe."

Als sie das Gespräch beendet hatte, entdeckte Katy Ian Walters, den männlichen Hauptdarsteller, der auf sie zukam. Katy steckte das Handy zurück in ihre Tasche und richtete sich auf. „Hallo." Sie zwang sich zu einem freundlichen Lächeln. Sie ließ Ian normalerweise nicht an ihren persönlichen Sorgen teilhaben. Und jetzt war nicht der richtige Zeitpunkt, um damit anzufangen.

Es war Jennys Vorschlag gewesen, die Gespräche mit anderen Männern bei oberflächlichem Geplauder zu belassen. „Achte auf dein Herz", hatte ihre Freundin sie ermahnt. Katy war für diesen Hinweis dankbar gewesen, da es ohnehin schon genug gab, was ihre Ehe durcheinander wirbelte.

Ian setzte sich auf den Stuhl ihr gegenüber. Er trug einen Pappteller mit einem Sandwich und drei Plätzchen. Er hielt ihr eines hin. „Hunger?"

„Nein." Sie lächelte wieder. Ihr Herz brach bei dem Gedanken daran, wie sehr sie ihre Theaterkinder vermisste. Sie konnte nichts essen. Sie achtete darauf, dass ihr Tonfall unbeschwert klang. „Trotzdem danke."

„Du siehst nachdenklich aus." Ian schob seinen Stuhl dichter heran, sodass sich ihre Füße beinahe berührten.

Katy war für einen Moment verlegen, bis sie sich daran erinnerte, dass heute keine Paparazzi in der Nähe lauerten. Sie konnte ihre Füße nur wenige Zentimeter neben die Füße ihres Kollegen stellen, ohne dass gleich jemand vermutete, dass sie eine Affäre mit ihm hatte. Dennoch hielt sie die Schutzmauern um ihr Herz sorgfältig aufrecht. „Ich vermisse mein Zuhause."

„Hmmm." Seine Augen flirteten mit ihr. „Ich nicht. Ich bin lieber hier, einmal über den großen Teich, mit Amerikas Liebling Nummer eins."

„Naja …" Katy grinste ihn an. Sie zog ihre Füße unter ihren Stuhl. „Meinem Ehemann gefällt deine brüderliche Fürsorge."

Ian verdrehte die Augen in gespielter Enttäuschung. „Ja, ja … Sag ihm, dass es mir eine Ehre ist."

„Schwester?"
Er seufzte übertrieben. „Na gut. Schwester!"
Zu dieser Beziehung hatten Katy und Ian bei den Dreharbeiten gefunden. Die Chemie stimmte zwar zwischen ihnen, und wenn sie mussten, konnten sie das auch noch etwas verstärken. Da der Film aber von einer Frau handelte, die mit Depressionen zu kämpfen hatte, und von dem Wunsch ihres Ehemanns, ihr zu helfen, funktionierte die geschwisterliche Beziehung auch vor der Kamera.
Sie sprachen gerade über die Szenen, die an diesem Tag gedreht werden sollten, als Katy Stephen Petrel bemerkte, der offensichtlich konzentriert in eine Unterhaltung mit seinem Assistenten vertieft war. Einige Male schaute Stephen über seine Schulter zu Katy und Ian hinüber.
„Da haben wir es schon wieder." Ian neckte sie erneut. „Viel zu abgelenkt, um sich ernsthaft mit mir zu unterhalten."
Katy schüttelte den Kopf. „Entschuldige. Es ist nur … Stephen. Er sieht so aufgeregt aus."
„Stephen ist immer aufgeregt." Ian lachte. „Der Typ ist so ein Perfektionist! Ich bin überrascht, dass er überhaupt mal einen Film zu Ende bringt."
Stephen nahm einen großen Umschlag von dem Assistenten entgegen, dann wandte er sich um und kam auf sie zu. Bis er sie erreicht hatte, musste Katy nicht mehr fragen, ob es ein Problem gab. Die Antwort stand deutlich in Stephens Gesicht geschrieben. Er legte seine Hand auf Ians Schulter. „Walters, ich muss für eine Minute mit Katy reden."
Katys Herz setzte einen Schlag lang aus. Was konnte passiert sein? Die Dreharbeiten liefen gut. Sie hatten bisher nur wenige Szenen noch einmal drehen müssen und das hauptsächlich wegen ungünstiger Lichtverhältnisse. Einen Augenblick fragte sie sich, ob jemand ihr unterstellte, eine Affäre mit Ian zu haben. Darüber hatte sie mit dem Regisseur gesprochen, denn sie brauchte alle Unterstützung, die sie bekommen konnte. „Ich kann es nicht zulassen, dass die Presse glaubt, zwischen Ian und mir liefe etwas", hatte sie ihm erklärt. „Hilf mir bitte dabei, okay?"
Stephen war sichtlich amüsiert gewesen über ihre Bitte. Schließlich waren nur wenige amerikanische Fotografen hier am Set. „Du bist nicht die Story", hatte er ihr versichert. „Keiner kümmert sich um

dich und Ian Walters, solange du ihnen nicht einen Grund dafür bietest."

Natürlich hatte er recht. Die Story waren Dayne und Randi. Bisher hatte Dayne größte Anstrengungen unternommen, um die Beziehung zwischen ihm und seiner Kollegin so platonisch wie möglich zu halten. Doch vielleicht war etwas wegen der Reality-Show. Die Sendung *For Real* setzte ihnen immer noch hart zu, indem sie der Welt vorgaukelte, wie schlimm es um sie und Dayne angeblich bestellt war und wie zerrüttet ihre Ehe sei. Wenn die Fotografen Katy und Ian in einem ungünstigen Moment erwischen würden, würden sie die Bilder mit Begeisterung veröffentlichen.

Ian nahm seinen Teller, zwinkerte Katy zu und ging wieder, um sich bei der Essensausgabe anzustellen. Einige andere Schauspieler hatten sich an einem Kaffeetisch zusammengesetzt, darunter eine junge Schauspielerin, die in diesem Film ihr Debüt gab. Katy hatte den Verdacht, dass Ian auch an ihr interessiert war.

Katy wandte dem Regisseur ihre volle Aufmerksamkeit zu. „Stephen?"

Er war einer der warmherzigsten und herzlichsten Menschen, die sie kannte, doch jetzt war seine Miene so ernst, dass seine Gesichtszüge wie verhärmt wirkten. „Worum geht es?" Katy spürte, wie die Hitze in ihr Gesicht stieg und ihre Hände zu zittern begannen. Etwas Schreckliches musste Stephen zugestoßen sein, wenn er so aussah.

„Hast du schon die Klatschmagazine von gestern gesehen?"

Katys Herz sank. „Jetzt sag mir nicht ..." Sie ballte die Fäuste und starrte auf die Erde. „Ich habe getan, was ich konnte, um mich von ihm fernzuhalten. Die Vorstellung, dass Ian Walters und ich mehr sein könnten als Kollegen ..."

„Es geht nicht um Ian und dich." Stephen kniff die Augenbrauen zusammen und legte eine Hand auf ihre Schulter. „Ich kann es nicht glauben, dass dir niemand etwas gesagt hat. Vermutlich, weil wir uns alle so auf die Dreharbeiten konzentrieren."

Der Boden unter Katys Füßen schien plötzlich zu schwanken. Sie lehnte sich gegen einen Wohnwagen und wartete.

Stephen griff in den Umschlag und zog drei Farbfotos heraus. Er hielt das erste hoch. „Es tut mir so leid. Ich wünschte, du müsstest das nicht sehen."

Katy starrte auf das Foto und sofort verfiel ihr Verstand in eine Verteidigungshaltung. Es dauerte einige Sekunden, bis das Foto einen Sinn ergab, bis sie begriff, was sie sah. Und selbst dann dauerte es noch einige Sekunden länger, bis der Schmerz in der Tiefe ihrer Seele begann. Das Foto zeigte Dayne und Randi Wells, die einander in den Armen lagen und sich küssten, als ob … als ob sie leidenschaftlich und bis über beide Ohren ineinander verliebt wären.

„Nein …“ Katy spürte, wie sie zu wanken begann, doch Stephen fing sie auf.

Er legte seinen Arm unter ihren und stützte sie. „Du darfst jetzt nicht aufgeben. Ich habe das viel zu oft in unserem Business gesehen.“ Er sprach zu ihr wie ein Vater. „Du und Dayne, ihr müsst reden. Aber du wirst es schaffen.“

Es schaffen? Katy starrte wieder auf das Bild. Die Worte, die darüber standen, schrien: „Dayne Matthews auf frischer Tat ertappt!“ Sie fühlte sich schwindelig und elend. Schwarze Punkte tanzten vor ihren Augen und sie konnte nicht länger hören, was Stephen sagte. Irgendetwas über Affären, die so alltäglich geworden waren, und Versuchungen, die zu groß waren, um ihnen zu widerstehen. Dass es möglich war, dass das Leben weiterging, und dass sie nicht zu viel auf eine solche Affäre geben sollte, weil solche Dinge einfach passierten.

Katy schloss die Augen und versuchte, nicht ohnmächtig zu werden. *Nein*, hätte sie ihn am liebsten angeschrien. *Mir passieren solche Dinge nicht.* Sie war nicht so. Sie glaubte an die Wahrheit, an Loyalität, Liebe und Treue und dass man nicht heiratete, ohne zumindest den Wunsch zu haben, das alles in der Ehe auszuleben. Alles, woran auch Dayne glaubte. Wenigstens hatte er das getan …

Sie spürte, dass das Blut aus ihrem Gesicht schwand. „Stephen … hilf mir.“ Irgendetwas geschah mit ihr und sie begriff nicht, was. Sie stürzte, ihr war schwindelig. Jemand fing sie auf, wobei ein lautes Rauschen ihre Ohren füllte und ein grausamer Schmerz durch ihr Herz schnitt. *Dayne … du hast doch nicht … du kannst doch nicht …* Ihre Gedanken wirbelten durcheinander und verblassten.

Dann war nichts mehr da außer Kälte und Dunkelheit. Doch selbst in der tiefsten Finsternis hatte Katy immer noch die Fähigkeit, sich die einzige Frage zu stellen, die noch zählte.

Wie konnte das nur geschehen? … Wie konnte das …?

Und dann war sie nicht länger fähig, sich diese Frage zu stellen. Der Schwindel verschwand und alles, was blieb, waren Schmerz und ein schreckliches Gefühl der Leere, schlimmer als alles, was Katy bisher gespürt hatte.

Als ob ihre ganze Welt in einem einzigen, furchtbaren Moment zusammengestürzt war.

* * *

Stephen stand über Katy gebeugt, als sie wieder zu sich kam. So viel verstand sie. Doch wo war sie? Und warum war sie hier mit dem Regisseur, wenn sie …?

Plötzlich war alles wieder da. Stephen, der auf sie zuging, die Sorge auf seinem Gesicht. Und das Bild. Das Foto, das die ganze Geschichte erzählte, selbst ohne die wichtigen Einzelheiten.

„Du bist ohnmächtig geworden." Stephen trug einen nassen Lappen zum Waschbecken und ließ Wasser darüberlaufen. Er drückte ihn aus und legte ihn vorsichtig auf Katys Stirn.

„Wie lange … wie lange war ich weg?" Katy versuchte, sich aufzusetzen, doch die Übelkeit schlug wie eine Welle über ihr zusammen.

„Nicht lange. Vielleicht ein paar Minuten."

Katy sah sich um und begriff. Stephen hatte sie in den Wohnwagen gebracht, neben dem sie gestanden hatten. Jetzt sahen er und sein Assistent sie sehr besorgt an.

„Du bekommst wieder etwas Farbe im Gesicht." Stephen saß an ihrer Seite. „Wie fühlst du dich?"

Sie sah tief in die Augen des älteren Mannes und legte dann einen Arm über ihr Gesicht. Wie fühlte sie sich? Ihr Mann hatte eine Affäre mit Randi Wells. Sie fühlte sich schockiert und voller Panik und gedemütigt und wütend zugleich. Doch mit jeder Minute, die verging, fühlte sie noch etwas anderes.

Klarheit.

Sie ließ ihren Arm sinken und holte tief Luft. Wenn Dayne sie verlassen würde, dann würde sie einen Weg finden, das zu überleben. Nicht weil Affären etwas Alltägliches waren, wie Stephen gesagt hatte, oder weil solche Dinge in ihrem Beruf einfach passierten. Sondern weil sie ihren Glauben hatte. Und weil ihr mit Christus alle Dinge möglich waren.

Sogar, dieses hier zu überleben.

Katy stützte sich auf ihre Ellenbogen. *Gott, sei bei mir. Ich schaffe das nicht allein.*

Meine Tochter, ich bin bei dir … bis ans Ende deiner Tage.

Die Antwort berührte ihre Seele wie ein Rettungsring. Ihr Herz raste immer noch in ihrer Brust, doch sie bekam jetzt wieder Luft. Sie setzte sich auf die Kante der Liege und sah ihren Regisseur an. „Zeig mir den Umschlag." In ihrer Stimme lag eine Besonnenheit, die zuvor nicht zu hören gewesen war. „Bitte, Stephen."

Der Mann tauschte einen Blick mit seinem Assistenten. „Ich weiß nicht … Ich meine, vielleicht brauchst du ein wenig Zeit, um …"

„Du hattest recht mit dem, was du vorhin gesagt hast." Der Boden unter ihren Füßen fühlte sich wieder fest an. „Ich muss mich damit auseinandersetzen. Also, bitte … lass es mich sehen."

Mit einem Blick, der ihr bedeutete, dass er immer noch nicht sicher war, ob das eine gute Idee sei, reichte er ihr den Umschlag. Sie zog drei Fotos heraus und legte sie auf ihren Schoß. Sie erkannte am Licht und an der Qualität der Aufnahme, dass das erste Foto mit großer Wahrscheinlichkeit nicht während Dreharbeiten aufgenommen worden war. Sie hielt den Atem an und steckte das oberste Foto unter die anderen, sodass sie sich nach und nach jedes der Bilder sorgfältig ansehen konnte. Das gleiche Shirt, die gleiche Kappe … Der Artikel ließ beim Leser keine Zweifel aufkeimen. Zusammen mit den sorglosen, fröhlichen Momenten, die Dayne und Randi bei den Dreharbeiten zeigten, schien es offensichtlich, dass sie auch dann, wenn die Kameras ausgeschaltet waren, eine Affäre hatten.

Als sie das Foto wieder sah, das sie zuerst in den Händen gehalten hatte, ließ der erste Schock allmählich nach. Sie starrte auf das Bild, bis ihre Tränen es verschwimmen ließen. *Dayne … wie konntest du nur?* Was auch immer Randi unternommen hatte, um ihn zu verführen, so lag doch die endgültige Entscheidung bei ihm. Er hatte sich entschieden, auf ihre Avancen einzugehen. Er und Katy waren noch kein Jahr verheiratet. Schon von Anfang an war ihre gemeinsame Zeit durch Gerüchte und Klatsch und Andeutungen von Untreue geprägt gewesen. Und jetzt …

Jetzt, in einem plötzlichen, traurigen Augenblick der Gewissheit, meinte sie ihre Ehe als das zu erkennen, was sie wirklich war – eine unüberlegte Handlung, die von Anfang an zum Scheitern verurteilt gewesen war.

Katy wischte ihre Tränen mit dem Handrücken fort und schniefte noch einmal. Sie würde ihren Film beenden, nach Bloomington zurückkehren und irgendwie einen Weg finden, wie sie weiterleben konnte. Sie würde sich auf Gott verlassen, denn er allein konnte ihr helfen, den Schmerz zu überstehen, der in ihr wütete. Sie würde versuchen, wieder zu unterrichten, denn mit diesem … diesem VIP-Leben in der Öffentlichkeit, voller Schein und falscher Versprechungen würde sie sich niemals anfreunden.

Die Tatsachen waren offensichtlich. Sie sah zu Stephen auf. „Ich brauche den Rest des Nachmittags für mich."

„In Ordnung." Er berührte ihre Schulter. „Wir werden andere Szenen drehen. Der Rest der Leute weiß nicht, was geschehen ist. Sie glauben, dass du krank bist."

Sie nickte. Das war noch nicht einmal eine Lüge. Sie *war* krank und wusste nicht, ob sie jemals wieder gesund werden würde.

Als der Regisseur und sein Assistent gegangen waren, suchte Katy ihr Handy. *Ich muss ihn anrufen. Er muss wissen, dass ich die Fotos gesehen habe.* Ihre Hand zitterte, als sie Daynes Nummer wählte, doch nachdem es viermal geklingelt hatte, ertönte seine Mailbox. Seine Stimme bat sie, eine Nachricht zu hinterlassen.

Einen Augenblick lang öffnete sie ihren Mund und überlegte, was sie ihm sagen sollte. Doch schließlich legte sie auf, als neue Schluchzer sie schüttelten. Es gab wirklich nichts mehr zu sagen. Das Foto auf dem Titelbild hatte alles gesagt. Sie weinte, bis ihr Körper vor Sorge und Kummer schmerzte. Sie presste die Augen zu und flehte Gott um eine Erklärung an. *Wie konnte das passieren, Gott? Ich habe ihm vertraut!* Langsam wurde es ihr klar. Die Gerüchte und die Andeutungen, was seine Untreue betraf, die Probleme, die die Reality-Show aufgezeigt hatte … vielleicht waren sie ja doch wahr gewesen. Wenn Dayne fähig war, so etwas zu tun, wie konnte sie ihm irgendetwas glauben, das er ihr jemals gesagt hatte?

Dieses Mal erhielt sie keine Antwort. Langsam, als ihre Tränen versiegten, verstand Katy. Die Gewissheit in ihr schien tief und unerschütterlich. Sie verstärkte ihren Schmerz und gab ihr das Gefühl, in einem Ozean zu versinken und sich immer weiter von der rettenden Oberfläche zu entfernen. Denn das Foto von Dayne und Randi bedeutete nicht, dass ihre kurze Ehe in Gefahr war.

Es bedeutete, dass sie am Ende war.

Kapitel 19

Luke sah den Feuerwehrwagen in dem Moment, als er in seine Straße bog. Nach dem, was mit dem Haus seines Vaters geschehen war, überfiel ihn plötzliche Panik, sodass Luke den Wagen beschleunigte. Er sah keinen Rauch und Reagan hatte ihn auch nicht angerufen, sodass nichts Schlimmes passiert sein konnte … falls es nicht gerade erst geschehen war. Er war plötzlich froh, dass er im Büro heute ein paar Stunden früher Schluss gemacht hatte. Er bremste mit quietschenden Reifen und schaltete gerade den Motor aus, als Reagan und ein blonder Feuerwehrmann gemeinsam aus dem Haus kamen.

Seine Erleichterung dauerte nicht lange. „Was um Himmels willen …?" Luke sank auf seinen Sitz zurück und beobachtete seine Frau.

Reagan unterhielt sich mit dem Feuerwehrmann und war offenbar so in das Gespräch vertieft, dass sie nicht bemerkte, dass Luke auf der anderen Straßenseite parkte. Sie lächelte und zeigte zum Dach des Hauses, dann zur offenen Haustür. Was auch immer sie sagte, brachte sie beide zum Lachen. Nach ein paar Augenblicken verschwand ihr Lächeln. Der Feuerwehrmann nickte, während er Reagan gebannt zuhörte. Reagan zuckte kokett und verführerisch mit den Schultern. Jedenfalls wirkte es so auf Luke.

Vor Wut wurde Luke plötzlich ganz heiß. Was ging hier vor sich? Er suchte den Türgriff und wollte gerade aus dem Auto springen und eine Erklärung verlangen, als der Feuerwehrmann dicht zu Reagan trat und sie umarmte.

Es war keine lange Umarmung und keine besonders innige. Kein Kuss folgte. Dennoch blieb Lukes Mund offen stehen. Hatte Reagan eine Affäre? Er beobachtete, wie der Mann Reagan zuwinkte und dann zu seinem Feuerwehrauto joggte. Er stieg ein und fuhr davon. Reagan schaute nicht einmal in Lukes Richtung.

Er öffnete die Autotür, bevor Reagan ins Haus zurückgehen konnte. Das Geräusch bewirkte, dass sie sich umdrehte. Die Überraschung und das schlechte Gewissen standen ihr ins Gesicht geschrieben. Luke eilte über die Straße. Seine Augen funkelten sie wütend an und seine Schritte klapperten in einem Rhythmus über die Straße, der nur unwesentlich langsamer war als sein rasendes Herz. Als er sie erreicht hatte, blieb er stehen und starrte sie an.

„Was war das gerade?“ Luke deutete auf das Feuerwehrauto, das inzwischen beinahe das Ende ihrer Straße erreicht hatte.

„Schrei nicht so.“ Reagan trat ein paar Schritte auf ihn zu. „Du wirst Malin noch aufwecken.“

Luke funkelte sie wütend an. „Vielleicht ist es mir ja egal, dass Malin aufwacht.“ Er konnte es nicht fassen. „Ich komme früher nach Hause als erwartet und sehe, wie dich ein Feuerwehrmann zärtlich umarmt, und dann soll ich nicht schreien?“ Wenn eine Wand in der Nähe gewesen wäre, hätte Luke dagegengeschlagen. Stattdessen zwang er sich, nicht die Kontrolle zu verlieren. „Würdest du mir bitte erklären, was hier vor sich geht? Wenn ein Feuerwehrmann nachmittags einfach so für eine Umarmung vorbeikommt?“

Sie verschränkte ihre Arme und starrte auf den Boden. Als sie den Blick wieder hob, stand eine Kälte in ihren Augen, die er erst einmal zuvor gesehen hatte – am 11. September 2001, an dem Tag, als ihr Vater in den Türmen des World Trade Centers gestorben war. „Er ist ein Freund.“ Sie blinzelte, doch der eisige Blick blieb. „Er hört mir zu.“

Eine plötzliche Angst schüttelte Luke, doch er schob sie beiseite. „Du hast dich mit einem Feuerwehrmann angefreundet, der dir zuhört?“ Sein Tonfall machte sich über sie lustig, doch sein Verstand raste. Wie hatte das passieren können und wie lange gab es diese Freundschaft schon?

„Er war einer der Männer, die gekommen sind, als Tommy mit seinem Kopf im Treppengeländer feststeckte.“ Sie seufzte tief und schwer, als ob sie nicht die Kraft hätte, mit ihm zu streiten. „Er ist seitdem ein paar Mal vorbeigekommen und hat die Kabel im Dachboden überprüft, um sicherzugehen, dass das Haus feuersicher ist.“

„Ja.“ Luke stieß ein gezwungenes Lachen aus. „Irgendwie glaube ich nicht, dass die Kabel das Problem in unserem Haus sind.“ Er ging an ihr vorbei, marschierte durch die Haustür und stapfte durch das Wohnzimmer, wo Malin auf einer weichen Decke auf dem Fußboden lag und schlief. Er blieb nicht stehen, bis er das Schlafzimmer erreicht hatte. Erst dort stellte er seine Aktentasche ab, lockerte die Krawatte und trat an das Fenster, das auf den weitläufigen Garten zeigte.

Reagan folgte ihm, doch nicht sehr schnell. Er hörte, wie sie hereinkam und leise die Tür hinter sich schloss. Er wandte sich um und sah, dass sie auf der Bettkante saß. Sie hielt eine Zeitschrift in der Hand.

„Warum hat er dich umarmt?“ Luke bemerkte, dass er zitterte – eher vor Wut als vor Schmerz. Ganz egal, wie weit seine Arbeit ihn gebracht hatte, unabhängig von den Situationen, in die er sich selbst hineinmanövriert hatte, er hätte niemals daran gedacht, dass seine Frau ihm untreu werden könnte.

Sie öffnete sich ein wenig. „Ich habe ihm erzählt, dass heute der Jahrestag war.“

Luke zog die Augenbrauen zusammen und durchforstete seine Erinnerung, um zu verstehen, wovon sie sprach. „Jahrestag?“

„Der Tag, an dem sie die Leiche meines Vaters gefunden haben. Es war heute vor sechs Jahren.“

Sogar mitten in seiner Wut und seinem Schock traf ihn die Wahrheit wie ein Schlag. Ein Bild trat vor sein inneres Auge – Reagan und er in der neunundachtzigsten Etage im Nordturm des World Trade Centers, wie sie im Büro ihres Vaters saßen und sich mit ihm unterhielten. Sie sprachen darüber, dass sie an jenem Abend *Riverdance* in New York City besuchen wollten. Reagan war der erklärte Liebling ihres Vaters gewesen. Natürlich schmerzte sie sein Tod immer noch.

Luke verlagerte sein Gewicht auf das andere Bein. Was sollte er als Nächstes tun? Ihr sagen, dass, naja … dass die Umarmung des Feuerwehrmanns nur selbstverständlich erschien an einem solchen Tag? Ein Teil von ihm hatte Mitleid mit ihr, doch das änderte nichts an dem, was geschehen war. Er wollte gerade nachfragen, wie häufig der Feuerwehrmann mittlerweile hier gewesen war, als Tommys Schreie die Stille durchbrachen. Luke stieß einen frustrierten Seufzer aus. „Kann dieses Kind nicht einen Tag ohne Schreien überleben?“

„Er sucht mich vermutlich.“ Reagan stand auf, als Tommy in den Raum stürmte.

Er umklammerte ihre Arme. „Malin schläft auf meiner Decke!“ Seine Stimme war nicht mehr besonders laut, doch extrem weinerlich und gequält. „Ich habe es ihr verboten, doch sie macht es trotzdem, Mama! Es ist meine!“

„Hör zu.“ Luke legte die Hand auf Tommys Schulter. „Geh jetzt in dein Zimmer!“ Er zeigte in den Flur. „Du bist zu alt, um wegen einer Decke zu heulen!“

Tommy starrte ihn an, als könne er nicht glauben, dass Luke es ernst meinte. Dann setzte er eine enttäuschte, sorgenvolle Miene auf, wandte sich um und rannte aus dem Zimmer, wobei er lauthals schluchzte. „Keiner liebt mich! Keiner …"

„Oh Mann!" Luke schaute zu Reagan, doch sie vermied es, ihn anzusehen. „Das ist nicht zu akzeptieren. Dass er so mit uns redet!"

„Vielleicht würden wir einen Weg finden, wie wir es ihm abgewöhnen, wenn du häufiger zu Hause wärst." Ihre Antwort kam schnell und scharf. In ihren Augen flackerte Wut auf, dann verschwand sie genauso schnell wieder. „Egal." Sie hielt die Zeitschrift in ihrer Hand hoch. „Sieht so aus, als wären wir nicht die Einzigen, die Probleme haben, oder?"

Er schaute auf das Titelbild, auf das Foto und die Schlagzeile. Es dauerte ein paar Sekunden, doch dann fühlte er sich, als hätte ihn gerade ein Zug überrollt. Seine Lippen öffneten sich, doch es kam kein Wort heraus. Sein Mund wurde trocken, doch bevor er seine Frau ansehen konnte, bevor er die schlimmste aller Möglichkeiten überhaupt in Erwägung ziehen konnte, schob sie ihm die Zeitschrift hin und ging hinaus.

Bevor sie das Zimmer verließ, sah sie sich noch einmal nach ihm um. „Sieht so aus, als ob es in der Familie liegt, sich irgendwo auf der Straße Freundinnen anzulachen." Sie sah ihm ein paar Augenblicke in die Augen, dann wirbelte sie herum und marschierte durch den Flur zu Tommys Zimmer.

Luke stand wie erstarrt. Sein Puls raste viel zu schnell und ein feiner Schweißfilm legte sich auf seine Stirn. Reagan wusste Bescheid. Das musste der Grund sein, warum sie ihm die Zeitschrift gezeigt hatte. Sie wusste es und fühlte sich nun frei, das zu tun, was sie wollte.

Er starrte auf das Bild und die Schlagzeile darüber. Langsam formte sich ein Gedanke in ihm. Vielleicht wusste sie es doch nicht. Womöglich hatte sie das, was sie gesagt hatte, auch genauso gemeint. Dass es in der Familie läge, sich auf der Straße Freundinnen anzulachen. Mit anderen Worten: Wie alle anderen, die das Foto auf dem Titelbild sahen, war Reagan möglicherweise der Meinung, dass Dayne eine Affäre mit Randi hatte.

Plötzlich fielen ihm die SMS ein, die er mit Randi gewechselt hatte. Er zog sein Handy aus der Tasche und drückte hektisch ein paar Tasten, bis er die eingegangenen und gesendeten Mitteilungen gelöscht hatte. Gut. Das würde helfen. Er fuhr sich mit der Zunge über die Lippen und sah wieder auf das Titelbild. Wenn Reagan das glaubte, was die ganze Welt glaubte, dann war er in Sicherheit … jedenfalls für den Moment.

Er sprang auf, als das Handy in seiner Tasche klingelte. Er zog es heraus und starrte auf den Namen, der auf dem Display erschien. Sein Herz setzte einen Schlag aus. Es war Dayne. Er schluckte und nahm den Anruf entgegen. „Hallo." Er hielt seine Stimme bewusst traurig. Dayne würde davon ausgehen, dass er inzwischen das Foto gesehen hatte.

„Hör zu, ich habe nicht viel Zeit." Dayne klang wütend, seine Worte kamen wie eine Maschinengewehrsalve. „Sag mir, was in jener Nacht am Strand zwischen dir und Randi passiert ist."

„Randi und ich?" Luke überlegte fieberhaft, was er sagen könnte, um Dayne klarzumachen, dass er keine Affäre mit Randi hatte. Er stieß ein schwaches Lachen aus. „Jetzt sag mir nicht, dass du glaubst, ich wäre der Typ auf dem Foto?"

„Naja, *ich* bin es nicht. Das ist alles, was ich weiß." Daynes Stimme war voller Wut, doch offensichtlich bemühte er sich sehr, dass Luke das nicht hörte. „Mein Leben zerfällt gerade in alle Einzelteile. Sag mir die Wahrheit!"

„Das tue ich." Das Lachen in Lukes Stimme wich einer tiefen Selbstsicherheit, einer überzeugenden Gewissheit. „Ich verspreche dir, dass ich nicht der Typ auf dem Foto bin. Du fragst den falschen."

Eine Pause entstand. „Okay." Dayne schienen die Worte zu fehlen. „Danke. Ich musste einfach fragen."

Als das Telefonat vorüber war, sah Luke auf seine Hände. Sie zitterten stark, während sein Herz wie rasend gegen seine Rippen schlug. Er schob das Handy zurück in seine Tasche und starrte aus dem Fenster. Dayne würde schon einen Weg aus diesem Chaos finden. Er schaffte es immer wieder, auf die Füße zu fallen. Doch was würde passieren, wenn irgendjemand doch die Wahrheit herausfände?

Luke studierte das Foto in allen Einzelheiten – Randi, die in jenem Moment völlig hingegeben schien. Der Kerl bei ihr … der Kerl war jemand, den er nicht länger kannte.

Guter Gott … was habe ich getan? Wer bin ich?

Es kam keine Erwiderung, keine beruhigende Antwort. Schuldgefühle umgaben ihn wie die Wände in einer engen Gefängniszelle. Schuldgefühle, wie sie Luke niemals zuvor in seinem Leben verspürt hatte – noch nicht einmal damals, als er von zu Hause ausgezogen und alle Verbindungen zu seiner Familie gekappt hatte. Die Schuld war diesmal so groß, dass sie ihn zerstören würde. Luke spürte sie wie Gift in seinem Blut. Denn ganz egal, welche Geschichte die Fotos erzählten, und ganz egal, welche Lügen Luke erzählen würde ... selbst wenn die ganze Welt etwas anderes glaubte: Es war nicht Dayne, der eine Affäre mit Randi Wells hatte.

Es war Luke.

* * *

John starrte auf die Zeitschriften, die auf seinem Büroschreibtisch ausgebreitet lagen. Ashley hatte ihn gestern angerufen und ihm von den Magazinen erzählt, sofort nachdem sie die Neuigkeiten erfahren hatte. Jetzt war die Bürotür sorgfältig geschlossen. John hatte eine halbe Stunde Zeit vor seinem nächsten Termin.

Wie komisch war es doch, eine Familie großzuziehen und ein Vater zu sein. Babys wurden geboren und in Gedanken überschlugen die Eltern schon die Jahre: Noch zwanzig Jahre, und das Haus würde wieder schmerzlich ruhig sein, die Kinder versorgt und selbstständig und auf ihrem Weg durchs Leben. John beugte sich dichter über die Seiten und betrachtete das Foto von Dayne und Randi, wobei eine tiefe Traurigkeit durch seine Seele zog. Die Wahrheit war, dass Elternschaft niemals endete. Hier war sein ältester Sohn – ein junger Mann, den er bis vor ein paar Jahren noch nicht einmal gekannt hatte –, der von der Öffentlichkeit dabei erwischt wurde, wie er den schlimmsten Fehler seines Lebens beging.

Doch alles, was John denken konnte, war: *Hey, das ist mein Sohn!* Er wäre noch an diesem Nachmittag nach Mexiko geflogen, wenn er geglaubt hätte, dass Dayne ihn brauchte. Er hatte ihn natürlich angerufen, doch ihr Gespräch war kurz gewesen. Dayne hatte geleugnet, Randi geküsst zu haben, und gesagt, dass das Foto jemand anderen zeigen musste.

„Was ist mit Randi? Was sagt sie?“

„Sie spricht nicht darüber. Ich habe ihr gesagt, dass ich nicht derjenige auf dem Foto bin. Sie erwiderte nur, dass ich es aber hätte sein sollen." Dayne klang erschöpft. „Ich habe mit Katy gesprochen, aber nur für ein paar Minuten. Sie hatte keine Zeit – irgendwas war mit ihrem Film. Doch ich habe es in ihrer Stimme hören können. Sie glaubt mir nicht."

John runzelte die Stirn. Um ehrlich zu sein, klang Daynes Entschuldigung ziemlich unglaubwürdig. Doch Dayne war immerhin sein Sohn, sein Erstgeborener. John wollte für ihn da sein, egal in welchen Problemen er gerade steckte. Selbst wenn Dayne am Ende irgendwann doch gestehen würde, dass er es gewesen war – jetzt war nicht der richtige Zeitpunkt, um ihn im Stich zu lassen.

Er räusperte sich. „Es tut mir so leid, mein Sohn. Das ist schrecklich." Er versuchte sich zu überlegen, wie er seine Unterstützung anbieten konnte, doch es fielen ihm nicht die richtigen Worte ein. Dayne lebte in einer anderen Welt und John wusste nicht, wie man sich sicher darin bewegte. Am Schluss bot er die einzige Hilfe an, die er anbieten konnte. „Lass mich wissen, wenn ich etwas für dich tun kann."

„Das kannst du." Daynes Stimme klang erstickt, voll tiefer Gefühle. „Bete bitte! Bete einfach für uns."

Hier in der Stille seines Büros war John dankbar, dass er etwas Praktisches tun konnte, um zu helfen, dass er weiterhin ein Vater für seinen erwachsenen Sohn sein konnte – sogar in solchen Zeiten.

Johns Gedanken wanderten weiter zu Luke. Sein Herz schmerzte – so sehr, wie er es seit Jahren nicht mehr verspürt hatte. Ashley war in der vergangenen Woche einige Male im Kontakt mit Reagan gewesen. Schließlich hatte Ashley ihm von ihren Gesprächen erzählt.

„Reagan glaubt, dass Luke eine Affäre hat." Ashley klang, als würde ihr Herz brechen. „Er ist viel häufiger in New York als früher. Manchmal geht er mit Mitarbeiterinnen aus dem Büro aus, um sich Musicals anzusehen." Ein stiller Schrei klang in ihrer Stimme mit. „Wir müssen etwas tun, Papa!"

John saß sehr ruhig, während der Schmerz über die falschen Entscheidungen seiner Söhne sich wie Blei auf seine Schultern senkte. Beide Söhne kämpften mit Eheproblemen … beide mit außerehelichen Beziehungen, die die Verpflichtungen und Versprechen zu zerstören drohten, die sie eingegangen waren. In ihm stieg abgrundtiefe Wut auf den Feind auf, der ihre Seelen bedrohte. Immerhin waren Dayne und Luke beide Baxters. Es war nicht die Art der Baxters, die Ehe zu missachten und so auf dem Bund herumzutrampeln, den ein Ehemann mit seiner Frau eingegangen war.

Also würde John das tun, was er so häufig in der Vergangenheit getan hatte – er würde auf die Knie gehen und Gott um Hilfe anflehen, dass sein Heiliger Geist klärend und heilsam in den Beziehungen seiner beiden Söhne am Werk sein sollte. John erhob sich, schob seinen Stuhl zurück und ging zu der abgeschiedenen Ecke zwischen seinem Schreibtisch und dem Sofa, das an der Wand stand. Als er auf die Knie ging, erinnerte er sich an die Zeiten, in denen er das schon so oft getan hatte.

Vor einem Jahrzehnt z. B., als Ashley nach Paris gegangen war, eine rebellische junge Frau auf der Suche nach dem Kick, den sie in Bloomington nicht finden konnte. Als sie nach Hause zurückkehrte, war sie schwanger und so voller Scham gewesen, dass sich John und Elizabeth fragten, ob sie jemals wieder den Kontakt zu ihrer Familie aufnehmen würde.

Er war auch auf die Knie gegangen, als Karis erster Mann ausgezogen war, um mit einer seiner Studentinnen zusammenzuleben, und wieder, als ein eifersüchtiger Ex-Freund der jungen Frau Karis Mann verfolgt und ihn erschossen hatte. Nun stand Kari nur noch wenige Wochen vor Jessies Geburt. John war sich sicher, dass keiner von ihnen das ohne Gottes Hilfe, ohne seine Gebete um Kraft überstanden hätte.

Er hatte hier gebetet nach der Tragödie des 11. September und wieder, als sich herausstellte, dass Reagan ihren Vater in den Zwillingstürmen verloren hatte. Er hatte gebetet, als Luke sich entschieden hatte, sein Elternhaus zu verlassen und mit einer jungen Frau zusammenzuziehen, deren Überzeugungen gegen all das standen, was ihm einmal etwas bedeutet hatte.

Immer nahm John seinen Schmerz und seine Ängste mit und brachte sie zu diesem Ort, seinem Privatbüro. Hier auf seinen Knien konnte er die Gegenwart von Gottes Geist spüren und wusste mit tiefer Gewissheit, dass Gott ihm antworten würde. Auf welche Art auch immer – er würde antworten.

John holte tief Luft. *Hier bin ich wieder, wieder auf meinen Knien, demütig vor dir. Meine Söhne sind in Schwierigkeiten, Vater.* Er schloss seine Augen und stellte sich das Foto auf der Zeitschrift vor. Dayne mochte leugnen, was zwischen ihm und seiner Kollegin geschah, doch das Bild erzählte eine andere Geschichte. Er seufzte. *Ich fürchte, dass Dayne alles leugnet, Herr. Er ist so weit von der Familie entfernt, so weit von jeder Unterstützung, die ihm in dieser Situation helfen könnte. Öffne seine Augen und lass ihn erkennen, was er falsch macht und dass er durch Verleugnen die ganze Sache nur noch verschlimmert. Und Luke, Herr … bitte mache auch ihn auf seine Schuld aufmerksam und bringe ihn zurück zu einem echten Leben. Hilf ihm, dass er sich mit Reagan versöhnt. Bitte, Vater, höre heute mein Flehen.*

Er hielt inne, denn während der Jahre hatte er etwas sehr Wichtiges gelernt, wenn er Gott so leidenschaftlich, so verzweifelt suchte. Er musste mehr tun, als nur zu bitten; er musste auch zuhören. Er wartete und lauschte.

Dann trat ihm in der Stille seines Büros ein Bibelvers vor die Augen und füllte seine Gedanken mit Wahrheit und Frieden. Der Vers stand im Brief des Paulus an die Kolosser. John hatte ihn erst vor einigen Tagen gelesen. *„In ihm sind alle Schätze der Weisheit und Erkenntnis verborgen."*

Mein Sohn … höre meine Worte. Ich weiß alle Dinge … ich werde sie dir zum richtigen Zeitpunkt offenbaren.

Eine tiefe, fast heilige Ruhe legte sich über das Zimmer und die Stelle, an der John kniete. Was meinte dieser Vers jetzt in Anbetracht von Johns Gebet für seine Söhne? Er ließ die Worte wieder und wieder durch seinen Kopf wandern. Endlich begann sich ein Bild zu formen. Heute schien die Situation zwischen seinen Söhnen und ihren Frauen hoffnungslos zu sein. Doch Gott allein wusste alle Dinge. Seine Weisheit und sein Verstehen war tatsächlich eine unendlich große Kostbarkeit.

John war sich nicht sicher, welche verborgene Weisheit in der Sache mit Dayne und Randi liegen könnte oder in Reagans Verdächtigungen, doch auf einmal hatte er keine Zweifel mehr. Die Wahrheit würde ans Licht kommen. Wenn das geschah, dann würde Heilung möglich werden. Das war es, was Gott ihm begreiflich machen wollte. Diese Gewissheit floss mit unbeschreiblicher Freude in Johns Seele.

Egal, wie groß seine Liebe zu seinen Söhnen war – Gottes Liebe zu ihnen war noch viel größer. Und Gott wusste alle Dinge. Das bedeutete, dass John sich auf den Herrn und darauf verlassen durfte, dass seine

Söhne von Gott geformt und geprägt werden würden – ganz gleich, wie schlimm die Situation im Moment auch erscheinen mochte.

Er verbrachte weitere zwanzig Minuten auf den Knien und betete für seine Töchter und ihre Familien. Er bat Gott, ihre Ehen zu schützen und ihren Glauben zu stärken. Als er sein Gebet fast beendet hatte, schenkte Gott ihm eine weitere Erkenntnis und machte ihm eines sehr klar: John musste seinen Kindern die Alben schenken, sobald er damit fertig war, damit die Worte ihrer Mutter über die Liebe, über Ehe, Verantwortung und Familie sie schnellstmöglich erreichten.

Bevor es zu spät war.

Kapitel 20

Die Beerdigung ihrer Mutter war vorüber. Randi versuchte, ihre Kräfte zu sammeln, um den Weg aus der Kirche bewältigen zu können. Sie ging an der Seite ihrer Töchter und schob sich langsam an den Kirchenbänken vorbei. Als sie durch den Gang ins Tageslicht trat, wusste sie, dass sie den Rest ihres Lebens nun ohne ihre Eltern verbringen musste.

Sie war zu Hause, in British Columbia, wo es nichts bedeutete, dass sie eine berühmte amerikanische Schauspielerin war. In zwei Tagen würde sie wieder bei den Dreharbeiten sein, zurück an dem Ort, wo sie bejubelt und als Vorbild verehrt wurde. Doch hier waren die Menschen viel mehr berührt von dem Leben ihrer Eltern und dem Vermächtnis ihres Glaubens und ihres ehrenamtlichen Engagements. Dass die Kirche heute übervoll gewesen war, hatte an der Freundschaft ihrer Mutter zu anderen Menschen und der Großzügigkeit ihres Vaters gelegen, an seinem fröhlichen Lächeln und seiner Hilfsbereitschaft. Wenn jemand Hilfe brauchte, hatte er sich jederzeit an Louie Geer wenden und wissen können, dass er sie auch bekommen würde.

„Setz Gott und deine Familie an erste Stelle, mein kleines Mädchen, dann wird sich der Rest auch ergeben", hatte er ihr stets gesagt.

Randis jüngere Tochter zupfte an ihrer Jacke. „Mama …"

„Ja?"

Sie hob Randi ihr Gesicht entgegen, ihre Augenbrauen fragend zusammengezogen. „Wird Oma dort in dem schönen Kasten bleiben?"

Randi nahm ihre Hand, trat zur Seite und ergriff auch die Hand ihrer großen Tochter. Sie spürte, wie der Glauben ihrer Kindheit sie erfüllte. Sie lächelte ihre Töchter traurig an. „Oma ist nicht in dem Kasten, mein Schatz. Sie ist im Himmel. Bei Opa."

Als sie in das helle Licht des sonnenüberfluteten Tages hinaustraten, setzte Randi ihre Sonnenbrille auf. Auf der anderen Straßenseite gegenüber der Kirche war ein alter Park, in dem etliche immergrüne Bäume und einige wunderschöne Espen wuchsen. Es war der letzte Novembertag. Die Blätter waren schon lange abgefallen, doch das war unwichtig. Randi sah auf den ersten Blick, dass der Park in jeder Jahreszeit wunderschön war. Der Ort würde ihr die Zurückgezogenheit bieten, nach der sie sich jetzt sehnte.

„Lasst uns in den Park gehen." Randi wartete auf eine Lücke zwischen den Autos, um die Straße überqueren zu können.

Die Mädchen waren ruhiger als sonst, doch als sie die Schaukeln auf dem Spielplatz erreichten, rannten sie gemeinsam darauf zu und begannen zu spielen.

Randi setzte sich auf eine Bank, die in der Nähe stand. Unzählige Erinnerungen erwachten in ihr. Hier hatte sie nach dem Gottesdienst mit ihrem Papa gesessen, wenn sie zu müde zum Schaukeln war. Ihre Schwestern Jamie und Kelly hatten gespielt, während Randi einfach nur die Zeit mit ihrem Vater genossen hatte. Sie war eben immer ein Papa-Mädchen gewesen. Deshalb war der heutige Tag so schwer für sie. Sie hatte nicht viele wirklich schöne Erinnerungen an ihre Mutter und jetzt war sie gestorben.

Randi lehnte sich auf der Bank zurück. Sie starrte durch die kahlen Äste in den Himmel hinauf. „Wie kann es sein, dass du und Papa, dass ihr beide nicht mehr da seid?" Sie hatte schon so viel geweint, dass sie sich nicht sicher war, ob sie noch Tränen übrig hatte. Doch hier, allein und mit den Erinnerungen an die Vergangenheit, füllten sich ihre Augen erneut. Ihre Stimme war ein gebrochenes Flüstern. „Wie kann ich ohne euch weiterleben?"

Die Antwort überkam sie allmählich und löste bei Randi tiefe Scham aus, die sie verdrängt hatte, seitdem sie aus Hollywood aufgebrochen und nach Hause gekommen war. Ihre Eltern hatte sie gelehrt, Gott an die erste Stelle zu setzen und zu lieben. Ein Berg aus Schuldgefühlen drückte ihre Schultern nieder und ließ sie unbehaglich auf der Bank hin und her rutschen. Sie hatte keinen der Ratschläge ihrer Eltern beachtet, und dennoch hatten sie sie immer geliebt. Kurz vor dem Ende, in ihrem letzten Gespräch, hatte ihre Mutter nur eine Sorge geäußert. „Ich weiß nicht, wie du wirklich dazu stehst, mein Liebling, aber bitte komm zurück zu Jesus." Ihre Haut war feucht und bleich, der Tod offensichtlich nur wenige Stunden entfernt. „Ich liebe dich, Randi … ich will da oben nicht ohne dich sein."

Jetzt klangen ihre Worte wieder und wieder in Randi nach.

Die Möglichkeit, dass sie ihre Mutter in all den Jahren missverstanden haben könnte, machte ihr nun schwer zu schaffen. Sie versuchte, tief einzuatmen, doch sie bekam keine Luft. Ihr Vater war immer liebevoll gewesen und hatte Randi und ihre Schwestern wie kleine Prinzessinnen behandelt, aber auch ihre Mutter hatte sie sehr geliebt. Wenn Randi nicht den Weg zurück zu Jesus fand, würde sie das Leben in der Ewigkeit, in Gottes Gegenwart, verspielen. Das war die eindeutige Botschaft aus den Evangelien. An so viel konnte Randi sich gerade noch erinnern.

Ein Schauer rann über ihre Arme, sodass ihre Zähne klapperten. Sie hatte eine Affäre mit einem verheirateten Mann. Sie und Luke Baxter waren in jener Nacht am Strand rasch und leidenschaftlich zusammengekommen, so als ob sie die einzigen Menschen auf der Welt waren. In den fünf Wochen seitdem hatten sie sich SMS geschickt und miteinander telefoniert. Wenn sie nach Los Angeles zurückkehrte, wollten sie sich mindestens einmal im Monat treffen, wenn es möglich war.

Doch die Beziehung mit Luke war nicht der erste Schritt weg von dem Weg, den ihre Eltern ihr vorgelebt hatten. Sie wusste nicht mehr, mit wie vielen Männern sie zusammen gewesen war – alle von ihnen hatten mehr oder weniger mit der Unterhaltungsindustrie zu tun gehabt. Einige waren verheiratet gewesen; andere nicht. Während ihrer eigenen kurzen Ehe hatte sie ihrem Mann die Treue gehalten, bis sie von den außerehelichen Interessen ihres Mannes erfahren hatte. Danach hatte sich keiner von ihnen mehr um Treue geschert.

Ein Schluchzen stieg in Randi hoch und sie spürte, wie eine neue und plötzliche Furcht sie packte. Wenn sie heute sterben würde, würde der Herr sie dann kennen? Er würde sie wohl kaum im Himmel begrüßen, damit sie dort ihre Ewigkeit verbringen konnte, wo ihre Eltern waren.

Randi starrte auf die Bank und ließ ihre Hände über die Holzbretter gleiten. Zum ersten Mal seit vielen Jahren konnte sie sich selbst mit schonungsloser Ehrlichkeit sehen – verdorben und jämmerlich und ohne Hoffnung. Sie ging einen Weg der Zerstörung. Und wenn sie nicht zuließ, dass der Tod ihrer Mutter sie veränderte, dann würde nichts sie jemals ändern können. Sie umklammerte die Armlehne der Bank und schloss ihre Augen.

Es tut mir leid, Gott. Ich habe dich in allen Dingen enttäuscht. Ich fühle mich schuldig, ich bin müde und bereit für eine Veränderung. Jetzt und hier, Herr. Vergib mir und reinige mich, damit ich vor dir bestehen kann.

Sie war sich nicht sicher, ob sie eine Antwort erwarten sollte oder nicht. Es gab auch keine hörbare Antwort. Doch als sie ihr Gebet beendet hatte, fiel ihr etwas ein, das ihr Vater ihr einmal gesagt hatte. „Wann immer du bereit bist, wann immer du dich selbst loslässt und dich an Gott festklammerst, wird er dich mit offenen Armen aufnehmen."

Die Last verschwand von ihren Schultern. Mit ihrem nächsten Atemzug füllte sie ihre Lungen mit neuem Frieden und tiefer Zuversicht. Jetzt hatte sie keine Zeit mehr zu verlieren, um die Konsequenzen aus ihrem Verhalten zu ziehen. Sie hatte Luke ausgesucht, weil er Dayne in Aussehen und Verhalten so sehr ähnelte. Doch sie hatte sich so falsch verhalten! Sie konnte weder Dayne noch Luke haben. Vielleicht wollte Gott auch von ihr, dass sie allein, ohne Mann lebte. Vielleicht wollte Gott für eine Weile der Einzige in ihrem Leben sein. Sie versuchte, diese Möglichkeit ins Auge zu fassen, und zog ihr Handy aus der Handtasche.

Das ganze Land hatte das Foto von ihr und Luke gesehen. Und alle Welt hatte diesen Fehltritt auf Daynes Schultern abgeladen. Sofort, nachdem das Bild veröffentlicht worden war, hatte Dayne sie damit konfrontiert. „Du weißt, dass ich das nicht bin!" Er hatte vor Wut und Angst geschäumt, wie sie es noch nie zuvor bei ihm gesehen hatte. „Du kannst das klarstellen, Randi." Seine Augen hatten sie geradezu angefleht. „Ruf die Zeitungen an. Sag ihnen die Wahrheit." Er hatte hilflos dic Hände in die Luft gehoben. „Wie kann dir das egal sein? Meine Ehe steht auf dem Spiel!"

Randi hatte nur etwas in der Art gemurmelt, dass der Typ auf dem Bild aber Dayne hätte sein sollen, und war gegangen. In den Wochen danach war Dayne der perfekte Schauspieler gewesen und hatte sich bei der Fortsetzung der Dreharbeiten völlig professionell verhalten. Der Regisseur hatte nicht einmal gefragt, ob zwischen ihnen alles in Ordnung war, und hatte niemals die Möglichkeit erwogen, dass die Chemie zwischen ihnen gelitten haben könnte. Doch das war natürlich der Fall.

Randi hatte geglaubt, dass Dayne schon mit der Geschichte fertigwerden würde; er war schließlich an Skandale gewöhnt. Luke hingegen war kein Prominenter, hatte sie sich gesagt. Es war wichtiger, dass seine Identität nicht bekannt wurde, was ihre Affäre betraf.

Der Wind rauschte durch die immergrünen Bäume im Park. Randi war angewidert von sich selbst. Sie konnte nicht länger lügen – weder sich selbst noch der Welt gegenüber. Ihre wahre Hoffnung war es gewesen, dass durch dieses Foto Daynes Ehe in die Brüche gehen würde und dass sie endlich die Möglichkeit erhielt, ihn für sich zu gewinnen.

Wieder fühlte sie sich schuldig, doch dann erinnerte sie sich an ihr Gebet und an die Gewissheit von Gottes Vergebung. Diese Gewissheit spornte sie an, keine Zeit mehr zu verschwenden. Sie drückte auf einige Tasten auf ihrem Handy und wartete, atemlos vor Aufregung. Dies war der erste von vielen Anrufen, die sie tätigen musste, doch dieser war der wichtigste.

Es war ein Anruf, den sie bereits vor fünf Wochen hätte erledigen sollen.

* * *

Katy war beinahe ständig müde. Sie hatte schon zweimal mit Stephen darüber geredet, wie sie sich fühlte. Sie hatte keine Krankheitssymptome. Da war nur diese Kraftlosigkeit und die Anstrengung, jeden Morgen aus dem Bett zu kommen. Ihr Regisseur ließ nicht locker, was dieses Problem betraf, denn was sonst konnte mit ihr nicht stimmen?

Sie war niedergeschlagen. Wenn sie durch die Dreharbeiten nicht so abgelenkt wäre, dann würde sie womöglich so tief in einer Depression versinken, dass sie in eine Klinik gehen müsste. Das würde vielleicht trotzdem noch kommen. Jetzt waren es nämlich nur noch wenige Wochen, bis sie mit den Dreharbeiten fertig sein würden, nur wenige Wochen, bis sie nach Bloomington zurückkehren konnte.

Katy befand sich in ihrem Wohnwagen und versuchte, ihre letzten Kräfte zu sammeln, um zum Set zurückzukehren. Ihre Pause war in fünf Minuten vorüber und dann hätte sie bis zum Mittagessen keine weitere Möglichkeit, sich auszuruhen. Sie waren seit sechs Uhr morgens bei der Arbeit, weil sie in einigen Szenen Aufnahmen vom Sonnenaufgang benötigten. Inzwischen war es acht Uhr. Katy wäre überglücklich, wenn sie jetzt zehn Stunden schlafen dürfte.

Sie und Dayne telefonierten alle paar Tage miteinander, doch ihre Gespräche waren immer nur sehr kurz. Vor einiger Zeit hatte er ihr gesagt, dass er einen Verdacht hatte, wer der Mann auf dem Foto möglicherweise sein konnte.

„Ach, Dayne." Sie wurde nicht laut. Dafür war es viel zu spät. „Wer sollte das denn sein?"

Er sagte, dass er einen Verdacht gehabt hatte, doch dass dieser sich nicht bestätigt hätte. „Vielleicht ist es einer der Stuntmen oder einer von den Beleuchtern." Sein Tonfall klang bittend. „Ich war es nicht; das ist alles, was ich weiß."

In der Zwischenzeit hatten alle Zeitschriften die Story aufgegriffen und ausgeschmückt. Es gab Artikel über wilde Partys bei den Dreharbeiten, bei denen das Bier in Strömen floss, und eine Romanze zwischen Dayne und Randi, die nicht mehr geleugnet werden konnte. Ein Magazin titelte in großen, dicken Buchstaben „Dayne erinnert sich nicht an die Affäre!" Katy hatte den Artikel eines Abends spät in ihrem Hotelzimmer gelesen.

„Am Set von Daynes neuestem Film ist so viel Alkohol im Spiel", hatte der Artikel begonnen, „dass Dayne sich nicht einmal an seine wilde Affäre mit seiner Kollegin Randi Wells erinnert!"

Auch dem widersprach Dayne. Er hatte keinen Tropfen Alkohol bei den Dreharbeiten getrunken und mit Sicherheit nichts getan, woran er sich später nicht mehr erinnern konnte. „Wir müssen unbedingt reden, Katy. Lass mich zu dir kommen, dass wir wenigstens einen Tag miteinander verbringen können. Bitte."

„Nein." Katy wollte nicht hier in London über die Affäre reden. Die Zeitschriften würden sich vor Begeisterung überschlagen, wenn es einen Streit bei ihren Dreharbeiten geben würde. „Das kann warten. Wir müssen jetzt keine Entscheidungen treffen."

Auf diese Weise hatte sie ihn davon abhalten können, den nächsten Flug zu nehmen, um sie zu treffen. Sie waren beide zu sehr in Anspruch genommen von den Ereignissen um sie herum. Es war jetzt das Beste, darauf zu warten, dass sich alles etwas beruhigte, ihre Filme zu beenden und dann nach Bloomington zurückzukehren. Auf der Terrasse ihres Hauses am See würden sie darüber reden können, wie die Zukunft aussehen sollte.

Und wie sie nicht aussehen würde.

Sie hörte, dass einige Menschen an ihrem Wohnwagen vorübergingen, sich lautstark unterhielten und übermütig lachten. Katy trat vor den kleinen Spiegel, der an der Wand neben der Wohnwagentür hing. Wie lange war es her, dass sie gelacht hatte? Sie überlegte, an welchem Tag es gewesen war, und kannte die Antwort.

Stephen hatte einige Mal mit ihr darüber gesprochen, dass sie sich ein paar Tage freinehmen sollte, um die Dinge mit Dayne ins Reine zu bringen.

Doch sie hatte sein Angebot abgelehnt. „Was würde das helfen?"

„Ich weiß es nicht." Stephen schien frustriert zu sein über die Veränderungen bei seiner Hauptdarstellerin. „Er sagt dir, dass er es nicht gewesen ist. Vielleicht solltest du von Angesicht zu Angesicht mit ihm reden."

Sogar Ian Walters hatte sie ermutigt, zu Dayne zu fahren. Doch sie konnte die Dreharbeiten jetzt nicht verlassen, nicht, wenn sie in fast jeder wichtigen Szene mitspielen musste. Außerdem hatte ihr Privatleben nur selten ihre Szenen im Film beeinflusst.

Nachdem sie das Foto von Dayne und Randi zum ersten Mal gesehen hatte, hatte Katy zunächst Mühe gehabt, wieder in ihren Filmcharakter zurückzufinden.

Stephen hatte sie beiseitegenommen und ihr erklärt, welche Wahl sie jetzt habe. „Entweder machst du eine Pause und suchst dir Hilfe oder du findest die Kraft, um das hier zu deiner besten Arbeit zu machen, die du je abgeliefert hast."

Der Film handelte von einer Frau, die mit Depressionen zu kämpfen hatte, deren Ängste und Sorgen so groß waren, dass sie sie beinahe um den Verstand brachten. Wenn Katy das, was sie Dayne gegenüber empfand, auf ihren Filmcharakter übertragen konnte, dann würde sie nicht nur eine berührende Darstellung abliefern, sondern sie wäre von den Problemen ihres wahren Lebens abgelenkt, bis Dayne und sie einander wiedersahen.

Katy berührte die dunklen Schatten unter ihren Augen. Ganz egal, was die Zukunft ihr bringen würde, trug der Schmerz in ihrem Herzen zu dem bei, was Stephen sich erhofft hatte. Er wurde im Film sichtbar. Sie spielte die Rolle nicht nur, sie lebte sie sogar. Atmete sie. Dank ihrer unruhigen Nächte und den quälenden Zeiten der Einsamkeit sah sie sogar so aus wie die Frau, die sie spielte.

Stephen hatte nicht mehr darüber gesprochen, dass sie sich eine Auszeit gönnen sollte. Wenn Katy ihren Schmerz und ihre Depression überwinden wollte, indem sie ihre Gefühle in Vierzehn-Stunden-Arbeitstagen vor der Kamera auslebte, dann war es so. Ihr Regisseur hatte ihr versichert, dass er jederzeit für sie da war, wenn sie etwas brauchte. Doch er war es nicht, der Katy die Kraft gab, jeden Tag zu überstehen.

Sie fand die Kraft in ihren Telefonaten mit Jenny und ihrer Schwägerin Ashley. Und vor allem fand sie sie in ihrer geliebten, zerlesenen Bibel.

Es stellte sich heraus, dass einige andere Schauspieler an der Bibel interessiert waren und daran, was sie über Leben und Tod und Werte zu sagen hatte. Katy konnte es kaum fassen, doch an drei Tagen in der Woche traf sich nun eine Gruppe in ihrem Wohnwagen, um noch vor den Dreharbeiten gemeinsam Gottes Wort zu lesen. Da einige von ihnen noch nie mit der Bibel in Berührung gekommen waren, hatte Katy mit dem Abschnitt begonnen, den sie jedes Mal wählte, wenn jemand Gott kennenlernen wollte. Johannesevangelium, Kapitel 1. Während ihr Herz vor Liebeskummer in unzählige Stücke brach, jubelte gleichzeitig ihre Seele über die Veränderungen, die in den Menschen um sie herum sichtbar wurden.

„Du hast etwas, das ich noch nie vorher bei jemandem gesehen habe“, hatte ihr eine ihrer Kolleginnen nach dem ersten Bibelgespräch gesagt. „Was auch immer es ist, ich will es auch haben! Das, was deine Schönheit ausmacht, kann man nicht in teuren Boutiquen kaufen oder bei der Oscar-Verleihung gewinnen.“

Dieses Kompliment hatte Katy tief berührt und ihr neue Zuversicht gegeben. Gott trug sie durch den Schmerz und die Unsicherheit hindurch und hielt sie in seiner Hand, bis sie und Dayne endlich ausführlich über ihre gescheiterte Ehe sprechen konnten. Doch der Herr hielt sie nicht nur in seiner Hand, sondern half ihr auch noch, andere zu ihm zu führen. Sosehr sie auch litt, konnte sie gerade nicht mehr von Gott verlangen.

Sie wollte schon den Wohnwagen verlassen, als ihr Handy klingelte. Es war zwar erst kurz nach Mitternacht in Mexiko, doch sie hatte das untrügliche Gefühl, dass Dayne anrief. Als sie nach dem Handy griff, sah sie seinen Namen im Display. Meistens nahm sie seine Anrufe an. Vor allem deshalb, weil sie die Kommunikation zwischen ihnen nicht unterbrechen wollte, damit sie sich nicht als völlig Fremde in Bloomington gegenüberstehen würden.

Und vor allem deshalb, weil sie ihn mit jedem Atemzug vermisste.

Doch jetzt starrte sie unschlüssig auf ihr Handy, und dann, obwohl es immer noch klingelte, trat sie aus dem Wohnwagen und ging zurück zum Set. Sie liebte Dayne immer noch. Mit jeder Faser ihres Herzens liebte sie ihn. Doch er belog sich selbst und sie auch. Wenn eine Ehe mit Dayne Matthews aber bedeutete, belogen und betrogen zu werden, dann konnte Katy das nicht ertragen.

Sie war nicht in der Lage, ihr Leben so zu verbringen.

Dennoch würde sie jeden Tag kurz mit ihm telefonieren. Schließlich – wenn der Dezember schon fast vorbei wäre – würde sie endlich ihre Dreharbeiten in London beenden und nach Hause zurückkehren. Katy würde dort schon einige Zeit allein verbringen, denn nach den Dreharbeiten in Cabo musste Dayne mit seinen Kollegen erst noch nach L.A. fahren, um dort fertigzudrehen. Katy war damit einverstanden. Sie wollte weiterhin in ihrer Bibel lesen und nach Weisheit und Hoffnung und einem Grund suchen, warum sie weiterleben sollte. Sie würde Gott darum bitten, dass sie Dayne vergeben könnte, und um die Klarheit, wie es für sie beide weitergehen sollte.

Doch sie war sich in einem Punkt schon jetzt absolut sicher. Das hier war ihr letzter Film. Wenn sie mit diesen Dreharbeiten fertig war, dann würde sie in ihr Zuhause in Bloomington zurückkehren, wo sie den Rest ihres Lebens verbringen wollte.

Ob mit oder ohne Dayne.

Kapitel 21

Dayne warf das Handy vor sich auf den Tisch. „Sie geht nicht dran." Er stützte die Ellenbogen auf den schmalen Holzküchentisch und starrte seinen Freund Bob an. Wegen des Todes von Randis Mutter hatten alle Schauspieler und Mitarbeiter ein paar Tage freibekommen. Dayne hatte Katy gefragt, ob er nach London kommen und die freien Tage mit ihr verbringen durfte.

Doch sie hatte abgelehnt. „Ich bin bis über beide Ohren beschäftigt, Dayne. Wir drehen von frühmorgens bis spätabends. Das Gespräch kann warten, bis wir wieder zu Hause sind."

Also hatte Dayne das einzig andere getan, was ihm jetzt wichtig war. Er war hierhergekommen, zu Bob Asher in Mexiko City, wo er vor einigen Jahren sein Herz und sein Leben an Gott übergeben hatte.

„Wie hat sie sich bei eurem letzten Telefonat verhalten?" Bob saß ihm gegenüber. Auf seinem Gesicht stand tiefe Besorgnis.

„So wie immer." Dayne ballte eine Hand zur Faust und lehnte seine Stirn dagegen. „Sie geht nicht so weit, dass sie mich als Lügner bezeichnet, doch sie ist distanziert." Er ließ seine Hand auf den Tisch fallen und sah Bob wieder an. „Es scheint, als ob sie resigniert hätte, als ob sie schon zu dem Entschluss gekommen wäre, dass unsere Ehe vorbei ist."

Bob setzte sich etwas aufrechter hin und konzentrierte sich, als ob er nun etwas Schwieriges zu sagen hätte. „Erzähl mir noch einmal von dem Foto."

Sie hatten über die Zeitschriften nicht gesprochen, seitdem er bei Bob angekommen war. Dayne hasste es, auch nur über das Foto nachdenken zu müssen, geschweige denn, darüber zu sprechen. Ihm war bewusst, wie schlecht das alles für ihn aussah und wie sehr es den Anschein hatte, dass er der Mann auf dem Foto war. Darüber zu sprechen verstärkte nur noch seinen Eindruck, dass sogar die Menschen, die ihm so nahestanden wie niemand sonst – seine Frau, sein Vater und sein bester Freund – an ihm zweifelten.

Dayne stieß einen zitternden Seufzer aus. „Es ist in der Nacht aufgenommen worden, also habe ich zuerst darüber nachgedacht, wer mit Randi allein im Dunkeln spazieren gegangen ist." Er legte seine Hände auf den Tisch und studierte seine Handflächen. Er hatte bisher noch niemandem von seinem ersten Verdacht erzählt, doch vielleicht war das jetzt der richtige Zeitpunkt. „Der Einzige, der mir eingefallen ist, war mein eigener Bruder Luke."

„Luke war in Cabo?"

„Ja." Dayne lachte traurig. „Das weiß keiner außer den Leuten, die bei den Dreharbeiten waren. Und jetzt kommt das Entscheidende: Luke und Randi sind an jenem Abend, als er da war, tatsächlich allein am Strand spazieren gegangen."

„Also dann ..." In Bobs Augen leuchtete eine neue Erkenntnis auf. „Vielleicht ist das die Antwort."

„Das dachte ich zunächst auch." Dayne erinnerte sich daran, wie Randi ihn angesehen hatte, als er diese Möglichkeit ein paar Tage nach Veröffentlichung des Fotos angesprochen hatte. „Ich habe mit Randi darüber gesprochen. Sie war entsetzt. ‚Auf gar keinen Fall', hat sie erklärt. Sie sagte, dass Luke nicht derjenige sei, den sie wollte." Ein Hauch von Schuldbewusstsein schlich sich in seine Stimme. Irgendwie musste die Tatsache, dass sie so von ihm fasziniert war, sein Fehler sein. „Sie will *mich* – das hat sie so gesagt. Der Typ war nicht Luke."

„Also glaubst du ihr? Nach dieser Aussage?"

„Nein, ich habe meinen Bruder angerufen. Ich fragte ihn, ob in jener Nacht am Strand etwas passiert sei." Dayne konnte immer noch die Aufrichtigkeit in Lukes Stimme hören. „Er hat geschworen, dass er es nicht war."

„Hmmmm." Bob musterte angestrengt den Tisch, als versuche er, die verschiedenen Möglichkeiten abzuwägen. „Und du bist die anderen Schauspieler und Mitarbeiter alle durchgegangen?"

„Es sind fast hundert Leute, die am Set arbeiten." Dayne lehnte sich auf seinem Stuhl zurück. „Küchenteam, Wachpersonal, Kameramänner. Ich habe Gott angefleht, mir die Antwort zu zeigen, und habe auch mit einigen gesprochen, die sehr aufmerksam Randi gegenüber waren." Er presste den Kiefer zusammen. „Das Dumme ist, dass sie die Wahrheit kennt und nicht damit herausrückt."

Bob schüttelte den Kopf. „Ich kann mir nicht vorstellen, wie schwer es für dich gewesen sein muss, seitdem jeden Tag mit ihr zusammenzuarbeiten."

„Ja." Dayne stand auf und ging zu dem Fenster im kleinen Haus der

Ashers. Immer noch war die viel befahrene Straße von Lichtern hell erleuchtet. Das Leben ging in Mexiko City ganz normal weiter, hier, wo Prominente nicht der Maßstab aller Dinge waren, so wie es zu Hause der Fall war. Er fuhr sich mit den Fingern durch die Haare, während er mit dem Rücken zu Bob stand. „Sie hatte sogar die Unverschämtheit, mich zu fragen: ‚Dayne, bist du dir sicher, dass du es nicht warst?'"

„Und du ... du hattest nichts getrunken, oder?" Bob klang zögernd, so als ob er doch nicht ganz von Daynes Unschuld überzeugt sei.

„Nein." Dayne wandte sich um und sah seinem Freund direkt in die Augen. „Ich hüte mich davor, auch nur *ein* Bier zu trinken, wenn ich mit Randi Wells einen Film drehe. Irgendjemand würde ein Foto machen und es als Beweis verkaufen." Er tat so, als würde er eine Schlagzeile vor sich in die Luft malen. „‚Dayne Matthews macht am Strand einen drauf!'" Er trat langsam wieder an den Tisch und umklammerte die Lehne seines Stuhles. „Der Punkt ist ja, dass irgendjemand sie tatsächlich geküsst hat. Irgendjemand war an diesem Strand und hatte etwas mit Randi Wells." Wieder musste er mit der Wut in sich kämpfen. „Und wer auch immer das ist, lässt mich die ganze Sache ausbaden." Er ließ sich erschöpft auf den Stuhl sinken. „Mich und Katy."

Bob wollte gerade etwas sagen, als Daynes Handy, das immer noch auf dem Küchentisch lag, plötzlich zum Leben erwachte. Wie immer erklang der Song aus *Robin Hood* und war in diesem Moment eine schmerzliche Erinnerung an all das, was Dayne verloren hatte. Vielleicht war es Katy. Vielleicht hatte sie über alles nachgedacht und begriffen, dass er sich niemals auf eine Affäre mit Randi einlassen würde. Er liebte Katy viel zu sehr.

Er griff nach dem Handy, sah auf den Namen im Display und drückte sofort auf die Aus-Taste, um das Handy dann auf den Tisch zu werfen.

„Wer war das?" Bob verschränkte seine Arme, sein Gesichtsausdruck war immer noch gedankenverloren. Er hatte Dayne versprochen, dass er helfen würde, die Situation zu gut wie möglich zu klären, doch bisher hatten sie nicht viel erreicht.

Dayne widerstrebte es, auch nur ihren Namen auszusprechen. „Randi. Sie hat immer das perfekte Timing."

Bobs Gesicht verdunkelte sich. „Sie ist zu Hause bei der Beerdigung ihrer Mutter, nicht wahr?"

„Deshalb haben wir ja ein paar Tage frei."

„Und sie ruft *dich* an?" Bob hob die Augenbrauen. „Das ist nicht gut. Mensch, Kumpel, diese Frau hat es echt auf dich abgesehen."

„Ich weiß. Wenn doch nur endlich dieser Film fertig gedreht wäre und ich nach Hause zurückkönnte … vielleicht versteht Katy, wenn sie mich sieht, dass ich ihr die Wahrheit sage." Dayne legte die Arme auf den Tisch und vergrub den Kopf darin, zu erschöpft, um das Gespräch weiterzuführen. Warum rief Randi ihn an? Reichte es nicht, dass sie sich bei den Dreharbeiten ständig sahen? Er hatte es in aller Deutlichkeit klargemacht, dass er nicht an ihr interessiert war, aber jetzt … was sollte Bob nun von ihm denken?

Katy hatte ihn nicht beschuldigt, die Unwahrheit zu sagen, doch sie hatte auch nicht mit ihm über den Vorfall gesprochen. Ihr müder Tonfall und ihre kurz angebundenen Sätze sagten ihm, was ihre Worte nicht aussprachen. Bei ihrem letzten Telefonat hatte sie zugegeben, dass sich ihre Gefühle für ihn verändert hatten.

„Natürlich haben sie das", hatte sie ihm gesagt. Sie klang stets erschöpft, als ob sie nicht die Kraft hätte, diese Auseinandersetzung auszutragen. „Ich glaube, ich überdenke gerade, ob ich ein solches Leben führen möchte, wenn in den Zeitschriften ständig Übertreibungen zu lesen sind und Fehltritte breitgetreten werden."

„Das ist nicht fair. Du wusstest, worauf du dich eingelassen hast!" Dayne hatte versucht, nicht verzweifelt zu klingen, doch das war er meistens am Ende ihrer Gespräche. „Was ist mit unserem Spaziergang am Strand an unserem letzten Abend? Unser Glaube und wir beide, erinnerst du dich?"

„Die Dinge ändern sich. Was soll ich sonst noch sagen?"

Nein, sie hatte ihn nicht direkt angegriffen und der Lüge bezichtigt. Das musste sie gar nicht. Ihre Einstellung und ihre Antworten sagten ihm alles, was er wissen musste. Wenn er sie bedrängte, wenn er sie bat, ihm direkt zu sagen, ob sie ihm noch glaubte oder nicht, dann antwortete sie stets dasselbe. „Wir werden später persönlich darüber reden. Lass uns zuerst die Filme zu Ende bringen."

Inzwischen war Dayne fast verrückt vor Angst, wenn er überlegte, was Katy vielleicht vorhatte und wie sich ihre Gefühle für ihn und ihre Ehe verändert hatten. Er schob sich vom Tisch weg und goss sich und Bob ein Glas Wasser ein.

Als er zu seinem Stuhl zurückkehrte, sah er einen Blick in Bobs Augen, den er gut kannte. Als ob Bob jetzt endlich einen Plan hatte, wie er Daynes Situation verändern konnte.

„Deine Ehe ist ein Scherbenhaufen, Dayne. Das siehst du selbst."

Darauf musste er nichts antworten. Dayne ließ nur seinen Blick auf seine geballten Fäuste auf dem Tisch sinken. In Momenten wie diesen fragte er sich, ob das alles nur ein schrecklicher Alptraum war und wann er endlich aufwachen und feststellen würde, dass er und Katy nach wie vor glücklich verliebt waren, ihre Arbeit erledigten und die Tage zählten, bis sie endlich wieder zusammen sein konnten. „Ja ... meine Ehe ist ein Scherbenhaufen." Er spürte den Schmerz in jeder Silbe. „Da gibt es nichts zu widersprechen."

„Dann ist jetzt die richtige Zeit." In Bobs Stimme lag neue Entschlossenheit. „Du musst tun, was auch immer du kannst, was auch immer es dich kostet, um die Dinge mit Katy zu klären."

„Ich brauche ein Wunder."

„Gut!" Bob griff über den Tisch und legte seine Hände über Daynes Fäuste. „Denn wir dienen einem Gott, dessen Hauptbeschäftigung es ist, Wunder zu vollbringen. Deine Situation sieht so ausweglos aus, dass ich das fast vergessen hätte."

Dayne war sich nicht sicher, ob er in dieser Bemerkung einen Hoffnungsschimmer erkennen oder noch enttäuschter sein sollte. Sogar Bob Asher – sein Freund mit dem tiefen Glauben – dachte, dass seine Situation ausweglos sei. Dayne blickte auf und sah die Entschlossenheit in Bobs Gesicht. Und wie als Antwort darauf spürte Dayne, wie auch in ihm neue Zuversicht erwachte. „‚Bei Gott sind alle Dinge möglich', nicht wahr? Das ist es doch, was du mir beigebracht hast."

„Ja. Doch das stammt nicht von mir." Bob lächelte jetzt sogar. „Das steht in der Bibel. Und das bedeutet, dass es eine Verheißung ist."

Sie unterhielten sich noch ein paar Minuten, bevor Bob betete. Er bat Gott, Himmel und Erde in Bewegung zu setzen, um Daynes Ehe zu retten. Er flehte, dass die Wahrheit – die vollständige und komplette Wahrheit – auf wundersame Weise ans Licht kommen würde. Dass die Lügen verschwinden und das Netz des Betruges zerstört werden würden – worin auch immer es bestand.

Eine Kraft erfüllte den Raum, Kraft und Frieden und die Gewissheit, dass Gott am Handeln war, dass die Gebete, die an diesem Ort emporstiegen, nicht unbeantwortet bleiben würden. Und dass sogar jetzt der allmächtige Gott einen guten Plan für Katy und Dayne hatte.

Dayne betete auch. Er brachte die Worte kaum heraus, die von seinen widersprüchlichen Gefühlen wie Hoffnung und Traurigkeit fast erstickt wurden. „Bitte gib mir ein Zeichen, Herr. Bring die Wahrheit für alle sichtbar ans Licht." Er spürte, wie ein Schluchzen aus seiner Brust aufstieg, doch er unterdrückte es. „Ich darf Katy nicht verlieren. Sie … sie bedeutet mir alles."

Sein Handy begann zu klingeln, als er gerade die letzten Worte aussprach. „In Jesu Namen, Amen."

Er hatte Angst, auf das Display und den Namen darauf zu sehen. Die Identität des Anrufers ließ Dayne zögern. Er sah zu Bob, als er das Handy in die Hand nahm und auf die Taste drückte. Noch bevor er „Hallo?" sagen konnte, überkam ihn eine seltsame Ahnung. Vielleicht würde dieses Telefonat die Antwort bringen, auf die er gewartet hatte. Der Anruf kam nicht von Randi und auch nicht von Katy.

Der Anruf kam von seinem Bruder Luke.

* * *

Luke war von einer Seite des Times Square zur anderen gewandert, ziellos in Richtung Norden am Broadway entlanggelaufen und wieder auf der anderen Straßenseite in südlicher Richtung zurückgegangen. Er fühlte sich schrecklich bei dem Gedanken an das, was er getan hatte, und jetzt hatte er zudem noch einen Anruf von Randi erhalten. Sie wollte die Affäre auf der Stelle beenden.

„Meine Eltern haben sich bloß eines von mir gewünscht", hatte sie ihm gesagt. „Ich muss versuchen, es zu finden. Das heißt, dass dieser Anruf das Letzte ist, was du von mir hörst."

Offenbar hatte Randi die Kraft gefunden, einen neuen Weg einzuschlagen, doch immer noch hatten weder sie noch Luke Dayne erreicht, um ihm die Wahrheit zu sagen. Luke hatte es nicht einmal versucht. Er stopfte seine Hände in die Manteltaschen, um der Kälte zu entgehen. Vor einer Woche war der erste Schnee dieses Winters in der Stadt gefallen. Jetzt blies ein bitterkalter Wind durch die Hochhausschluchten, die den Theaterbezirk markierten.

Luke hatte an diesem Abend ein weiteres Musical gesehen – *Mary*

Poppins –, für das er Freikarten vom Büro bekommen hatte. Doch diesmal hatte er weder Sandy noch jemand anderen mitgenommen. Wenn sie Karten haben wollten, sollten sie sich selbst darum kümmern. Er musste allein sein, musste über sein Leben und seine Zukunft nachdenken, ohne sich den Versuchungen auszusetzen, mit denen er sich normalerweise umgab.

Die Kulissen waren atemberaubend – viel sorgfältiger aufeinander abgestimmt als alles, was er bisher auf einer Broadway-Bühne gesehen hatte, sogar eindrücklicher als die Vorstellung von *Der König der Löwen.* Doch es war die Handlung, die sein Herz auf unerwartete Weise tief berührte. Die Geschichte erzählte von George Banks, der so mit seiner Arbeit beschäftigt war und sich nur um sich selbst drehte und dabei viele Jahre lang das Kostbarste im Leben verpasste – die Liebe seiner Frau und seiner Kinder. Sicherlich wohnten sie zusammen unter einem Dach, doch George interessierte sich nicht mehr für das Wohlergehen seiner Familie als für das Leben der Fremden, die jeden Tag in seiner Bank ein- und ausgingen.

Am Ende sah George mit Hilfe von Mary Poppins seine Familie und sein eigenes Leben in einem völlig neuen Licht – bevor es zu spät war.

Luke überquerte die 43. Straße und ging weiter nordwärts. Was war mit ihm? Er und Reagan sprachen kaum noch miteinander. Er hatte den Verdacht, dass hinter ihrer Freundschaft mit dem Feuerwehrmann mehr steckte, als sie zugab, und sie vermutete, dass er hier in New York eine Affäre hatte. Die Wahrheit schien für sie beide verschwommen und undeutlich zu sein. Bisher hatten sie jedes ausführliche Gespräch darüber vermieden.

Er hatte genug damit zu tun, abends zu Hause mit Tommy und Malin fertigzuwerden, als dass er viel Zeit und Mühe darauf verwenden konnte, seine Ehe zu retten. Der Hauptgrund allerdings, weshalb er noch nicht mit Reagan gesprochen hatte, lag in seinen großen und alles verschlingenden Schuldgefühlen.

Er hatte Gott um Hilfe gebeten, ihn um Vergebung angefleht und zugegeben, dass er sich selbst nicht länger wiedererkannte. Er war sich sicher, dass das Herz seiner Mutter brechen würde, wenn sie wüsste, was aus ihm geworden war. Doch um mit Reagan ins Reine zu kommen, würde er die Affäre mit Randi gestehen müssen. Irgendwie glaubte er, dass es die Sache nur noch verschlimmern würde, wenn er ihr das gestand. Sie konnten doch genauso gut weitermachen wie bisher, ohne dass sie beide wussten, was hinter der Fassade des anderen vor sich ging. Und so konnten sie den Schein von Treue und Hingabe weiter aufrechterhalten.

Ein Polizeiauto raste heulend durch die Straße. Zwei weitere folgten ihm. Taxifahrer drückten auf ihre Hupen, um die Fußgänger aus dem Weg zu scheuchen. Keiner blieb stehen und starrte den Polizeiautos hinterher. Keiner schien beunruhigt zu sein. Es war nur eine weitere ganz normale Nacht in New York City.

Luke zog seinen Schal schützend vor sein Gesicht und stemmte sich gegen den Wind. Genauso war es auch mit ihm. Sein Leben steckte in einer tiefen Krise und Sirenen kreischten durch sein Herz und seine Seele. Doch keiner schenkte ihm oder dem Schmerz, den er in sich trug, mehr Aufmerksamkeit als jedem anderen Fußgänger in den Straßen rund um den Times Square.

Der Schmerz war sein eigenes Problem. Die Schuld auch.

Und wenn er sich dem nicht stellte, würde er genauso enden wie George Banks. Verheiratet mit der Arbeit und nur mit dem Schatten eines Lebens außerhalb der Büromauern versehen. Vielleicht würde Reagan ihn irgendwann verlassen. Das war bestimmt nicht das Leben, das sich seine Eltern für ihn erhofft hatten. Seine Handlungen resultierten nicht aus irgendetwas, das er als Baxter gelernt hatte.

Er erreichte die 48. Straße und das Hotel, in dem er wohnte. Der Nachtportier lächelte höflich, als er in das Foyer und in den Aufzug trat. Sein Zimmer lag im neunundzwanzigsten Stockwerk. Mit jeder Etage, die der Aufzug passierte, wurde Luke deutlicher bewusst, was er als Nächstes zu tun hatte. Was auch immer er getan hatte und ungeachtet dessen, ob Reagan ihn verstehen würde und lernen könnte, ihm zu vergeben … er hatte nur eine Wahl, wenn er etwas ändern wollte: Er musste die Wahrheit sagen.

Im gleichen Moment, als er in sein Zimmer trat, ließ er sich auf der Bettkante nieder und wählte Daynes Nummer. *Okay, Gott … nach diesem Anruf gibt es kein Zurück mehr.* Er schluckte seine Angst hinunter. In diesem Augenblick erhaschte er einen Blick auf sich in dem Spiegel, der über dem Schreibtisch hing. Er war nicht mehr der Mann, den er einst gekannt hatte, der Einundzwanzigjährige, der so von sich überzeugt gewesen war und davon, dass er eines Tages in die Fußstapfen von John Baxter treten würde. Seine Augen waren leer und ängstlich, doch vielleicht würden sie nach diesem Tag heute etwas widerspiegeln, das er nötiger brauchte als den nächsten Atemzug: Vergebung.

Er wählte die Nummer. Dayne nahm nach dem zweiten Klingeln ab. „Hallo?"

Luke schloss die Augen. „Hey, Dayne ... ich bin es, Luke."

„Ich weiß." Dayne schien ungeduldig zu sein, aber nicht wütend. Es war ziemlich offensichtlich, dass er keine Ahnung hatte, warum Luke ihn anrief. „Was ist los?"

Lukes Puls klopfte so laut in seinen Schläfen, dass er sich fragte, ob Dayne ihn über das Handy hören konnte. „Ich muss mich bei dir entschuldigen."

Für einige Augenblicke dehnte sich die Stille fast endlos zwischen ihnen aus. Dann hörte er, wie Dayne tief Luft holte. „Okay ... sprich weiter."

„Ich habe dich belogen." Luke öffnete die Augen und massierte seine Stirn. Er hätte am liebsten seine Identität geändert oder wäre auf einen anderen Planeten ausgewandert, wo die Wahrheit unwichtig war. Doch es gab keinen solchen Ort. Er atmete ein und hielt die Luft an. „Ich bin der Mann auf dem Foto. Randi hat mir das Versprechen abgenommen, nichts zu sagen, und ich ... ich wollte nicht, dass Reagan etwas davon erfährt." Er atmete angespannt durch seine geschlossenen Zähne aus. „Es tut mir leid."

Wieder Schweigen und dann etwas, das wie ein unterdrückter Schrei klang. „Meinst du das ernst? *Du* bist der Typ?"

„Ich bin es. Randi hatte etwas Wein getrunken, doch wir waren nicht betrunken. Sie wollte nur nicht, dass die anderen es erfahren. Und ich auch nicht. Aus sehr egoistischen Gründen." Luke fühlte sich krank. Er würde es Dayne nicht übel nehmen, wenn dieses Gespräch das letzte war, das sie jemals führten. Er rechnete damit, dass Dayne ihn vermutlich entlassen würde. Wie konnte er Luke seine rechtlichen Angelegenheiten anvertrauen, wenn sein Bruder sich als Lügner entpuppte, der Dayne bereitwillig das ausbaden ließ, was das Foto in der Zeitschrift ausgelöst hatte?

„Läuft da noch was zwischen dir und Randi?"

„Nein. Es ist vorbei. Ich möchte mit Reagan wieder ins Reine kommen." Luke erhob sich und trat an das Fenster. Sein Herz raste und er wünschte sich nur noch, dass der Anruf zu Ende ging. „Es steht nicht gut zwischen uns und dabei weiß sie noch nicht einmal von Randi.“ Er lehnte sich gegen den Fensterrahmen. „Ich werde es ihr natürlich sagen müssen. Doch … ich musste zuerst mit dir reden.“

Dayne hatte offenbar den Schmerz und die Verzweiflung in Lukes Stimme gehört, denn dieses Mal zögerte er nicht. „Ich weiß nicht, was ich sagen soll.“ Seine Stimme klang nicht so wütend, wie Luke es erwartet hatte. „Ich habe Gott gebeten, mir die Wahrheit zu zeigen, und du hast praktisch in derselben Minute angerufen.“

„Ja … nun, ich mache dir keinen Vorwurf, wenn du jetzt nichts mehr mit mir zu tun haben willst. Ich würde mir am liebsten selbst aus dem Weg gehen. Mama würde den Mann nicht wiedererkennen, der aus mir geworden ist.“

Daynes Stimme klang fröhlich und überhaupt nicht nachtragend. „Wir reden später in Ruhe weiter, doch eines kann ich dir versichern … ich will weiterhin etwas mit dir zu tun haben.“ Die Freude in seiner Stimme vermischte sich mit einer Liebe, die alles Verstehen überstieg. „Ich habe doch nicht so lange dafür gekämpft, meine Familie kennenzulernen, um dich jetzt einfach so abzuschreiben. Ich vergebe dir. Das meine ich sehr ernst.“

Luke stützte sich am Fenster ab und versuchte, Luft zu holen. Hatte sein Bruder wirklich gerade diese Worte gesagt? Dass er ihm vergab? Luke hatte Daynes Vertrauen in jeder Hinsicht missbraucht. Und als Antwort darauf würde ihm eine solche Liebe und Güte entgegengebracht, wie er sie erst einmal zuvor erlebt hatte: Als seine Eltern ihn nach seinem rebellischen Verhalten in der Zeit nach dem 11. September wieder zu Hause aufgenommen hatten.

Friede überflutete ihn. Friede und das Gefühl, dass er die Vergebung seines Bruders eigentlich nicht annehmen durfte. Doch die Gnade, die Dayne ihm anbot, war übermenschlich, eine Gnade, die nur aus dem Glauben an Christus erwachsen konnte. Luke wollte ihm widersprechen, wollte ihm sagen, dass Vergebung überflüssig war, weil er sie nicht verdiente. Doch er brachte die Worte nicht über seine Lippen.

„Ich weiß, wie du dich jetzt fühlst.“ Daynes Stimme war voller Mitgefühl. „Ich habe in meinem Leben eine Menge schlechter Entscheidungen getroffen. Man muss mühsam die Knoten wieder entwirren und nach vorne schauen.“ Plötzlich schien er es eilig zu haben, das Telefonat zu beenden. „Weiß Randi, dass du mir das alles erzählst?“

„Nein. Doch sie hat sich auch verändert.“ Luke bemerkte erst jetzt die Tränen auf seinem Gesicht. Er wischte sie fort und räusperte sich. „Ich weiß nicht, was bei ihr passiert, aber Gott ist irgendwie an ihr dran.“

„Ja.“ Wieder lag ein Lächeln in Daynes Stimme. „Das trifft es genau.“ Er versprach, Luke bald anzurufen. Dann war das Gespräch vorbei.

Als Luke sein Handy auf das Bett fallen ließ, dachte er an Reagan, wie sie an jenem lang vergangenen 10. September ausgesehen hatte, als er in ihrem Studentenzimmer vorbeigekommen war, um sie zum Softballspielen abzuholen. Doch stattdessen …

Stattdessen waren sie allein in Reagans Wohnung geblieben und hatten im Fernsehen das Montagabend-Footballspiel angesehen. Reagan war neben ihm auf dem Sofa eingeschlafen. Und was dann geschehen war, hatte ihr ganzes Leben verändert.

Luke wandte dem Fenster den Rücken zu und ging zu seinem Bett. In gewisser Weise waren die Folgen dieses Abends jetzt, sechs Jahre später, immer noch zu spüren. Er und Reagan hatten sich im darauffolgenden Jahr fast wie Fremde behandelt. Ungefähr so, wie es jetzt auch wieder war.

Luke streckte sich auf dem Bett aus und schloss die Augen. Er war nicht müde, doch er musste sich einen Plan zurechtlegen. Und dann, wie aus heiterem Himmel, konnte er die offensichtliche Wahrheit sehen – es gab nur einen Weg, mit der Situation umzugehen. Dann würde er nach diesem Abend nicht nur mit einer, sondern gleich mit zwei Lügen weniger leben müssen. Er zögerte nicht länger, nahm sein Handy und wählte die Nummer des Menschen, den er mit seinen Entscheidungen am tiefsten verletzt hatte.

Seine kostbare Frau Reagan.

* * *

Dayne konnte sich kaum bremsen, sofort Katy anzurufen. Bob wusste natürlich, dass irgendetwas Dramatisches geschehen war. Als Dayne das Handy zuklappte, sprudelten die Einzelheiten aus ihm heraus.

„Ich wollte dir unbedingt glauben.“ Bob zog ihn in eine Umarmung.

„Nachdem du das erste Mal, als wir telefonierten, deine Unschuld erklärt hattest, hatte ich nie ernsthaft geglaubt, dass du lügen würdest."

„Ich weiß. Es ist schon in Ordnung." Dayne war nicht wütend auf Bob oder irgendjemand anderen, der ihm vielleicht misstraut hatte – entweder für einen kurzen Moment oder bis zu diesem Tag. Er war ein Filmstar; natürlich war er ein ernsthafter Kandidat, wenn es darum ging, wer mit seiner weiblichen Hauptdarstellerin eine Affäre hatte. Doch jetzt war die Wahrheit ans Licht gekommen und Dayne konnte es nicht abwarten, sie der ganzen Welt zu verkünden. Er fühlte sich wie ein zu Unrecht verurteilter Gefängnisinsasse, der schließlich und endlich wieder freigelassen wurde.

„Was für ein Timing!" Bob lachte. „Gott ist großartig, oder?"

Dayne lächelte, ein Lächeln, das er bis in die Tiefe seiner Seele hinein spürte. Er hatte das getan, was Bob ihn gelehrt hatte – er hatte auf Gottes Verheißungen vertraut und die schreckliche Situation direkt vor Gott gebracht. Und er hatte geantwortet.

Dayne wollte Katy anrufen, bevor noch eine weitere Minute verging, doch es war in London noch nicht einmal vier Uhr morgens. Also unterhielten er und Bob sich in den nächsten zwei Stunden über Luke und sein Leben und dann über die Träume, die Dayne für jenen weit entfernten Tag hegte, wenn er endlich die Schauspielerei hinter sich lassen und für den Rest seines Lebens in Bloomington leben konnte – am Ufer des Lake Monroe und umgeben von seiner Familie.

Endlich war es in London früher Morgen und Dayne konnte es wagen, bei Katy anzurufen. Er entschuldigte sich, ging hinaus und lehnte sich gegen den Türrahmen. Lukes Ruf und seine Ehe standen auf dem Spiel, sodass sich Dayne sorgfältig überlegte, wem er die Wahrheit sagen würde. Immerhin waren die Menschen daran gewöhnt, seinen Namen in den Schlagzeilen zu sehen. Doch Lukes Name? Wenn die Öffentlichkeit die Wahrheit erfahren würde, würde Lukes Name für den Rest seines Lebens mit der Affäre mit Randi in Verbindung gebracht werden. Bei Dayne hingegen waren die Zeitschriften immer auf der Suche nach neuer Munition und wühlten im Dreck. Was die Öffentlichkeit von ihm dachte, interessierte ihn schon lange nicht mehr. Nein, Dayne würde die Information nicht weitergeben, doch Katy musste es wissen.

Der Anruf kam durch, doch nach mehrmaligem Klingeln sprang nur ihre Mailbox an. Dayne zögerte, entschied sich aber dagegen, eine

Nachricht zu hinterlassen. Diese Neuigkeit musste er ihr persönlich sagen und sie nicht einfach auf dem Anrufbeantworter hinterlassen. Er drückte die Aus-Taste und sah auf die Zeitanzeige an seinem Handy. Vielleicht war sie unter der Dusche und würde erst im Laufe des Tages bemerken, dass sie seinen Anruf verpasst hatte.

Sie musste nur noch knapp drei Wochen drehen. Es war entscheidend, dass er mit ihr sprach, bevor sie nach Hause kam. Ansonsten würde sie nach Bloomington zurückkehren, ohne die Wahrheit zu kennen. Sie würde sich immer weiter von ihm entfernen und vielleicht schon Pläne schmieden, wie sie zu ihrem früheren Leben ohne ihn zurückkehren konnte.

Er presste die Lippen aufeinander und klappte das Handy zu. Er würde diese Nachricht irgendwie an Katy überbringen, und wenn er seinen Drehplan ändern musste, um sie zu erreichen. Jetzt konnte er nur noch für ein weiteres Wunder beten.

Dass Katy ihm bis dahin vertrauen würde.

Kapitel 22

Ashley fuhr wie benommen durch Bloomington, wobei sie versuchte, sich auf ihr Navigationsgerät zu konzentrieren und nicht an das Telefonat zu denken, das sie gerade mit Reagan geführt hatte. Sie wollte Brooke und Kari am Gebäude der Schwangerschaftsberatung treffen. Ashley liebte den Namen, den Brooke für ihre Beratungsstelle ausgesucht und dem alle zugestimmt hatten. *Sarahs Tür* würde das kurze Leben von Ashleys und Landons Tochter in Erinnerung halten.

Von Anfang an hatten Ashley, Brooke, Kari und ihre Familien und Freunde einmütig gebetet, dass alle, die durch die Türen der Beratungsstelle traten, neue Hoffnung finden und sich für das Leben entscheiden würden. In diesem kritischen Moment ihres Lebens und für immer.

Jetzt hätte Ashley eigentlich ein gleichlautendes Gebet für Luke und Reagan sprechen können. Natürlich hatte sie gewusst, dass es Probleme gab. Das wussten sie alle. Reagan hatte schon früher Andeutungen gemacht, doch erst vor wenigen Minuten hatte Ashley wirklich begriffen, wie kritisch die Situation war.

„Mama!" Devin saß auf der Rückbank in seinem Kindersitz. Er suchte ihren Blick im Rückspiegel und grinste, wobei er aus dem Fenster auf einen Lieferwagen deutete. „Doßer Laster!"

Ashleys Herz schmolz. Seine Freude war so überschäumend, so unschuldig. „Ja, mein Süßer, ein großer, großer Laster." Jede Woche schien Devin seinem großen Bruder noch ein wenig ähnlicher zu werden. Etwas abenteuerlustiger als Cole, doch mit dem gleichen mitfühlenden Herzen. Ein Spiegelbild seines Vaters und ihres himmlischen Vaters.

Devin schnappte nach Luft und riss die Augen auf, als er auf einen Kipplaster deutete.

An der Ampel kontrollierte Ashley noch einmal die Wegbeschreibung auf ihrem Navi. Als die Lichter auf grün umsprangen, fuhr sie knapp einen Kilometer weiter und bog wieder ab. Sie starrte konzentriert auf die Straße, bis sie vor dem leer stehenden Gebäude der ehemaligen Schwangerschaftsberatung parken konnte. Brooke hatte bereits einen neuen Mietvertrag für die Räume unterzeichnet. Sie hatten einige Tage eingeplant, um zu streichen und zu putzen. Wenn die neuen Möbel und die Apparate eintreffen würden, könnten sie bald die Neueröffnung feiern.

Ashley schaltete den Motor ab und lehnte sich in ihrem Sitz zurück. Brooke und Kari waren noch nicht da, deshalb wanderten ihre Gedanken noch einmal zurück zu dem Gespräch mit Reagan, das sie auf dem Weg hierher geführt hatten.

„Es sieht nicht gut aus", hatte ihre Schwägerin gesagt. „Luke ist am vergangenen Wochenende ausgezogen. Er hat sich etwas weiter weg eine kleine Wohnung gemietet."

Ashley hatte Mühe gehabt, die Kontrolle über ihr Auto zu behalten. „Was? Wie konnte das passieren?" Sie dachte daran, einfach umzudrehen und geradewegs zum Haus ihres Bruders zu fahren.

„Er hat mir die Wahrheit über das Foto in den Zeitschriften gestanden." Reagan zögerte. „Der Typ auf dem Bild war nicht Dayne. Es war Luke."

Ein Schwindelgefühl erfasste Ashley und sie schaffte es gerade noch, auf den Parkplatz eines Supermarktes einzubiegen. „Ernsthaft?" Sie hatte diese Möglichkeit niemals in Erwägung gezogen. Und die ganze Zeit … die ganze Zeit war sie krank gewesen vor Sorge um Katy und Dayne. Sie war zutiefst enttäuscht von ihrem älteren Bruder gewesen, dass er fähig sein sollte, einen solchen Verrat an Katy zu begehen. Stattdessen war Luke, nicht Dayne, das Problem gewesen.

Reagan erklärte, dass Luke für ein paar Tage nach Cabo geflogen war, um Dayne in rechtlichen Fragen zu beraten. Luke und Randi waren an jener Nacht am Strand spazieren gegangen. Das Foto auf den Titelblättern erzählte den Rest der Geschichte.

Eine große Niedergeschlagenheit überfiel Ashley. Für einen Augenblick legte sie den Kopf auf ihr Lenkrad. „Ich kann es nicht glauben." Sie wollte sich für Dayne und Katy freuen, doch die Trauer über Lukes Fehltritt war zu groß.

Reagan berichtete, dass Luke während seiner Dienstreisen angefangen hatte, Alkohol zu trinken, und dass er sich mit einer der Mitarbeiterinnen aus seiner Anwaltskanzlei eingelassen hatte. „Also ist es nicht nur Randi." Ihre Stimme war sarkastisch. „Luke hat offenbar in jeder Stadt eine Freundin."

„Weiß Dayne Bescheid?"

„Ja." Sie seufzte, doch die Bitterkeit blieb. „Als Luke endlich bereit war, reinen Tisch zu machen, hat er zuerst Dayne angerufen. Doch soweit ich weiß, hat Dayne Katy bisher nicht erreichen können."

Trotz aller schlechten Neuigkeiten verspürte Ashley einen leisen Hoffnungsschimmer. Wenn Dayne Bescheid wusste, würde Katy es auch bald erfahren. Sie würde erkennen, dass es sich um ein schreckliches Missverständnis handelte. Eines hoffentlich nicht weit entfernten Tages würde die Beziehung zwischen Katy und Dayne wieder so eng sein wie zuvor.

Doch Luke und Reagan …

Ihre Schwägerin erklärte Ashley, dass sie beide nach Lukes Geständnis allmählich die traurige Wahrheit erkannt hätten: Ihre Ehe lag in Scherben. „Es ist nicht das Schlechteste, dass Luke jetzt seine eigene Wohnung hat." Zum ersten Mal während des Telefonats wurde Reagans Stimme weicher. „Vielleicht sind wir eines Tages so weit, dass wir zu einer Ehetherapie gehen. Doch bis dahin wäre es schlimm für die Kinder, wenn sie uns ständig streiten sehen."

Ashley war verständnisvoll, doch sie drängte: „Das ist für keinen von euch gut. Bitte geht gleich zu einer Therapie, bevor ihr beide der Meinung seid, dass es besser sei, ohne den anderen weiterzuleben."

Doch Reagan hatte ihre Entscheidung schon getroffen. „Manchmal hält das Leben kein Happy End für uns bereit, Ashley."

Hier war das Gespräch zu Ende und Ashley fädelte sich wieder in den Verkehr ein.

Auch jetzt konnte Ashley das, was Reagan erzählt hatte, immer noch nicht fassen. Wie schnell war ihr Bruder so tief gesunken! Sie sah zu Devin. Er war eingeschlafen. Sein blondgelockter Kopf lehnte an dem gepolsterten Kopfschutz seines Sitzes. Sie griff nach hinten und streichelte seine kleinen Patschhändchen. Niemand musste ihr etwas über ein ausbleibendes Happy End erzählen. Wenn *sie* die Autorin ihres Lebensbuches wäre, würde Sarah jetzt gesund und quicklebendig in einem Kindersitz neben Devin sitzen. Doch während des Abschiednehmens von ihrer Tochter war Ashley von einer Zusage Gottes fest überzeugt gewesen. Das Wunder von Sarahs kurzem Leben würde im Leben der Menschen, die ihr Schicksal berührt hatte, fortwirken. Der Vers, der sie in den Tagen nach ihrer Rückkehr aus dem Krankenhaus angesprochen hatte, als sie mit leeren Armen dastand, hallte immer noch in ihr nach. Nicht nur, dass Ashley still sein und erkennen sollte, wer Gott ist, sondern auch, dass er der Höchste auf Erden war!

Tränen stiegen in ihre Augen. Wie würde Gott in *dieser* Situation erhoben und verherrlicht werden?

Sie suchte die Straße nach ihren Schwestern ab. Sie war zu früh dran und hatte noch ein paar Minuten.

Ja, Sarahs Leben hatte eine Bedeutung gehabt – dieser traurige, freudige Tag im Krankenhaus. Ashley hatte in die bekannten Gesichter um sich herum geblickt und gewusst, dass ihnen allen das Wunder tieferer Liebe geschenkt werden würde. Auch ihr Vater hatte das gespürt und entsprechend gehandelt. Er hatte Elaine gebeten, ihn zu heiraten.

Danach hatte er jedes seiner Kinder angerufen und ihnen die Neuigkeit verkündet. Ihr Vater und Elaine wollten im Sommer heiraten, was bedeutete, dass Erin und Sam bereits wieder in der Gegend wohnen würden, wenn das Fest stattfand. Egal, wie wehmütig sie diese Ankündigung auch gestimmt hatte, bedeutete Elaine doch sehr viel für Ashley. Sie freute sich für ihren Vater und war dankbar, dass er nicht für den Rest seines Lebens allein bleiben würde. Auch darin war Gottes Herrlichkeit zu sehen.

Doch Ashley hätte niemals damit gerechnet, dass einer von ihnen noch vor Weihnachten allein wohnen würde – Luke.

Ashley nahm sich vor, Luke sofort nach ihrem Treffen mit ihren Schwestern anzurufen. Gerade in diesem Moment fuhr Brooke vor. Kari war bei ihr. Die beiden sahen fröhlich aus und lachten über irgendetwas. Vermutlich hatte Kari bei Brookes Praxis geparkt, da es immer ein Glückstreffer war, in der Stadt einen freien Parkplatz zu finden. Sie stiegen aus Brookes Auto. Brooke hielt den dreijährigen RJ, Karis Sohn, an der Hand, während Kari den Babysitz mit der kleinen Annie trug.

Ashley hasste es, ihnen die gute Laune zu verderben, doch sie mussten Bescheid wissen. Sie nahm den immer noch schlafenden Devin aus dem Sitz, ging um das Auto herum und lehnte sich an die Beifahrertür.

Kari war die Erste, die Ashleys Tränen und ihren Gesichtsausdruck bemerkte. „Was ist los?" Sie setzte den Babysitz ab und trat neben sie. „Was ist passiert?"

„Lasst uns erst reingehen." Ashley wischte sich über ihre nassen Wangen.

Brooke schaute sie voller Sorge noch einen Moment länger an. Dann holte sie einen Schlüssel aus ihrer Handtasche und öffnete die Tür. Die drei Schwestern und ihre Kinder traten in den Flur, wo es deutlich wärmer war als draußen.

In den darauffolgenden Minuten erzählte Ashley von den schweren Zeiten, durch die Luke und Reagan gerade gingen. Diese Neuigkeiten brachten alle zum Weinen. Erst als Brooke auf ihre Uhr sah, erinnerten sie sich daran, warum sie sich eigentlich getroffen hatten.

„Ich hasse es, das Thema zu wechseln, doch ich muss in die Praxis zurück." Brooke runzelte die Stirn. „Lasst uns noch einen Blick in die Räume werfen. Wir müssen später über Luke reden."

Die Räume waren großzügiger, als sie es sich erhofft hatten – vor allem deshalb, weil ihr Vater seine Beziehungen zu dem Hausbesitzer hatte spielen lassen. Die beiden Männer waren sowohl Kollegen als auch in der gleichen Gemeinde. Die Miete für die Räume würde nur ungefähr die Hälfte dessen betragen, was sie woanders zahlen müssten.

„Wir werden an diesen beiden Wänden Sofas aufstellen", überlegte Brooke. „Die kleineren Räume werden mit Büromöbeln ausgestattet."

„Wann kann die Eröffnung stattfinden, was denkst du?" Kari verlagerte das Gewicht des Babysitzes auf ihren anderen Arm. „Der Aufruf für ehrenamtliche Helfer steht seit ungefähr einem Monat in der Zeitung."

Brooke lächelte, auch wenn die Sorge um Luke weiterhin in ihren Augen stand. „Wir haben zwei Krankenschwestern, die bereits im Ruhestand sind. Sie sind gut befreundet und fest entschlossen, das hier zu ihrer Aufgabe zu machen. Etliche Mädchen aus den oberen Klassen der Highschool haben angeboten, in jeder Woche einige Stunden ihres Sozialdienstes hier abzuleisten. Bailey Flanigan ist eine von ihnen." Sie überlegte einen Moment. „Dann werdet ihr beide natürlich auf Abruf bereit sein müssen, falls jemand aus unserem Team mal ausfällt."

„Wie sieht es mit einem Ultraschallgerät aus?" Die Apparate aus der früheren Beratungsstelle waren verkauft worden, als die Büros geschlossen wurden. Sie benötigten dringend ein solches Gerät, bevor sie eröffnen konnten. „Hat Papa durch seine Kontakte etwas erreicht?"

„Ja, das hat er. Mit Hilfe unserer Familie, dem Kindertheater und einigen Spenden von Gemeindemitgliedern sieht es so aus, als könnten wir eines anschaffen, bevor wir eröffnen."

Ashley konnte kaum glauben, wie viel sie schon erreicht hatten. Vor ein paar Monaten noch war der Gedanke an eine Wiedereröffnung der Beratungsstelle wie ein ferner, unerreichbarer Traum erschienen. Wenn Bailey Flanigan nicht von ihrer Schulfreundin erzählt hätte, hätte Ashley von Jenny Flanigan womöglich nie erfahren, wie groß der Bedarf war. Sie hätte auch sicherlich nicht Brooke angerufen, um ihr diesen Vorschlag zu machen. Und jetzt hatten Menschen aus der Stadt und aus der Gemeinde dazu beigetragen, dass dieses Bedürfnis gestillt werden konnte. Das gab Ashley neue Hoffnung, was die Zukunft betraf – auch in den Dingen, die ihre Familie angingen.

Brooke streckte Kari und Ashley ihre Hände hin. „Lasst uns beten."

Das war der eigentliche Grund, weshalb sie hierhergekommen waren – um die Räume Gott zu weihen und ihn um seinen Segen für jede Frau zu bitten, die in ihre Beratungsstelle kommen würde.

Sie bildeten einen kleinen Kreis. RJ zupfte an Karis Pullover. „Ich bete auch, okay, Mama?"

„Okay, mein Schatz." Kari lächelte ihn an. „Bete dafür, dass vielen Babys hier geholfen werden kann."

„Ich mag Babys." RJ stellte sich schützend an die Seite der kleinen Annie, die in ihrer Babyschale lag. „Annie mag mich auch."

„Ja. Sehr."

Devin war inzwischen in Ashleys Armen aufgewacht. Er steckte seine Finger in den Mund, als er seinem Cousin und seiner Cousine zuschaute. RJ tätschelte Annies Kopf. Für einen Augenblick fühlte Ashley den plötzlichen Schmerz über den großen Verlust von Sarah und vielleicht sogar ein bisschen Eifersucht. Ihr Sohn sollte eigentlich auch eine kleine Schwester haben, die er beschützen konnte.

Sie seufzte und sah ihren Schwestern in die Augen. Jetzt war nicht der richtige Moment dafür. Sie konnte sehen, dass Kari und Brooke abwarteten, wie sie auf diese rührende Szene reagieren würde. Ashley lächelte. „Es ist in Ordnung. Lasst uns beten."

Sie dankten Gott für den Traum, die Beratungsstelle wiederzueröffnen und dass er sie mit Mitarbeitern und Räumlichkeiten und Ausrüstung versorgte.

Mit tränenerstickter Stimme beendete Ashley das Gebet. „Wir beten, dass jede Frau und jedes Mädchen, die zu *Sarahs Tür* kommt, deine liebende Berührung spürt. Wir beten, Herr, dass die Mädchen und Frauen sich für das Leben entscheiden – um ihrer selbst und ihrer Babys willen. Hilf, dass Sarahs Vermächtnis weiterleben kann, dass jedes Leben wertvoll ist, und sei es noch so kurz." Ashley drückte Devin dichter an sich und lehnte ihren Kopf gegen seinen. „Und für unsere Brüder beten wir auch, Herr, um dein Eingreifen. Wir bitten dich für sie. Hilf Katy und Dayne, dass sie alle Missverständnisse ausräumen können. Überzeuge Luke, dass er nach Hause zurückkehrt, um an seiner Ehe zu arbeiten. Lass Luke und Reagan erkennen, dass sie Hilfe brauchen, und zwar jetzt." Ashley hielt kurz inne. „Zeig ihnen, dass niemand gewinnt, wenn man einfach davonläuft."

Als das Gebet beendet war, umarmten sich die Schwestern, bevor Brooke und Kari wieder zu Brookes Auto eilten und davonfuhren.

Ashley brauchte noch ein paar Minuten für sich. Sie setzte Devin auf ihre andere Hüfte und presste ihre freie Hand auf ihren flachen Bauch. Sie erinnerte sich noch so genau an die sanften Tritte und Bewegungen, das süße Gefühl, das sie mit Sarah während der Schwangerschaft geteilt hatte.

Bevor Ashley ging, wandte sie sich um und warf einen letzten Blick zurück. Für eine Weile stand sie vor der frisch gestrichenen Wand und dem Schild, das über der Tür hing. Zum ersten Mal nahm sie es bewusst wahr. *Sarahs Tür – Schwangerschaftsberatung.*

Dankbarkeit stieg in Ashleys Herz auf. Sie war überwältigt von der Güte Gottes. Er hatte nicht vorgesehen, dass der Tod ein Teil des Lebens war. Doch nun war es so, weil sie in einer gefallenen Welt lebten, wo irgendwann alles und jeder einmal sterben würde. Dennoch galt Gottes Versprechen, dass er aus jeder Situation und jedem Schmerz etwas Gutes erwachsen lassen kann. *Sarahs Tür* und jeder Segen, den diese Einrichtung in den kommenden Jahren für die Menschen in Bloomington bedeuten würde, waren der Beweis, dass Gott seine Versprechen hielt.

Jetzt konnte Ashley nur beten, dass Gott schließlich auch aus den Krisen von Luke und Dayne etwas Gutes machen würde.

Kapitel 23

Die Aufgabe, Elizabeths Briefe für seine Kinder in Alben zusammenzustellen, war anstrengender, als John es sich vorgestellt hatte. Es war nicht das Kopieren und Sortieren und Einkleben in die Alben. Es war vielmehr die emotionale Erschöpfung, die daraus resultierte, dass er Elizabeths Briefe wieder und wieder las. Er musste ja sichergehen, dass die persönlichen Briefe nur in dem entsprechenden Album landeten und die anderen, die an die ganze Familie gerichtet waren, für alle Alben kopiert wurden.

John wusste, dass er keine Hochzeit planen konnte, bevor er dieses Projekt nicht abgeschlossen hatte. Dann – endlich – um kurz nach neun Uhr am zweiten Montag im Dezember war er fertig. Er trat zurück und bewunderte die sechs Alben, die auf dem Esszimmertisch ausgebreitet waren. Sie rochen schwach nach Rauch, doch sie waren vom Feuer nicht beschädigt worden.

Er hatte Fotos von Elizabeth für die Titelbilder ausgewählt, die er jeweils extra für das entsprechende Kind ausgesucht hatte. Für die fünf jüngeren Kinder hatte er Collagen aus Fotos gemacht, die sie mit ihrer Mutter zeigten. Auf Brookes Album beispielsweise klebte ein Bild, auf dem Brooke an ihrem ersten Schultag neben Elizabeth vor der Tür der Bloomingtoner Grundschule stand. Daneben war ein Foto, das Elizabeth und Brooke tanzend im Wohnzimmer zeigte, eines von ihnen beiden bei Brookes Universitätsabschluss und von dem Tag, an dem Brooke und Peter geheiratet hatten. Das berührendste Foto war vermutlich das Bild von Elizabeth mit Maddie und Hayley von dem Tag, an dem Hayley nach ihrem Badeunfall aus dem Krankenhaus zurückgekommen war.

Elizabeth hatte so viele Meilensteine erlebt, so viele wichtige Momente im Leben ihrer Kinder. Bei Kari, Ashley, Erin und Luke waren die Fotos ähnlich.

Nur Daynes Album war anders. Für seine Titelseite hatte John nur zwei Fotos ausgewählt. Ein Foto von Elizabeth als junges Mädchen am College, so wie sie ausgesehen hatte, als Dayne geboren wurde. Es war das gleiche Bild, das sie Daynes Adoptiveltern gegeben und das Dayne vor einigen Jahren geholfen hatte, seine leibliche Mutter zu finden.

Daneben war eines von Johns Lieblingsfotos von Elizabeth, das er bei einem ihrer Familienpicknicks am Lake Monroe aufgenommen hatte. Elizabeth saß in einer Strandliege, ihr Gesicht von einem Sonnenhut beschattet. Das Licht war perfekt gewesen, sodass John die Kamera genommen und ihr Bild eingefangen hatte. Es gelang nicht häufig, dass ein Fotograf die Augen eines anderen so zeigen konnte, dass sie exakt dessen Gefühle widerspiegelten. Doch auf diesem Foto war das gelungen. John hoffte, dass Dayne es schätzen würde.

Er war dankbar, dass er von Ashley an den Brief erinnert worden war, den Elizabeth extra für ihr erstgeborenes Kind geschrieben hatte. Dieser Brief war es gewesen, den Ashley fand, während sie die Kiste mit Briefen durchstöberte. Damals war er sich nicht sicher gewesen, wie er seinen Kindern von ihrem älteren Bruder erzählen sollte. Oder ob er ihnen überhaupt von ihm erzählen sollte.

Der Brief war der Grund gewesen, weshalb Ashley begonnen hatte, ihren älteren Bruder zu suchen. Doch mehr als das war er etwas sehr Persönliches, das nur Dayne gehörte. Ein Brief, den er immer noch nicht gesehen oder gelesen hatte. John öffnete Daynes Album. Ja, alles an diesem Album war dazu da, Dayne in ganz besonderer Weise zu berühren. Vielleicht noch mehr als die anderen, denn obwohl Dayne in seinem Herzen Elizabeths Feinfühligkeit und die Liebe zu seiner Familie trug, hatte er doch nie das Privileg gehabt, sie kennenzulernen. Abgesehen von einer kurzen Stunde.

John schaute hinüber zum anderen Ende des Tisches, wo ein kleineres Album lag. Das siebte Album. Auf dem Titelbild klebten vier Fotos von John und Elizabeth. Jedes davon war in einer besonderen Zeit ihres Lebens aufgenommen worden. Als sie selbst noch ganz jung gewesen waren, als sie in dem chaotischen Alltag einer Familie mit Kleinkindern zu überleben versucht hatten, als ihre Kinder Teenager gewesen waren und als sie begonnen hatten, ihre eigenen Familien zu gründen. Die Fotos zeigten, wie sehr John und Elizabeth für alle Zeiten tief miteinander verbunden waren – mit Geist, Körper, Herz und Seele.

Er hatte nicht vorgehabt, auch für sich selbst ein Album zusammenzustellen, doch am Ende hatte er keine Wahl gehabt. Es gab Dinge, die Elizabeth nur für ihn geschrieben hatte, um ihn zu ermutigen. John würde dieses Album nicht auf seinen Nachttisch legen. Doch er würde es ab und zu hervorholen. Das würde Elaine verstehen.

Er schlug das Deckblatt des Albums auf und ließ seinen Blick einmal mehr auf dem ersten Brief darin ruhen. Es war ein kurzer, prägnanter Brief. Das war eigentlich untypisch für Elizabeth gewesen, sobald sie erst einmal einen Stift in die Hand genommen hatte. Dieser Brief sprach dennoch Bände und berührte sein Herz jedes Mal tief, wenn John ihn las.

Mein liebster John …

Er hielt inne und schluckte. Die Tränen kamen inzwischen nicht mehr so schnell oder so häufig, doch in diesem Moment, in dem er sein großes Projekt endlich abgeschlossen hatte, wurden seine Augen feucht. Allein diese drei Worte zu lesen, ließen ihn Elizabeths Stimme klar und deutlich in seiner Erinnerung hören. *Mein liebster John …* Diese Worte hatte sie häufig gesagt, wenn sie ihn geneckt hatte oder wenn sie am Ende eines Tages müde war. „Mein liebster John, ich bin erschöpft. Ich glaube, es ist Zeit für mich, ins Bett zu gehen.“ Oder: „Also … mein liebster John, wie lief es für Bloomingtons besten Arzt heute bei der Arbeit?“

Er ließ seine Augen auf diesen Worten ruhen. Als er wieder klar sehen konnte, las er weiter.

Du hast gerade angerufen und mir von deinem Patienten erzählt, wie du an seinem Bett gewacht hast und dass du eine entscheidende Rolle dabei gespielt hast, sein Leben zu retten. Als wir das Telefonat beendet hatten, gab mir Gott einen Gedanken ins Herz. Ich muss ihn sofort aufschreiben und dir so mitteilen, falls ich ihn vergesse oder keine Gelegenheit mehr habe, es dir zu sagen.

Du bist ein ausgezeichneter Arzt, John. Das Leben, das du heute gerettet hast, war nicht das erste und wird nicht das letzte sein. Doch du solltest etwas wissen, mein geliebter Mann. Mein Leben war es, das du als Erstes gerettet hast. Meine Eltern hatten mich verstoßen, als hoffnungslosen Fall abgestempelt und als eine Peinlichkeit. Gott hat mich durch dich gerettet und mir die Erlösung gezeigt, die er für mein Leben wollte.

Für unser Leben.
Bitte denk daran, jeden Tag, wenn du zur Arbeit gehst. Ich bin hier als Mutter und Ehefrau, Geliebte und Freundin, weil du mir neues Leben geschenkt hast. Ich werde dich immer lieben, mein Liebster.
Auf ewig verbunden,
deine Elizabeth

Gott hatte ihn gebraucht, um sie zu retten. Bevor er diesen Brief vor einigen Wochen gefunden hatte – fast auf dem Grund der Kiste –, hatte er nie daran gedacht, einen solchen Gedanken überhaupt in Erwägung zu ziehen. Elizabeth war so intelligent und selbstbewusst gewesen, eine geborene Seelsorgerin mit einer besonderen Begabung, Gottes Handeln in Beziehungen zu erkennen. Er hatte immer geglaubt, dass sie nur deshalb in den unruhigen ersten Jahren ihrer Beziehung an seiner Seite geblieben war, weil sie ihn unterstützen wollte.

Doch jetzt erkannte er, dass sie es anders empfunden hatte. Und es ergab wirklich einen Sinn. Denn sie hatten einander stets ergänzt. Sogar jetzt – über den Tod hinaus. Jeder von ihnen war nur deshalb zu der Persönlichkeit geworden, die er war, weil sie einander gehabt hatten.

John blinzelte. Er überlegte kurz, ob er nach draußen in die Dunkelheit gehen sollte, um den vertrauten Weg bis zu der Bank zu gehen, auf der Elizabeth und er so viele wunderbare Stunden gesessen, über ihre Familie gesprochen und für die alltäglichen Herausforderungen des Lebens gebetet hatten.

Doch es war spät. Außerdem hatte er noch etwas Wichtiges zu tun, bevor er zu Bett gehen konnte. Er musste die Alben einpacken und sie zu den Häusern seiner Kinder bringen. Brookes, Karis und Ashleys Alben waren einfach zu verteilen. Sie wohnten alle in einem Radius von zehn Minuten Fahrzeit von ihm entfernt. Er würde die Alben für Dayne und Erin morgen früh in den Briefkasten werfen. Das Album für Dayne wollte er per Eilsendung und Luftpost nach Cabo schicken, damit er die Worte seiner Mutter schnellstmöglich erhielt.

Doch das Album, das er für das Wichtigste hielt, würde ihn ungefähr eine Stunde Fahrzeit allein nur für die Hinfahrt kosten. Doch das war in Ordnung. John wäre auch die ganze Nacht gefahren, um dieses Album in die Hände seines jüngeren Sohnes zu legen.

Ashley hatte ihm die letzten Neuigkeiten erzählt. Und das hatte ihn noch mehr motiviert, sein Projekt endlich zum Abschluss zu bringen. Luke hatte Elizabeth besonders nahegestanden, und vielleicht … vielleicht hatte ihn ihr Tod mehr verletzt als die anderen. Dieser Gedanke war ihm erst in den letzten Tagen gekommen. Luke hatte in den letzten Jahren eine Menge durchgemacht. Vielleicht war es deshalb kein Wunder, dass er mit der Herausforderung zu kämpfen hatte, der Mann zu sein, den jeder in ihm sah. Kein Schmerz oder keine Trauer über einen Verlust konnte natürlich sein Verhalten entschuldigen. Doch wenn eines seiner Kinder jetzt gerade eine Erinnerung an die Liebe seiner Mutter brauchte, dann war es Luke.

Sogar wenn – was zu befürchten war – die Botschaft zu spät kam, um noch einen Unterschied zu bewirken.

* * *

Ashley wollte ihr Album jetzt nicht lesen. Nicht, bevor sie nicht erst eine Stunde an ihrem Gemälde von ihrer Mutter und Sarah gearbeitet hatte. Sie legte das eingepackte Album auf das Bett, das in der Ecke des Zimmers stand, und machte sich daran, das Feld voller blühender Blumen zu beenden. Noch nie hatte das Leuchten der Farben sie so fasziniert wie bei diesem Gemälde. Sie hatte das Gefühl, dass sie mit Gottes Hilfe ein Stück vom Paradies eingefangen hatte – die Schönheit und Lebendigkeit von Gottes Reich im Himmel, wo ihre Mutter jetzt war.

Es war früh am Dienstagnachmittag. Landon war mit den Jungs zu Hause. Er hatte heute frei. Seit ihr Vater am vergangenen Abend das Album bei ihnen abgegeben hatte, wusste er, dass Ashley es kaum abwarten konnte, etwas Zeit für sich zu nehmen und es zu lesen.

„Möchtest du zum Friedhof gehen?“, hatte er heute Morgen in der Küche gefragt und den Arm um sie gelegt.

Er musste seine Worte nicht näher erklären. Sie wusste, was er sagen wollte. Ihre Augen verloren sich in seinem Blick und sie lächelte traurig. „Nein. Ich möchte ein paar Stunden an meinem Gemälde arbeiten. Und dann würde ich mich gerne in meinem alten Zimmer ans Fenster setzen und mir das Album dort anschauen.“

Landon nickte. „Gute Idee.“ Er küsste sie zärtlich. „Nimm dir so viel Zeit, wie du brauchst.“

Jetzt, da das Blumenfeld fast fertig war, hatte Ashley das seltsame

Gefühl, dass ihre Mutter tatsächlich bei ihr im Zimmer war. Die Erinnerungen an die Vergangenheit waren nah und lebendig. Der Geruch ihres alten Zimmers. Das Geräusch eines leisen Windes draußen in den Bäumen. Winter lag in der Luft und Weihnachten stand kurz bevor.

Als sie an ihrem Gemälde arbeitete, meinte sie fast die Stimme ihrer Mutter von unten zu hören. *„Ashley, ich setze den Wasserkessel auf. Möchtest du einen Tee?"*

Ja, Mama ... ich würde alles geben, um noch einmal eine Tasse Tee mit dir zu trinken. Tränen verschleierten ihre Sicht. Energisch blinzelte Ashley sie zurück. Es musste daran liegen, dass ein weiteres Jahr zu Ende ging und dass die Erinnerungen an ihre Mutter durch die Realität des Lebens ohne sie immer mehr verblassten.

Ihre Mutter war nicht mehr da. Doch das Leben war einfach weitergegangen, so wie es das Leben immer tat.

Aber in diesem Raum war die Erinnerung an die Worte ihrer Mutter, an ihr großes Herz und ihre Liebe für Ashley und ihre Geschwister stark und lebendig. Ashley konnte ihre Mutter beinahe im Türrahmen sehen, wie sie lächelte und Ashleys Bild betrachtete. *„Ich liebe deine Bilder, Ashley ... Du hast so eine wunderbare Gabe von Gott bekommen. Ich hoffe, dass du sie auch weiterhin zu seiner Ehre benutzt."*

Die Tränen flossen ungehindert und hinterließen eine feuchte Spur auf ihren Wangen. *Gott, tue ich das? Hilft meine Begabung zu malen irgendjemandem dabei, dir näherzukommen?*

Gott gab ihr keine hörbare Antwort, sondern ein Bild vor ihren inneren Augen. So redete der Herr oft mit ihr, indem er ihr die kostbaren Augenblicke und Eindrücke des Lebens ins Gedächtnis rief. Das Bild, das sie nun vor sich sah, war das eines großen Spielzimmers. Cole und Devin saßen auf dem Fußboden und bauten eine Stadt aus Duplosteinen. In einiger Entfernung war ein kleines Mädchen – vielleicht zwei Jahre alt – mit goldenen Haaren. Ashley konnte nur ihren Rücken erkennen, doch sie schien irgendwie in dieses Bild hineinzugehören.

An der Wand des Spielzimmers hing das Gemälde, an dem sie gerade arbeitete. Ashley hatte den starken Eindruck, dass dieses Bild ihren Kindern ein Gefühl des Friedens und der Gewissheit schenkte, dass Gott sie liebte und dass der Himmel auf sie wartete, wo sie eines Tages für immer sein würden.

Dieses innere Bild gab ihr neue Energie und bestärkte sie in dem

Wunsch, nicht nur dieses Gemälde zu beenden, sondern auch die anderen Bilder auf die Leinwand zu bringen, die sie noch in ihrem Herzen trug. Bilder, mit denen sie vielleicht nicht gerade der ganzen Welt, aber immerhin ihren Kindern ein Vermächtnis hinterlassen konnte. Sie setzte den letzten Tupfer eines tiefen Rots in das Blumenfeld und stellte ihren Pinsel dann in ein Gefäß mit Reinigungslösung.

Okay, Gott … bitte hilf mir, das jetzt durchzustehen. Ashley wandte sich um und starrte das Album an. Plötzlich verspürte sie keine Angst mehr vor der wehmütigen Trauer, die sie in der kommenden Stunde sicherlich empfinden würde. Das war ihre Chance, etwas Zeit mit ihrer Mutter zu verbringen. Davor musste sie sich nicht fürchten, ganz egal, wie wehmütig und herzzerreißend die Erinnerungen auch werden würden.

Bevor sie das Album aufschlug, tat sie das, was auch ihre Mutter getan hätte. Sie ging nach unten, machte sich etwas Tee und füllte ihn in die Lieblingstasse ihrer Mutter, bevor sie wieder in ihr Zimmer ging und sich auf ihrem alten Bett niederließ. Sie stellte die Tasse auf der Fensterbank ab. Das Fenster war gerade genug geöffnet, um frische Luft hereinzulassen und die Farbgerüche zu vertreiben.

Es war kälter geworden und zum ersten Mal in diesem Winter hatte der Wetterbericht leichten Schneefall vorhergesagt. Die Meteorologen erwarteten weiße Weihnachten und mehr Schnee als in den vergangenen Jahren. Ashley freute sich darüber. Sie liebte die Vorstellung, vor dem Kamin im alten Baxter-Haus zu sitzen und mit allen zusammen Weihnachten zu feiern.

Sorgsam, weil der Inhalt des Albums sie ihrer Mutter so nahebringen würde, wie nichts anderes seit ihrem Tod, hob sie den Deckel der Schachtel ab und nahm das Album heraus. Sie hatte gewusst, dass darin die Briefe ihrer Mutter enthalten waren, doch sie hatte nicht die Fotos auf dem Titelblatt erwartet.

Sie selbst besaß viele Fotos von ihrer Mutter und hatte sie im Laufe der Jahre im Computer eingescannt, um sich daraus ein digitales Fotoalbum zu erstellen. Doch es war Monate her, seit sie sich diese Bilder angesehen hatte. Und hier auf dem Titelblatt des Albums griffen die Bilder nach ihrem Herzen und berührten sie tief.

Ein Foto zeigte ihre Mutter, die Ashley auf einer Schaukel im Park anschubste. Auf einem anderen waren sie beide zu sehen, wie sie im

Garten hinter dem Baxter-Haus Unkraut in den Blumenbeeten jäteten. Den Garten gab es immer noch. Ihr Vater gab sich große Mühe, das Unkraut regelmäßig zu bekämpfen.

Ihre Augen wanderten weiter zum nächsten Bild, das Ashley und ihre Mutter am Küchentisch zeigte. Vor ihnen standen zwei Teetassen und der geliebte Teekessel ihrer Mutter zwischen ihnen. Sie würde immer dankbar sein, dass ihr Vater aus allen möglichen Bildern ausgerechnet dieses ausgewählt hatte. Häufig waren die Alltagsmomente im Leben die Augenblicke, die niemand mit der Kamera festhielt.

Doch wegen genau dieses Fotos würde Ashley immer eine sehr lebendige Erinnerung daran haben, wie sie und ihre Mutter so oft bei einer Tasse Tee zusammengesessen und über die Probleme gesprochen hatten, mit denen Ashley zu kämpfen gehabt hatte – vor allem mit Anfang zwanzig. Sie lächelte, als sie das Foto betrachtete. Was hätte sie damals nur ohne ihre Mutter getan?

Das nächste Foto zeigte ihre Mutter, die den kleinen Cole im Arm hielt. Sie saß in ihrem Schaukelstuhl, Ashley daneben auf dem Fußboden. Ihre Mutter hatte einen Arm um Ashleys Schulter gelegt und vermittelte mit dieser Körperhaltung eine deutliche Botschaft. *Das ist meine Tochter, ganz egal, welche Fehler sie in der Vergangenheit gemacht hat. Und das ist ihr Kind, das ich von ganzem Herzen liebe.*

Ashley musterte das Gesicht ihres Sohnes, wie es vor Jahren ausgesehen hatte. Wie lange würde es wohl dauern, bis er seine Oma Baxter vergessen hatte? Er sprach immer noch von ihr und davon, wie glücklich sie wohl im Himmel war, wenn sie jetzt auf die kleine Sarah aufpassen durfte. Doch bevor sie sich versahen, wäre er zehn Jahre alt und dann fünfzehn und dann schon in der Abschlussklasse der Highschool. Die Jahre würden wie im Flug vergehen und seine Oma würde zu einer immer schwächeren Kindheitserinnerung werden.

Deshalb war Ashley jedes Mal traurig, wenn sie das Kalenderblatt umdrehte und ein neues Jahr begrüßte. Denn dadurch schoben sich immer mehr Tage zwischen das Leben ihrer Mutter und die Erinnerung an sie.

Ashley biss sich auf die Lippe und schlug das Titelblatt um. Der erste Brief war einer, an den sie sich erinnerte. Ein Brief voller Freude und Liebe und Glückwünsche, denn nach einem Jahr, in dem sie praktisch keinen Kontakt zu ihrer Familie gehabt hatte, war Ashley aus Paris zurückgekehrt. Sie versuchte sich vorzustellen, wie sie sich fühlen würde, wenn Cole sie nach seinem Schulabschluss verlassen würde. Wenn er in ein fremdes Land aufbrechen und sie bei seiner Rückkehr feststellen würde, dass er sich und seinen Glauben verraten hatte. Würde sie die Größe haben, einen solchen Brief voller Liebe zu schreiben – nur eine Woche nach seiner Rückkehr?

Sie las den Brief erneut und wusste instinktiv die Antwort. Ja, sie würde diese Größe haben, denn ihre Mutter hatte ihr diese Liebe erwiesen. Das war erstaunlich, denn nach dem, was ihr Vater erzählt hatte, hatte ihre Mutter die gleiche Vergebung nicht von ihrer eigenen Mutter erfahren.

Doch sie hatte damals die unterstützende und Mut machende Liebe von John Baxter erfahren. Und das hatte den Unterschied ausgemacht.

Nach und nach las Ashley die Briefe. Sie entdeckte Kostbarkeiten und Weisheiten darin, die sie niemals zuvor erkannt hatte, und freute sich über die vertrauten Bemerkungen oder die Briefe, die sie damals schon gelesen hatte, als sie die Kiste im Schrank ihres Vaters entdeckte. Und sie weinte, weil die Zärtlichkeit ihrer Mutter und ihre Worte, die in Ashleys Herz auf Widerhall trafen, die Trauer über den Verlust fast unerträglich machten.

Irgendwann hielt sie inne und nippte an ihrem Tee. Dann berührte sie mit ihrer freien Hand den leeren Platz neben sich und erinnerte sich daran, wie es gewesen war, als ihre Mutter dort gesessen hatte. Ihre Mutter hätte viele Tränen über den Tod von Sarah vergossen. Sie hätte dafür gesorgt, dass sie besonders viel Zeit mit Ashley verbrachte, um sicherzugehen, dass sie diesen Verlust bewältigen konnte.

Ashley holte ein paar Mal tief Luft und sah herüber zu ihrem Gemälde. Die Tatsache, dass dieses Bild keine schwärmerische Träumerei war, sondern Realität, tröstete sie. Ihre Mutter und ihre Tochter waren jetzt wirklich gemeinsam bei Gott. Cole hatte sie dort gesehen, so wie nur ein Kind solche Dinge erkennen konnte.

In der nächsten halben Stunde las sie das Album vollständig durch. Sie ermahnte sich, dass es beim nächsten Mal vielleicht besser wäre, die Zusammenstellung in kleinen Abschnitten zu lesen, um jeden Brief besonders wertschätzen zu können. Mit vorsichtigen Bewegungen schloss sie das Album und legte es liebevoll zurück an seinen sicheren Platz in die Pappschachtel. Sie schloss den Deckel und trank ihren Tee aus.

Dann kehrte sie noch einmal zu ihrem Gemälde zurück. Wieder kam ihr das Bild des Spielzimmers in den Kopf. Doch diesmal waren die Details genauer zu sehen und Ashley bemerkte etwas Seltsames. Das Spielzimmer war nicht jenes, das sie in ihrem jetzigen Haus eingerichtet hatten. Es war größer, voll von Liebe und guten Erinnerungen, die sie bis jetzt darin noch nicht verspürt hatte.

Plötzlich wusste sie genau, welches Spielzimmer sie vor sich sah. Es war groß und lichtdurchflutet von Fenstern, die nach Westen zeigten. Natürlich war es unmöglich, dass sie es jemals in der Realität so sehen würde, wie sie es jetzt vor ihrem inneren Auge sah, denn irgendwann im nächsten Sommer würde das alte Haus zum Verkauf angeboten werden. Ihr Vater ging die nächsten Schritte in seinem Leben und die anderen aus ihrer Familie mussten sich damit abfinden. Keine Brücke mehr hinter dem Haus, kein Froschteich oder ein Spazierweg, der sich dort entlangschlängelte. Kein Garten mehr, in dem mehr Erinnerungen als Blumen wuchsen.

Dennoch leuchtete dieses Bild in ihrem Herzen und ihrer Seele und blieb lebendig, denn es war der Ort, an dem sie und ihre Geschwister gespielt hatten. Sie hatten dort Puzzles gelegt und gelernt, das Abc zu schreiben. Wenn diese Vorstellung doch nur ein Vorzeichen für die Zukunft wäre, ein Hinweis, dass ihr Vater irgendwie seine Meinung ändern und das Haus behalten würde! Denn das klare Bild in ihrem Kopf zeigte nicht das Haus, in dem sie jetzt mit ihrem Mann und ihren Kindern lebte. Es war vielmehr das Spielzimmer, das sich nur eine Treppe unter ihr befand. Das Spielzimmer des Hauses, das – sogar wenn es verkauft sein würde – für immer zu den Baxters gehörte.

Kapitel 24

Der einzige Kontakt, den Dayne zu Katy zustande gebracht hatte, waren zwei Nachrichten – eine von ihm an sie und eine von ihr als Antwort darauf. Inzwischen war schon der 12. Dezember. Er hatte ein Gespräch mit seinem Regisseur geführt. Wenn in weniger als einer Woche die Dreharbeiten am Strand endlich beendet waren, wollte er bis nach Weihnachten nach Bloomington fahren. Die Dreharbeiten in Los Angeles konnten auch bis Anfang Januar warten. Andernfalls würde er aus dem Film aussteigen.

„Dayne …" Der Regisseur schien überrascht von seiner Forderung. „Ich habe nicht gewusst, dass es so schlimm steht."

„Doch, so ist es." Dayne war zwar nicht mehr ganz so besorgt wie zuvor, doch immer noch genug … Bis er endlich Zeit mit Katy verbringen konnte, war es ihm unmöglich zu sagen, wie sie zu ihm stand. Sogar wenn die Wahrheit über das Foto endlich ans Licht gekommen war, könnte Katy dennoch entscheiden, dass sie dem Druck der Öffentlichkeit an der Seite von Dayne Matthews nicht länger gewachsen war.

Der Regisseur zögerte nicht. Er hatte eine Drehpause organisiert, damit Randi zur Beerdigung ihrer Mutter gehen konnte. Es war also kein Problem für ihn, den Terminplan so zu verändern, dass sie die Dreharbeiten nach den Weihnachtsferien beenden konnten. „Jetzt sorg dafür, dass sich die Dinge klären, okay?" Er klopfte Dayne auf die Schulter. „Ich weiß, wie hart dieses Business für das Privatleben sein kann."

Dayne war gerade dabei, sich einen Teller mit Obstsalat und gebratenem Fleisch zu füllen. Er war dankbar für die Abgeschiedenheit am Strand während der Mittagspause. Plötzlich kam einer der Praktikanten mit einem Päckchen in den Händen auf ihn zugerannt.

„Mr Matthews!" Es schien für den jungen Mann sehr wichtig zu sein, Dayne noch zu erwischen, bevor er mit seinem Teller weiterging. „Warten Sie bitte!"

Dayne blieb stehen und wartete, bis ihn der junge Mann erreicht hatte. „Ist das etwa für mich?"

„Ja." Der junge Mann grinste, als ob die Tatsache, dass er Dayne

Matthews eine wichtige Lieferung überbrachte, der Höhepunkt seines Tages sei. „Es ist mit *dringend* gekennzeichnet."

„Danke." Einen Moment lang wünschte sich Dayne, mehr Zeit zu haben. Er hätte gerne nach dem Namen des jungen Mannes gefragt und wie es kam, dass er hier bei den Dreharbeiten mitarbeitete. Vielleicht hätte er ihn ermutigt, seine Anonymität zu genießen, solange er noch die Chance dazu hatte – vorausgesetzt, dass auch er eine Filmkarriere anstrebte, so wie die meisten jungen Leute am Set.

Das Päckchen war schwerer, als Dayne es erwartet hatte, doch er konnte es sich unter den Arm klemmen, seinen Teller mit Essen balancieren und zu dem Stuhl gehen, den er sich unter eine Palme gestellt hatte. Inzwischen hatte es sich bei allen herumgesprochen, dass Dayne Matthews beim Essen gerne ungestört war. Nicht weil er sich für etwas Besseres hielt oder weil er die Vorstellung fürchtete, sich mit dem Fußvolk zu vermischen. Sondern weil die Turbulenzen in seinem Privatleben es erforderlich machten, dass er irgendwo zur Ruhe kam. Selbst wenn es nur kurz zwischen zwei Szenen bei einer Mittagspause war.

Er stellte seinen Teller in den Sand und legte das Päckchen auf seine bloßen Knie. Sogar im Dezember war das Wetter so weit im Süden warm und angenehm. Shorts und T-Shirt reichten immer noch als Garderobe aus.

Er las den Namen seines Vaters als Absender. Er öffnete das Papier und brachte eine Pappschachtel zum Vorschein. Dayne zog verwirrt die Augenbrauen zusammen. Schickte sein Vater ihm zwei Wochen zu früh ein Weihnachtsgeschenk? Und warum bis nach Cabo in Mexiko? Das war sehr ungewöhnlich!

Dayne hob den Deckel von der Schachtel. Was er darin sah, ließ sein Herz beim nächsten Atemzug dahinschmelzen. In der Schachtel lag ein Album. Und auf dem Deckblatt des Albums waren zwei Fotos von Elizabeth Baxter.

Eine kurze Notiz war an das Album angeheftet: *Ich dachte, du könntest das so schnell wie möglich gebrauchen. Ich liebe dich. Papa.*

Selbst nach allem, was er durchgestanden hatte, war ihm dieses Gefühl immer noch fremd. Die Liebe seines Vaters zu ihm floss durch seine Brust und füllte ihn mit Wärme und Zuversicht. Wie unglaublich, dass der viel beschäftigte John Baxter Tausende von Kilometern entfernt in Bloomington genug Zeit gefunden hatte, um dieses Album zusammenzustellen.

Dass es ihm unmöglich war, Katy zu erreichen, fraß mit jeder Stunde mehr an ihm. Deshalb hätte dieses Geschenk zu keiner besseren Zeit kommen können. Dayne musste nicht das Album aufschlagen, um das zu erkennen. Dennoch konnte er es nicht abwarten, hineinzuschauen. Er hob das Album aus der Schachtel und legte sie in den Sand neben seinen Stuhl.

Dayne schlug das Deckblatt um. Und dort, sorgsam geschützt von einer Plastikhülle, war ein Originalbrief, handgeschrieben und adressiert an:

Mein geliebtes erstgeborenes Kind, mein Sohn …

Daynes Herz setzte erst einen Schlag aus und galoppierte dann in einem unregelmäßigen Rhythmus davon. Was war das? Er zog den Brief vorsichtig aus der schützenden Hülle und sein Blick flog über die Seiten bis zu der Unterschrift am Ende. Er war schlicht unterschrieben mit: *Deine Mutter Elizabeth Baxter.*

Was? In Daynes Kopf wirbelte alles durcheinander. Er starrte auf den Brief und konnte nicht fassen, dass das möglich war. Dann kam ihm allmählich eine Erinnerung in den Sinn. Als Ashley ihn gefunden und zum ersten Mal angerufen hatte, hatte sie ihm etwas von einem Brief erzählt. Ja, von einem Brief, den ihre Mutter an ihn geschrieben hatte. Aber in der Aufregung, seine Familie kennenzulernen und Kontakt zu seinen Geschwistern aufzunehmen, hatte Dayne den Brief völlig vergessen.

Bis zu diesem Moment.

Er holte tief Luft und kehrte an den Anfang des Briefes zurück. Der Gedanke schoss ihm durch den Kopf, dass Elizabeth diese Blätter in den Händen gehalten hatte. Die Tinte auf dem Brief hatte sie selbst zu Papier gebracht. Irgendwann vor vielen Jahren hatte sie sich die Zeit genommen, um sich hinzusetzen und ihre Gefühle in Worte zu fassen. Und jetzt würden diese Worte für immer in seinem Herzen bleiben als einer seiner größten und kostbarsten Schätze.

Mein geliebtes erstgeborenes Kind, mein Sohn,
wenn du diesen Brief liest, hast du mich gefunden. Oder du hast wenigstens die anderen gefunden. Mein Sohn, ich bete dafür, dass ich die Gelegenheit bekomme, dir diese Dinge persönlich zu sagen, aber mir läuft die Zeit davon. Ich kann nicht im Frieden zum Herrn gehen, solange ich nicht alles Menschenmögliche tue, um dich zu erreichen. Selbst wenn mir das nur durch diesen Brief möglich ist.
Dein Vater und ich haben jedes Jahr an dich gedacht. An jedem Geburtstag, an jedem Weihnachten, in dem Herbst, in dem du in die Schule kamst, in dem Jahr, in dem du wahrscheinlich mit der Schule fertig warst. Du warst immer in unseren Herzen. Uns blieb keine Wahl bei dem, was passierte, mein lieber Sohn. Meine Eltern schickten mich weg und eine Frau nahm dich mir aus den Armen, obwohl ich schrie, dass sie dich zurückbringen sollte. Das musst du unbedingt wissen. Wir wollten dich nie weggeben. Niemals.

Dayne hielt inne und schaute hinaus auf das Meer. Wie musste sich Ashley gefühlt haben, als sie diese zwei Abschnitte gelesen hatte? Sie und die anderen hatten ihr Leben gelebt und keine Ahnung gehabt, dass es ihn gab. Und dann – in dem kurzen Moment, den es dauerte, um einen einzigen Brief zu lesen – änderte sich alles an ihrem Leben und dem Leben der anderen Baxters. Er ließ seinen Daumen gedankenverloren über das leicht vergilbte Papier gleiten.

Als du fort warst, sagte man mir, dass ich dich vergessen solle. Man sagte, es sei für uns alle besser, wenn ich mir einreden würde, du wärst nie geboren worden. Dein Vater und ich haben gebetet, dass du von einer christlichen Familie adoptiert würdest, von Menschen, die dich in dem Glauben erziehen würden, der uns immer so wichtig war. Wir haben versucht, uns einzureden, dass du Gott gehörst, dass er eine Familie für dich gefunden hat und dass die Sozialarbeiter damals irgendwie recht hatten, als sie sagten: Du hättest von Anfang an nicht uns gehört. Aber das war falsch. Von allem, was ich in meinem Leben versäumt habe, bedaure ich am meisten, dass ich nicht stärker darum gekämpft habe, dich zu behalten.

Sie bedauerte das am meisten? Er las die Worte wieder und dann ein drittes Mal. Wenn er und Katy nicht stärker für ihre Ehe kämpfen würden, würde er diese Worte womöglich irgendwann auch sagen. Er würde es am meisten bedauern, dass er nicht mehr für die Frau gekämpft hatte, die er liebte. Wenn das hier die einzigen Worte seiner Mutter waren, die sie extra für ihn geschrieben hatte, dann musste er jede Erkenntnis umsetzen, die er daraus gewinnen konnte. Elizabeth hatte bestimmt nicht im Sinn gehabt, dass diese Worte genau auf seine Ehe zutreffen würden, so viele Jahre später. Doch das taten sie. Er las weiter.

Ich werde nie vergessen, wie du dich an dem Tag, an dem du geboren wurdest, in meinen Armen angefühlt hast. Deine weichen, blonden Haare und deine blauen Augen, groß aufgerissen und wach, als hättest du gewusst, dass uns nicht viel Zeit blieb. Ich habe nicht gedacht, dass ich dieses Gefühl je wieder erfahren würde, das warme Gewicht meines neugeborenen Sohnes an meiner Brust. Aber Gott hat uns noch mehr Kinder geschenkt. Noch fünf Kinder. Und als Letztes gab er uns einen Sohn, einen Jungen, den wir Luke nannten.

Ein seltsames Gefühl rührte an Daynes Herz. Er hatte Luke vergeben. Trotz der Enttäuschung, dass es ihm nicht gelang, Katy zu erreichen, konnte er seinen Bruder nicht für das hassen, was geschehen war. Doch wer hätte gedacht, dass Jahre, nachdem Elizabeth diesen Brief geschrieben hatte, es ausgerechnet Luke sein würde, der für einen solchen Schmerz in seinem Leben verantwortlich war? Er schob den Gedanken beiseite.

Wenn ich Luke als Kind und Jugendlichen anschaute, erfüllte mich das immer mit einer Mischung aus Freude und Traurigkeit. Weil er als Baby genauso ausgesehen hatte wie du. Als er ein Jahr alt wurde und laufen lernte, wusste ich, wie du als Kleinkind ausgesehen hast. Genauso war es, wenn er einen Zahn verlor und als er Radfahren lernte und seinen Schulabschluss machte. Jeder Meilenstein seines Lebens war eine Erinnerung an alles, was ich mit dir verloren hatte. An alles, was ich verpasst habe.

Und deshalb habe ich nur eine einzige Bitte an Gott: Dass ich irgend-

wie in meinen letzten Tagen auf dieser Erde die Gelegenheit bekomme, dich zu sehen, dich noch einmal zu umarmen. Ein letztes Mal nur.

Trauer und Dankbarkeit mischten sich in seiner Seele. Gott hatte Elizabeths Gebet erhört, denn entgegen aller Wahrscheinlichkeit hatte er tatsächlich das Krankenzimmer seiner Mutter gefunden. Sie hatten nur eine Stunde zusammen verbracht, doch er hatte sie tatsächlich umarmt und ihr alle Fragen beantwortet, die sie ihm gestellt hatte. In dieser Stunde hatte sie ihm gesagt, wie wichtig der Glaube sei und wie sehr sie sich wünschte, dass er die Liebe ihres Erlösers kennenlernte. Damit sie die Ewigkeit gemeinsam verbringen könnten.

Es gab kein Zurück, keine Möglichkeit, die Vergangenheit zu ändern oder noch einmal zu leben. Doch Dayne war sich sicher, dass er und Elizabeth eine sehr enge Beziehung gehabt hätten. So wie es in der kurzen Zeit gewesen war, die sie zusammen verbracht hatten. Er schaute wieder auf die Briefbögen in seiner Hand. Sie schrieb davon, dass sie hoffte, dass er ein schönes Zuhause hätte, und dass sie neugierig war, ob er eine Frau und Kinder hätte.

Dann berichtete sie von dem ersten Mal, als bei ihr Krebs diagnostiziert wurde.

Ich war schon einmal krank und habe versucht, dich zu finden. Doch die Adoptionsakten waren verschlossen und wir wurden weggeschickt. Deshalb weiß ich, dass jetzt ein Wunder nötig wäre, aber das macht nichts. Der Gott, dem wir dienen, ist ein Gott, der Wunder tut. Das haben wir unser ganzes Leben lang erfahren.
Mein Gebet für dich ist, dass du Gott kennst, dass du eine Beziehung zu ihm hast. Und dass du die Liebe einer Familie erfährst – unserer Familie. Du gehörst zwar vielleicht zu anderen Menschen, aber du wirst immer auch hierher zu uns gehören. Denn jedes Mal, wenn ich an meine geliebten Kinder denke, sehe ich nicht fünf, sondern sechs Kinder. Das wird immer so sein. Ich liebe dich, mein Sohn. Wenn ich keine Gelegenheit mehr bekomme, dich hier zu umarmen, dann will ich glauben, dass Gott mir im Himmel erlauben wird, dich in den Armen zu halten. Und dort müssen wir uns nie wieder trennen.
Deine Mutter
Elizabeth Baxter

Eine Weile blieb Dayne bewegungslos sitzen, starrte auf die Blätter und versuchte sich vorzustellen, wie sie vielleicht ausgesehen hatte, als sie diese Worte an ihn schrieb. Er blätterte durch das Album und erkannte, dass es eine Zusammenstellung von Briefen enthielt – jeder von Elizabeth und an ihre Kinder gerichtet, von denen er eines war.

Vorsichtig, um das Papier nicht zu beschädigen, schob er den Brief zurück in die Plastikhülle und schloss das Album. Er konnte sich jetzt keine weitere Seite anschauen, nicht wenn sein Herz so berührt war von den Worten, die er gerade gelesen hatte.

Er legte das Album zurück in die Schachtel und schloss sorgsam den Deckel. Das Essen hatte er völlig vergessen. Er ging langsam zum Meer hinunter und hielt seinen Blick auf den Horizont gerichtet. Ein Satz aus ihrem Brief ging ihm nicht aus dem Kopf. Der Satz über ihren Gott, der ein Gott der Wunder war. Diesen Satz hatte er in den letzten Jahren häufig von seinen Geschwistern gehört. Ihm wurde bewusst, welches Geschenk sie damit erhalten hatten. Sie alle und er besonders, denn seine Adoptiveltern hatten ebenfalls Jesus geliebt und darauf vertraut, dass mit Gott alle Dinge möglich waren.

Das war auch einer der ersten Bibelverse, die Bob ihm eingeprägt hatte: „Du wirst in deinem Leben durch harte Zeiten gehen. Und dann musst du dich an diese Wahrheit erinnern: *Für Gott ist alles möglich.*“

Gott tat immer noch Wunder. Deshalb waren mit ihm alle Dinge möglich.

Sogar in den letzten beiden Wochen hatte er den Beweis dafür gesehen. Zuerst, als Lukes Anruf gekommen war, der Dayne völlig und rückhaltlos von der Untreue entlastete, der man ihn beschuldigte. Und dann in den erstaunlichen Veränderungen, die er in Randi erkannt hatte. Seit der Beerdigung ihrer Mutter war sie ein anderer Mensch. Sie hatten einmal darüber gesprochen, als sie am Ende eines langen Drehtages beim Grillen am Strand gesessen hatten.

Sie hatte sich auf den Platz ihm gegenüber gesetzt. Zuerst war er angespannt gewesen und hatte den Strand nach Paparazzi abgesucht.

Doch bevor sich sein Unbehagen ausbreiten konnte, hatte sie gesagt: „Es tut mir leid, Dayne.“ Zum ersten Mal, seit er sie kannte, stand in den Augen, die ganz Amerika liebte, keine List. „Ich habe es übertrieben und mich lächerlich gemacht.“ Sie starrte auf ihren Teller. Einen Moment lang schien sie sich zu sehr zu schämen, um weiterzusprechen.

„Ich will nicht versuchen, es dir gegenüber wiedergutzumachen, doch du sollst wissen, dass es vorbei ist. Der Tod meiner Mutter … naja, er hat mich irgendwie verändert."

„Ich hatte noch keine Gelegenheit, es dir persönlich zu sagen." Dayne wäre ihr gerne ein guter Freund gewesen, besonders jetzt angesichts von Randis Verlust. Doch die Aufmerksamkeit, die auf sie beide gerichtet war, ließ ihn auf Abstand bleiben. „Es tut mir so leid, dass deine Mutter gestorben ist."

„Ja." Auf ihrem Gesicht stand echte Trauer, die ihre Darstellung vor der Kamera so brillant gemacht hatte, seitdem sie zu den Dreharbeiten zurückgekehrt war. „Sie war eine großartige Frau. Wenn ich sterbe …", sie sah über den Strand hinweg zu den Bergen in der Ferne, „… dann will ich nicht, dass die Leute sagen, dass ich eine tolle Schauspielerin war." Sie blickte ihn wieder an. „Ich möchte, dass sie sagen, dass ich wie meine Eltern war."

Er nickte. „Das verstehe ich."

Danach hatte sie sich höflich verabschiedet und ihren Teller an einen anderen Tisch getragen, wo sie sich zu einer Gruppe weniger bekannter Schauspieler setzte. Seit diesem Abend war sie freundlich zu Dayne gewesen und bewahrte den Abstand zu ihm, abgesehen von den Szenen, die sie gemeinsam drehten.

Nichts war bei Gott unmöglich, wenn sich Randis Herz so dermaßen ändern konnte. Diese Wahrheit hätte Elizabeth Baxter nicht überrascht. Sie hatte ihre Kinder gelehrt, an das Unmögliche zu glauben und darauf zu vertrauen, dass Gott alle Menschen erlösen wollte. Zu jeder Zeit.

Die Mittagspause war fast vorüber und Dayne tat das, was er jeden Tag tat. Er zog sein Handy heraus und rief Katy an. Wieder klingelte es endlos und wieder wurde der Anruf an ihre Mailbox weitergeleitet. Er seufzte, als der Piepton erklang. „Katy, ich bin es. Ich muss etwas ganz Wichtiges mit dir besprechen. Bitte, Liebling … bitte ruf mich an. Ich werde ohne dich noch wahnsinnig."

Bevor er sein Handy zuklappte, hörte er noch einmal ihre Nachricht ab, die einzige, die er von ihr erhalten hatte, seitdem er die Wahrheit über Luke wusste. Ihre Stimme klang distanziert und verzerrt, so wie die quakenden Nachrichten auf Mailboxen häufig klangen.

„Dayne, ich bin es." Pause. „Tut mir leid, dass ich so schwer zu erreichen bin. Stephen will, dass wir früher als geplant Schluss machen, und hat deshalb die Dreharbeiten jeden Tag um ein paar Stunden verlängert." Eine weitere Pause. „Ich weiß, dass du reden willst. Das will ich auch. Es fühlt sich so an, als ob ... naja, so als ob alles an unserer Beziehung ziemlich überstürzt gewesen ist. Nun gut, wir reden, wenn wir zurück in den Staaten sind, oder vielleicht, wenn wir beide in Bloomington sind." Erst jetzt wurde ihre Stimme weicher. „Ganz egal, wie schlimm es gerade um uns steht, ich vermisse dich. Mehr, als du dir denken kannst." Sie zögerte. „Wir sprechen uns demnächst."

Das war alles, die einzige Nachricht, die er seit über einer Woche von ihr erhalten hatte. Dayne zwang sich, sich zu sammeln, und dachte wieder an Elizabeths Botschaft. Zusätzlich zu ihrem starken Glauben wurde ihr Interesse deutlich, was Daynes Familienleben betraf – sowohl die Familie, in der er aufgewachsen war, als auch die Familie, die er jetzt als Erwachsener gründen würde.

Er grub seine Zehen in den nassen Sand und sehnte sich nach dem Tag, an dem er an den Lake Monroe zurückkehren würde. Wie überlegt und liebevoll war es von seinem Vater gewesen, dieses wunderbare Weihnachtsgeschenk jetzt schon zu schicken. Diese Geste erinnerte ihn daran, wie wichtig ein Geschenk sein konnte und dass es manchmal die beste Möglichkeit war, die Liebe zu einem anderen Menschen sichtbar zu machen.

Der Regisseur brüllte über den Strand, dass die Pause vorüber war. „Auf eure Plätze, Leute ... Alle auf ihre Plätze!"

Doch Dayne konnte sich nicht bewegen, konnte nicht reagieren. Ein Gedanke hatte begonnen, sich in ihm zu formen und zu wachsen – zuerst in seinem Kopf und dann tief in seinem Herzen. Er lachte laut auf und das Geräusch mischte sich mit den sich brechenden Wellen. Warum hatte er nicht früher daran gedacht? Das Weihnachtsgeschenk, das ihm gerade eingefallen war, würde das beste sein, das er jemals machen konnte. Der Gedanke, wie er es überreichen würde, erfüllte ihn mit einer Freude wie schon seit Wochen nicht mehr.

„Matthews ... jetzt! Wir haben noch eine Menge zu tun!"

Ach ja, richtig! Dayne lachte wieder, bis sich ein Grinsen über sein ganzes Gesicht ausbreitete, groß und unwiderstehlich. Doch er beeilte sich, denn sie hatten wirklich noch eine Menge Arbeit vor sich, bevor sie die Dreharbeiten beenden und nach Hause fahren konnten. Katy wusste noch nichts davon, dass sein Regisseur zugestimmt hatte, die Arbeiten in Los Angeles bis auf Januar zu verschieben. Sie würde ihn erst in einer Woche zurückerwarten – wenige Tage vor Weihnachten.

Stattdessen würde er einen oder sogar zwei Tage vor ihr zu Hause sein. Gerade genug Zeit, um seinen Plan in die Tat umzusetzen. Dayne konnte sich kaum noch beherrschen, denn das Geschenk, das er ihr überreichen wollte, war kein gewöhnliches Geschenk. Es konnte nicht eingewickelt und unter den Baum gelegt werden. Es war vielmehr ein Geschenk, das sie zurück an den Anfang führen würde. Als seiner Mutter die einzige Bitte erfüllt worden war, die sie vor ihrem Tod noch gehabt hatte. Eine Gelegenheit, ihren ältesten Sohn zu sehen.

Wenn Dayne es jetzt schaffte, so wie seine Mutter ebenfalls an einen Gott zu glauben, dem alles möglich war, dann würden Katy und er einen neuen Anfang machen können.

Kapitel 25

Abgesehen von der Tatsache, dass sie vollständig damit beschäftigt war, ihre Dreharbeiten abzuschließen, waren Katys Stunden nur von zwei Gedanken beherrscht. Gott nahe zu sein und wieder nach Hause zu kommen.

Ihr ging es immer noch nicht gut. Obwohl der Film ihr die Gnade gewährte, die Trauer über die Situation mit Dayne zu verdrängen, machte sie sich Sorgen, was passieren würde, wenn sie wieder in Bloomington war. Sie hatte es nie für möglich gehalten, dass sie in eine derart depressive Stimmung verfallen könnte. Zusammen mit ihrer gescheiterten Ehe und dem Verlust des christlichen Kindertheaters schien die Zukunft dunkel und ungewiss zu sein.

Katy saß auf einem der Stühle des Regisseurs und konzentrierte sich auf die Sätze, die sie in der Szene zu sagen hatte, die gleich gedreht werden sollte. Nur noch fünf Tage, dann waren die Dreharbeiten abgeschlossen.

Stephen zog sie häufig zur Seite, um ihr zu versichern, wie brillant der Film zu werden versprach. „Du zeigst alles, was du kannst." Er lächelte sie auf die väterliche Art an, die ihm eigen war. „Du wirst es nicht bereuen."

In Wirklichkeit war ihr Job sehr einfach. Sie musste nur jeden Morgen aufstehen und sich selbst spielen. Sie hatte vor langer Zeit in der Schauspielschule gelernt, dass man die beste Leistung ablieferte, wenn man *nicht* schauspielerte. Katy konnte diese Theorie persönlich bestätigen. Sie las sich ihre Sätze einmal durch und wiederholte sie, wobei sie ihren Blick auf eine Baumgruppe in der Nähe konzentrierte. Ihre Rolle in dieser Szene war nur klein und sie hatte die Worte bereits verinnerlicht.

Sie schloss das Script, doch ihre Augen blieben weiter auf die Bäume geheftet. *Gott … ich liebe es, dass du hier in London bist, so wie du auch in Bloomington bist. Danke dafür …* Gestern hatte sie im Römerbrief gelesen, dass die Menschen keine Entschuldigung für ihren Unglauben hatten, denn der Beweis für Gottes Existenz lag in der Natur, die er erschaffen hatte. In den Bäumen und im Himmel und sogar in den grauen, drohenden Wolken, die den Himmel verdunkelten.

Gott war hier bei ihr und hielt sie in seiner Hand. Unabhängig von dem, was mit ihrer Ehe geschehen würde, würde ihre Liebe zu Gott und die Sehnsucht, ihm nahe zu sein, bestehen bleiben.

Ihre Kollegen hatten sich um die Esstische versammelt oder standen in der Nähe und tranken Kaffee. Doch Katy war völlig in ihren Gedanken versunken, so wie es ihr häufig geschah.

Stephen hatte gestern mit ihr über ihre Zukunft gesprochen. „Es gibt eine Menge Angebote, Katy. Alle Studios reißen sich darum, weitere Filme mit dir zu machen. Offen gesagt, wäre es auch mir eine Ehre, wieder mit dir zu arbeiten. Du bist ein Naturtalent, ein echter Profi."

Katy lächelte, denn sie schätzte ihn und dass er ein so großes Vertrauen in ihre Fähigkeiten setzte. Sie hatte sich zunächst Sorgen gemacht, ob sie überhaupt fähig wäre, auf diesem Niveau zu arbeiten. Stephen Petrel war einer der besten Regisseure, die es gab, doch er hatte alle ihre Zweifel zerstreut. „Danke." Sie legte ihre Hand auf seine Schulter. „Wenn ich diesen Job fortsetzen würde, würde ich nur mit dir drehen wollen."

Die Enttäuschung in seinen Augen sagte ihr, dass er bereits wusste, wohin das Gespräch führen würde. „Aber ...?"

„Aber ich mache Schluss!" In ihrer Stimme und ihrer Haltung lag kein Zögern. „Ich werde diesen Film abdrehen und bis zur Premiere alles dafür tun, was du verlangst. Doch dann bin ich fertig." Ein trauriges Lachen entschlüpfte ihr. „Ich kann es, ehrlich gesagt, nicht erwarten. Nachdem ich das hier für eine kurze Zeit gemacht habe, ist alles, was ich mir wünsche, mein altes Leben zurückzubekommen."

Natürlich konnte sie nach Bloomington zurückkehren, doch bestand wirklich Hoffnung, dass sie ihr altes Leben zurückerhalten würde? Wenn sie könnte, würde sie zu den Tagen zurückkehren, als das Kindertheater sie von morgens bis abends in Atem gehalten hatte und sie in das Alltagsleben der Flanigans ganz mit einbezogen gewesen war. Damals hatte sie sich gefragt, ob Heath, der Soundtechniker, oder der Anwalt mit den seltsamen Ansichten über ihre Essgewohnheiten der richtige Mann für sie sein könnte. Oder Manly Stanley, der „Stein-Schere-Papier"-Champion. Zumindest hatte sie damals etwas zu lachen gehabt.

Ihre Vergangenheit zog wie ein Film durch ihre Erinnerung. Sie hatte gedacht, dass sie aus den Zeiten, in denen sie mit dem Filmstudenten Tad befreundet gewesen war, etwas gelernt hätte. Nachdem er praktisch über Nacht zu einem Hollywoodstar aufgestiegen war, war Katy nicht überrascht gewesen, als er anfing, Drogen zu nehmen. Nachdem er dann an einer Überdosis gestorben war, hatte sie still und zurückgezogen getrauert.

Niemals wieder, hatte sie sich geschworen. Sie würde sich nicht mit einem Schauspieler verabreden und sie würde sich auch niemals darauf einlassen, im Filmgeschäft zu arbeiten. Sie würde Kinder unterrichten und in einer Kleinstadt leben. Und jetzt war sie hier, verheiratet mit Amerikas Topschauspieler und gehetzt von Paparazzi, die darauf lauerten, sie in einem unpassenden Moment zu erwischen.

Sie seufzte wieder, als sie daran dachte, ob sie wohl in der Vergangenheit zu viele Kompromisse gemacht hatte. Sie liebte Dayne Matthews. Er war in ihr Leben getreten und hatte ihr Herz erobert, sodass sie ihm nicht widerstehen konnte. Nicht aufgrund dessen, was die Welt von ihm hielt. Sondern weil sie wusste, wer er wirklich war. Sogar jetzt, angesichts von Dutzenden Artikeln in den Klatschzeitschriften, die seine Untreue scheinbar bewiesen, liebte sie ihn.

Es kümmerte sie nicht, ob er sich endlich zu der Sache mit Randi bekennen würde. Sie würde jedenfalls niemals daran zweifeln, dass sie den Mann kennengelernt hatte, der er in Wirklichkeit war, den Dayne, den niemand sonst kannte. Sie schluckte, damit die Traurigkeit in ihr sie nicht überwältigte, denn sie musste gleich mit voller Konzentration arbeiten.

Das Problem lag nicht darin, dass Dayne sie die ganze Zeit über belogen hatte. Das Problem war, dass der wahre Dayne viel zu oft unsichtbar wurde, nachdem er es sein Leben lang gelernt hatte, sich zu verstellen.

Katy hatte es sich anders erhofft, hatte dafür gebetet, dass es anders wäre, doch in diesen letzten Wochen hatte sie erkannt: Dayne würde immer eine Schwäche für Frauen wie Randi Wells haben, für Schauspielerinnen, die sich ihm an den Hals warfen und ihn davon überzeugen wollten, die Liebesbeziehung vor der Kamera auch nach Drehschluss fortzusetzen.

Seitdem sie das Foto von Dayne und Randi gesehen hatte, hatten sich Katys Gefühle für ihren Mann verändert. Sie war sich nicht sicher, ob sie jemals wieder so für ihn empfinden würde wie früher.

Sie dachte an Dayne und hörte den ernsten Klang in seiner Stimme bei der letzten Nachricht, die er ihr aufgesprochen hatte. Seltsam, dass sie es nicht schafften, miteinander zu reden. Sie vermied den Kontakt zu ihm nicht, obwohl er sicherlich dachte, dass sie das täte. Sie war vielmehr konzentriert auf das, was von ihr gefordert wurde, und versuchte, immer dann, wenn sie niedergeschlagen war, die Nähe zu Gott zu suchen. Und sie hatte kein Interesse daran, eine Litanei von Entschuldigungen von Dayne hören. Sie wollte ihm in die Augen schauen, vorbei an den oberflächlichen Erklärungen bis tief hinein in die hintersten Winkel seines Herzens. Erst dann würde sie wissen, was wirklich passiert war und wie es kam, dass er zusammen mit Randi Wells auf den Titelblättern der Zeitschriften gelandet war.

Ein paar Meter von ihr entfernt dirigierte Stephen die anderen auf ihre Plätze.

Als Katy gerade aufstehen wollte, klingelte ihr Handy. Sie lächelte. Es schien immer so zu laufen. Dayne rief immer genau dann an, wenn sie keine Zeit mehr zum Reden hatte. Sie zog ihr Handy aus ihrer Tasche und hielt es an ihr Ohr, ohne auf das Display zu schauen. „Hallo?"

„Katy?" Es war die Stimme von Ashley. „Oh, ich bin ja so froh, dass ich dich erwischt habe. Ich muss unbedingt sofort mit dir reden!"

„Okay." Katy legte ihre Hand über ihr freies Ohr und versuchte, sich zu konzentrieren. Ihre Schwägerin klang nicht ärgerlich oder frustriert, sondern ziemlich aufgeregt. „Was ist los?"

Ashley schnappte nach Luft. „Also hör zu: Ich habe gerade mit meinem Vater telefoniert und er hat gesagt, dass er mit Luke wegen Mamas Briefen und der Alben geredet hat. Dabei hat Luke ihm erzählt, dass Dayne es noch nicht geschafft hat, mit dir zu reden." Sie hielt gerade lange genug inne, um wieder Luft zu holen. „Verstehst du mich?"

„Äh …" Katy versuchte, zu begreifen, was Ashley gerade sagte, doch sie konnte ihr nicht folgen. „Nicht wirklich."

„Entschuldige. Ich fange noch mal an."

Ein Lächeln hob Katys Mundwinkel. Gute alte Ashley! Sie wollte unbedingt die Dinge klarstellen, den anderen Baxters dabei helfen, ihre Missverständnisse auszuräumen und sich mit den anderen zu versöhnen. Sie lachte und dabei hob sich schon ihre Stimmung. Was auch immer der Grund für diesen Anruf war, war er für Ashley scheinbar so wichtig, dass sie ihn sofort tätigen musste. Katy setzte sich wieder auf ihren Stuhl und nickte Stephen zu. Sie würde sofort kommen, sobald dieser Anruf vorbei war.

„Katy? Bist du noch dran?“ Im Hintergrund hörte sie die Stimme eines Kindes. Vermutlich Devin. „Kannst du mich noch verstehen?“

„Ja, Ash, ich höre dich!“ Wieder lachte Katy über diesen ungewöhnlichen Anruf. „Vielleicht solltest du noch mal ganz von vorne beginnen …“

* * *

In dem Moment, als sie auflegte, bemerkte Ashley Landon. Sie legte den Hörer zurück auf die Station und ging zu ihm in die Küche.

„Wie ist es gelaufen?“

„Gut, glaube ich.“ Sie fühlte sich erschöpft und dankbar und kurz vor einem Tränenausbruch. „Sie hat zugehört. Ich meine …“ Ashley legte ihre Arme um Landons Nacken und legte ihren Kopf gegen seine Brust. „Sie hat jetzt nicht vor Freude gejubelt oder so, aber sie hat zumindest interessiert zugehört.“

Er streichelte ihr Haar, ihren Rücken und wiegte sie sanft in seinen Armen. Er drängte sie nicht, weiterzureden.

„Das ist alles so kompliziert!“ Sie wollte nicht weinen. Die Jungs waren im Spielzimmer. Cole wartete darauf, dass Landon ihn zur Schule brachte. Es war ein klarer, sonniger Morgen und es lagen fünfzehn Zentimeter frisch gefallener Schnee. Ashley zog Landon ein wenig dichter an sich. „Es sind nur noch zwölf Tage bis Weihnachten. In diesem Jahr habe ich mir nur eines gewünscht.“

Landon kannte sie gut genug, um erneut zu schweigen und sie ausreden zu lassen. Er küsste sie auf den Kopf und wartete.

„Ich dachte, dass Sarahs kurzes Leben alle berührt und verändert hat, die dabei waren.“ Ashley trat zurück. „Erinnerst du dich? Dort im Krankenzimmer? Luke und Reagan sahen glücklich aus, genauso wie Katy und Dayne!“

„Und jetzt …“ Landon verstand. Seine Augen spiegelte ihre Enttäuschung wider.

„Und jetzt scheint es, als ob alle vergessen haben, wie es war, als Sarah geboren wurde und kurze Zeit danach wieder starb. Als ob sie alle vergessen hätten, wie kostbar und wie kurz das Leben ist!"

„Papa, ich bin fertig!" Coles Stimme drang aus dem Nachbarzimmer. „Außerdem braucht Devin eine neue Windel!"

„Danke, mein Schatz." Landon sprach laut genug, dass Cole ihn hören konnte, doch er hielt seine Aufmerksamkeit auf Ashley gerichtet. „Aber *ich* erinnere mich." Er küsste sie wieder, diesmal auf ihre Lippen. „Und du erinnerst dich. Sarah hat uns gelehrt, dass das Leben sehr zerbrechlich ist. Jeder Tag ist ein Geschenk."

„So ist es." Ashley ärgerte sich über ihre Brüder. „Was soll das also alles mit Dayne und Luke und ihren Frauen? Sehen sie denn nicht, dass sie mit ihrem Verhalten Gottes kostbares Geschenk des Lebens und der Liebe mit Füßen treten?" Sie trat einen Schritt zurück und ließ Landon los. Er musste zur Arbeit und es gab auch nichts mehr, was sie noch sagen konnte. „Ich ... ich wollte so sehr, dass Sarahs kurzes Leben gerade für unsere Familie eine Bedeutung gewinnt."

Landon legte seine Hand an ihr Gesicht und schien bis auf den Grund ihrer Seele zu sehen. „Das ist die Schönheit des Lebens ... der Grund, warum du und ich heute hier sind."

Sie legte ihre Hand über seine. „Was meinst du damit?"

„Erinnerst du dich an den Bibelvers, der dir so wichtig war, als du aus dem Krankenhaus nach Hause kamst?"

„Ja." Ashley spürte, wie sie bei dem Gedanken an diesen Vers eine tiefe Ruhe überkam. „‚Seid stille und erkennet, dass ich Gott bin!'"

„Genau." Er sorgte sich so liebevoll um sie. Sein Tonfall, seine sanfte Berührung ... Sie war jede Sekunde ihres Lebens dankbar, dass sie die Möglichkeit hatte, Landon Blake zu lieben.

Ashley war sich immer noch nicht sicher, warum er in einem solchen Augenblick an diesen Bibelvers dachte. Sie suchte seinen Blick. „Was meinst du damit?"

„Ich meine, dass Gott nach seinem eigenen Zeitplan vorgeht. Vielleicht ist er – was deine Brüder betrifft – einfach noch nicht so weit."

Landons liebevolle Worte klangen in Ashley nach und trösteten sie, noch lange, nachdem Landon Cole zur Schule gebracht hatte und dann zur Feuerwache gefahren war. Sie konnte nur hoffen, dass er recht hatte und dass das, was sie jetzt sehen konnte, noch nicht das vollständige Bild war.

Ashley wickelte Devin und legte ihn zu einem Schläfchen hin. Dann öffnete sie ihre Bibel und ließ Gottes Worte ihre Seele füllen. Ja, so musste es sein! Gott war noch nicht fertig mit dem, was er durch Sarahs Leben bewirken wollte. Es konnte immer noch so kommen, wie sie es sich wünschte, denn es war noch Zeit.

Zwölf Tage, um genau zu sein.

Kapitel 26

Die drückende Schwüle war verschwunden. Das war das Erste, was Dayne bemerkte, als er am Montagmorgen aufwachte. Es dauerte eine Minute, bis er sich daran erinnerte, wo er war. Dann sprang er aus dem Bett und starrte durch die Balkontür hinaus. Sein Herz klopfte heftig, während er versuchte, seinen Kopf klarzubekommen.

Er war nicht mehr in Mexiko. Er war zu Hause in Bloomington, in seinem Haus am Lake Monroe. Schnee bedeckte die gefrorene Erde. Für die nächsten Tage war noch mehr vorhergesagt. Dayne schob die Tür auf und atmete tief ein. Die eisige Luft fühlte sich wunderbar an, so als ob sie allein es schaffen könnte, seinem müden Herzen und seiner verzagten Seele neuen Atem einzuhauchen.

Es ist so wunderschön hier. Er schloss die Tür wieder und streckte sich. Dann sah er auf die kleine Uhr auf seinem Nachttisch – 9 Uhr morgens. Er hatte länger geschlafen, als er vorgehabt hatte, doch das überraschte ihn nicht. Er war erst gegen Mitternacht vom Flughafen nach Hause gekommen und dann – weil er sich noch die Einzelheiten seines Weihnachtsplanes überlegt hatte – erst gegen zwei Uhr eingeschlafen.

Er versuchte nicht länger, Katy anzurufen. Sie hatte ihm eine weitere Nachricht hinterlassen und erklärt, dass sie am Mittwoch, sechs Tage vor Weihnachten, nach Hause kommen würde.

„Du wirst dann immer noch in L.A. sein, aber ich rufe dich sofort an, wenn ich nach Hause komme.“ Ihre Stimme war nicht zu deuten gewesen und hatte distanziert geklungen. „Du hast recht. Wir müssen so schnell wie möglich reden.“

Dayne lächelte und ging zu seinem Kleiderschrank. Die Tatsache, dass er vor ihr zu Hause war, würde seine erste Überraschung für sie sein. Doch wenn er die andere noch in die Tat umsetzen wollte, musste er sich jetzt beeilen. Er hatte eine Menge zu tun und nur noch etwas über einen Tag Zeit, um es zu realisieren. Er erhaschte einen Blick auf sein Spiegelbild, als er an ihrem begehbaren Kleiderschrank vorüberging, und erkannte sich kaum wieder. Es lag nicht an der Sonnenbräune, die er nach zwei Monaten in Cabo bekommen hatte, sondern vielmehr an dem Leuchten in seinen Augen.

Er hatte seine Schale mit Haferbrei und Bananen schon zur Hälfte gegessen, als ihm bewusst wurde, wie glücklich und aufgeregt er war. Die Dreharbeiten hatten ihn erschöpft und ausgepowert. Er hasste es, für so lange Zeit so weit von Katy entfernt zu sein, und er verabscheute die Lügen, die in den Schlagzeilen verbreitet wurden. Ein ernster Gesichtsausdruck hatte zu den Filmszenen gepasst, in denen es um Beziehungsprobleme ging. Doch jetzt, hier zu Hause, wollte das Grinsen aus seinem Gesicht nicht mehr verschwinden.

Als er mit dem Frühstück fertig war, fuhr er als Erstes zur Gemeindeverwaltung. Er hatte noch in Mexiko im Internet recherchiert und wusste nun genau, wohin er gehen musste. Die Gemeindeverwaltung stand groß und eindrucksvoll mitten auf dem Marktplatz in der Innenstadt von Bloomington. Zimmer 310.

Dayne summte den Refrain eines Chorals, den er während der Gottesdienste in der Bloomingtoner Kirche oft gesungen hatte. „Bleibend ist deine Treu, o Gott, mein Vater, du kennst nicht Schatten, noch wechselt dein Licht. Du bist derselbe, der du warst vorzeiten, an deiner Gnade es niemals gebricht. Bleibend ist deine Treu, wo ich auch geh!"

Die Melodie klang unaufhörlich in seinem Herzen, während er in die Stadt fuhr. Er fuhr vorsichtig, besonders in den Kurven, da er es nicht mehr gewöhnt war, bei solchen Straßenverhältnissen zu fahren. Die Straßen waren zwar vom Schnee geräumt, doch es gab immer noch vereiste Stellen. Er trug eine alte Jeans, Arbeitsstiefel und eine unförmige braune Winterjacke. Die Baseballkappe für diesen Tag war nicht die dunkelblaue mit dem Aufdruck von Baja California. Es war eine, auf der schlicht *Bloomington* stand. Keiner wusste, dass er früher zu Hause sein würde, also hoffte er, dass er den Morgen überstehen könnte, ohne dass ihn jemand erkannte.

Solange er vorsichtig war.

Dayne parkte auf einem der markierten Parkplätze, die an den Marktplatz angrenzten, und kletterte vorsichtig aus dem Auto. Sein Atem hing wie weißer Rauch vor ihm in der Luft, als er über den vereisten Gehweg ging. Erst jetzt bemerkte er, wie wunderschön alles um ihn herum aussah. Er blieb überwältigt stehen.

Weihnachtslichter waren auf beiden Seiten der Straße aufgehängt. Der ganze Marktplatz sah wie ein einziges Wintermärchen aus. Katy hatte ihm von Weihnachten in Bloomington erzählt: Jedes Jahr durfte ein zuvor sorgfältig ausgewählter Weihnachtsmann auf einen Schalter drücken und damit den Lichterhimmel über der Stadt entzünden. Als er jetzt auf dem Gehweg stand, konnte Dayne sehen, woher die Bezeichnung „Lichterhimmel“ kam: Vom Dach der Gemeindeverwaltung hingen lange Ketten mit blinkenden weißen Lichtern über den ganzen Marktplatz und bis über die angrenzenden vier Straßen und bildeten so einen riesigen Baldachin. Die nun kahlen Platanen, die um die Gemeindeverwaltung herum gepflanzt waren, strahlten ebenfalls im Lichterglanz.

Als Dayne dort stand und die wenigen Menschen sah, die das alte Gebäude betraten oder verließen, hatte er das Gefühl, sich in einer Filmkulisse zu befinden, die zu schön war, um echt zu sein. Er atmete tief durch und füllte seine Lungen mit der klaren, kalten Luft. *Ich bin zu Hause, Gott. Das ist der Ort, an dem ich leben will.*

Er erinnerte sich daran, weshalb er eigentlich gekommen war. Er eilte zum Haupteingang der Gemeindeverwaltung und trat ein. Er war so voller Energie, so voller Freude, dass er die Stufen zum dritten Stock hinaufsprang, während das Lied immer noch in seinem Herzen erklang. Als er Zimmer 310 erreichte, trat er leise ein. Er hatte das Schild der Baseballkappe über die Augen gezogen und den Kragen der Jacke hochgestellt.

Hinter einem Schalter, der an beiden Seiten mit prachtvollen Weihnachtssternen in schönen Blumentöpfen geschmückt war, saß eine freundliche Dame mit grauen Haaren und einem rot-grün gemusterten Weihnachtspullover. Sie füllte Formulare aus, doch als er eintrat, schaute sie auf und lächelte. Dayne zögerte, doch sie schien ihn nicht wiedererkannt zu haben. Es gab nicht wie sonst ein erstauntes Schnappen nach Luft oder zitternde Hände. Nur ein warmes, freundliches Lächeln, wie in Bloomington, Indiana, üblich.

Dayne entspannte sich und rückte die Baseballkappe zurecht. „Guten Morgen. Ich hätte ein paar Fragen zu einem der Gebäude in der Innenstadt von Bloomington.“

„Okay.“ Sie legte ihre Papiere zur Seite und kam um den Schalter herum. Als sie näherkam, bemerkte Dayne die Aufkleber an ihrem Schalterfenster. Genau in der Mitte klebten die Worte „Fröhliche Weihnachten“ und „Jesus ist geboren“. Dayne konnte es nicht glauben, dass er diese Sätze in einem öffentlichen Gebäude las. Offensichtlich feierten die meisten Einwohner Bloomingtons an Weihnachten tatsächlich die Geburt von Jesus Christus.

Die Dame stellte sich neben ihn und legte ihre Hände auf den Tisch. „Haben Sie eine Adresse von dem betreffenden Gebäude?"

„Das habe ich." Dayne bewunderte das Funkeln in ihren Augen. Sie sah aus wie jemand, der in der ersten Reihe der Bloomingtoner Kirche saß, sich über die Predigt freute und lauter als alle anderen sang – vielleicht auch ein wenig neben der Melodie. Er zog einen Zettel aus der Hosentasche und reichte ihn ihr.

Sie hatte ihn kaum angeschaut, als ein wissender Blick in ihre Augen trat. „Das alte Theater. Ihre Fragen kommen womöglich zu spät. Lassen Sie mich schnell etwas überprüfen."

Dayne war gestern am späten Abend bei dem alten Theater vorbeigefahren. Bevor sie zu ihren unterschiedlichen Filmprojekten aufgebrochen waren, hatte Katy ihn regelmäßig über die Verzögerungen informiert, die bei dem Bauprojekt eingetreten waren, das anstelle des alten Theaters geplant war. Die Makler hatten mit mehr Widerstand zu kämpfen gehabt als erwartet, da das Theater schon so alt war. Ein Senator des Staates Indiana hatte einen Antrag eingebracht, dass das Theater unter Denkmalschutz gestellt werden sollte. Diese Auseinandersetzung hatte sich über Monate hingezogen, bis eine Entscheidung getroffen worden war. Das Theater war für den Denkmalschutz wenige Jahre zu jung. Es entsprach nicht den Anforderungen. Das war der entscheidende Punkt gewesen, dass die Pläne von der Gemeindeverwaltung doch noch genehmigt worden waren.

Er hatte bisher noch nichts davon gehört, dass das Gebäude abgerissen worden war, doch er wollte sichergehen. Um Mitternacht hatte es noch gestanden, immer noch von Absperrband umgeben. Doch jetzt griff Panik nach seinem Herzen. Er schluckte und wartete, während die Dame sich genügend Zeit ließ, um an ihren Arbeitsplatz hinter der Scheibe zurückzukehren.

Ihre Finger wanderten über einige Schubladen und zogen schließlich die dritte auf. Nach ein paar weiteren Sekunden Suchen hob sie eine Akte hoch. Wieder kehrte sie langsam zum Schalter zurück und starrte dabei hinein. „Hmmm." Sie schüttelte traurig den Kopf. „Das hatte ich befürchtet."

„Was?“ Dayne fragte sich, ob sie wohl das laute Klopfen seines Herzens hören konnte.

„Heute ist der Tag.“ Sie sah zu ihm auf. „Die Menschen schätzen ein altes Gebäude nicht mehr. Sie wollen einen Neubau mit Wohnblocks.“ Sie zeigte auf die Unterlagen. „Doppelt so viele Anfragen für Baugenehmigungen in den letzten sechs Monaten wie im ganzen vergangenen Jahr zusammen.“

„Das tut mir leid.“ Dayne war zu aufgeregt, um zu verstehen, was sie meinte. „Heute ist welcher Tag?“

„Der Tag des Abrisses.“ Sie legte die dicke Akte zurück auf den Schreibtisch und klopfte darauf. „Es steht alles hier drin. An genau diesem Morgen zerlegt die Baufirma das alte Theater in einen Haufen Schutt und Steine.“

Das konnte nicht sein! Dayne bekam keine Luft mehr, konnte nicht mehr klar denken. Er hatte es doch nicht deshalb früher nach Bloomington geschafft und war zur Gemeindeverwaltung gerast, nur um dann herauszufinden, dass er zu spät war, oder?

Dayne öffnete die Akte und sah ein einfaches Dokument mit nur wenig Text zuoberst liegen. Es war eine Genehmigung von der Gemeindeverwaltung für die Baufirma Hanson, das Bloomingtoner Theater abzureißen, um im Februar dort mit dem Bau von Wohngebäuden zu beginnen. Am Ende des Dokuments stand lediglich Folgendes: *Der Abriss kann ab Montag, 17. Dezember, 10 Uhr morgens erfolgen.*

Dayne schaute auf die Uhr an der Wand des Büros. Es war 9.47 Uhr. Er war schon halb zur Tür hinaus und nickte der Dame höflich zu. „Vielen Dank. Fröhliche Weihnachten.“

„Fröhliche Weihnachten und ein gutes …“

Er wartete nicht ab, bis sie fertig war. Er flog förmlich die Holztreppe hinunter und in den kalten Morgen hinaus. Wieder achtete er sorgsam auf den vereisten Boden, doch er hatte keine Zeit zu verlieren. *Bitte, Gott … nicht jetzt. Bitte halte sie noch ein paar Minuten auf. Bitte.*

Ein Gefühl der Dringlichkeit überkam Dayne, das er noch nie zuvor so intensiv verspürt hatte. Er sprang in sein Auto und fuhr, so schnell er es verantworten konnte, an der Universität vorbei, überquerte die 3. Straße und dann die Woodlawn hinab in Richtung Bryan Park. Das Theater stand dort auf der anderen Straßenseite.

Jedenfalls hatte es heute Nacht noch dort gestanden.

* * *

Bailey konnte kaum glauben, dass es so weit gekommen war.

Sie und Tim Reed und zwei Dutzend weitere Kinder und deren Eltern vom christlichen Kindertheater hatten sich im Bryan Park versammelt, gegenüber von dem Theater, in dem sie unzählige Stunden mit Proben und Aufführungen verbracht hatten. Hier hatten sie Geschichten für die Menschen von Bloomington lebendig werden lassen.

Sie alle schauderten und zogen ihre Wintermäntel dichter um sich, doch sie waren hilflos und konnten nichts anderes tun, als sich zu treffen, um für ein Wunder zu beten.

Bailey hielt Connors Hand auf einer Seite und auf der anderen die von Tim.

Eines der Mädchen, das in der Aufführung von *Narnia* mitgespielt hatte, betete gerade. Tränen liefen über ihre Wangen und ihre Nase klang verschnupft, als sie Gott um sein Eingreifen anflehte. „Lass nicht zu, dass sie unser Theater abreißen, Herr. Wir wissen, dass du hier bist und dass du uns siehst."

Als sie fertig war, betete ein Junge aus der Mittelstufe weiter, der links von ihr stand. Er bat Gott mit einer klaren, ruhigen Stimme, ihr Theater vor der Zerstörung zu bewahren.

Bailey hob ihren Kopf ein wenig, öffnete die Augen und starrte auf das Gebäude auf der anderen Straßenseite. Zwei Polizisten bewachten es auf jeder Seite. Laut dem Artikel aus der gestrigen Lokalzeitung war es das übliche Vorgehen in so einem Fall.

Ihre Eltern hatten sie ermutigt, dieses Gebetstreffen abzuhalten. Wenn Gott nicht eingriff, indem er die Herzen der Immobilienmakler berührte und veränderte, dann musste er einen anderen Plan haben. So wie er auch für Cody einen anderen Plan gehabt hatte. Das hatte ihre Mutter jedenfalls gesagt. Doch hier im eisigen Wind, während ihre Füße im Schnee steckten, war sich Bailey nicht mehr so sicher. Cody schrieb ihr immer noch fast jede Woche, denn er hatte schreckliches Heimweh. Wie konnte das der Plan sein, den Gott für sein Leben hatte?

Das Gleiche galt für die Kinder vom christlichen Kindertheater. Sie brauchten das Gebäude, wenn sie jemals wieder mit ihren Aufführungen beginnen wollten. Die Eltern hatten bereits untereinander besprochen, dass sie das irgendwie ermöglichen wollten. Und selbst wenn es hieß, dass die Eltern ehrenamtlich die Aufführungen leiteten.

Auf der anderen Straßenseite wurden die Rufe lauter, als neue Anweisungen durch das Megaphon gebrüllt wurden. Lastwagen rückten unaufhaltsam näher.

Bailey schaute hinauf zu der riesigen Abrissbirne, die bedrohlich von einem hohen Kran baumelte, direkt vor dem Theater. *Gott … bitte. Es muss doch einen Ausweg geben!*

Sie schaute nach links und bemerkte, dass auch ihre Mutter die Augen geöffnet hatte. Sie sah Bailey an und schüttelte traurig den Kopf. „Es tut mir so leid", flüsterte sie.

Im gleichen Moment hörte man einen neuen Schrei von dem Mann, der offensichtlich der Chef der Firma war, woraufhin der Kranführer die Abrissbirne in Bewegung setzte. Sie schwang vor und zurück und hoch in die Luft. Es war nur noch eine Sache von Minuten, vielleicht Sekunden. Wenn sie die Birne in die richtige Richtung steuern würden, würde sie quer durch das Theater schmettern. Das wäre das Ende.

Das Ende einer Ära.

Bailey konnte nicht länger hinsehen. Sie ließ ihren Kopf hängen und schloss die Augen. Sie konnte sich schon vorstellen, wie es sich anhören würde – das Geräusch von splitterndem Holz und zerberstenden Fenstern, das Krachen, wenn die Steinmauern zusammenstürzten. Doch nicht dieses Geräusch dröhnte nun durch die Luft. Stattdessen hörte man die quietschenden Autoreifen eines Geländewagens und dann eine zuschlagende Autotür.

Der Junge, der gerade betete, brach mitten im Satz ab. Alle rissen die Augen auf und starrten hinüber.

Ein Mann, der ihnen den Rücken zuwandte, war aus dem Geländewagen gesprungen und hielt seine Hände hoch, als er auf die Abrisstruppe zurannte. „Stopp! Aufhören!"

Die Arbeiter machten weiter, als ob sie den Mann nicht gehört hätten oder als ob er ihnen egal sei.

Immer noch rannte der Mann auf das Theater zu. Erstaunte Ausrufe kamen von den Mitgliedern des Gebetskreises. Die Eltern legten die Arme um die Schultern ihrer Kinder und einige der Mütter schlugen die Hände vor den Mund, viel zu überrascht, um etwas zu sagen.

Bailey beobachtete mit den anderen die Szene. Sie zitterte noch heftiger als vorher und konnte nicht fassen, was sie dort sah. Beide Polizisten traten dem Mann in den Weg, der auf das Gebäude zueilte. Sie hielten ihn am Bordstein auf. Eine lautstarke Diskussion begann.

Bailey hielt den Atem an. Erstauntes Flüstern kam von ihren Freunden und den Familien, die sie umgaben. Alle fragten sich dasselbe. Wer war der Mann und warum glaubte er, dass er den Abriss verhindern konnte? Eine Minute verging. Einer der Polizisten eskortierte den Mann zu dem Chef, demjenigen mit dem Megaphon. Eine weitere Diskussion folgte, wobei der Mann mit der Baseballkappe und Jeans einen Zettel aus seiner Hosentasche zog. Für einen scheinbar endlosen Augenblick starrte der Chef der Baufirma auf das Papier, das der seltsame Fremde ihm gegeben hatte. Dann winkte er seinen Arbeitern zu, rief sie zusammen und veranstaltete eine spontane Gruppenbesprechung.

„Was passiert denn da?“ Connor beugte sich dichter zu ihr.

„Ich weiß es nicht.“ Bailey ging einen Schritt vor und stand nun direkt zwischen Connor und Tim, deren Körperwärme ihr in der Kälte guttat.

„Der Typ kommt mir irgendwie bekannt vor.“ Tim zitterte. „Meinst du nicht auch?“

„Vielleicht ist er ein Engel.“ Connor kniff die Augen zusammen und versuchte zu erkennen, was auf der anderen Seite geschah.

Die Erwachsenen, die in dem Gebetskreis standen, begannen leise miteinander zu reden und Vermutungen anzustellen. Was auch immer gerade geschah, hatte wenigstens der Arbeit der Abrissbirne ein plötzliches Ende bereitet. Eine weitere Minute verging, bevor der Chef nickte. Sogar von der anderen Straßenseite aus konnte Bailey erkennen, dass er grinste, als er dem Fremden die Hand gab.

Der Chef hob das Megaphon zum Mund und wies den Kranführer lautstark an: „Lass sie runter! Der Plan hat sich gerade geändert.“

Sofort bediente der Arbeiter einige Knöpfe auf dem Schaltbrett vor sich. Die riesige Abrissbirne senkte sich langsam in ihre Ausgangsposition zurück.

Vorübergehende Passanten schienen zu spüren, dass hier irgendetwas Großartiges geschah. Menschen traten aus Geschäften und Bürohäusern und versammelten sich auf der gegenüberliegenden Straßenseite.

Die Gruppe der Kinder und Eltern brach in lauten Jubel und Applaus aus. Alle umarmten sich stürmisch. Gott hatte ihnen das Wunder geschenkt, für das sie gebetet hatten! Bailey konnte die Tränen nicht aufhalten, die über ihre eiskalten Wangen liefen. Was auch immer geschehen war, das Theater wurde nicht abgerissen – zumindest heute Morgen noch nicht.

Nach und nach kletterten die Arbeiter mit ihren Bauhelmen in ihre Lastwagen und Autos und fuhren weg. Der Fremde blieb stehen und sprach noch länger mit dem Bauleiter. Einige Minuten später ging auch der Chef der Firma. Und danach wurde die Abrissbirne von dem Kran abgenommen und auf einem Tieflader verstaut.

Als der Tieflader langsam davonfuhr, sah Bailey zu der Stelle hinüber, an der der Geländewagen geparkt hatte. „Hey ...“ In ihrem Kopf wirbelte alles durcheinander. „Sein Auto ist weg!“

Jetzt hatten sie keine Gelegenheit mehr, mit dem geheimnisvollen Fremden zu reden oder sich zu bedanken. Sie sah in die Gesichter um sich herum. „Habt ihr gesehen, wie er weggefahren ist? Hat irgendjemand ihn erkannt?“

Tim schüttelte den Kopf. Einige der Eltern tauschten erstaunte Blicke. Wer auch immer das gewesen war, er war genau im richtigen Moment gekommen und hatte eine wichtige Rolle bei der Erhörung ihrer Gebete gespielt.

Gegenüber von Bailey auf der anderen Seite des Gebetskreises räusperte sich ihr Vater. „Lasst uns Gott danken.“

Wieder hielten sie sich an den Händen, doch dieses Mal zitterten sie vor Freude und Aufregung, nicht vor Kälte. Einige der Passanten kamen in ihre Richtung. Eine alte Frau, die einen Wollmantel und einen Schal trug, ein paar Büroangestellte und eine Familie, die zufällig vorbeigekommen war, traten zu dem Gebetskreis. Als Baileys Vater den Kopf beugte und zu beten begann, schlossen sich die Fremden ihrem Gebet an.

„Gott, wir haben keine Worte, um dir für das zu danken, was gerade geschehen ist. Wir verstehen es nicht.“ Er zögerte. Bailey war sich sicher, dass er um Fassung ringen musste. „Wir wissen nur, dass ohne dein Eingreifen das Theater jetzt schon in Trümmern liegen würde. Also danken wir dir. In Jesu Namen, Amen.“

Wie selbstverständlich begannen die Kinder des christlichen Kindertheaters zu singen. Zuerst leise, mit unsicheren Stimmen, und dann mit immer größerer Kraft, sodass ihr Lied zum Himmel stieg und den Bryan Park erfüllte und weitere Passanten veranlasste, stehen zu bleiben und zuzuhören. „‚Ich lieb' dich, Herr, keiner ist wie du. Anbetend neigt sich mein Herz dir zu. Mein König, Gott, nimm dies Lied von mir. Lass mich, Herr, ein Wohlklang sein vor dir.'"

Das Lied wurde immer lauter und die Menschen aus Bloomington, die stehen geblieben waren, um zuzuhören, stimmten mit ein, einige von ihnen mit Tränen in den Augen. Etwas sehr Außergewöhnliches war gerade geschehen. Und obwohl keiner von ihnen es genau erklären konnte oder wusste, ob der Abriss nicht vielleicht nur verschoben worden war, wussten sie eines mit Sicherheit:

Gott war am Werk.

Die Gruppe der Theaterkinder umarmte sich noch einmal. Sie lächelten einander zu, bevor sie zu ihren Autos zurückkehrten. Bailey und Connor gingen nebeneinander, ihre Eltern waren ein paar Schritte vor ihnen und sprachen mit den Shaffers. Tim Reed war mit seinem eigenen Auto gekommen und hatte auf der anderen Seite des Theaters geparkt, sodass er sich schon von ihnen verabschiedet hatte.

„Weißt du, was ich glaube?" Connor warf einen Blick über seine Schulter zurück zum alten Theater.

„Was?" Bailey zitterte endlich nicht mehr. Ihr Herz war leicht und frei in der Gewissheit, dass alles möglich war für den, der glaubt. Sie legte ihren Arm um Connors Schulter. Sie musste sich strecken, denn er war inzwischen größer als sie, doch er würde immer ihr kleiner Bruder bleiben.

Connor schaute sie wieder an. „Ich glaube, er war ein Engel." Sein Gesichtsausdruck war sehr ernst. „Er kommt einfach aus dem Nirgendwo und hält die Abrissbirne auf." Er schnippte mit den Fingern. „Und dann … schwupps, ist er verschwunden."

Bailey sah ihn nachdenklich an. Vielleicht hatte er recht. Immerhin gab es wirklich Engel. Und alles, was heute Morgen geschehen war, widersprach jeder menschlichen Logik.

Auf der Fahrt nach Hause sprach Bailey das Thema noch einmal an. Auch ihre Eltern bestätigten, dass die Bibel die Realität von Engeln bezeugte.

„Es gibt einen Vers im Hebräerbrief." Ihr Vater schaute sie im Rückspiegel an. „Am Anfang des dreizehnten Kapitels. Dort heißt es, dass wir gastfreundlich sein sollen, denn manche haben auf diese Weise schon, ohne dass sie es wussten, Engel bei sich aufgenommen.“

„Wow!“ Connor rutschte auf seinem Sitz nach vorne und legte seine Hand auf die Schulter seines Vaters. „Das ist absolut cool. Das habe ich noch nie gehört.“

Bailey hatte diesen Vers irgendwann einmal vor Jahren gelesen, doch sie hatte nicht viel darüber nachgedacht. Dieser Gedanke ließ sie weiter grübeln. Doch am Ende dieses aufregenden Tages war sie sich sicher, dass Engel nicht nur weiße Gewänder und Flügel hatten.

Vielleicht trugen sie auch Jeans und eine Baseballkappe und fuhren einen Geländewagen.

Kapitel 27

Ashley legte den Hörer auf und stieß einen so lauten Jubelschrei aus, dass Devin als Antwort zurückjubelte. Ashley lachte. „Du hast recht, Devin … Danke, Gott, dass du die Gebete erhört hast!“ Sie schnappte nach Luft und versuchte zu entscheiden, was als Nächstes zu tun war. Landon! Natürlich! Sie musste ihn sofort sehen, musste ihm von dem Telefonat erzählen, bevor sie die Einzelheiten vergaß.

„Devin, mein Schatz, wir machen einen Ausflug.“ Sie hob ihren Sohn aus seinem Kinderstuhl, küsste seine Stirn und beeilte sich, ihm seine Jacke überzuziehen. Sie grinste ihn an, als sie seinen Reißverschluss zuzog. „Unser erstes großes Weihnachtsgeschenk ist gerade angekommen.“

Fünfzehn Minuten später wehte sie zusammen mit einer Wolke von Schnee durch die Türen der Feuerwache und trug Devin zum hinteren Zimmer. Landon saß allein auf einem abgewetzten Sofa und las eine Zeitschrift. Als er aufsah und Ashley und Devin erkannte, sprang er auf. Sein Gesicht war plötzlich voller Angst und Sorge.

Ashley hob ihre Hand und lachte. „Nichts ist passiert. Alles ist in Ordnung.“ Sie setzte Devin auf den Boden, ging zu Landon und umarmte ihn stürmisch. „Du wirst es nicht glauben! Ich muss es dir einfach persönlich sagen.“

Landon sah verwirrt aus, als wäre Ashley plötzlich übergeschnappt. „Du bist durch den Schneesturm gefahren?“

Ashley sah aus dem Fenster und tat das Wetter mit einer Handbewegung ab. „Es hat gerade erst angefangen. Es ist nicht schlimm.“ Sie umfasste seine Schulter und griff mit der anderen Hand nach Devin. Zusammen setzten sie sich auf das Sofa. „Das ist unglaublich, Landon! Gott ist noch nicht fertig mit dem, was er tut – erinnerst du dich? So hast du es vor Kurzem gesagt.“

Devin kletterte von ihrem Schoß hinüber zu Landon. Er steckte seine Finger in den Mund und starrte Ashley an. „Fröhlich!“ Seine singende Kinderstimme war etwas undeutlich, doch offensichtlich genoss er den Augenblick.

„Ja, mein Schatz … Mama ist sehr fröhlich“, gurrte Ashley sanft ihrem Jungen zu. Wenn nur ihre Mutter sehen könnte, wie bezaubernd der Kleine geworden war!

„Niemand könnte dir unterstellen, dass du nicht genug Begeisterung zeigst, Ash." Landon war es gewohnt, Ashley immer wieder auf den Boden der Tatsachen zurückzuholen. Jetzt grinste er sie an und schüttelte den Kopf. „Also, mit wem hast du geredet?"

„Reagan hat mich heute Morgen angerufen. Du wirst es nicht glauben."

Landon legte seine Arme um Devin und lehnte sich in das Sofa zurück. Seine Augen waren wärmer als ein Sommertag am See, doch sie waren auch voller Schalk. „Ich bin mir sicher, dass ich das nicht tue."

Ashley spürte, wie ihre Augen sprühten, und überhörte sein Necken. Stattdessen begann sie mit ihrer Geschichte ganz von vorne, so wie sie es bei Katy am Telefon getan hatte. „Also, ich bin gerade dabei, Devins Frühstück zu machen, als Reagan anruft. Offensichtlich hat Luke endlich sein Album mit Mamas Briefen angesehen. Er hat es mit in seine kleine Wohnung genommen, sich an den Küchentisch gesetzt und alles gelesen. Von vorne bis hinten."

Die Einzelheiten sprudelten aus ihr heraus, wobei Ashley nur ab und zu nach Luft schnappte. Reagans Stimme war tränenerstickt gewesen. Es dauerte eine halbe Stunde, bis sie ihr alles erzählt hatte, doch das hatte Ashley nicht gestört. Es ging um ihren Bruder und gleichzeitig um einen ihrer besten Freunde.

Nachdem Luke das Album gelesen hatte, war er in sein Auto gestiegen, quer durch die Stadt zu seinem und Reagans Haus gefahren und hatte an der Tür geklingelt. Als Reagan die Tür öffnete, hatte sie ihn weinend davor gefunden.

„Er sagte ihr, dass es ihm sehr leidtut und dass er möchte, dass sie eine Ehetherapie machen." Ashleys Augen waren weit aufgerissen. „Er hat ihr gesagt, dass er Hilfe braucht und dass er sie nicht verlieren möchte – was glaubst du, was sie gesagt hat?"

„Was?" Landon ließ Devin auf seinen Knien auf und ab hüpfen.

Ashley schob ihre dunklen Haare aus ihrem Gesicht zurück. „Sie sagte ihm, dass sie auch einen Teil Schuld an der Situation hat, doch dass sie über die kleine Sarah nachgedacht hätte. Sie wollte nicht die Tage und Monate und Jahre ihres Lebens verschwenden, indem sie Luke hasst oder sich von der Bitterkeit beherrschen lässt." Sie streckte fassungslos ihre Hände aus. „Kannst du das glauben? Das kommt von einer Frau, die vor einer Woche noch nicht mal dazu bereit war, nur einen Telefonanruf zu machen, um ihre Ehe zu retten."

Landon lächelte mit einem glücklichen, wissenden Ausdruck auf seinem Gesicht. „Das ist unglaublich."

Ashley erzählte, dass Luke seine Reagan lange umarmt hatte, während der Schnee um sie herum sachte vom Himmel fiel. „Reagan hat erzählt, dass das zwar noch lange kein Happy End bedeutet, aber hör nur … Luke zieht an diesem Wochenende zurück nach Hause! Ist das nicht großartig?"

„Wirklich?" Landon stand auf und setzte Devin auf den Fußboden. Ihr quirliges Krabbelkind sauste sofort quer durch den Raum und Landon rannte hinter ihm her. „Das ist schon die Hälfte dessen, wofür wir gebetet haben, nicht wahr?"

„Das stimmt." Diese Bemerkung warf einen leichten Schatten über die Aufregung des Augenblicks. Luke und Reagan waren wieder unter einem Dach vereint, doch Ashley hatte immer noch nichts von Katy und Dayne gehört. Sogar wenn sie es versuchten, von ihren verschiedenen Drehorten zurück nach Bloomington zu fliegen, würden sie es möglicherweise nicht mehr schaffen. Der Flughafen von Indianapolis hatte schon angekündigt, dass er wahrscheinlich morgen schließen musste, weil ein Schneesturm vorhergesagt war. Ashley runzelte die Stirn, als sie zusah, wie sich Devin und Landon gegenseitig durch den Raum jagten. *Wenn sie versuchen, nach Hause zu kommen, Gott, dann lass sie es bitte schaffen! Sie müssen unbedingt zusammen sein.*

Sofort schwor sich Ashley, unaufhörlich den ganzen Tag und auch den nächsten noch für ihren älteren Bruder und seine Frau zu beten. Was auch immer es kosten würde, sie wollte unbedingt sehen, dass sich Gott auch in ihrem Leben verherrlichte. Und das hieß, dass sie weiterbeten mussten, bis sie etwas von den beiden hörten.

Denn es war nur noch eine Woche bis Weihnachten.

* * *

Katys Flugzeug war das letzte, das noch eine Landeerlaubnis für Indianapolis erhielt, bevor der Flughafen wegen des Schneesturms für alle Reisenden geschlossen werden musste. Sie landete um fünf Uhr morgens am Mittwoch. Katy gelang es, ein Taxi nach Bloomington zu erwischen. Sie war dankbar und betete für eine sichere Fahrt, als sie einstieg. Sie musste dringend mit Dayne sprechen, koste es, was es wolle.

Sie platzte fast wegen ihrer Neuigkeiten, doch sie wollte ihn nicht heute Morgen in Los Angeles anrufen. Sie brauchte zuerst die Möglichkeit, nach Hause zu kommen, auszupacken und ein paarmal tief Luft zu holen. Der Sturm von Gefühlen, der seit Ashleys Anruf in ihrem Kopf tobte, verwirrte sie und sie würde darum kämpfen müssen, das alles in Worte zu fassen.

Es war schon eine Herausforderung, den Flughafen überhaupt nur zu verlassen. Katy seufzte, als der Fahrer ins Schleudern geriet und beinahe ein Auto auf der Gegenfahrbahn berührte. Sie schloss erschöpft und ängstlich die Augen. *Gott … bring mich nach Hause. Das ist alles, was ich will. Bitte bring mich nach Hause …*

Ich bin bei dir, Tochter … Hab keine Angst.

Diese biblischen Worte erinnerten sie an eine Reihe von Versen, in denen Gott seine Nachfolger auf die unerschütterliche Wahrheit hinwies: Er war bei ihnen mitten im Sturm, so wie er bei seinen Jüngern im Sturm auf dem See Genezareth gewesen war oder bei Maria und Martha, als all ihre Hoffnung zerstört zu sein schien. Er war auch jetzt bei Katy, sodass sie keine Angst haben musste. Selbst hier auf einer verschneiten Straße mitten in Indiana.

Katy ließ sich zurück in den gepolsterten Ledersitz sinken und zog ihre Bibel aus ihrer Tasche. Sie war sich nicht sicher, warum Dayne nicht weiter versucht hatte, sie zu erreichen, oder wie es nun weitergehen würde und warum sie die Anzeichen der Ehekrise übersehen hatte. Doch Gott würde etwas Großes tun und Katy wollte ihren Stolz aufgeben und Gott wirken lassen. Vielleicht war Dayne doch unschuldig. Sie mussten auf jeden Fall unbedingt miteinander reden und ihre Zukunft besprechen.

Katy konnte ihre Ehe nicht so einfach aufgeben. Besonders nicht angesichts der aktuellsten Neuigkeiten, die sie gerade erst erfahren hatte.

Sie schlug 2. Chronik 20 auf. Da sie in einem christlichen Elternhaus aufgewachsen war, hatte Katy oft von ihren Eltern gehört, dass letztlich Gott für die Seinen eintritt und für sie kämpft. Ein schöner Gedanke, hatte sie sich immer gesagt. Es war ein Bild für sie, dass sie ihre Probleme an Gott übergeben und die Lösung ihm überlassen konnte.

Doch als sie an der Universität gewesen war, war sie über die biblische Geschichte in 2. Chronik gestolpert. Joschafat und das Volk Gottes waren in großen Schwierigkeiten. Ihnen stand der schlimmste Kampf ihres Lebens bevor. Viele schienen den Eindruck zu haben, dass sie aufgeben sollten, sich dem Feind unterwerfen und hoffen, dass sie dadurch den schlimmsten Strafen entgehen könnten. Doch Gott sagte ihnen etwas anderes. Katys Lieblingsvers der Geschichte war Vers 15: „So spricht der Herr: Habt keine Angst! Fürchtet euch nicht vor diesem großen Heer! Ich werde gegen sie kämpfen, nicht ihr!“

War das nicht genau das, was sie gerade empfand? Die Medien und die öffentliche Meinung waren wie eine Armee, die sich direkt auf Katy und Dayne eingeschossen hatten. Doch sie beide gehörten zu Gott, was bedeutete, dass sie sich nicht um das sorgen mussten, was geschehen würde. Gott würde diesen Kampf für sie kämpfen.

Katy las sich den besten Teil der Geschichte noch einmal durch. Während die Menschen Lieder sangen und Gott lobten, stellte Gott der herannahenden Armee eine Falle, sodass die Feinde seines Volkes besiegt wurden. Der letzte Teil faszinierte Katy jedes Mal aufs Neue, vielleicht wegen ihrer langjährigen Erfahrungen mit dem christlichen Kindertheater und den Musicals, die sie dort aufgeführt hatten.

Sie schloss ihre Augen und dachte daran, wie sich ihre Theaterkinder vor jeder Aufführung in den Umkleideräumen versammelt, sich an den Händen gehalten und ohne Begleitung „Ich lieb' dich, Herr“ gesungen hatten. Die Gruppe war gemeinsam durch schwere Zeiten gegangen – sie hatten dem jungen betrunkenen Autofahrer vergeben, der den Tod von zwei ihrer Freunde verursacht hatte, und es waren Freundschaften entstanden, die jeder Vernunft widersprachen.

Gottes Wort ermutigte diejenigen, die an ihn glaubten, dass sie durch Singen, Beten und Hoffen siegreich sein würden.

Katy starrte aus dem Fenster auf die vorbeiziehenden Schneeverwehungen an der Straßenseite. Der Sieg wurde durch Loben ermöglicht, doch warum war das so? Diese Frage blieb bei Katy hängen. Wie kam es, dass ein Mensch von dem, was ihm zu schaffen machte, frei wurde, wenn er Gott lobte? Sie dachte über die verschiedenen Möglichkeiten nach und begann dabei, leise ihre Lieblingslieder zu summen, sodass nur sie es hören konnte. „Amazing Grace", „O großer Gott" und ein halbes Dutzend anderer, bis sich ihr die Antwort endlich deutlich erschloss.

Während sie vor sich hin summte, während sich ihre Gedanken mit den Worten der alten Choräle beschäftigten, war sie nicht in der Lage, sich zu sorgen oder zu zweifeln oder sich über irgendetwas zu ärgern. Diese Erkenntnis stieg aus ihrem Herzen hervor. Gott zu loben war ein Akt des Vertrauens, eine Art, die Probleme und die Nöte dieser Welt vertrauensvoll in die Hand Gottes zu legen. Kein Wunder, dass man auf diese Weise einen Kampf gewinnen konnte.

Sie wandte sich wieder der Bibel zu und blätterte vor, bis sie zu der Bergpredigt in Matthäus 5 kam. Die Worte schienen beinahe von der Seite direkt in ihre Seele zu springen, als ob sie allein dadurch, dass sie sie las, sich von jedem traurigen und einsamen Augenblick der vergangenen Monate lösen könnte. Sie trank die Worte wie einer, der kurz vor dem Verdursten stand – und jede Wahrheit daraus brachte ihr ein kleines Stückchen Leben zurück.

Die Fahrt dauerte drei Stunden, während derer sie die meiste Zeit im Stau standen. Als sie endlich die Stadtgrenzen erreichten, war die Sonne hervorgekommen. Die Mitarbeiter der Stadt hatten die Hauptstraßen bereits geräumt. Katy richtete sich auf der Rückbank auf und genoss den vertrauten Anblick Bloomingtons, selbst wenn alles unter einem Meter Schnee begraben war. *Danke, Gott … Danke, dass du mich nach Hause gebracht hast.*

Alle Straßen waren mit Weihnachtslichtern geschmückt und an den meisten Türen der Läden und Bürohäuser entlang der Straße hingen Weihnachtskränze. Sie konnte es kaum erwarten, Jenny und Jim und ihre Kinder zu sehen und sich endlich Gedanken darüber zu machen, was ihre nächste Aufgabe war, jetzt, da das christliche Kindertheater kein Gebäude mehr hatte.

Dieser Gedanke durchbohrte ihre Seele mit neuer Traurigkeit. Warum hatten sie und Dayne sich nicht mehr bemüht, das Theater vor der Schließung zu bewahren? Sicherlich, das Theater war ein Zuschussgeschäft, wenn man es nicht verkaufte und dort neue Wohnblocks hinsetzte. Doch musste man wirklich mit allem einen Gewinn machen oder gab es nicht noch andere Dinge, die zählten?

Katy schloss die Augen und wünschte, sie könnte den Fahrer um einen Umweg bitten, vorbei an dem Platz in der Innenstadt, wo das Theater gestanden hatte. Doch sie brachte es nicht über das Herz, diese Frage zu stellen. Jenny hatte ihr erzählt, dass der Abriss für den letzten Montag geplant gewesen war. Katy überlegte, dass es bestimmt einen Monat dauern würde, bis sie den Mut aufbrachte, an dem leeren Platz vorbeizufahren.

Die Straßen, die zu ihrem Haus am See führten, waren sehr glatt, sodass der Fahrer sich viel Zeit ließ. Als er endlich in die Einfahrt fuhr, war sie erleichtert. Nicht deswegen, weil sie Angst gehabt hätte – denn nachdem Gott ihr seinen Frieden und seine Gegenwart in die Seele gehaucht hatte, hatte sie sich nicht mehr gefürchtet. Nein, die Erleichterung kam allein deshalb, weil sie endlich dort war, wo sie hingehörte.

Zu Hause am Lake Monroe.

Sie bezahlte den Fahrer. Er half ihr, ihre Taschen bis zur Haustür zu tragen. Falls er sie als Dayne Matthews' Frau erkannte, sagte er nichts, wofür sie erneut dankbar war. Sie wollte nur noch ins Haus gehen und anfangen, darüber nachzudenken, was sie Dayne zuerst sagen wollte, wie sie ihm ihre Neuigkeiten überbringen konnte, ohne schon beim ersten Satz in Tränen auszubrechen.

Dayne war noch in L.A., wo er bis Weihnachten sein würde. Das hieß, dass sie bis ungefähr 10 Uhr warten würde, bevor sie ihn anrief – das wäre bei ihm 7 Uhr. Hoffentlich war er dann wach.

Sie bugsierte ihre drei Taschen ins Haus. Wegen des Schneesturms hatte sie erwartet, dass das Haus eiskalt sein würde. Immerhin war es Monate her, dass einer von ihnen zu Hause gewesen war. Sie hatten auch niemanden damit beauftragt, sich während ihrer Abwesenheit um das Haus zu kümmern. Es gab keine Haustiere, die gefüttert, oder Pflanzen, die gegossen werden mussten.

Doch sobald sie zum ersten Mal tief Luft holte, roch Katy den Duft von frischem Kaffee. „Was um alles …?" Sie ließ die letzte Tasche auf den Boden fallen und ging dem Duft nach. Sie bog um die Ecke und trat in die große Küche. Sie war leer, doch die Kaffeemaschine war halb gefüllt. Sie war zwar gerade von göttlichem Frieden erfüllt worden, doch der Gedanke, dass jemand in ihr Haus eingebrochen war und Kaffee gekocht hatte, ließ ihr trotzdem das Blut in den Adern gefrieren.

„Hallo?", rief sie, als sie zur Kaffeemaschine ging. Der Kaffee war immer noch heiß. Es war tatsächlich jemand hier gewesen und hatte

Kaffee gemacht. Sie schaute sich hastig um, wobei ihr Puls wie wild raste. Es gab nur zwei Möglichkeiten – entweder war noch jemand hier oder er war gerade erst gegangen.

Sie öffnete eine Schublade am Ende der Küchenarbeitsplatte und holte eine kleine Dose Pfefferspray heraus. Dayne hatte ihr das Spray gegeben, falls sie allein am See sein sollte und sich verteidigen musste. Sie nahm den Deckel ab und hielt die Spraydose am ausgestreckten Arm vor sich.

Vorsichtig schlich sie auf Zehenspitzen langsam durch den Flur. „Hallo … wer ist da?" Ihre Stimme hallte gegen die Wände und verklang. Im Haus herrschte Totenstille. „Hallo?"

Katy erreichte das Schlafzimmer und öffnete zögernd die Tür. Als niemand aus einem Versteck hervorsprang und sie überwältigte, steckte sie ihren Kopf durch den Türspalt und spähte in den Raum.

Er war leer. Doch dort, neben dem sorgfältig gemachten Bett, lag ein Zettel. Katy zwinkerte und ließ das Pfefferspray sinken. Was war das? War jemand eingebrochen, hatte Kaffee gekocht und ihr einen Brief geschrieben? Dieser Gedanke war lächerlich. Sie durchquerte den Raum mit fast normalen Schritten und verlor langsam das Gefühl, in einem Horrorfilm gelandet zu sein.

Sie nahm den Zettel hoch und der Raum begann sich um sie herum zu drehen. Auf dem Papier stand: *Katy, komm zu mir ins Theater. Dayne.*

Was? Sie zwinkerte erneut und las den Zettel noch einmal. Er war zu Hause? Er sollte eigentlich in Los Angeles sein, falls sie nicht irgendwie aus Versehen die Woche verwechselt hatte. Als sie wieder auf die Notiz starrte, war sie völlig durcheinander. Wenn er zu Hause war, warum hatte er sie dann nicht angerufen? Und warum wollte er, dass sie ins Theater kam, wenn das doch schon längst abgerissen war? Sie ließ sich auf das Bett sinken, damit das Zimmer endlich aufhörte, sich zu drehen. Passierte das alles in Wirklichkeit? War er tatsächlich vor ihr nach Hause gekommen?

Der Kaffee war also von Dayne gekocht worden, nicht von einem Eindringling. Doch meinte er das wirklich ernst? Wollte er, dass sie durch den Schnee fuhr bis hin zu der Baustelle, an der das Theater früher gestanden hatte? Was hatte er dort vor?

Dann erst überwältigte sie die Erkenntnis, dass er ganz nahe war.

Dayne war hier! Zu Hause in Bloomington! In wenigen Minuten könnte sie ihn wiedersehen und ihn in den Armen halten. Ja, sie hatten vieles, was sie besprechen und verarbeiten mussten, doch jetzt konnte sie es plötzlich nicht mehr abwarten, ihn zu sehen und ihm zu erzählen, was sie herausgefunden hatte. Sie stand auf, griff nach einem Paar Stiefel und holte ihren dicksten Mantel aus dem Schrank. Ihr Auto stand in der Garage. Wenn Dayne wollte, dass sie zu ihm kam, würde sie kommen.

Wenn sie es nur irgendwie bis zum Theater schaffen würde.

Kapitel 28

Dayne saß in der Mitte der alten Holzbühne an genau der Stelle, an der Katy gestanden hatte, als er sie zum ersten Mal sah. Er hatte gestern Stephen Petrel angerufen und erfahren, dass Katy heute nach Hause fliegen und frühmorgens am Flughafen ankommen würde. Dayne hatte ihren Flug online verfolgt und gesehen, dass sie sicher gelandet war. Er wusste zwar nicht sicher, wie lange es dauern würde, bis sie in Bloomington ankam, doch er wollte sie hier treffen, wo sie sich zum ersten Mal in ihrem Leben begegnet waren.

Hier, in dem alten Theater von Bloomington, wo alles seinen Anfang genommen hatte.

Der Gedanke, das Theater zu kaufen, hatte ihn ohne Vorwarnung überfallen. Inzwischen fragte er sich ungefähr zehnmal in der Stunde, warum er es nicht schon früher getan hatte. Der Grund war natürlich, dass weder er noch Katy vorgehabt hatten, in den nächsten Jahren länger in Bloomington zu sein. Ohne Katy, die das Kindertheater leitete, und mit dem Verkauf des Gebäudes schien es allen so, dass Gott möglicherweise gerade eine Tür geschlossen hatte. Dass ein Abschnitt des Lebens zu Ende gegangen war.

Das Gebäude war ziemlich heruntergekommen. Seitdem er heute Morgen hier eingetroffen war, war er herumgegangen und hatte sich bereits eine Liste von Dingen notiert, die erneuert oder ausgetauscht werden mussten. Kein Investor würde ihm erzählen, dass er ein gutes Geschäft gemacht hatte, doch das kümmerte Dayne nicht. Er faltete die Hände und stützte seine Arme auf seine Knie.

Er sah immer noch das Gesicht des Firmenchefs vor sich, als er angerannt gekommen war und die Arbeiter gebeten hatte, aufzuhören. Zuerst waren die Polizisten wütend gewesen, da sie ihn für einen verrückten Anwohner oder einen Irren hielten, der den Vorgang nur behindern wollte. Doch es dauerte nur wenige Sekunden, bis sie ihn erkannt hatten, und als er endlich die Gelegenheit gehabt hatte, sich zu erklären, hatte der Polizist ihn unverzüglich zum Chef der Baufirma gebracht.

„Hier geht es nur ums Geld, nicht wahr?“ Dayne hatte den Mann unverwandt angesehen.

Die Bau- und Immobilienfirma Hanson hatte in der ganzen Stadt einen guten Ruf. Die Firma gab freigiebige Spenden bei jeder Wohltätigkeitsveranstaltung in Bloomington und unterstützte die Schulen großzügig. Niemand gab der Firma die Schuld daran, dass sie dort Wohnhäuser errichten wollte, wo das alte Theater noch stand. Die Verantwortlichen in der Stadtverwaltung waren diejenigen, die sich schon lange um das Gebäude hätten kümmern müssen. Wenn die Stadt eine Eilsitzung einberufen und das Theater unter besonderen Schutz gestellt hätte, wäre die Situation niemals derart aus dem Ruder gelaufen.

Der Investor hatte Dayne schief angelächelt. „Ich bin Geschäftsmann, Mr Matthews. Natürlich geht es ums Geld. Sehen Sie … unsere Pläne sind bereits auf dem Weg. Wir haben schon eine Menge Geld investiert, um dieses Projekt in Gang zu bringen."

„Ich habe damit gerechnet. Ich möchte das Theater kaufen." Dayne holte sein Scheckbuch aus der Tasche. „Ich werde natürlich für jede Ihrer bisherigen Ausgaben aufkommen."

Der Mund des Mannes hing halb offen. Es dauerte eine Weile, bis er seine Mitarbeiter zusammengetrommelt hatte. Sie waren alle der Meinung, dass sie – wenn Dayne sein Angebot ernst meinte – den Abriss des Gebäudes durchaus erst einmal vertagen und die Besprechung irgendwohin verlegen konnten, wo es warm und trocken war. Um wenigstens die verschiedenen Alternativen durchzusprechen.

Dayne lächelte bei der Erinnerung daran. Sie waren sich noch vor dem Mittagessen einig geworden, nicht nur, was das Theater betraf, sondern auch die Gebäude, die zu beiden Seiten des Theaters standen und ebenfalls zum Abriss vorgesehen waren. Der Gesamtpreis war recht hoch, doch nichts im Vergleich zu dem, was Dayne pro Film verdiente. Letztendlich war der Investor sehr froh darüber, nicht länger für das Theater verantwortlich zu sein. Der Papierkram war ein Alptraum gewesen und das Firmenkonto der Bau- und Immobilienfirma Hanson war nun beinahe leer. Doch mit dem Geld von dem Verkauf an Dayne waren sie in der Lage, neues Bauland für ihr Wohnbauprojekt zu kaufen.

„Wir waren schon auf dem besten Weg, zum Buhmann der ganzen Stadt zu werden", hatte der Firmenchef zu Dayne gesagt, als sie ihre Besprechung beendeten. „Ich hätte mir kein besseres Ende dieses Tages erträumen können."

Jetzt war es Dayne, der große Träume für die Gebäude hegte und überlegte, wie man die angrenzenden Häuser vermieten könnte, um das Theater damit zu finanzieren. Vielleicht ein Schnellimbiss im Stil der 50er-Jahre auf der einen Seite und ein Café auf der anderen. Sie würden die Außenanlagen erweitern und dem Parkplatz eine Zufahrt von allen drei Seiten ermöglichen. Wenn sie mit allen Verbesserungen fertig waren, würde der Kaufpreis wie ein Schnäppchen wirken.

Dayne hatte nicht aufgehört, von dem Projekt zu träumen, seitdem der Immobilieninvestor ihm die Schlüssel übergeben hatte. Er streckte sich und zog sie aus seiner Tasche. Schlüssel waren etwas Seltsames – wenn man die richtigen hatte, konnte man damit eine ganze Welt eröffnen. Er ließ seine Finger über das kalte Metall gleiten und schob sie zurück in die Tasche, als er draußen ein Auto vorfahren hörte.

Normalerweise hätte er dem Geräusch bei dem Lärm des Innenstadtverkehrs keine Beachtung geschenkt. Doch heute beeilten sich alle Bewohner Bloomingtons, die letzten Vorbereitungen für Weihnachten zu treffen. Sie freuten sich an dem Schnee und verbrachten den Tag größtenteils im Haus. Jeder bis auf die eine, auf die er sehnsüchtig wartete. Dayne atmete schnell durch und starrte auf die Hintertür des Theaters, die Katy immer benutzte.

Plötzlich war er nicht mehr allein im Theater. Es schien ihm, als säße er in der letzten Reihe, die Baseballkappe tief ins Gesicht gezogen und unter einem alten Sweatshirt verborgen, das seine Identität verstecken sollte. Er umklammerte die Armlehnen und starrte die Kinder auf der Bühne an – Charlie Brown und Lucy und Schröder –, die alle aus voller Kehle sangen: „*Glück ist ... drei verschiedene Sorten Eiscreme ... eine Schwester zu haben ... nach Hause zu kommen.*"

Die Show ging gerade zu Ende. Die Eltern und Verwandten im Zuschauerraum waren aufgesprungen und klatschten laut, und da ... da war sie, eine blonde Erscheinung mit einer Natürlichkeit, wie Dayne es nie zuvor gesehen hatte. Sie kam auf die Bühne, wobei die Kinder sie umschwärmten und ihren Namen riefen. „*Katy ... Katy ... Katy ...*"

Von der Tür her kam ein Geräusch, als sie vorsichtig geöffnet wurde.

„Katy?" Daynes Stimme klang erstickt, da er gerade von seinen Gefühlen überwältigt war, und seine Tränen ließen ihn kaum noch etwas erkennen. Er stand auf und wartete, während ihm bewusst wurde, dass der Rest seines Lebens nicht von seiner Karriere oder dem Erfolg seines nächsten Filmes oder dem neuesten Klatsch in den Zeitschriften abhängig war.

Am wichtigsten war für ihn, was in den nächsten Minuten geschehen würde.

* * *

Die Überraschungen nahmen kein Ende und erschienen Katy wie eine Flutwelle, die sie höher und höher trug an einen Ort voller Freude. Schon lange war sie nicht mehr so fröhlich und erwartungsvoll gewesen. Zunächst war sie durch die Stadt gefahren in dem Glauben, dass es nur einen einzigen Grund geben konnte, weshalb Dayne sie zu dem Ort bestellte, an dem das Theater gestanden hatte. Er wollte sie trösten und ihr sagen, wie sehr es ihm leidtat, dass das Gebäude abgerissen worden war.

Erst als sie angehalten und für eine halbe Minute ungläubig auf das Theater gestarrt hatte, traute sie ihren eigenen Augen. Das Gebäude war unversehrt und stand dort, wie es immer dort gestanden hatte, Jahr für Jahr für Jahr mitten im Herzen von Bloomington. Sie spürte, wie die Tränen aus ihren Augen strömten, und sie schlug die Hand vor den Mund, ungläubig und zweifelnd an dem, was sie vor sich sah.

Was war geschehen? Und welche Rolle hatte Dayne dabei gespielt, dass das alte Gebäude noch nicht abgerissen worden war? Das war der Ort, an dem er ihr einen Heiratsantrag gemacht hatte. Vielleicht wollte er deshalb noch eine Chance, hier mit ihr allein zu sein, eine Gelegenheit, um zusammenzusitzen und sich an jeden wunderbaren Moment zu erinnern, den sie hier erlebt hatten.

Sie stieg aus dem Auto. In diesem Moment fiel ihr der Schaukasten ins Auge, der stets angekündigt hatte, welche Aufführung gerade vorbereitet wurde. Doch jetzt …

Ihre Augen schienen verrücktzuspielen. Das Glitzern des frisch gefallenen Schnees machte es schwierig, etwas zu lesen, bevor sie direkt vor dem Schaukasten stand, doch … sie hatte recht gehabt! Sie begann zu zittern, doch eher wegen der Überraschung und der Freude, die in ihrem Herzen explodierte, als wegen des kalten Morgens.

Auf dem Plakat stand: „Das christliche Kindertheater präsentiert *Charlie Brown*“. Genau die gleichen Worte, die vor Jahren dort gestanden hatten, als das Kindertheater sein erstes Musical in genau diesem Gebäude aufgeführt hatte. So wie es dort gestanden hatte, als Dayne Matthews zufällig vorbeigefahren war und angehalten hatte, um die letzten zehn Minuten der Aufführung zu sehen, die gerade über die Bühne ging.

Katy war plötzlich schwindelig bei dem Gedanken an all die Möglichkeiten, die sich erneut vor ihr ausbreiteten. Ihre Schritte waren langsam und vorsichtig. Bei jedem Schritt sanken ihre Stiefel beinahe bis über den Schaft in den Schnee. Doch endlich erreichte sie die Hintertür des Theaters und bewegte die Klinke. Als sich die Tür öffnete, trat sie ein und klopfte sich den Schnee von den Schuhen.

Erst dann sah sie auf und erkannte Dayne, der auf einem Klappstuhl mitten auf der Bühne saß und sie beobachtete. Er war sonnengebräunt. Der Stress der letzten Monate zeigte sich in den feinen Falten um seine Augen. Doch der Ausdruck auf seinem Gesicht war der, nach dem sie sich an jedem einzelnen Tag gesehnt hatte.

Er stand auf und seine Augen wichen keine Sekunde von ihrem Gesicht. „Katy …"

Sie ging ein paar Schritte auf ihn zu, blieb dann stehen und sah sich um. Die Sitzreihen, die Logen auf beiden Seiten des Theaters – alles war genau so, wie es beim letzten Mal gewesen war, als sie es gesehen hatte. „Warum …?" Sie wandte sich wieder zu ihm um. Diesmal sah sie die Tränen auf seinen Wangen.

„Dayne … bist du wirklich hier?" Sie flog praktisch den Rest des Weges zur Bühne und die Stufen hinauf. Und dann versanken sie in einer Umarmung, die jeden Kilometer und jeden Monat, der sie getrennt hatte, auslöschte.

Dayne atmete schwer und kämpfte dagegen an, von seinen Gefühlen überwältigt zu werden. „Verlass mich nie mehr." Er klammerte sich an sie, drückte sie eng an sich und berührte ihr Gesicht mit seinem. „Ich kann ohne dich nicht leben."

„Es tut mir so leid." Ihre Tränen flossen in Strömen und ließen ihre Stimme verschnupft klingen. „Wie konnte ich so sehr an dir zweifeln?"

Dayne trat langsam zurück und auf seinem Gesicht zeigte sich Erstaunen. „Was meinst du?"

„Ich weiß jetzt alles. Ich wollte dich heute anrufen, wenn ich nach Hause komme." Ein Schluchzen, das eher ein Lachen war, kam über ihre Lippen. „Ashley hat mir alles erklärt." Katy senkte ihren Kopf und ließ es zu, dass das schlechte Gewissen, das in ihrem Herzen erwacht war, sich auf ihrem Gesicht zeigte. „Doch das wäre eigentlich nicht ihre Aufgabe gewesen." Sie suchte nach den richtigen Worten. „Wenn es andersherum gewesen wäre, wäre ich nach Mexiko geflogen, um dich davon zu überzeugen, dass ich nichts Falsches getan hatte. Aber diese Chance habe ich dir erst gar nicht gegeben."

Daynes Augen waren immer noch feucht, doch seine Stimme war ruhiger und voller tiefer Traurigkeit. „Ich hatte gehofft, dass du mir glauben würdest."

Katy wollte sich selbst verteidigen, wollte ihm erklären, dass die Zeitschriften die ganze Welt getäuscht hatten, also warum nicht auch sie? Woher hätte sie wissen sollen, dass Luke in Cabo gewesen war, um Dayne zu besuchen, oder dass Luke die Unverschämtheit besessen hatte, sich mit Randi Wells am Strand zu vergnügen? Doch jede mögliche Entschuldigung klang schwach angesichts des einen Beweises, den sie nicht hatte gelten lassen.

Daynes Wort.

Sie trat wieder nahe an ihn heran und legte ihren Kopf an seine Brust. „Ich hatte unrecht." Ihre Stimme wurde durch seinen Pullover gedämpft. „Ich war am anderen Ende der Welt und habe den Klatschblättern geglaubt und das war nicht richtig." Sie schaute zu ihm auf. „Als Ashley mir die Wahrheit über Luke erzählte, hätte ich am liebsten ein Flugzeug gechartert, um sofort zu dir zu kommen, doch wir mussten den Film noch beenden. Ich hatte überlegt, dass ich dich anrufe, wenn ich nach Hause komme, und dir sage, wie sehr es mir leidtut."

„Du warst bereit, alles hinzuwerfen." Das war keine Frage. Den Schmerz in seiner Stimme würde sie nie vergessen. „Nach allem, was wir gemeinsam durchgestanden haben? Wäre es so einfach gewesen, mich zu verlassen?"

„Nein." Katy schüttelte den Kopf, als weitere Tränen in ihre Augen stiegen. Sie legte ihre Arme um seine Taille und umklammerte ihn fest. „Selbst wenn alles wahr gewesen wäre, hätte ich dich nicht verlassen können. Das hat Gott mir klargemacht ... in den letzten Tagen. Noch bevor ich mit Ashley telefoniert habe."

Sie spürte, wie er sich bei ihren Worten ein wenig entspannte. „Es ist jetzt auch nicht mehr wichtig. Wir sind hier. Ich liebe dich, Katy."

Dayne berührte mit seinen Lippen langsam ihren Mund, so wie er sie damals zum ersten Mal im Stadion der Universität geküsst hatte. Doch es war kein Moment der Leidenschaft, sondern der behutsame Versuch, den Weg zu ihr zurückzufinden.

Katy sah ihn fragend an und ihr Herz pochte heftig. „Worum geht es eigentlich?“ Sie schaute sich im Theater um. „Warum sind wir hier, Dayne?“

Ein Lächeln breitete sich über Daynes Gesicht aus. Er trat einen Schritt zurück. So schnell es gekommen war, verschwand sein Lächeln auch wieder. „Ich musste hierherkommen.“ Es schien, als könne er direkt in ihr Herz sehen. Er deutete auf einen Platz in der Mitte der letzten Sitzreihe. „Dort war ich, erinnerst du dich? Als ich dich zum ersten Mal gesehen habe.“

Ihr Kinn zitterte, als sie seinem Blick folgte. Sie nickte nur, denn die Stimme versagte ihr.

„Und hier.“ Er stampfte ein paar Mal auf dem Holzboden der Bühne auf. „Hier habe ich dich unter einem verstaubten Plastikweihnachtsbaum gefunden.“

Katy schniefte etwas. „An dem Tag, als du mir einen Heiratsantrag gemacht hast.“

Wieder trat er dicht an sie heran und seine Finger umschlossen ihr Gesicht in der zärtlichsten Berührung, die sie je gespürt hatte. „An dem Tag, als du ja gesagt hast.“ Er küsste sie wieder, diesmal länger und intensiver.

Als sie sich wieder voneinander trennten, lachte sie leise. „Und deshalb sind wir hier?“ Sie sah ihn skeptisch an. „Das Gebäude sollte eigentlich schon in Schutt und Asche liegen. Das hat Jenny mir jedenfalls erzählt.“

„Das ist eine lange Geschichte. Ich erzähle sie dir später.“ Dayne trat zurück und griff dabei in seine rechte Hosentasche. Katy hörte das leise Klappern von Schlüsseln, bevor er sie herauszog und hochhielt, damit sie sie sehen konnte. „Es ist deins, Katy. Das Theater gehört dir.“ In seinen Augen funkelte große Vorfreude. Er überreichte ihr den Schlüsselbund. „Fröhliche Weihnachten.“

Sie schüttelte den Kopf, weil sie ihm nicht glauben konnte. Sie konnte nicht fassen, dass sie jetzt und hier mit ihm stand, wo sie doch noch vor einer Woche am anderen Ende der Welt gewesen war, bereit, ihn zu verlassen. Sie schluchzte und sah ihm in die Augen, um zu begreifen, was er sagte. „Dayne?“ Ihre Stimme war nicht viel mehr als ein verwirrtes Flüstern. Sie streckte ihre Hand aus und er legte die Schlüssel hinein. „Meinst … meinst du das ernst?“

„Ja. Du kannst mit dem Kindertheater anfangen, sobald du möchtest.“

„Morgen?“ Katy lachte und schlug die Hände vor ihr Gesicht. Es war mehr, als sie fassen konnte, zu viel, um es zu glauben. Das Theater gehörte ihr? Sie konnten ihre nächste Aufführung für das Frühjahr in Angriff nehmen? Sie ließ ihre Hände sinken und legte sie um seine Taille. „Das muss ein Traum sein. Kann so etwas wirklich passieren?“

„Es ist wahr, meine Liebste.“ Das Lächeln war in seine Augen zurückgekehrt. „Ich hätte das schon vor langer Zeit tun sollen. Vielleicht wären wir dann in den letzten Monaten zusammen gewesen, anstatt …“ Er berührte ihr Gesicht und ihre Stirn mit seinen Fingern. „Komm, setz dich neben mich. Es gibt noch mehr zu erzählen.“

Sich hinzusetzen war eine gute Idee. Katys Beine konnten sie keine Minute mehr länger tragen, während sich ihr Leben vor ihren Augen auf so unfassbare Weise veränderte und mit jedem Herzschlag noch wunderbarer wurde. Sie setzten sich in die erste Reihe.

Dayne wandte sich zu ihr. „Ich habe auch die Nachbargebäude zu beiden Seiten gekauft. Sie gehören jetzt ebenfalls dir.“

In Katys Kopf wirbelte alles durcheinander, als sie versuchte, sich die Gebäude vorzustellen, die das Theater flankierten. „Ich kann es nicht glauben.“ Wenn Dayne diese Häuser ebenfalls gekauft hatte, dann war das Theater nicht nur ein spontanes Weihnachtsgeschenk. Er hatte alles durchdacht. Doch was hieß das für ihre Zukunft? Er musste doch immer noch die Filme drehen, zu denen er sich vertraglich verpflichtet hatte …

„Ich liebe dich, Katy. Ich hoffe, dass du das niemals mehr bezweifeln wirst.“

Ihre Gedanken wandten sich wieder ihm zu. Wie hatte sie jemals an ihm zweifeln können? Welche heimtückische Lüge hatte sich in ihre Seele geschlichen, dass sie diesem Foto geglaubt hatte – auch wenn der Mann auf dem Bild augenscheinlich Dayne gewesen war? Sie schloss ihre Augen für ein paar Sekunden. *Gott, was habe ich getan, um die Liebe eines solchen Mannes wie Dayne Matthews zu verdienen?*

Erinnere dich daran, Tochter … Ich weiß, was ich mit dir vorhabe … ich gebe dir wieder Zukunft und Hoffnung.

Wieder flossen Katys Tränen. *Danke … ich danke dir, Herr.*

Katy legte ihren Kopf auf seine Schulter. „Ich liebe dich auch. Ich werde den Rest meines Lebens damit verbringen, es dir zu zeigen."

Erst jetzt sprudelte die ganze Geschichte aus ihm heraus. Er erzählte, wie er in Mexiko gewesen war und tief berührt wurde von dem Album, das sein Vater für ihn zusammengestellt hatte. „Ich habe gelernt, dass ein Geschenk manchmal mehr aussagt als viele Worte." Als er sie angrinste, sah er aus wie ein Schuljunge, jung und verliebt, dem sich gerade ungezählte Möglichkeiten eröffnet hatten. „Jedenfalls wenn es das richtige Geschenk ist."

Dayne erzählte von seinem Traum, ein Imbisslokal im Stil der 50er-Jahre auf der einen Seite und ein Café auf der anderen Seite des Theaters einzurichten. Doch erst, als er erläuterte, was seiner Meinung nach als Erstes in dem Theater und an den Außenanlagen gemacht werden musste, kam der entscheidende Kern seines Planes ans Licht.

„Ich habe mit meinem Agenten gesprochen." Dayne wurde ernst. „Ich habe ihm erklärt, dass ich ein paar Jahre Auszeit brauche. Und danach werde ich nur noch einen Film pro Jahr machen, bis ich die beiden Filme gedreht habe, zu denen ich noch verpflichtet bin." In seinen Augen flackerte Ärger. „Und ich habe ihm gesagt, dass er es vergessen kann, dass ich noch einmal für einen Liebesfilm zur Verfügung stehe. Damit bin ich für immer fertig."

Katy versuchte sich fieberhaft zu erinnern, wie man Luft holte. Dayne hatte wirklich jede Einzelheit bedacht. „Ich auch. Ich habe meinen letzten Film gemacht." Sie versuchte immer noch, alles aufzunehmen und zu begreifen, welche wunderbare Zukunft sich vor ihr ausbreitete. Eine wichtige Frage fiel ihr noch ein. „Wie konntest du … Warum bist du nicht in L.A.?"

„Wir werden den Rest nach den Ferien drehen." Er nahm ihre Hände in seine. „Ich möchte, dass du dann mit mir kommst. Wir können im Haus bleiben, wenn ich nicht drehe, falls du dich nicht in der Öffentlichkeit zeigen willst. Jedenfalls will ich nicht allein dort sein. Wir gehören zusammen, okay?" Er schnitt eine Grimasse. „Und dann kommen wir zurück und ich bewerbe mich für den Job, den ich schon *immer* machen wollte."

Sie genoss sein Necken und ihr Lachen füllte das Theater. „Kulissenmaler?“

„Ganz genau.“ Er warf ihr einen schelmischen Blick zu. „Natürlich muss ich mich gegen harte Konkurrenz durchsetzen.“

„Ja ...“ Katy beugte sich vor und küsste ihn. „Doch du gehst mit der Chefin aus.“

Etwas von dem Schalk verschwand aus seinen Augen. „Jedenfalls möchte ich das gerne wieder.“

Sie genoss das Gefühl seiner Hände, die ihre berührten, und versuchte, sich diesen Moment für immer einzuprägen. Der alte Holzstuhl unter ihr, der staubige Geruch des in die Jahre gekommenen Theaters, der Ausdruck in Daynes Augen. Sie wollte sich nicht nur bis nächste Woche oder nächsten Monat daran erinnern, sondern auch noch, wenn sie alt und grau geworden war. Dayne hatte ihr das größte Geschenk gemacht, das er ihr geben konnte – ein Geschenk, das noch besser war als das Theater und die Möglichkeit, ein normales Leben zu führen. Er hatte ihr seine Vergebung geschenkt.

Die Zukunft lag wie ein leuchtender Sonnenaufgang vor ihnen.

* * *

Dayne wollte sich nicht bewegen, damit nichts diese kostbaren Minuten mit Katy unterbrach. Sein Plan hatte funktioniert und er freute sich nun mit ihr, dass die Vergangenheit hinter ihnen lag und sie sich auf eine gemeinsame Zukunft voller Möglichkeiten freuen konnten: Er und Katy, zusammen in Bloomington, wie sie Pläne für das Kindertheater schmiedeten und überlegten, welches Musical sie demnächst aufführen wollten ...

Als Nächstes konnten sie sich erst einmal auf die Ankündigung freuen, dass Dayne das Theater gekauft hatte und sie das christliche Kindertheater wieder ins Leben rufen würden. Dayne hatte bereits mit einem Reporter der *Bloomington Press* gesprochen. Der Mann wollte sich noch genauere Informationen von dem Investor und der Gemeindeverwaltung besorgen. Er nahm an, dass der Artikel irgendwann in der nächsten Woche veröffentlicht werden würde.

Dayne schaute sich in dem Theater um. Seine Aufregung stieg immer weiter, als er sich ausmalte, welche Dinge sie sofort in Angriff nehmen konnten. Sie würden jemanden beauftragen, das Dach zu erneuern und die alten Backsteine an den Außenwänden zu restaurieren. Das alte Schriftdisplay über dem Eingang war noch in Ordnung, doch es brauchte ein neues Gehäuse und bessere Ausleuchtung. „Mit den Fenstern müssen wir natürlich …"

Plötzlich richtete Katy sich auf und hob eine Hand. „Dayne, warte …"

„Wir werden alle Fenster so restaurieren, dass sie noch original aussehen und …"

„Warte mal kurz …" Sie redete, doch er hörte ihr nicht zu. „Ich muss etwas …"

„Eine neue Heizungsanlage, vielleicht mit einer komplett neuen Klima- und Entlüftungsanlage im …" Er lachte nervös. „Entschuldige. Ich glaube, die Begeisterung hat mich mitgerissen." Er grinste sie schief an. „Was wolltest du sagen?"

Ihr Gesichtsausdruck wurde zärtlich und ein träumerischer Blick trat in ihre Augen. „Ich wollte sagen … ich habe etwas vergessen!" Ihre Tasche lag auf dem Fußboden neben ihr. Sie griff hinein und zog eine kleine, flache Tüte heraus. „Ich habe das am Flughafen gekauft."

Dayne sah sie aufmerksam an. Er hatte das Gefühl, als würde gleich etwas ganz Besonderes geschehen. Warum nur sollte sie es sonst so eilig haben, ihm ein Flughafensouvenir zu überreichen? Er nahm die Tüte, griff hinein und zog das Geschenk heraus. Es war ein winziges weißes T-Shirt, auf dem in großen bunten Buchstaben aufgedruckt war: *Ich bin ein Bloomingtoner Baby.* Dayne lächelte und sah Katy an. Das Geschenk war niedlich und passend, besonders, da sie beide zur gleichen Zeit die Entscheidung getroffen hatten, von nun an in Bloomington und nicht in Hollywood zu leben.

„Es gefällt mir." Er hielt es in Katys Richtung. „Wir sollten es einrahmen und in die Küche hängen."

Katy kicherte. „Wir können es nicht einrahmen. Was würde es uns denn dann nützen?"

Wozu sollte es denn sonst zu gebrauchen sein? Er starrte wieder auf das T-Shirt. Und dann, wie ein Sonnenaufgang das Dunkel der Nacht durchbricht, erwachte ein Gedanke in ihm. Er sah langsam wieder zu Katy. „Du meinst … wir hätten einen Grund, es zu verwenden?"

Ihre Wagen waren gerötet. Sie rutschte näher an ihn heran und er konnte die Antwort in ihren Augen lesen. „Unser Baby braucht es." Sie blinzelte ihre Tränen zurück und schien damit zu kämpfen, dass sie ihre Stimme wiederfand. „Dafür ist das T-Shirt gedacht."

Dayne holte tief Luft und sprang auf die Füße. Er starrte sie an und wusste nicht, was er als Nächstes tun sollte. „Unser Baby? Du bist … du bist …"

„Ich bin." Sie stand auf und legte ihre Hand auf ihren Bauch. „Ich habe es gestern erfahren, als die Dreharbeiten vorbei waren. Ich habe einen Test in der Apotheke gekauft."

Er schnappte nach Luft und zwang sich, auch wieder auszuatmen. Jetzt war keine gute Gelegenheit, um zu hyperventilieren. „Katy, *das* meinst du? Du bist schwanger?"

Sie lachte. „Ungefähr in der zehnten Woche, wenn ich mich nicht verrechnet habe."

Dayne warf den Kopf zurück und rief: „Ich werde Vater! Ich werde Vater!" Einen flüchtigen Moment lang dachte er daran, dass er eigentlich schon ein Kind haben sollte. Seine Ex-Freundin hatte eine Abtreibung vornehmen lassen, ohne mit ihm darüber zu reden. Doch diese traurige Geschichte gehörte der Vergangenheit an. Er riss die Fäuste in die Luft und rannte wie ein Verrückter von einem Ende des Theaters zum anderen und wieder zurück. „Ich kann es nicht glauben. Das ist das Beste, was ich je gehört habe!"

„Ich weiß. Ich konnte nicht abwarten, es dir zu erzählen, doch dann …" Sie wies auf die Wände, die sie umgaben. „… dann hast du mir das Theater geschenkt." Sie schlang ihre Arme um seinen Nacken. „Ich habe bis eben nicht mehr an das kleine T-Shirt gedacht."

„Und während dieser ganzen Zeit …" Die Situation war mehr, als Dayne fassen konnte. Sie waren Tausende von Kilometern getrennt gewesen, in verschiedenen Kontinenten, und hatten geglaubt, dass ihre Ehe am Ende war, doch … „Die ganze Zeit über hat Gott unser erstes Kind in deinem Bauch wachsen lassen."

Katy schlang die Arme noch enger um ihn und verbarg ihr Gesicht an seinem Hals. „Siehst du es schon?"

„Ich kann es jetzt schon viel besser sehen." Er rang immer noch nach Atem, während er die Tatsache zu verarbeiten versuchte, dass er in weniger als sieben Monaten Vater werden würde. Das war alles, was er sich je erträumt hatte, alles, wofür Bob und er in jener Nacht an Bobs Küchentisch in Mexiko City gebetet hatten.

Langsam und zärtlich wiegte sich Katy in seinen Armen. Er spürte, dass sie beide diesen besonderen Moment für immer in ihren Herzen verankerten. „Kannst du nicht auch schon vor dir sehen, wie sie zwischen uns auf dem Weg am Lake Monroe entlangstolpert?"

Er beugte sich so weit zurück, dass er ihr Lächeln sehen konnte. „Sie?"

„Oder er." Katy zuckte die Schultern. „Völlig egal."

Und damit hatte sie natürlich recht. Das Einzige, was zählte, war die Tatsache, dass Gott sie mit einem Kind segnete. Dayne drückte Katys Kopf an seine Brust.

Es war wirklich eine Ironie des Schicksals. Seit seinem ersten Erfolg in Hollywood hatten die Leute über Dayne Matthews gesagt, dass er alles erreicht habe. Sie hatten die übliche Liste zitiert – gutes Aussehen und einen sportlichen Körper, Ruhm und mehr Geld, als er ausgeben konnte. Autos und Frauen und Einladungen zu den wichtigsten Partys. Doch im Grunde genommen war das alles bedeutungslos und leer.

Jetzt hatte er eine Zukunft mit Katy hier in Bloomington, wo die Menschen irgendwann sein früheres Leben vergessen würden. Er würde für sein Engagement für das alte Theatergebäude bekannt sein und dafür, dass er Katy beim christlichen Kindertheater unterstützte, dafür, dass er der beste Ehemann war, der er sein konnte, und dass er mit seiner Familie jeden Sonntag in den Gottesdienst ging. Und eines Tages, gar nicht mehr so weit entfernt, würden die Menschen ihn in der Rolle sehen, die er immer schon hatte übernehmen wollen – die Rolle eines Vaters für sein Kind.

Die Öffentlichkeit konnte Dayne gerne vergessen und sich darüber beschweren, dass er eine unvergleichliche Karriere aufgegeben hatte und mehr Ruhm, als es jemand verdiente. Doch in diesem Moment entsprach das Klischee, das die Leute ihm verpasst hatten, in allen Punkten voll und ganz der Wahrheit. Dayne hatte wirklich alles.

Sein Traum von dem, was eines Tages sein würde – er war endlich Realität geworden.

Kapitel 29

Ashley kuschelte sich auf das Sofa ihres Vaters und beobachtete amüsiert die chaotische Heiligabendszenerie, die sich ihr bot. Alle waren gekommen, sogar Erin, Sam und ihre Mädchen. In der letzten Minute hatte Sam von seinem Chef die Erlaubnis bekommen, nach Indiana zu reisen, um sich nach einem Haus umzusehen, in das sie im Juni ziehen konnten, und um sich ein paar Tage lang mit den Verantwortlichen in dem Büro in Indianapolis zu treffen.

Der Zeitpunkt hätte nicht perfekter sein können. Der Sturm der letzten Woche hatte eine weiße Decke über Indiana gelegt. Sogar jetzt gingen sanfte Böen über den Schnee und verstärkten den Zauber dieser Nacht. Während des Abendessens hatte ihr Vater verkündet, dass er und Elaine ihre Hochzeit auf den letzten Samstag im Juni festgelegt hatten, also in genau sechs Monaten.

Ashleys Blick wanderte durch das Zimmer, wo ihr Vater und Elaine am Esstisch saßen und sich mit Erin und Sam unterhielten und die Freude und Aufregung über den bevorstehenden Umzug mit ihnen teilten. Am Ende der Küchentheke lag eine riesige Tüte voll mit Geschenkpapier, ein Überbleibsel von der Bescherung, die sie vor dem Gottesdienst gehabt hatten.

Und neben der Tüte lag die heutige Ausgabe der Zeitung mit einem großen Artikel auf der Titelseite. Das christliche Kindertheater würde in Kürze wiedereröffnet werden. Katy hatte berichtet, dass sich fast alle Kinder bei ihr gemeldet und sich vor Freude über die Neuigkeiten fast überschlagen hatten. Termine zum Vorsingen waren für Ende Januar geplant, wenn Katy und Dayne zum letzten Mal von Los Angeles zurückkehren würden.

Alle Puzzleteile hatten sich schließlich zu einem Bild zusammengefügt, so, wie Ashley und Landon es von Gott erbeten hatten. Jetzt konnte Ashley sich nichts Schöneres vorstellen, als den Schnee zu beobachten, der draußen in sanften Flocken fiel. Sie freute sich daran, dass die ganze Familie an Weihnachten um sie herum versammelt war. Alle außer Luke und Reagan.

Das Haus war erfüllt von Lachen und Liebe, so wie das Baxter-Haus eigentlich immer klingen sollte. Ryan, Landon, Peter und Dayne waren im Fernsehzimmer und sahen die Zusammenfassung der Footballspiele der vergangenen Woche. Alle paar Minuten stieß einer einen erstaunten Schrei aus oder ein lautes: „Kannst du das glauben?“ Die Männer waren gute Freunde und Ashley war sich sicher, dass Sam sich darauf freute, wieder ein Teil dieser Gruppe zu werden.

Sie waren alle um 18 Uhr zum Weihnachtsgottesdienst gegangen, auch Luke und Reagan. Doch danach hatte Reagan Ashley gesagt, dass sie noch etwas erledigen mussten, bevor sie zu den anderen ins Baxter-Haus kommen würden. Ashley hatte es ihrem Vater und den anderen weitergesagt. Sie nahm an, dass ihr Bruder und seine Frau jeden Moment eintreffen würden. Sie lächelte bei dem Gedanken daran, wie harmonisch die beiden heute in der Kirche gewirkt hatten und auch schon vor einigen Wochen, als die gesamte Baxter-Familie für das diesjährige Weihnachtskonzert zur Universität gefahren war. Zu diesem Ereignis war wieder einmal die halbe Stadt gekommen.

Als sich ihre Stimmen zu einem bewegenden letzten Refrain von „Stille Nacht“ vereinten, sah Ashley in die Gesichter, die sie umgaben, und hoffte – so wie sie es schon so oft getan hatte –, dass ihre Mutter sie alle sehen konnte. Die Art und Weise, wie sich Weihnachten für die Baxters entwickelte, hätte ihre Mutter sehr glücklich gemacht.

Ashley ließ ihre Blicke durch das Zimmer schweifen – von den warmen Flammen, die im Kamin tanzten, bis hin zu dem Platz auf dem Fußboden, wo ihre Schwestern mit den älteren Kindern saßen und „Schlafmütze“ spielten, ein Kartenspiel mit Löffeln als Spielsteinen. Ashley war zu müde, um mitzuspielen. Sie kuschelte sich an ein altes Kissen, das ihre Mutter vor zwanzig Jahren gehäkelt hatte, und war dankbar für die Ruhe.

„Coley hat keinen Löffel.“ Maddie warf ihm einen besorgten Blick zu. „Das scheint keine gute Runde für dich zu sein.“

„Ich kann immer noch gewinnen.“ Er hob die Augenbrauen und sah Kari an. „Oder?“

„Ja, das kannst du.“ Kari und Brooke tauschten ein rasches Lächeln. „Es heißt nur, dass du gerade keine Chance mehr hast.“

Die Karten für die nächste Runde wurden in Rekordgeschwindigkeit ausgeteilt. Ashley beobachtete, wie Brooke sich leise den ersten Teelöffel von dem Haufen in der Mitte nahm. Maddie nahm den nächsten, dann Clarisse. Chloe und Jessie griffen gleichzeitig zu. Kari und Katy waren die Letzten, die noch einen Löffel bekamen, ungefähr eine halbe Sekunde, bevor Coles Hand zur Mitte schoss. Weil er keinen Löffel mehr bekam, ließ er die Karten sinken und zuckte enttäuscht mit den Schultern.

„Du hast verloren, Coley." Maddie benutzte ihre süßeste Stimme. Sie warf ihr langes honigblondes Haar über ihre Schulter. „Das tut mir aber leid."

Ashleys Schwestern versuchten krampfhaft, sich das Lachen zu verkneifen. Keine von Coles Cousinen liebte ihn so sehr wie Maddie, doch keine von ihnen konnte ihm auch so auf die Nerven gehen wie sie.

Cole musterte Maddie einen Augenblick. Er schien zu begreifen – vielleicht zum ersten Mal –, dass er immer noch als Gewinner aus der Situation hervorgehen könnte, wenn er die Bedeutung ihres Sieges verringerte. Plötzlich ersetzte ein Lächeln sein Stirnrunzeln. „Ach, das ist schon okay, Maddie. Jetzt kann ich bei meiner Mama sitzen."

Maddie sah verwirrt aus, als ob sie sich eine scharfe Erwiderung überlegte. Doch dann runzelte sie nur die Stirn und wandte ihre Aufmerksamkeit wieder dem Spiel zu.

Cole kicherte. Er sprang auf, rannte durch den Raum und kuschelte sich neben Ashley auf das Sofa. „Kriege ich etwas von der Decke ab?"

„Natürlich." Ihr Herz schmolz beim Anblick ihres kleinen Sohnes, der so schnell groß wurde. Seine Beine, die über das Sofa baumelten, reichten inzwischen schon bis zum Fußboden. Ashley faltete die Decke auseinander, sodass jeder eine Hälfte bekam. „Wie ist das?"

Er legte seinen Kopf an ihre Schulter. „Perfekt."

„Gut." Sie streichelte über seine Haare.

„Woran denkst du gerade?" Er fasste ihre Hand.

„Ich weiß nicht, vielleicht an Weihnachten und Familie. Wie gut es uns geht."

„Oh." Er klang nachdenklich, so wie er es manchmal war. „Ich dachte, dass du vielleicht gerade an Sarah denkst."

Die Trauer, die nie sehr weit weg war, griff nach Ashleys Herz. Sie schluckte und war neugierig, welche Gedanken Coles Herz bewegten. „Was ist mit dir? Woran denkst du?"

„An Sarah. Wie sehr ich meine kleine Schwester vermisse." Er kuschelte sich dichter an Ashley. „Vor allem, wenn Annie dabei ist."

Die Tränen stiegen mehr aus Freude als aus Traurigkeit in Ashleys Augen. Wie wunderbar, dass Cole sich noch an Sarah erinnerte, dass ihr kurzes Leben für ihren ältesten Sohn eine solche Bedeutung hatte!

„Ich weiß." Ashley sah zu der Babywippe hinüber, die in einer Ecke des Zimmers stand. Annie war darin angeschnallt, kuschelte sich gegen ihr Schmusetuch und schlief. „Annie lässt mich auch immer wieder an Sarah denken."

„Wenigstens haben wir Annie." Cole spähte zu ihr hinüber. „Und außerdem ist Sarah im Himmel bei Oma."

„Richtig."

Cole wirkte entspannt, als er sich an Ashley kuschelte. „Ich glaube, ich sehe mal nach, ob Opa noch ein Stück Schokolade aus der Süßigkeitenschüssel möchte."

„Opa oder du?" Sie kitzelte Coles Seite. Sein helles Lachen vertrieb die melancholischen Gedanken.

„Okay ... okay." Er stand auf und küsste seine Mutter auf die Wange. „Vielleicht wir beide." Er winkte ihr zu, als er davonsprang. „Hab dich lieb."

„Ich hab dich auch lieb." Ashley stand auf und streckte sich. Die kleineren Kinder saßen am Küchentisch und malten in ihre neuen Weihnachtsmalbücher mit den Bildern von Maria und Josef und dem kleinen Jesus in der Krippe. Ashleys Vater hatte zuvor schon alle Kinder um sich geschart und ihnen die biblische Weihnachtsgeschichte aus dem Lukasevangelium erzählt, so wie er es an jedem Heiligabend tat.

Sie ging in die Küche und stellte sich hinter Devin. Er benutzte dicke Buntstifte für Kleinkinder und kritzelte hingebungsvoll breite rote Streifen über die drei Weisen aus dem Morgenland. Er sah zu Ashley hoch und grinste sie an: „Gucken, Mama!"

„Ja, mein Süßer. Ganz toll!" Sie ging um den Tisch herum und bewunderte die Bilder von RJ, Heidi Jo und Amy. Zuletzt besah sie sich das Bild, das Hayley malte.

Es widersprach jedem medizinischen Fachwissen, dass Hayley noch am Leben war, ganz zu schweigen davon, dass sie nun am Tisch saß und sorgfältig innerhalb der vorgegebenen Linien ein Bild ausmalte. Sie lächelte Ashley an. „Hi." Ihre Augen leuchteten unschuldig, so wie sie es immer taten. Alle paar Monate schaffte sie einen neuen Meilenstein. In diesem Jahr hatte sie in der Schule gelernt, das Alphabet zu schreiben, einfache Worte zu buchstabieren, und ihre ersten Leseversuche gemacht. Das waren Fähigkeiten, von denen kein Arzt – noch nicht einmal Ashleys Vater oder Peter – in der ersten Zeit nach ihrem fast tödlichen Badeunfall geglaubt hatten, dass sie sie jemals würde erlernen können.

„Hi." Ashley legte ihre Hand auf Hayleys Schulter. „Zeig mir doch mal dein Bild."

Hayley malte gerade eine Krippenszene an. Alle Tiere waren braun und die Menschen blau. Sie hatte die Linien nicht ganz exakt eingehalten. Doch der Himmel über Bethlehem war leuchtend gelb. Sie erzählte von jedem Tier und von Maria und Josef und Jesus. Dann deutete Hayley auf den gelben Himmel. „In der Nacht ist ein Wunder geschehen, Tante Ashley. Deshalb ist das hier ganz golden."

Gegen diese Logik konnte Ashley nichts einwenden. Sie wollte gerade fragen, ob jemand noch ein Weihnachtsplätzchen haben wollte, als sie hörte, wie sich die Haustür wieder öffnete.

„Wir sind da!" Tommy sprang ins Zimmer. Er trug inzwischen eine Brille. Zusammen mit seinem hochfrisierten Kurzhaarschnitt sah er aus wie eine unglaublich süße Comicfigur. Er hob die Hände und krümmte die Finger in bester Dinosauriermanier. Dabei stieß er einen Schrei aus, der das Haus erbeben ließ.

„Ja, wir sind unüberhörbar da." Reagan blies sich eine Haarsträhne aus der Stirn, als sie Malin in das Zimmer trug. „Nichts klingt mehr nach Weihnachten als der Schrei eines Tyrannosaurus Rex."

Die Gespräche im Haus verstummten allmählich, als sich alle beim Weihnachtsbaum versammelten.

Brooke fuchtelte mit den Händen durch die Luft, bis sie die Aufmerksamkeit aller Anwesenden hatte. „Ihr wisst, was jetzt an der Reihe ist, nicht wahr?"

Ashley grinste Kari an. Einige der Männer verdrehten die Augen.

„Ja genau, ihr Spielverderber." Brookes Stimme klang fröhlich. Die Freude auf ihrem Gesicht ließ sich auch durch die Leidensmienen der Männer nicht vertreiben. „Es ist Zeit für das Enkelkinderfoto!"

Jedes Jahr versuchten sie, alle Baxter-Enkelkinder für ein Foto zu versammeln. Ashley hatte das Gefühl, als würde es diesmal der Mithilfe aller Erwachsenen bedürfen, um es zustande zu bringen. Die Männer trugen einige Stühle zum Weihnachtsbaum, während Ashley und ihre

Schwestern die Kinder einer strengen Kontrolle unterzogen, verstrubbelte Haarschöpfe bürsteten und die letzten Vanilleeisspuren aus den Gesichtern wischten.

Die älteren Kinder stellten sich hinter die Stühle, wobei sie dem Weihnachtsbaum den Rücken zuwandten. Elaine half dabei, die kleineren Kinder auf die Stühle zu setzen. Annie war inzwischen aufgewacht. Kari legte sie vorsichtig in Jessies Arme. Als es aussah, als sei jeder an Ort und Stelle, verschwanden Ashley und die anderen Erwachsenen aus dem Bild und griffen nach ihren Kameras.

In den nächsten Minuten machte jede von ihnen einige Aufnahmen. Wenn sie Glück hatten, würde darunter ein einziges Bild sein, auf dem alle Kinder lächelten und keiner die Augen zugekniffen hatte.

Als das Weihnachtsfoto endlich im Kasten war, wurden die Kinder in das Fernsehzimmer gebracht, wo jedes Jahr eine Comicversion der Geschichte vom Grinch gezeigt wurde. Als der Film lief, kehrten die Erwachsenen ins Wohnzimmer zurück.

Ashley und Landon traten als Letzte ein und eine Stille legte sich über den Raum. Ashley sah in die Gesichter, die sie umgaben. Sie erhob neckend den Zeigefinger. „Okay … keine Geheimniskrämerei mehr, bitte."

Reagan stand auf und kam auf sie zu. In der Hand hielt sie eine kleine rote Geschenktüte. Sie lächelte, doch in ihren Augen lag eine bedeutungsvolle Tiefe. Sie überreichte Ashley die Tüte und umarmte sie lange. „Luke und ich haben noch ein Geschenk für dich. Etwas, das ich für dich gemacht habe. Natürlich …" Sie lächelte Luke an. „Bei dem Chaos in unserem Alltag haben wir es erst vor einer halben Stunde geschafft, eine Geschenktüte zu organisieren."

Landon sah überrascht aus. Ashley nahm deshalb an, dass auch er nicht wusste, was dieses unerwartete Geschenk enthielt. Alle Augen waren auf sie gerichtet, als sie die Tüte nahm und Reagan liebevoll anlächelte. „Das wäre wirklich nicht nötig gewesen."

„Ich weiß." Reagan bedeutete Luke, dass er zu ihr kommen sollte. Er bahnte sich einen Weg durch die vielen Baxters, die im Raum verteilt standen, und trat an Reagans Seite.

Dann umarmte auch er Ashley. Das erinnerte sie an ihre Kindheit, als sich an Weihnachten nur ein Bruchteil der Menschen, die jetzt da waren, im Baxter-Haus versammelt hatte. Damals, als ihr kleiner Bruder

Luke ihr bester Kumpel gewesen war. Er trat zurück an seinen Platz an Reagans Seite und sah in Ashleys Augen. „Es ist etwas, das uns beiden sehr wichtig war."

Ashley ließ keine Zeit mehr verstreichen. Sie zog etwas Geschenkpapier heraus und reichte es Landon. Dann zog sie eine wunderschöne Weihnachtsstickerei hervor. Sie war handgemacht und mit zarter weißer Spitze und einem roten Band verziert. In der Mitte hatte Reagan die Worte *Unser kleines Wunder* eingestickt und darüber die Jahreszahl.

„Dreh es um." Reagan lehnte sich an Luke.

Als Ashley das tat, traten ihr sofort die Tränen in die Augen. Auf der anderen Seite war ein Foto von der kleinen Sarah aufgedruckt. Eine wunderschöne Aufnahme, die ihre perfekten Gesichtszüge und ihre leuchtenden blauen Augen eingefangen hatte. Ashley sah zu Reagan. „Das ist wunderschön ... aber woher wusstest du das?"

„Ich dachte, dass du etwas für deinen Weihnachtsbaum haben möchtest." Reagans Stimme brach. „Damit keiner sie an Weihnachten vergisst."

„Ja … aber woher wusstest du, dass wir dafür beten? Dass Gott durch Sarahs Leben ein Wunder bewirkt?"

Die Farbe wich aus Reagans Gesicht und sie zuckte mit den Schultern. „Das wusste ich nicht."

Tränen des Glücks liefen über Ashleys Wangen. Natürlich hatte Reagan nichts von dem Gebet wissen können, das sie und Landon jeden Tag seit Sarahs Tod gebetet hatten. Doch Gott hatte es gewusst.

Ashley zog Reagan, Luke und Landon in eine Umarmung. Sie spürte die Tränen, die auch über Landons Gesicht flossen. „Ich danke dir, Reagan", brachte sie mit heiserer Stimme hervor. „Ich werde es immer in Ehren halten."

Die anderen standen auf und umringten sie, um sich gegenseitig die Stickerei weiterzugeben und noch einmal das feine Gesicht des Babys zu bewundern, das sie nur für so kurze Zeit gekannt hatten. Die Szene erinnerte Ashley daran, wie sie für Sarah in den wenigen Stunden ihres Lebens da gewesen waren und das kleine Mädchen von einem Arm zum anderen gewandert war.

Sarahs kurzes Leben war tatsächlich von Gott dazu benutzt worden, um die Herzen von Dayne und Katy, Luke und Reagan zu erreichen. Keiner von ihnen würde je die kleine Tochter und Enkeltochter und

Cousine vergessen, die nicht lange genug gelebt hatte, um ein Weihnachtsfest bei der Baxter-Familie zu feiern. Aber sie würde in den Herzen der Familie weiterleben und eines Tages würden sie sich alle wiedersehen.

Ashley begriff, dass sie Sarah noch nicht völlig losgelassen hatte. Sie hatte es noch nicht geschafft, Gott für das kurze Leben ihrer Tochter zu danken, sondern hing immer noch an der Vorstellung, dass ihre Tochter sie eigentlich hätte überleben sollen.

Im hinteren Teil des Raumes legte Ashleys Vater den Arm um Elaines Schulter und begann zu singen. „„Du großer Gott, wenn ich die Welt betrachte, die du geschaffen durch dein Allmachtswort …"“

Es war ein Loblied, das unvergleichlich und einzigartig war. Ashleys Blick wanderte zu Katy, die neben ihr stand. Katy hatte ihr von der Erlösung berichtet, die Gott ihr geschenkt hatte, und wie sie neue Kraft im Singen gefunden hatte.

Die Stickerei lag wieder in Ashleys Händen. Sie schaute hinab auf das süße Gesicht ihres kleinen Mädchens.

Im ganzen Zimmer stimmten immer mehr in das Lied mit ein, doch die Stimme ihres Vaters übertönte alle laut und fest. „„… wenn ich auf alle jene Wesen achte, die du regierst und nährest fort und fort …"“

Als sie zum Refrain kamen, sang schließlich jeder im Zimmer mit: „„Dann jauchzt mein Herz dir, großer Herrscher, zu: Wie groß bist du! Wie groß bist du!"“

Ashley schloss die Augen und sang aus Leibeskräften, pries ihren Gott und König für das Wunder von Sarahs Leben und für das Gute, das nur er allein inmitten von Leid und Schmerz bewirken konnte. Nicht nur für sie und Landon, sondern für sie alle.

Als das Lied zu Ende war, fühlte sich Ashley erleichtert und wusste bis in die Tiefe ihrer Seele, was der Grund dafür war. Der Kampf war vorüber – sie konnte Sarah endlich in Gottes Hände legen. Sie streckte ihre Hand aus und umfasste Katys Hand. Das war das Einzigartige an der Baxter-Familie: Sie standen zusammen in Zeiten großer Trauer und in Zeiten überfließender Freude und sie wurden dadurch stärker, dass sie einander hatten.

Ashley wollte jetzt nicht an das nächste Weihnachtsfest denken, wenn das Baxter-Haus wahrscheinlich schon Fremden gehören würde. Ihr Vater hatte recht. Sie brauchten keine Wände oder Fenster, um die Baxter-Familie zu sein. Sie brauchten Gott und einander.

Das Lied war vorüber. Aus dem Nebenzimmer kamen die Klänge des abschließenden Refrains der Hus aus Hu-Heim, die fröhlich sangen, ohne ein Geschenk bekommen zu haben. Ashley lächelte. Dr. Seuss, der Autor des Grinch, hatte den Sinn begriffen: Der Durchbruch und der Sieg kam durch das Singen.

In den kommenden Jahren würden sie sich treffen, sich gemeinsam an alte Zeiten erinnern und gemeinsam lachen. Und sie würden jedes Mal ihren großartigen Retter und Erlöser loben. Und indem sie das taten, würden sie siegen – ganz egal, welche Kämpfe sie in den kommenden Jahren noch durchzustehen hatten. Sie würden siegen, weil sie mit Gott an ihrer Seite jede Krise und jeden Kampf bestehen konnten, der sie erwartete. Und eines Tages würden sie im Himmel den größten Sieg von allen feiern:

Ein Wiedersehen, das sich jetzt keiner von ihnen in seinen kühnsten Träumen vorstellen konnte.

Weitere Bücher von Karen Kingsbury

Neuanfang
Momente der Liebe – Band 1
ISBN 978-3-86827-299-4
304 Seiten, Paperback

Katy und Dayne sind endlich am Ziel ihrer Sehnsucht angekommen, ihre Hochzeit steht unmittelbar bevor! Doch noch gilt es, einige Hürden zu überwinden, bevor sie in ihr neues Leben starten können.

Auch in John Baxters Beziehung zu Elaine kommt Bewegung hinein: Er beginnt, tiefere Gefühle für sie zu entwickeln, als er sich selbst eingestehen will.

Und bei Familie Flanigan zeichnen sich erstaunliche Entwicklungen am Horizont ab: Nach einem lebensbedrohlichen Zwischenfall, der Cody bis ins Mark erschüttert, beginnt er endlich, sich Gott und seiner Pflegefamilie zu öffnen.

Unterdessen macht Bailey, unbemerkt vom Rest der Familie, enttäuschende Erfahrungen mit ihrer ersten Liebe.
Wird der Glaube an Gott und das Vertrauen auf ihn den Baxters und Flanigans helfen, einen Neuanfang zu wagen und Schritte in eine gute Zukunft zu gehen?

Sommerstürme
Momente der Liebe – Band 2
ISBN 978-3-86827-331-1
336 Seiten, Paperback

Nach der Hochzeit von Katy und Dayne liegt die Zukunft wie ein strahlender Sommertag vor ihnen und der ganzen Baxter-Familie. Doch schon bald ziehen neue dunkle Wolken am Horizont auf: Die Ehe von Dayne und Katy sieht sich heftigen Stürmen ausgesetzt. Kann ihre Liebe dem trotzen? Ashley und Landon erhalten eine niederschmetternde Diagnose für ihr Baby, die die Familie zu spalten droht. Wird ihr Glaube sie durch diese unglaublichen Herausforderungen hindurchtragen? Und nicht nur für die Baxters ist es ein stürmischer Sommer, sondern auch für das christliche Kindertheater und die Familie Flanigan. Bald fragen sich alle: Wie lange wird es noch dauern, bis das Sturmtief vorübergezogen ist? Und werden sie alle es heil überstehen?

... denn er weiß nicht, was er tut
Die Wege meiner Kinder – Band 1
ISBN 978-3-86122-874-5
416 Seiten, Paperback

Ein anonymer Anruf genügt und Kari Baxter weiß von der Affäre ihres Mannes. Allerdings reagiert keiner der beiden so, wie man es von ihm erwartet hätte: Tim geht aufs Ganze und treibt die Scheidung voran. Kari jedoch will sich an den Ehebund halten, den sie vor Gott und der Gemeinde geschlossen hat. Wie aber soll sie es einordnen, dass mitten in ihren Kämpfen ausgerechnet der Mann auftaucht, mit dem sie einmal so viel verband – Ryan? Plötzlich gerät alles ins Rollen ...

Schatten des Ruhms
Boulevard der Träume – Band 1
ISBN 978-3-86827-135-5
320 Seiten, Paperback

Was hat es mit den Briefen auf sich, die Ashley Baxter im Nachlass ihrer Mutter findet? Warum nur hütet ihr Vater sie so eifersüchtig? Ashley ahnt nicht, dass Dayne Matthews den Schlüssel zu dem Geheimnis kennt. Der attraktive Hollywoodstar sucht gerade nach der idealen Besetzung für die weibliche Hauptrolle in seinem neuen Film. Ausgerechnet im verschlafenen Bloomington, dem Heimatort der Baxters, wird er fündig: Katy Hart kann das Casting für sich entscheiden. Dabei hatte sie ihre vielversprechende Schauspielkarriere wegen eines Todesfalls an den Nagel gehängt und das christliche Kindertheater zu ihrer Sache gemacht.
Katy schmeichelt das verlockende Angebot. Und sie fühlt sich zu dem attraktiven Dayne hingezogen. Aber ist das wirklich Gottes Weg mit ihr? Soll sie den millionenschweren Vertrag unterschreiben?

Weitere Romane bei FRANCKE

Jenny B. Jones
Ein Sommer am See
ISBN 978-3-86827-222-2
320 Seiten, Paperback

Maggie Montgomery ist lebenslustig, mutig und unkonventionell. Ihr Job als Kamerafrau führt sie rund um den Globus. Doch ihre perfekte Welt steht Kopf, als sie wegen eines Notfalls in ihre alte Heimat zurückkehren muss. Nichts scheut die furchtlose Maggie so sehr wie Ivy, das Städtchen ihrer Kindheit, die Begegnung mit ihrem Vater und … den See.
Ihre 10-jährige Nichte Riley, ein unbändiger kleiner Wildfang, treibt Maggie bald an die Grenzen ihrer Belastbarkeit. Doch damit nicht genug, reißt sie die Freundschaft zu dem attraktiven Tierarzt Connor Blake in einen Strudel von Gefühlen, der ihr Angst macht. Denn die echte Maggie hat Angst vor der Liebe, Angst vor dem Leben und Angst vor sich selbst. Aber am meisten fürchtet sie die Erinnerung an den Abend, an dem ihre Mutter im See ertrank …

Ein tiefgründiger, aber auch humorvoller und temporeicher Roman, der zeigt, dass die herausforderndste und befreiendste Reise nicht auf den Meeren oder über den Wolken stattfindet, sondern in uns selbst – hin zu dem Menschen, als den Gott uns geschaffen hat.

Jenny B. Jones
Scheinbar verliebt
ISBN 978-3-86827-303-8
320 Seiten, Paperback

Lucy Wiltshire ist die Leiterin einer gemeinnützigen Einrichtung, die sich um junge Frauen kümmert, die aus dem Pflegesystem herausfallen. Als ihr größter Sponsor ihr plötzlich den Geldhahn abdreht, ist sie fest entschlossen herauszufinden, warum. Kampflos will sie nicht aufgeben, schließlich geht es um das Überleben ihrer Einrichtung und die Zukunft ihrer Mädchen.

Doch als sie den früheren Footballstar und Mitbesitzer von Sinclair Enterprises mitten auf der Tanzfläche einer Galaveranstaltung zur Rede stellt, kommt alles anders als gedacht. Woher hätte Lucy aber auch wissen sollen, dass diese Aktion ihr Leben noch mehr auf den Kopf stellen würde? Denn Alex Sinclair, der Kongressabgeordneter werden will und sich mitten im Wahlkampf befindet, macht ihr einen absolut verrückten Vorschlag. Sowohl Lucy als auch er könnten davon profitieren. Doch wie weit ist Lucy bereit, für ihre Mädchen zu gehen? Was, wenn dieser Plan sie mehr kostet, als sie zu geben bereit ist? Wenn mit einem Mal nicht mehr nur ihre Zukunft, sondern auch ihr Herz – und ihr Leben – auf dem Spiel stehen?